뉴요커의 조지 스타이너

조지 스타이너 지음 | 고정아 옮김

서커스

GEORGE STEINER AT THE NEW YORKER

차례

서문_ 로버트 보이어스 009

반역의 학자THE CLERIC OF TREASON 023
앤서니 블런트에 대해

빈, 빈, 오직 너뿐WIEN, WIEN, NUR DU ALLEIN 069
베베른과 빈에 대해

수렁으로부터DE PROFUNDIS 077
솔제니친의『수용소 군도』에 대해

신의 스파이GOD'S SPIES 085
그레이엄 그린에 대해

죽은 자들의 집에서FROM THE HOUSE OF THE DEAD 095
알베르트 슈페어에 대해

죽은 자들에 대하여DE MORTUIS 107
아리에스와 새로운 프랑스 역사학에 대해

천 년의 고독ONE THOUSAND YEARS OF SOLITUDE 117
살바토레 사타에 대해

시간 죽이기KILLING TIME 129
조지 오웰의『1984』에 대해

검은 도나우 강BLACK DANUBE 157
카를 크라우스와 토마스 베른하르트르에 대해

비비B.B. 171
베르톨트 브레히트에 대해

불안한 라이더UNEASY RIDER 191
로버트 M. 퍼시그에 대해

희귀조RARE BIRD 199
가이 대번포트에 대해

죽은 편지들DEAD LETTERS 211
존 바스에 대해

거울 속의 호랑이들TIGERS IN THE MIRROR 217
호르헤 루이스 보르헤스에 대해

뉘앙스와 양심에 관하여OF NUANCE AND SCRUPLE 237
사무엘 베케트에 대해

동쪽의 눈으로UNDER EASTERN EYES 252
알렉산데르 솔제니친과 다른 러시아 작가들에 대해

고양이 인간CAT MAN 268
루이-페르디낭 셀린에 대해

친구의 친구THE FRIEND OF A FRIEND 280
발터 벤야민과 게르숌 숄렘에 대해

성스럽지 않은 금요일BAD FRIDAY 294
시몬 베유에 대해

잃어버린 동산THE LOST GARDEN 308
클로드 레비-스트로스에 대해

짧은 눈길SHORT SHRIFT 319
E. M. 시오랑에 대해

오래된 반짝이는 눈ANCIENT GLITTERING EYES 332
버트런드 러셀에 대해

세 도시 이야기A TALE OF THREE CITIES 346
엘리아스 카네티에 대해

아서의 죽음LA MORTE D'ARTHUR 358
아서 쾨슬러에 대해

인간의 언어들THE TONGUES OF MEN 365
노엄 촘스키에 대해

왕들의 죽음A DEATH OF KINGS 389
체스에 대해

말을 주시오GIVE THE WORD 403
제임스 머리와 옥스퍼드 영어사전에 대해

성찰하는 삶AN EXAMINED LIFE 417
로버트 허친스와 시카고 대학에 대해

부록_ 조지 스타이너의 〈뉴요커〉 에세이 전체 목록 429
옮긴이의 말 439

숀 씨를 기억하며

뉴요커의 조지 스타이너

서문

로버트 보이어스

미국 뉴욕주 스키드모어 대학 영문학 교수

1967년에서 1997년 사이에 조지 스타이너는 〈뉴요커〉에 130편이 넘는 글을 썼다. 대부분은 서평이나 서평 에세이였고, 그중 많은 수가 주간지 기준으로는 상당히 길었다. 〈뉴요커〉 필진 시절 스타이너는 에드먼드 윌슨의 이상적인 후계자라는 말을 많이 들었다. 윌슨 역시 스타이너처럼 수십 년 동안 다양한 사안에 대해 글을 쓰고, 새 책, 어려운 옛 개념, 낯선 주제들을 문학계 지식인뿐 아니라 이른바 '일반 독자'에게도 매력적으로 보이게 만들었다.

〈뉴요커〉에 정기적으로 글을 쓰던 시절에 스타이너는 다른 간행물에도 기고를 많이 했고, 그중 아주 일부만을 『언어와 침묵Language and Silence』, 『곤란함에 대하여On Difficulty』, 『지구 외계Extraterritorial』 같은 책에 실었다. 놀랍게도 스타이너는 이 시기에 『바벨 이후*After Babel*』와 『안티고네*Antigone*』 같은 묵직한 학술서도 여러 권 냈다. 그가 때로 '전공 분야'인 비교 문학을 넘어 지나치게 많은 주제를 건드린다는 비난을 받기도 했지만, 그의 책은 앤서니 버지스, 존 밴빌 같은 작가들과 버나드 녹스, 테런스 데 프레, 도널드 데이비, 스티븐 그린블라트, 에드워드 사이드, 존 베일리에 이르는 각 분야 학자들에게 최고의 칭찬을 받았다. 사이드는 스타이너가 현대의 뛰어난 글과 사상에 대한 "모범적"이고 열정적인 가이드라고 보았고, 수전 손택은 그의 폭넓음과 "공격당할 줄 알면서도" 도발하는 의지를 높이 평가했다. 손택은 1980년에 말했다. "그는 여타의 것들보다 확실히 우월한 위대한 예술 작품이 있고, 깊은 진지함이라는 게 있다고 생각한다. 그리고 깊은 진지함을 담은 작품은 다른 예술 형식이나 엔터테인먼트보다 질과 양 모든 면에서 우리의 관심과 충성을 요구한다고 생각한다." 특히 미국 학계에서는 그런 태도를 "'엘리트주의'라고 쉽게 폄하"하는 이들이 있지만, 손택은 스타이너의 "진지함"에 대한 열정에 유대감을 느꼈고, 〈뉴요커〉의 많은 독자들이 스타이너가 구현한 명료함, 학식, 지적 독립성의 모범을 감사하게 여겼다.

주간지 또는 월간지에 쓴 비평문이 영속적 생명력을 지니기란 아주 어려운 일이다. 에드먼드 윌슨, 라이오넬 트릴링, 또는 스타이너의 오랜 〈뉴요커〉 동료인 존 업다이크의 기고문 묶음을 다시 보면 당연히, 다른 것들도 있지만 지금은 생명력을 잃었다고 보이는 국부적인 견해와 판단들이 있다. 스타이너가 1973년에 제안한 대로 존 버거의 소설 『지G』를 "키르케고르가 『이것이냐 저것이냐』에서 제시한 모차르트 〈돈 조반니〉 독해의 창조적 주해"로 읽는 것이 오늘날 우리에게 의미가 있을까? 트릴링의 말대로 특정 작가들—헤밍웨이가 가장 좋은 예다—은 일인칭으로 글을 쓸 때만 "멍청하거나 신파조가 된다"는 걸 알아차리는 것이 중요할까?

하지만 가치 있는 모든 통찰은 기본적으로 국부적이거나, 텍스트, 문장, (헐겁건 치밀하건) 정식화된 사상에 대한 면밀한 독해에 기초한다. 진정성에 대한 트릴링의 견해가 매력적인 것은 그것이 그가 헤겔, 디드로, 와일드 등의 작품에 대한 열중에서 빠져나오기 위해 한 말이기 때문이다. 윌슨이 볼셰비즘 관련 글에서 보인 폭력에 대한 견해는 우리에게는 별로 중요해 보이지 않는 많은 관련 텍스트, 연설, 사건을 정밀하게 살펴본 결과물이다. 스타이너는 버거의 소설 『지』에 대한 서평에서 그 소설이 "고도로 문학적이고 그래서 귀중한 사안"으로, 그것을 읽을 때는 "명백히 인식할 수 있는" 문학적 기원을 염두에 두어야 한다고 말한다. 그런 스타이너의 발언을 "국부적"이라고 하는 것은 실제로는 그가 가치를 부여하는 소설에 예리하게 반응하는 평론가의 기본 직무를 성실하게 수행했다는 뜻일 뿐이다.

물론 스타이너가 놀라운 박식가이고, 여러 언어에 유창하며,

플라톤, 하이데거, 시몬 베유뿐 아니라 페르난두 페소아, 알렉산데르 솔제니친에 대해서도 막힘없이 말할 수 있다는 것 자체가 대단한 일이다. 스타이너가 1959년에 첫 책 『톨스토이냐 도스토예프스키냐 *Tolstoy or Dostoyevski*』를 발표했을 때, 러시아의 저명 학자들은 관련 텍스트와 맥락에 대한 그의 이해가 뛰어나고, 그가 러시아어를 모르면서도 슬라브 문학 전문가들에게도 참신한 충격을 주는 독창적 통찰을 해냈다고 인정했다. 그것은 스타이너가 흔히 고전학자, 철학자, 언어학자의 배타적 영역이라 여겨지는 분야에 대해 쓴 글들도 마찬가지였다. 그래서 어쩌면 당연하게도 스타이너의 에세이와 평론은 우리를 19세기 이탈리아 통일 운동에서 굴라크의 문학, 체스의 역사, 조지 오웰의 영속적 중요성, 19세기 소설 속 사적 공간의 어법까지 온갖 다양한 주제로 인도하는 이상적인 가이드로 보인다.

스타이너는 브레히트나 셀린, 토마스 만 같은 경전적 현대 인물의 작품을 다룰 때, 확정된 것이나 논란의 여지가 없는 것은 없다고 여긴다. 그는 언제든 새로운 주장이 나올 수 있고, 아무리 독창적인 작가라 해도 맥락은 중요하며 그것은 일반적으로 생각하는 것보다 훨씬 더 파악하기 힘들다는 가정에서 출발한다. 스타이너는 브레히트를 정확히 레싱, 실러 같은 다양한 선배 작가들과의 관계 속에 위치시켜야 한다고 보고, 그런 위치 파악을 통해서 "브레히트는 (그들처럼) 교사, 도덕 교육자가 되고자 했다"고 말하는데, 연극과 시에 대한 그의 능란한 검토를 따라가다 보면 우리도 그것을 뚜렷이 느끼게 된다. 그리고 그 못지않게 분명한 것은 스타이너가 작가들을 본질적인 정치적, 윤리적, 종교적 틀 안에 위치시키는 방법이다. 그래서 〈뉴요커〉의 독자들은 스타이너가 놀라울 만큼 생생하고 간결한 데다 사실상 현실의 어떤 평론가도 비교할 수 없을 만큼 정서와 이념의 영역을 능숙하게 다루는 깊이 있는 글을 규칙적으로 써줄 것이라 기대할 수 있었다. 스타이너에 따르면 "부르주아 자본주의에 대한 브레히트의 지독한 혐오는"

변함없었고, 그것이 곧 붕괴할 거라는 그의 암시도 계속 명랑한 무정부주의를 띠었다. 하지만 이런 예언적 혐오는 그 심리와 표현 수단 모두 그의 젊은 시절의 자유분방한 조롱과 루터교적 도덕주의를 상기시킨다. 그의 예리한 더듬이는 어머니 러시아에서 관료주의, 회색 프티-부르주아적 강압의 악취를 포착했다. 마르틴 하이데거가 내적인 '사적 국가사회주의자'(나치 친위대 서류의 표현)로 발전하던 이 시기에, 브레히트도 자신만의 풍자적, 분석적인 공산주의를 만들고 있었다. 그것은 스탈린 정통주의는 물론, 프롤레타리아와 서구 지식인들의 단순한 요구와도 동떨어져 있었다.

브레히트에 대한 글에서 가장 뚜렷이 보이는 것은 학식의 폭과 깊이, 명료한 사실들, 그리고 격렬한 감정이나 주장 없이 사상들 사이를 누비는 움직임이다. 우리는 이것이 R. P. 블랙머가 말한 "아마추어의 공식 담론"으로서의 비평이라고 생각한다. 여기서 '아마추어'란 여러 가지 일에 관심이 있는 사람, '학파' 또는 이론적 진영을 위해서가 아니라 스스로를 위해 발언하는 사람, 열광과 반감을 거리낌 없이 털어놓는 사람을 말한다. 하지만 브레히트에 대한 글은 내가 선택할 수 있던 수백 편의 다른 글과 마찬가지로, 비범한 속도와 유려함이 있고, 그 기원이나 지적 연관을 간략하면서도 피상성이나 특별한 호소 없이 소환하는 능력도 있다. 스타이너는 브레히트의 '보헤미안적 조롱', 풍자적 재능, 정통주의에 대한 본능적 반감을 포착함으로써, 그의 공산주의가 갖는 특별한 성격을 완벽하게 설명하며, 그것이 브레히트가 "관료제의 악취"와 "회색 프티-부르주아의 강압"에서 물러서는 것을 잘 보여준다고 여겼다. 우리는 스타이너의 글을 통해서 왜 스탈린 치하의 러시아가 브레히트가 맹렬히 비난한 자본주의 사회들의 매력적 대안이 되지 못했는지 이해한다. 그리고 에드워드 사이드가 왜 "[스타이너의] 생각의 에너지에, 그리고 시시때때로 발휘하는 그 엄청난 집중력에 감탄했는지" 이해한다. 이런 특징들은 〈뉴요커〉의 기고문을 엮은 이 비평집 어디에서나 볼 수 있다.

물론 스타이너처럼 까탈스러운 독립성과 추진력을 지닌 작가는 조롱의 대상이 되기 쉬웠다. 좋은 것과 최상의 것을 구별하려는 그의 노력은 끊임없이 '엘리트주의'라는 말을 들었고,

일부 평론가들은 걸작에 몰두하는 그를 "유럽 기념비들의 박물관"이라고 불렀다. 하지만 이 책은 그런 규정이 잘못되었음을 알려준다. 스타이너는 평생 셰익스피어, 호메로스, 소포클레스, 톨스토이, 단테 같은 고전 텍스트들만 검토한 게 아니라 현재 진행형인 작품들, 새롭고 곤란한 작품들도 계속 마주했다. 사이드가 말한 "특화에 대한 보수적 경시", "언어적 재치에 대한 강력한 매혹", "담론, 학문, 언어, 작가의 중심에 자신을 세워놓고, 바깥의 풋내기들과 소통하면서도 각 영역의 내밀성과 명료함을 잃지 않는 능력"을 가지고 스타이너가 수백 편의 작품을 검토하며 전달한 것은 어떤 동결된 느낌이나 접근 불가능한 거대함이 아니다. 오히려 반대다. 그의 글에서는 그가 바라보는 모든 것이 가능성을 담고, 참신하고 흥미롭고 놀랍고 깨우침을 안겨줄 전망이 가득하다. 새로움 자체가 도전해볼 만한 것으로 느껴진다. 그리고 특정 작품이 구현하는 새로움이 거짓되거나 안이하게 보일 때, 스타이너는 그것을 어둠 속으로 던져버리지 않고 기만적 새로움에 헛되이 감동하지 않으려면 무엇이 필요한지를 알려준다. 새로움의 특정한 방식에 대한 스타이너의 저항(존 바스의 소설 『편지들』에 대한 반응을 보라) 때문에 다른 작가와 사상가들에 대한 그의 격찬은 훨씬 더 가치가 높아진다.

어쨌건 스타이너는 미국 유력 평론가 중 최초로 토마스 베른하르트, 레오나르도 샤샤와 더불어 로버트 퍼시그(『선禪과 모터사이클 정비 기술』의 작가) 같은 일군의 미국 소설가들도 옹호했다. 그가 알렉산데르 솔제니친 등의 러시아 작가에게 바친 장문의 평론 에세이들은 그들이 미국에 수용되는 데 중요한 역할을 했다. 레비-스트로스, 게르숌 숄렘 같은 사상가에 대한 스타이너의 글도 그들이 미국 지식인 사회에서 널리 읽히기 훨씬 전에 그들을 많은 독자에게 소개했다.

스타이너가 걸작들에만 관심을 기울인 것도 아니다. 사실 그는 일급이 아닌 작품들에도 놀라울 만큼 개방적이고 너그러운 태도를 보였고, 그가 강하게 저항한 것은 높은 야심이 없는 책이나 특정 독자층의 비위를 맞추는 책, 값싼 위안을 주려고 하는 책뿐이었다. '민주주의'라는 말이 거의 모든 것에 자비를 베푸는 것을 의미한다면 스타이너의 비평에 '민주주의'는 없지만, 그는 자신 앞에 오는 것들을 고정된 가치 이론이나 원칙의 위계 없이 대하려고 했다. 지난 몇 년 동안 갑자기 유명해진 미국의 많은 동시대 평론가들과 달리, 스타이너는 실망할 자세를 갖추고 책을 읽지 않았고, 비평이라는 것을 멋지게 경멸하는 작업으로 여기지도 않았다.

리언 위절티어는 최근 라이오넬 트릴링의 한 평론집 서문에서, 트릴링은 "독서에서 황홀감을 찾지 않는다"고, 그를 움직이는 것은 "상상력보다 '도덕적 상상력'"이며, 그는 예술 작품을 살필 때에도 "문화의 도덕사에 대한 문서"를 고려하는 "도덕사가"라고 말했다. 스타이너도 자주 "도덕사가"로서 글을 썼다. "밤의 언어" 같은 초기 에세이(1967년에 출간된 『언어와 침묵』에 수록)에서 그는 현대 외설 작가들의 "추악한 낭만"을 탐구해서 우리가 원하는 걸 마음대로 읽기 위해 지불하는 대가에 대해 물었다. 스타이너는 썼다. "위험한 것은 에로 소설 작가들이 독자, 등장인물, 언어를 가볍게 경멸한다는 것이다. 우리의 꿈은 도매로 팔려나간다." 다른 에세이에서는 예술과 인종주의의 관계(루이-페르디낭 셀린의 경우 등), 사적 공간의 잠식, 광기와 소외에 새롭게 주어지는 도덕적 지위를 탐구했다. 진실로, 도덕적 상상력의 활용이 스타이너 저술의 핵심이었다고도 말할 수 있다.

하지만 누구도 스타이너에 대해 "독서에서 황홀감을 찾지 않는다"고 말할 수는 없다. 스타이너는 황홀감의 대가다. 토마스 베른하르트의 "고통의 풍경"에 들어설 때, 그는 작가의 과격하고 "독한 의도"에, "공포의 전율"에, "대리석 같은 순수"에, 베른하르트 문장의 "세차게 흐르지만 오염된 급류"에 거듭 굴복한다. 스타이너의 언어는 그래서 자신이 살펴보는 작품의 분위기, 그 독특한 강도와 유혹성을 잘 보여줄 수 있게 조정된다. 베른하르트를 대할 때처럼, 그가 작가의 평작들의 반복성과 "다스려지지 않은 고통과 혐오"의 어조에 실망해도, 그 물러섬은 좋은 것―베른하르트의 경우에는 악의적이지만 기이하게 중독적인 열변―을 너무 많이 경험한 독자의 것이다. 그래서 베른하르트의 많은 문장에 흘러넘치는 혐오는 "무딘 톱이 끝없이 나무를 긁는 일"이 된다. 그 '무딘 톱'의 이미지는 스타이너가 베른하르트 글을 깊이 흡수해서 "황홀감"을 느꼈다가 진정한 반감을 느끼게 된 것을 잘 전달한다.

마찬가지로 스타이너가 루마니아계 프랑스 작가 E. M. 시오랑의 "비문碑文 같은 간결함"에 저항하는 데서 우리는 사랑하고 싶지만 깊은 만족은 앙드레 지드, 오스카 와일드 등의 아포리즘에서 찾아야 한다는 걸 아는 자의 실망을 본다. 라신과 니체 같은 이들, 사고와 글이 극도로 집중되고 정밀한 작가들을 생각해보라고 스타이너는 말한다. 그는 또 프랑스어에는 '라 리토트la litote'와 관련된 이상이 있다고 말한다. '완곡어'라는 것은 '어설픈 번역'일 뿐이다. 니체의 경구 또는 지드나 보르헤스의 도저히 바꿔 쓸 수 없는 언명이 안겨주는 놀라움과 경외감을 설명하고 싶다면, "파일럿들이 말하는 태풍의 눈 속의 격렬한 고요"를 생각해보라고 스타이너는 제안한다. 스타이너의 그런 갑작스러운 비약은 그가 독자로서 경험한 기쁨을 전달할 언어를 찾는 노력을 잘 포착한다. 그래서 스타이너는 예나 지금이나 과도하고 모험적인 경우는 있지만 무기력하거나 소심한 일은 없는 작가다.

스타이너가 적절한 형용사나 비유를 찾는 모습은 그가 자신이 살펴보는 작품의 목소리와 어법에 잘 조율되어 있다는 것, 이 경우에는 와일드나 로런스 스턴, 라 로슈푸코처럼 "찌르는 듯한 간결함"에 이끌린 작가들의 "권위의 섬광"에 열광하고 있음을 보여준다. 그래서 그가 시오랑을 경멸하는 것은 그의 말을 빌리면 "폭력적이고 과도한 단순화" 때문이다. 그것이 아니라면 그의 작품은 매혹적 순정함과 예리함, 그리고 스타이너가 강한 애정을 보이는 종류의 패러독스와 경이로 가득할 수도 있었기 때문이다. 많은 평론가가 시오랑을 찬양하고, 그의 발작적 분노와 경멸, 보편적 부패 선언에 유념할 때, 스타이너는 거의 혼자서 시오랑의 짧은 저주들이 여기저기 "자기 아이러니의 작은 곡예"와 "섬뜩한 매력"의 신중한 덧칠로 "손쉽게" 이루어졌다고 평했다. 시오랑의 글을 인용하고, 그의 위치를 찾아줄 때 그는 시오랑의 생각의 기저음基底音에 귀를 기울이고 이 작가에게서 넘쳐나는 어둠의 찬가는 "신탁과 같은 어두운 분노로 작가를 우쭐하게 만든다"는 결론을 ─어쩔 수 없이─ 내린다. 그런 작가에게 의심이나 반대가 없다는 사실 자체가 그가 독자에게서 "생각 없는 동의나 편안한 동조"만을 원한다는 것을 암시할 뿐이라고 스타이너는 말한다.

스타이너의 신중한 구별은 언제나 신뢰할 수 있다. 그리고 〈뉴요커〉가 오랜 세월 동안 그가 수많은 주제에 대해 이례적 장문의 글을 쓰도록 허락했지만, 그의 최고의 글이 모두 〈뉴요커〉에만 실린 것은 아니다. 이것은 놀라운 일이 아니다. 에드먼드 윌슨의 비평서들을 읽다보면, 그가 〈뉴리퍼블릭New Republic〉 등의 저널에 쓴 글도 〈뉴요커〉 서평에 크게 뒤떨어지지 않는다는 것을 알 수 있다. 이런 비교는 체급이 떨어지는 평론가들―그들의 글은 아무리 능숙하게 쓴 경우에도 의무 수행 수준이다―의 경우에는 다르겠지만, 윌슨이나 스타이너 같은 평론가는 엄청난 레퍼런스의 폭, 교육적 사명감, 비평적 지성의 힘으로 거의 모든 비평이 ―설령 부차적인 과제를 다루는 경우에도― 중대한 역할을 한다고 느끼게 만든다. 그리고 "반역의 학자" 같은 엄청난 장문의 에세이―스파이로 밝혀진 영국 미술사학자 앤서니 블런트에 대한 엄격하면서도 생생한 회상으로, 많은 독자가 스타이너의 〈뉴요커〉 에세이 중 최고로 치는 것―에 지면을 허락해준 주간지는 〈뉴요커〉뿐이었지만, 스타이너는 다른 많은 잡지에 비교적 유쾌한 글들을 발표했다.

스타이너는 자신을 자주 "배달부," 즉 소식을 전하는 사람이라고 표현했고, 최상의 경우에는 〈뉴요커〉 동료의 말대로 ("차분한 매력"은 말할 것도 없고) "현학 없는 학식"의 미덕을 모범적으로 구현한다. 그의 글이 자주 ―C. P. 스노의 표현대로― "탁월풍에 대한 타격"으로 보일 수도 있지만, 거기에는 교육하고 일깨우는 것을 주요 임무로 삼는 작가의 세심한 설명도 있다. 비평가 스타이너는 항상 교사였고, 이 책에 묶인 글들은 그가 그 사명감을 확고히 견지했다는 것을 보여준다.

스타이너는 특히 진지하고 장난스러운 한 인터뷰에서 말했다. "위대한 예술가의 우편물을 전달하는 것[또는 매력적인 사상에 대한 토론을 진작하는 것]은 최고의 특권이고, 좋은 교사가 하는 일이다. [위대한 예술가와 사상가는] 우리에게 편지를 주면서 말한다. '심부름꾼, 가서 이걸 전해.' 우리가 좋은 심부름꾼이라면, 그것을 올바른 우편함에 넣어서 그것이 유실되거나 낭비되거나 오독되는 일을 막는다." 스타이너는 항상 "말할 수 있는 모든 사소한 것과 말할 수 없는 모든 중요한 것에 대한 비트겐슈타인적 구별"에 주의를 기울이고, 그 구별을 견지하도록 노력했다. 그는 가장 성실하면서도 안주를 거부하는 평론가 중 한 명이지만, 그가 분노하는 사람들은 중요한 것들에 경솔하게 또는 부주의하게 오물을 던지는 사람들뿐이다.

엘리아스 카네티는 진정한 작가는 "시대의 노예," "모든 일에 자신의 젖은 코를 들이미는" 사람, "만족을 모르는" 사람, "어떤 한 가지 과제에도 위축되지 않는" 사람이라고 말했다. 카네티는 또 작가에게 시대의 "규칙에 맞서서" "시끄럽고" 끈질기게 반대하라고 요구했다. 물론 비평가나 작가가 프로그램된 것처럼 반대의 태도를 취하는 데는 위험이 있다. 그런 요구는 우상 파괴나 포즈 잡기를 격려하는 것 아닌가? 하지만 스타이너는 강박적으로 시대의 예술과 사상에 참여하고, 검토하는 모든 것에 자신의 재능과 호기심과 열정, 불안, 연민을 모두 바친다. 폭넓은 관심과 이해력을 가지고 그를 읽는 독자라면 누구도 그를 걸작들에 파묻힌 채 새로움의 공포에 맞서 난공불락의 진실로 자신을 둘러싸 버린 전통주의 석학이라고 생각하지 않을 것이다. 그가 현대 문화의 여러 특징 및 특정 작품이나 사상에 품은 적대감은 깊이 있는 새로움과 도전에 대한 강렬한 그의 욕망에 상대가 되지 않는다. 그가 강력한 비판 상대로 선택한 이들은 대개 가장 대담하고 탁월한 사람들이다. 전성기의 노엄 촘스키, 자크 데리다 등이 그 예다. 그가 고압적이고 혹독하다는 말을 들은 사람들은 이 책의 글들을 읽으면서 활기와 자신감을 발견하겠지만, 자신의 기쁨을 나눌 줄 아는 작가의 큰 인내심과 행복도 발견할 것이다. "나는 누군가 셰익스피어에게 '긴장 풀어요!'라고 말하는 걸 상상해본다." 카네티는 말했다. 우리는 스타이너의 글에 대해서도 수전 손택이 카네티에 대해 한 말을 빌려올 수 있을 것 같다. "그의 작품은 팽팽함, 노력, 도덕적·초도덕적 진지함을 웅변적으로 옹호한다."

반역의 학자 THE CLERIC OF TREASON

앤서니 블런트에 대해

1937년 여름 런던 〈스펙테이터Spectator〉 지에 미술 평론을 쓰는 29세 청년이 피카소가 최근에 공개한 〈게르니카〉를 보러 파리로 갔다. 짓밟힌 사람들의 거대한 외침을 담은 그 작품은 떠들썩한 찬사에 둘러싸여 있었다. 젊은 평론가는 그것을 보고 8월 6일자 잡지에 혹평을 실었다. 그림은 "사적인 정신 착란으로, 피카소가 게르니카의 정치적 의미를 이해했다는 증거를 보여주지 않는다." 그 평론가 앤서니 블런트는 10월 8일자 칼럼에서는 피카소의 에칭 연작 〈프랑코의 꿈과 거짓말〉을 비평했다. 이번에도 그는 부정적이었다. 그 작품들은 "유미주의의 제한된 동아리 밖으로 뻗어나가지 못한다"고 보았다. 그가 볼 때, 피카소는 스페인 내전이 파시즘의 패배와 민중의 해방을 향한 "거대한 전진 운동의 비극적 단편일 뿐"이라는 원대한 사고를 하지 못했다. 미래는 윌리엄 콜드스트림 같은 예술가에게 있다고 이 평자는 〈스펙테이터〉 지 1938년 3월 25일자에서 단언했다. "피카소는 과거의 예술가다."

앤서니 블런트 교수는 1966년의 강연에서 다시 〈게르니카〉를 다루었다. 이번에는 작품의 위상과 구성의 천재성을 인정했다. 그는 그 안에서 마테오 디 조반니의 〈베들레헴의 영아 학살〉, 귀도 레니, 그리고 푸생―블런트가 그에 관해 세계 최고의 권위자가 된 화가―의 우화적 그림의 모티프들을 보았다. 블런트는 놀랍게도 〈게르니카〉의 참혹한 공포에 앵그르의 대리석 같은 〈주피터와 테티스〉에서도 빌려온 것이 있음을 보여주었다. 만약 피카소의 가장 유명한 회화 작품인 〈게르니카〉에 즉각적 또는 자발적인 참여의 기미가 없고, 그것의 핵심 주제들이 1935년의 에칭 작품 〈미노타우로마키〉에 이미 담겨 있다면, 그것은 단순히 미적 절감aesthetic economy의 문제였다. 이 에칭은 "진실과 순수함을 통해서 악과 폭력을 저지하는 것"을 〈게르니카〉와 똑같이 (더 작고 장난스러운 규모로) 극화했다. 젊은 시절 블런트의 견해와 달리, 피카소가 스페인 내전을 바라보는 관점은 무관심이나 어느 한쪽을 편드는 것에 대한 거부는 아니었다. 프랑스 공산당 입당 몇 달 뒤인 1945년에 피카소는 선언했다. "회화는 아파트를 꾸미기 위한 것이 아니다. 그것은 전쟁의 공격 무기이고, 적을 막는 방어 수단이다."

앤서니 블런트라면 그런 식으로 쓰지 않았을 것이다. 그의 미학, 예술과 사회의 관계에 대한 감각은 좀 더 미묘했다. 그가 적대하는 상대는 "더 이상 현실 세상에 속하지 않는 듯한" 시야를 지닌 마티스와 "인간적 가치"를 해치면서 형태 실험과 색채 균형을 추구한 보나르였다. 1932년부터 1939년 초까지 쓴 글에서 블런트는 예술에는 한 가지 중대한 과제가 있다고 보았고, 그것은 추상에서 벗어나는 일이었다. 초현실주의 해법은 잘못된 것이었다. 블런트는 1937년 6월 25일자 평론에서 막스 에른스트에 대해 논하면서 물었다. "우리는 꿈으로 만족해야 하는가?" 아니, 그 대답은 블런트가 "정직성"이라고 명명한 개념에 달려 있었다. 그 용어는 많은 의미를 담고 있다. 도미에는 지배 계급의 풍자에서도 정직하지만, 그보다 더 정직한 것은 노동자들에게 "그들의 삶도 위대한 회화의 소재가 될 수 있다"는 것을 보여주는 점이다. 하지만 순수한 데생 화가이자 부르주아적 초상화가인 앵그르 역시 그 못지않게 정직하다. 그의 집중된 기술, 그의 지각의 섬세하지만 "망설임 없는 리얼리즘"은 진실로 "혁명적"이다. 그와 게인즈버러의 대조가 흥미롭다. 게인즈버러 역시 유산 계급의 무심한 초상화가였다. 하지만 "오만"에 대한 게인즈버러의 그림들은 기술적 뛰어남이 부족해서, 앵그르와 그의 18세기 선배들 ―프라고나르, 와토, 랑크레― 같은 정직성을 인정받지 못한다. 블런트는 렘브란트에게서 "너무도 명명백백해서 도덕적인 느낌까지 주는 정직성"을 보았다(1938년 1월 7일). 추상의 이론적, 실천적 덫에서 벗어난

"정직성"의 길은 어떤 리얼리즘으로 돌아가는 것밖에 없지만, 그 귀환은 기술적 이완을 용인하지 않는다. 마티스의 리얼리즘은 마네 후기 회화처럼 "공허"하고 "산뜻"할 뿐이었다.

하지만 블런트는 전시회와 갤러리들을 훑고 다니며 긍정적인 전환의 기미를 보았다. 그것들은 말하자면, 후안 그리스의 형식주의에 숨어 있었다. 또 많은 영국 미술가들, 주요하게는 콜드스트림과 마거릿 피턴―경악스러웠던 1937년 봄의 왕립 예술원 전시회에서 주목할 만한 출품작은 그녀의 〈다림질과 환기Ironing and Airing〉가 유일했다―의 작품에 뚜렷했다. 그리고 무엇보다 멕시코의 거장 리베라와 오로스코Orozco의 뉴 리얼리즘이 있었다. 블런트는 갈수록 그들에게 더 큰 열광을 보였다. 여기에 미적 가치를 희생하지 않고도 인간 현실을 전달하고, 동시에 일반 민중의 감정에 깊은 영향을 미칠 수 있는 작품들이 있었다. 멕시코의 경험은 "자본주의와 사회주의 하의 예술"―『사슬에 묶인 정신』(시인 C. 데이 루이스 편집, 1937)에 앤서니 블런트가 미술 평론가 겸 런던 워버그 연구소 출판부 편집자로서 쓴 챕터―에서 핵심적인 역할을 했다.

블런트에 따르면, 후기 인상주의 대가들의 정물화는 중요한 개인적, 사회적 문제들로부터 도피하려는 충동을 담고 있다. 그것은 "금세기에 번성한 다양한 형태의 폐쇄적, 반半추상적 미술로 이어졌다." 예술은 복잡한 현상이고, 조악한 심리적, 사회적 결정 요소들로 판단할 수 없다. 하지만 마르크스주의는

"어쨌건 한 양식이나 특정 예술 작품을 역사적으로 분석할 무기를 준다." 그것은 비평가들의 견해 역시 역사적 맥락을 갖는 "사실"이라는 점을 적절하게 상기시켜 준다. 마르크스주의 진단 도구를 활용하면 모더니즘의 딜레마를 확실히 알 수 있다. 인상주의는 선도적 미술가들과 프롤레타리아 세계가 분리되는 징표가 되었다. 도미에와 쿠르베는 현대 사회의 고통스러운 현실과 상상적 교감을 유지했다. 초현실주의는 과격한 정치 이념들과 함께 어울렸지만, 사회적 의미에서 혁명적인 예술은 아니다. 그것이 평범한 관람자를 경멸하는 만큼 평범한 관람자도 초현실주의를 거부했고, 이런 태도는 고딕 미술과 초기 르네상스기에 화가와 대중이 창조적으로 교류하던 것과 대조된다. 순수한 추상 미술가와 그 소수 관람 집단은 "인생의 모든 진지한 활동"에서 분리되었다. 블런트의 결론은 단호했다. "현 상태의 자본주의에서 예술가의 위치는 희망이 없다." 하지만 혁명의 도가니에서 다른 사회의 모델이 나타나고 있다. 소비에트 연방에 "노동자 문화"가 건설되고 있다. 그 건설은 과거를 절멸시키지 않는다. 반대로 블런트가 레닌의 가르침에 대해 말하듯, 진정한 사회주의 문화는 "부르주아 문화의 좋은 것을 모두 받아들여서 자신의 목적에 맞게 변형시킬 것이다." 사회주의 하의 현대 예술가는 ─블런트는 오스카 와일드의 유명한 에세이 「사회주의 하의 인간의 영혼」에 명확히 반대한다─ 중세와 르네상스 시대 선조들과 마찬가지로, 무정부적 자본주의에 의해

도피주의화, 주변화되는 경우보다 개성을 훨씬 풍성하게 발전시킬 수 있다. "그들은 지적 노동자라는 확실한 기능을 가지고 사회 조직에서 명확한 장소를 차지할 것이다." 서구 사람들은 "소련의 회화를 좋아하지 않을지 모르지만, 그렇다고 그 작품들이 현재 러시아인들에게 맞는 예술이 아니라고 할 수는 없다." 그리고 혁명적, 교훈적 단계의 멕시코 회화는 런던, 파리, 뉴욕에 결핍된 중대하고 설득력 있는 벽화와 화폭을 창조하고 있다. 리베라와 오로스코는 중간 계급 성원이고 철두철미 예술가지만 그러면서도 "프롤레타리아가 스스로의 문화를 창조하게 도와주는" 거장들이다. 그리고 그에 대한 대가로 후기 자본주의 예술가들이 다소 고의적으로 외면하는 대중의 관심과 지원을 받는다. 소련과 멕시코의 교훈은 분명하다. 블런트는 클라라 제트킨에 대한 레닌의 가르침을 인용한다. "우리 공산주의자들은 팔짱을 끼고 서서 혼란이 퍼지게 방관할 수 없다. 우리는 이 과정을 계획에 따라 인도하고, 결과를 만들어야 한다." 예술은 너무 중요해서 예술가들에게만 맡길 수 없다. 그들의 돈 많은 후원자는 더 말할 것도 없다.

1938년이 지나는 동안 이런 단호한 희망은 점점 시드는 것 같았다. 예술가 앞에 놓인 선택은 전에 없이 뚜렷해졌다. 블런트는 6월 24일자 〈스펙테이터〉에 예술가가 할 수 있는 일은 자신을 단련해서 세계를 있는 그대로 그리고, 가벼운 여흥으로 다른 것을 그리는 것, 아니면 자살을 하는 것이라고 썼다. 멕시코의 모범은 무시되고 있었다. "공산당 소속 케임브리지 상급 학년 지식인의 방마다 반 고흐 그림의 복제품이 걸려 있지만", 리베라, 오로스코의 그림은 없다고 블런트는 9월에 말했다. 개인적 권고와 자발적 감성으로는 부족한 게 분명했다. 7월 8일자 칼럼에는 거의 필사적인 제스처가 담겼다. "예술을 편제화한 히틀러의 방식은 모든 면에서 개탄스럽지만, 예술을 국가가 조직하는 일 자체가 본질적으로 잘못된 것은 아니다." 멕시코 정권이 그 길을 보여주고, "유럽도 곧 그럴 수 있다는 희망을 주었다." 시간은 늦었다.

2차 대전이 벌어지면서 영국의 미술가 및 미술사가들은 전시 지원 활동의 일환으로, 선전, 시각 르포(헨리 무어의 유명한 공습 대피소 소묘들), 다양한 예술 프로젝트에 동원되었다. 이일은 블런트가 1930년대 말 내내 외친 예술과 사회의 계획적이고 전투적인 협력의 좋은 예였다. 하지만 이 시기에 ―그는 1939년에 런던 대학 미술사 교수가 되었다― 블런트의 글은 갑자기 내향적이 되었다. 그의 첫 학술 논문이 1937~38년의 〈워버그 연구소 회보〉에 실렸지만, 그때까지 그가 대다수의 글을 발표한 지면은 저널이었다. 1938년 이후 블런트의 저널 기고는 줄어들었고, 그는 1939년부터 전문가와 권위자들만 보는 초엘리트 매체 〈워버그와 코톨드 연구소 회보〉와 〈벌링턴 매거진〉에 계속 학술 논문을 발표해서 일급 미술사가의 명성을 쌓았다. 이 글들은 ―푸생, 윌리엄 블레이크, 17~8세기 이탈리아 회화와 프랑스 건축, 바로크와 고대의 관계에 대한—1939년 이후 앤서니 블런트 경이 생산한 25편 이상의 학술서, 카탈로그, 서적의 토대이자 예비 형태였다. 그는 1956년에 기사 작위를 받았고, 옥스퍼드와 케임브리지의 슬레이드 미술 교수를 차례로 역임하고, 영국 학술원 펠로(1950), 고미술협회 펠로(1960), 그리고 무엇보다 '왕실 회화 보급관'과 '왕실 회화 소묘 자문위원'이 (각각 1952년과 1972년부터) 되었다.

블런트의 학문과 감수성의 중심에는 프랑스 고전 시대 거장 니콜라 푸생(1594~1665)이 있었다. 블런트는 『푸생-카스틸리오네 문제』(1939~40)부터 『푸생과 이솝』(1966)에 실은 논문 사이에 30편이 넘는 푸생 관련 연구 글을 발표했다. 푸생에 대한 대형 논문이 1960년에만 다섯 편 발표되었고, 이듬해에는 세 편이 더 이어졌다. 블런트와 푸생의 관계가 다른 위대한 미술사가 샤를 드 톨네와 미켈란젤로, 어윈 파노프스키와 뒤러의 관계만큼 밀접하다는 말은 과장이 아니다. 블런트는 푸생을 통해서 고전주의와 신고전주의 미술과 건축뿐 아니라 세잔의 공간 구성, 루오의 종교 미술, 쇠라의 인물 배치와 빛의 분포에 대한 판단을 체계화하고 시험했다. 이런 평생의 열정의 정점은 1967년 뉴욕 볼링겐 재단이 출간한 두 권짜리 푸생 연구였다 (거기에는 블런트가 워싱턴에서 행한 A. W. 멜런 강의와 푸생의 카탈로그 레조네catalogue raisonné도 함께 실려 있었다).

블런트의 학술적-비평적 문장은 다소 침착한 편이다. 페이터와 러스킨, 그리고 그들의 눈부신 후계자인 에이드리언 스톡스를 특징짓는 극적, 개인적 서정성을 거부하는 것 같다. 약간의 예외를 제외하면, 블런트의 문체는 케네스 클라크의 미술 연구를 장식하는 인상주의적 묘사와 에두르는 수사조차 피한다. 블런트가 분석하고 또 애호한 프랑스 고전주의의 명료한 겸손함이 그 자신의 어법에 들어왔다. 그럼에도 불구하고 푸생에 대한 글에는 그의 핵심적 견해를 보여주는 지표들이 있다. 푸생의 미술이 고귀한 것은 신중한 의도 때문이다. 그것은 "숙려熟慮한 윤리적 견해, 종교에 대한 일관된 태도, 생의 말기에는 복잡하고 거의 신비주의적인 우주관"을 담고 있다. 블런트는 푸생을 재현 예술은 현실의 모방에 불과하다는 플라톤의 폄하에 맞선 거장으로 본다. 푸생에 대한 다음의 단호한 문장은 블런트 교수의 가장 뜨거운 웅변이라고도 할 수 있다.

그는 합리적 미술 형태를 열렬히 추구한 나머지 만년에는 이성을 초월한 아름다움에 이끌렸다. 감정을 엄격한 한계 안에 가두려는 그의 욕망은 그것을 가장 집중된 형태로 표현하게 만들었다. 스스로를 지우고, 자신의 주제에 일치하는 형식만을 추구함으로써 그는 비개인적이면서도 깊은 감정을 담고, 합리적 원칙에 토대했지만 전달하는 인상은 거의 신비주의적인 그림을 창조하게 되었다.

훈련된 통제, 엄격한 자기 억제, 절대적 기술 통달만이 예술가와 인간 의식을, 이성이 생성하지만 완전히 제한하지는 않는 즉각적 계시―신비―로 이끌고 갈 수 있다. 격렬한 감정은 형식의 침착함이 다스린다. 블런트는 동의하는 의미를 담아 푸생의 증언을 인용한다. "나는 천성적으로 정돈된 것을 추구하고 사랑한다. 혼란은 낮이 밤과 다른 것처럼 나와 맞지 않아서 피한다." 이 엄격한 고귀함의 전통은 라신으로부터 말라르메까지, 르냉 형제로부터 브라크까지 프랑스 천재성의 핵심이다. 영국인에게는 그 형식성이 편안하게 느껴지지 않는다. 젊은 시절 프랑스에서 많은 시간을 보낸 블런트는 프랑스 전통에서 자신의 감정과 잘 맞는 것을 찾았다. 그는 푸생에게서 후기 스토아적 인물, 합리성을 열렬히 견지하되 공생활에 엄격한 거리를 둔 세네카적 도덕주의자를 보았다. 몽테뉴는 이런 열정적 평정의 목소리―그리고 본질적으로 프랑스적인 목소리―라고 블런트는 말한다. 이런 특징은 니콜라 푸생에게서 두드러지지만, 다른 거장과 매체들에서도 보인다. 프랑스 건축가 필리베르 드 로름(c. 1510~70)―블런트는 1958년에 그에게 논문 한 편을 바쳤다―, 위대한 화가 클로드 로랭(1600~82), 건축가 겸 조각가 프란체스코 보로미니(1599~1667)―블런트는 1979년에 그에 대해 예리하고 우아한 연구를 발표했다― 등이 그들이다. 보로미니의 미학에서 스토아 철학은 기독교 휴머니즘과 결합해서, 신은 '지고의 이성'이라는 견해를 지지한다.

보로미니도 만년의 푸생처럼 인간이란 불가피하게 미미하고 비참한 존재지만 숙고 능력―우주적 에너지와 질서의 특정 측면들을 규율 잡힌 형태로 바꾸는 능력―이 있다고 보았다. 이 숙고는 푸생의 화폭, 보로미니의 파사드, 푸케의 소묘에 합리적 신비의 빛을 채운다.

블런트의 권위가 언뜻 프랑스적 이상과 반대되는 듯 보이는 미술가들에게까지 뻗는 것은 그의 탁월성과 감각의 정교함을 보여주는 일이다. 그가 처음으로 윌리엄 블레이크에 대한 논문을 쓴 것은 1938년이었다. 그의 연구서 『윌리엄 블레이크의 미술』은 1959년에 나왔다. 이번에도 그의 기준은 상상력과 실행 기술의 조화. 전혀 다른 기호로 표현되었지만, 블레이크의 그림에는 푸생과 같은 "생각과 감정의 완전한 통일성"이 있다. 블레이크에 대한 분석은 완전히 정치적이었다. 블레이크는 물질주의에 반대하고, 새로운 산업 시대의 돈 숭배도, 경화硬化된 국교의 훈계도 반대했다. 그는 고립과 기행의 위험 속에서 산 "소수자 전사"였다. 그는 미술가로서의 재능과 고전 미술과 현대 사회를 이해하는 지성을 통해서, 철저히 개인적이면서도 확실한 보편성을 지닌 도안을 창조했다. 블레이크는 "물질주의의 지배에서 벗어나려는 사람들에게" 극적인 도움과 위안이 된다고 블런트 교수는 말한다. 저항의 급진성은 구성의 통제된 선에 담겨 있다. 그런 "엄격함과 환상의 비범한 조합"은 보로미니의 작품―로마 프로파간다 피데 궁전의 파사드―에 대한 연구에서도 블런트를 기쁘게 한다.

전문가 동료들에게 블런트는 높은 위상의 예술사가이자 분석적 비평가에 그치지 않는다. 그는 우리 시대 최고의 카탈로거catologuer 중 한 명이다. 거기 필요한 훈련, 그 생산물이 순수 미술 연구와 해석에 갖는 중요성을 문외한은 요약은 고사하고 파악도 쉽지 않다. 말과 글의 생명력은 결국 우리 어휘와 문법의 품질이 결정하듯이, 위대한 예술 작품의 평가는 정확한 감정attribution과 연대 확인에 달려 있다. 이 그림을 그린 것은 누구인가? 이 소묘는 누구의 작품인가? 원판과 이 프린트는 어떤 관계인가? 이 조각상을 새기거나 주조한 것은 언제인가? 이 열주列柱 또는 저 현관실vestibule은 어느 해에 지었는가? 이것은 개인의 작품인가? 아니면 한 화실이 스승과 함께 또는 스승의 모형으로 협력 작업을 한 것인가? 예술사가와 문화사가, 예술 비평가, 감식가에게 카탈로그 레조네―한 예술가나 학파의 산출물을 연대순으로 정리하고 정확한 설명을 붙이는 일―는 정돈된 인지를 위한 일차적 수단이다. 일급 사전 편찬자나 문법학자와 마찬가지로, 카탈로그 작성자에게 필요한 능력은 엄중하고도 희귀하다. 카탈로거는 우선 자신이 분류하는 매체의 기술적 요소에 통달해야 한다. 예를 들어 에칭 작가의 기술을 설명하려면 에칭 도구 각각의 특징을 머릿속으로뿐 아니라 말하자면 손끝으로도 알고 있어야 한다. 원판의 상태를 판단하려면 해당 시대의 금속공학에 대해서도 알아야 한다. 사용한 잉크의 질감, 종이와 워터마크*의 정확한 역사, 에칭 판을 찍은 회수가 알려주는 미적·상업적 가치에도 친숙해야 한다.

회화의 감정과 연대 파악에는 때로 실험 기술도 사용된다. 염료의 적층을 확인할 때는 엑스레이와 적외선 사진이, 대상의 연대와 성분 역사를 알아낼 때는 나무·캔버스·금속의 정밀 분석이 동원된다. 하지만 이런 복잡한 정밀성은 예비 단계일 뿐이다. 회화, 조각, 세례당의 화가, 조각가, 건축가를 올바로 가려내는 일, 그것의 연대를 확정하고 미술가의 전체 작품 속에 올바로 위치시키는 일은 날카로운 이성적 직감의 결과다. 좋은 기억력, 비교 대조 가능한 방대한 부차적 작품들을 눈앞에 떠올리는 능력이 필수적이다. 역사적 상상력, 즉 역사 소설가, 역사가, 위대한 무대 디자이너가 과거를 형상화하는 정교하고 강력한 공감 능력도 마찬가지다. 엄청난 박식—다시 말해 미술가의 인생에 대한 방대한 지식, 그의 직업적 습관, 재료 유통, 작품이 화실을 떠나서 현대 박물관, 경매소, 다락방, 개인 컬렉션에 이르는 복잡한 여행 과정에 대한 지식—이 필수적이다. 하지만 그것들은 핵심이 아니다. 가장 중요한 것은 "촉각적 가치"(베렌슨의 표현)로, 거기에는 예술 대상의 세밀한 부분과 전체적 효과 양쪽 모두에 심미안과 감각적 인식을 흔들림

---

* 제지 과정에 종이에 새기는 투명 문양.

없이 가져가는 능력이 필요하다. 일급 카탈로거는 절대 음감의 소유자다.

블런트의 〈니콜라 푸생의 소묘〉 카탈로그는 1939년에 처음 나왔다. 〈윈저 성 소재 영국 왕실 프랑스 소묘 컬렉션〉은 1945년에 출간되었다. 9년 뒤에는 〈윈저 성 소재 영국 왕실 G. B. 카스틸리오네와 스테파노 델라 벨라의 소묘 컬렉션〉이 나왔다. 블런트가 작업한, 영국 왕실의 17세기와 18세기 베네치아 소묘 컬렉션에 대한 해제解題 카탈로그는 1957년에 출간되었다. 3년 뒤에는 같은 시기 왕실 보유 로마 소묘에 대한 카탈로그가 나왔다. 앤서니 블런트는 1960년 파리에서 열린 대규모 푸생 전시회의 카탈로그를 작성했고, 그 6년 뒤에는 푸생의 회화 전체에 대한 결정본 카탈로그를 냈다. 1968년에는 워데스던 영지 소재 제임스 A. 로스차일드 컬렉션을 조사했다. 1971년에는 이전에 나온 프랑스와 이탈리아 소묘 목록의 보족補足을 발표했다. 더욱이 그의 모든 논문—「나폴리의 바로크 및 로코코 건축」(1975) 같은 뛰어난 연구를 포함한—과 보로미니 연구서에서는 감정, 정확한 기술記述, 연대 표기가 주요한 역할을 한다. 블런트는 그러니까 서양 미술이라는 집에 있는 큰 방들을 알아볼 수 있게 정돈해 놓은 것이다. 그리고 이미 말했듯이 거기 필요한 노동, 고뇌, 안목과 집중력은 전문가가 아니고서는 제대로 측정할 수가 없다.

'고뇌'에 대해서는 더 이야기할 필요가 있다. 감정, 해제, 연대 확인 문제는 기술적 수준에서 완전한 성실성을 요구한다. 여백은 밀리미터 단위까지 측정해야 한다. 판화의 순서를 제대로 파악하려면, 원판에서 찍어낸 여러 판본들의 거의 현미경적인 차이를 구별해내야 한다. 하지만 이 영역에는 언제나 도덕적이고 경제적인 압박도 있다. 과열된 미술 시장에서 회화나 소묘, 판화, 조각품의 가치는 전문가의 감정에 긴밀히 의존한다. 유혹은 엄청나다. (베렌슨은 때로 그런 유혹에 굴복했다는 말이 있다.) 블런트의 엄격함은 의문의 여지가 없었다. 그의 학문과 가르침은 가차 없는 기술적 엄격함과 지적, 도덕적 엄중함의 모범이다. 그의 카탈로그, 예술사와 비평, 그가 공공 또는 개인 소장 회화와 소묘의 작가 확인 및 가치 평가에서 도달하는 결론은 블런트와 관계 깊은 연구소의 창립자인 애비 워버그가 채택한 슬로건—"신은 디테일에 숨어 있다"—을 예증한다. 이 수준의 학문과 예술 감식에서, 기만과 그에 뒤따르는 폭로는 치명적이다. 로얄 빅토리아 훈장 서품자이자 왕실 귀빈인 앤서니 블런트 경 교수는 거의 매일 동료와 학생들에게 이 점을 강조했다.

그들은 거기 뜨겁게 응답했다.『앤서니 블런트의 60회 생일에 바치는 르네상스와 바로크 미술 연구』(파이돈, 1967)는 의례적 제스처에 그치지 않았다. 여러 명의 뛰어난 미술사가, 건축사가들이 그 분야의 거장이자 모범적 교사에게 경의를 바치기 위해서 그의 높은 기준과 폭넓은 통찰을 반영하는 에세이를 모아 출판했다. 하지만 학자 겸 해설자 블런트에 대한 존경보다 더 큰 것은 인간 블런트에 대한 존경이었다. 학계 전체, 국립 미술 컬렉션 펀드, 내셔널 트러스트(영국 역사 유산 보존의 최고 단체), 박물관과 왕실에서 일하는 블런트 교수의 동료들이 아낌없이 표현하고 싶어 한 것은 앤서니 경의 "수준 높은 지성과 도덕적 진실성"이었다. 그 두 가지는 손을 굳게 잡고 있었다.

나는 블런트가 정확히 언제 소련의 스파이로 포섭되었는지 알지 못한다. 아마도 케임브리지 대학 트리니티 칼리지 학부생 시절인 1926~1929년에 공산주의에 강한 흥미와 공감을 품었을 가능성이 높다. 1932년에 칼리지의 펠로로 뽑혔을 때는 주로 K.G.B.의 인재 발굴 및 자문 역할을 했던 것 같다. 증거를 보면 그는 킴 필비, 가이 버지스, 도널드 매클린 같은 젊은이—이들은 나중에 모두 모스크바로 망명했다—의 집단에 막대한 영향을 끼쳤다. 블런트는 1939~40년에 프랑스에서 군 복무를 했는데, 그 전에 군 정보 당국에 들어가려는 시도를 한 차례 했다(그 자세한 내용은 아직도 불분명하다). 그리고 1940년 히틀러의 서부 전선 돌파에 따른 혼란과 위기 속에서 앤서니 블런트는 마침내 그 일에 성공해서 전시 보안정보부의 MI5국에 들어갔다. 외부인은 아무도 블런트의 역할이 무엇이었고, 그가 어떤 지위까지 올라갔는지 잘 모르는 것 같다. 그는 애초에는 런던 소재 외국 대사관과 망명 정부들의 통신과 활동을 모니터했던 것 같다. 그리고 그렇게 해서 알아낸 것을 소련에 넘겨주는 방식으로, 러시아가 1944~1945년에 동유럽의 신생 독립 국가들에 폭압적 정책을 계획하고 실행하는 데 도움을 주었을 것이다.

블런트 자신은 그가 한 일은 그저 MI5국이 독일 정보망에 대해 밝혀낸 것을 러시아에 알려주고, 동료들의 동정을 이따금 전달한 것뿐이라고 말했다. 마거릿 대처는 1979년 11월 셋째 주에 하원 의회에 보낸 성명—블런트의 반역을 일반에게 알린 성명—에서 이렇게만 말했다. "우리는 그가 정확히 어떤 정보를 전했는지 모릅니다. 하지만 그가 어떤 정보에 접근할 수 있었는지는 압니다." 이 말은 그 정보가 예민한 것이었다는 뜻을 함축하고 있다. 겉으로 볼 때 블런트의 MI5국 활동은 종전과 함께 끝났다. 물론 실제로 영국의 정보 공동체는 다른 나라와 마찬가지로 일종의 영구 클럽이라서 '올드 보이'와 옛 활동가들이 언제든 부름이 있으면 다시 활동했다. 블런트는 1950년에 외교부 보안 분과가 워싱턴 대사관의 대형 기밀 누출 사건을 추적할 때 도움을 주겠다고 했던 것 같다. 그는 이 친절한 행동으로 바로 버지스-매클린 파일에 접근할 수 있었다. 오늘날까지도 버지스와 매클린이 어떻게 매클린의 조사가 예정된 시간 72시간 전에 그 사실을 귀띔받고 소비에트 연방으로 도피할 수 있었는지 정확한 경위는 극소수의 사람들만이 안다.

블런트가 그 도피에 관여한 것은 거의 확실하다. 그가 작전을 주도했는지, 아니면 긴급 신호만 전달한 것인지는 불분명하다. 우리가 아는 것은 1951년 5월 25일 —금요일— 오전에 버지스에게 전화를 걸어서 다음 주 월요일에 매클린이 조사받게 될 거라고 말한 것이 앤서니 블런트였다는 것이다. 영국 보안 당국은 안식일을 지켰다. 그날 밤, 버지스와 매클린은 사우샘스턴에서 생말로로 가는 여객선을 탔다. 더욱이 버지스의 런던 아파트를 훑어서 그와 필비의 범죄 의심 증거를 없앤 것도 블런트였다. 필비는 혹독한 조사에도 무너지지 않았다. 대처 총리의 의회 성명에 따르면, 블런트는 필비가 1951~1956년 사이에 "한 차례" 소련 정보국과 접촉하도록 도와준 것을 인정했다(1956년은 블런트가 기사로 서품된 해였다). 하지만 증거를 보면, 블런트가 K.G.B.와 궁지에 빠진 요원 사이에서 메신저 역할을 했음을 알 수 있다. 필비가 나중에 모스크바 어느 공원의 양지바른 벤치에서 말했듯이 (그는 1963년에 사실상의 허락 속에 망명했다) 그는 "아주 교묘한 방법으로" 크렘린 지도자 및 친구들이 보낸 응원 메시지를 받았다. "그것은 사건의 분위기를 완전히 바꾸었다. 나는 더 이상 혼자가 아니었다."

그것은 블런트도 마찬가지였다. 버지스-매클린 사건 때문에, 그리고 미국 정보기관의 요청 때문에 —그들은 영국 정보기관 최상부에 '박쥐'가 있다고 경고하려고 했다— MI5국 조사관들은 1951년부터 열한 차례에 걸쳐 블런트를 만났다. 자료들을 통해서 보면, 블런트는 침착하게 모든 의혹을 부인했다. 버지스의 폭로는 기행으로 유명한 알코올 중독자의 말일 뿐이라고 했다. 몇몇 조사관은 블런트가 거짓말을 한다고 확신했지만 증거를 짜맞추지 못했다. 더욱이 블런트의 사회적 위신, 왕실과의 관계 및 그런 관계가 안겨주는 면책 범위는 해가 갈수록 커졌다. 1952년에서 1964년은 이 왕실 미술 보호자 겸 조달자의 황금 시대였다. 1962년에 조지 블레이크—간부급 소련 스파이—의 적발과 재판, 필비의 모스크바 망명, 폭로의 홍수가 이어졌고, 1963년 여름에 본질은 사소하지만 당혹스러운 프로푸모 스캔들*로 인해 사회 전체가 배신에 대해 경각심을 품게 되었다. 조사가 재개되었다. 공식 문서에 따르면, 이번에는 블런트가 항복하고 조사관들과 거래를 했다. 그에게 완전한 재량권과 면책을 약속하면 그 대가로 반역을 고백하고 MI5국과 협력하겠다는 것이었다. K.G.B.가 블런트의 '전향'을 모르고 계속 그의 서비스를 이용할 경우, 그것을 영국 방첩 활동에 사용한다는 것은 분명한 유혹이었다. 이런 군침 도는 거래는 극비에 붙여져야 했다.

이 사실을 아는 극소수의 사람들 가운데 여왕의 개인 비서 마이클 아딘 경이 있었다. 그는 이 소식을 침착하게 받아들

---

* 국방부 장관 존 프로푸모와 19세 모델의 섹스 스캔들.

였던 것 같다. 이 일이 더 놀라운 것은 왕실 회화 차석 관리인인 올리버 밀러가 비밀 정보기관 출신이었기 때문이다. 하지만 K.G.B.는 미끼를 물지 않았고, 블런트가 새 주인에게 협력한 내용은 거의 없었다. 답답해진 MI5국 지도부는 그에게 다시 한 번 속았다고 생각했다. 앤서니 경의 공적 명예가 사태를 악화시켰다. 분노한 정보 당국이 일부러 유출시킨 듯한 소문이 런던 중심가, 옥스퍼드와 케임브리지 대학의 강사 휴게실, 가십의 신경망들에 돌기 시작했다. 저널리스트 리처드 디컨과 앤드루 보일이 추적에 나섰다. 디컨은 명예 훼손으로 고소하겠다는 협박을 받자 쓰던 책을 포기했다. 하지만 자신이 가진 사실에 자신이 있고, 아마 어떤 권력 기관의 도움도 받았다고 보이는 보일은 작년 11월 5일에 책을 출간했다(미국판은 '네 번째 남자'라는 제목으로 나왔다). 출간일은 절묘했다. 영국인에게 가이 포크스의 날은 치명적 음모를 상기하는 날이다. 열흘 뒤 총리가 발언했다.

이것이 요컨대 대처 총리의 의회 발언 이후 보일을 비롯한 많은 기자가 홍수처럼 폭로하고, 각종 평론가와 전직 정보요원, 그리고 첩보 소설의 대가인 존 르 카레와 그 제자들이 열렬한 대중에게 판매한 사실들이다. 대충만 보아도 거기에 구멍, 대답 없는 질문, 비개연성이 가득하다는 것을 알 수 있다. 1940년의 징집이 아무리 혼란스러웠다 해도, MI5국이 어떻게 히틀러-스탈린 협상의 시기에 블런트가 〈스펙테이터〉 지의 미술 평론과 1937년의 에세이에 쓴 정치적 견해를 무시할 수 있었을까? 이미 1939년에 소련 이탈자 월터 크리비츠키 장군이 MI5국에 준 서류를 누가 묻거나 폐기했을까? (그 서류는 블런트의 정체와 그와 매클린의 관계를 특정하다시피 했지만, 아마 왜곡되고 단편적인 방식이었을 것이다.) 고위층의 보호가 있었다는 암시는 피할 수 없었다.

블런트의 이중생활은 처음부터 신기할 만큼 보호받았다. 버지스와 한집에 살던 블런트가 1951년의 소동 속에서 어떻게 그물망을 빠져나갈 수 있었을까? 1964년의 자백과 면책 보장도 개연성이 없다. 블런트가 왜 하필 그 시기에 굴복을 했을까? 그리고 조사관이 그의 정체 폭로와 반역죄 기소를 막아줄 만한 가치가 있다고 생각했다면, 그가 K.G.B.에서 어떤 중요도와 지위에 있었을까? 당시 총리였던 흄 경과 그 후임인 해럴드 윌슨은 직책상 보안 당국의 수장인데도 그에 대해 들은 바가 없다고 했다. 어떻게 이렇게 된 것일까? 그리고 명예로운 왕실 예술 고문 겸 궁전의 정식 내빈인 자가 K.G.B. 요원이라고 자백했다는 사실을 여왕에게 알리거나 알리지 않는 결정―이것은 정치적으로는 사소하지만 심리적으로는 아주 기이한 일이다―을 누가 내렸을까? 블런트의 1964년 자백이 전술적 기만이고, 그가 계속 K.G.B. 요원, 또는 (더욱 그럴듯하게) 고전적 이중 스파이로 양쪽으로 다 '전향'했지만 한쪽에만 충성했을 가능성이 높지 않을까? 달리 어떻게 블런트의 파일을 1973년에 다시 열어보고도 —이것도 당시 총리 에드워드 히스가 약간 삐딱하게 밝힌 것이다— 그 후 6년 동안 세 명의 검찰총장이 연달아 기소할 만한 증거가 없다고 결론을 내린 사실을 설명할 수 있을까? '박쥐'와 망명자들이 제공한 증거는 정보 채널에서 여과되는 데 오랜 시간이 걸린다. 하지만 영국 정보기관은 정말로 아나톨리 돌니친—1962년에 미국으로 망명한 K.G.B. 고위 요원으로, 필비 사건과 블런트의 연락망을 모두 알았던 것 같은—이 준 정보를 무시했을까? 다시 한 번 고위층에 수호천사가 있었다는 느낌이 든다.

그 자신 영국 엘리트 사교계의 일원인 어느 영리한 옥스퍼드 철학자는 나에게 세상에 알려진 블런트 이야기는 여러 가지로 조작이라고 말했다. 그것은 정확히 다른 유명 인사들이 달아날 수 있게 피운 연막 장치였다는 것이다. 그 핵심은 "사람들이 알고 있는 것과 정반대"라고 했다. 앞날의 역사가들이 캐내야 할 것이다. 끈질긴 추적자들이 미발표 기록, 편지, 개인 기록물을 발굴해낼 것이다. 블런트 자신이 발언을 하고 인세 수입을 거둘 수도 있다. 하지만 명확한 진실이 드러날지는 의문스럽다. 확실한 것은 이것 하나다. 앤서니 블런트는 K.G.B. 앞잡이로 30년 이상 반역 행위를 해서 조국에 심각한 피해를 입혔고, 다른 사람들—폴란드와 체코 출신 망명자들, 동료 정보 요원들—을 죽음에 이르게 했을 수도 있다는 것. 나머지는 저급 가십이다.

간첩 행위와 반역은 매춘만큼이나 오래된 직업이다. 거기에는 명백하게도 상당한 지식과 담력을 가진 사람들이 많이 참여했고, 때로는 사회적 지위가 아주 높은 사람들도 있었다. 하지만 최상급 지성의 소유자, 지성사에 특출한 기여를 한 사람, 학자이자 교사로서 진실성과 정직성을 직무의 규준으로 삼던 사람이 이런 역겨운 업에 참여하는 일은 극히 드물다. 현대사에서 나는 이와 같은 경우를 찾을 수가 없다. 블런트 교수의 반역과 이중생활은 지적−학술적 집착의 본성에 대해, 한 사람 안에 최상의 진실과 허위가 공존하는 일에 대해, 우리 사회의 탁월성의 뿌리에 자리한 비인간성의 병원균에 대해 근본적인 질문을 제기한다. 거기에 이 일의 의미와 매혹이 있다. 나는 블런트 사건이 일으킨 무수한 응접실 탐정 놀이와 스파이 판타지에 한마디를 거들 능력도, 그러고픈 흥미도 없다. 하지만 오전에는 학생들에게 와토의 소묘의 잘못된 감정 또는 14세기 비문碑文의 부정확한 필사가 영혼에 대한 죄악이라고 가르치다가 오후나 저녁에는 자국민 또는 가까운 동료가 신뢰 속에 맡긴 ─그리고 아마도 핵심적일─ 기밀 정보를 소련 정보 요원에게 전달하는 사람에 대해 잠시 생각해보고 싶다. 이런 분열의 근원은 무엇인가? 어떻게 영혼이 스스로에게 가면을 씌우는가?

블런트의 예술 비평과 『사슬에 묶인 정신 *The Mind in Chains*』의 기고문에서 보이는 마르크스주의적 시각은 특별할 것이 없다. 그것은 서구의 경제 불황, 파시즘과 나치즘의 발흥, 그리고 러시아 혁명의 역동과 해방이라는 세 가지 상황을 겪은 중간 계급 세대의 광범위한 분노로 해석할 수 있다. 블런트의 어떤 글도 마르크스주의 변증법적 유물론의 철학적 측면이나 이 유물론이 토대한 경제와 노동 이론에 대한 각별한 이해를 보여주지 않는다. 그것은 1930년대의 흔한 응접실 좌파적 글이었다. 다른 점은 한 가지뿐이었다. 블런트는 일찌감치 위대한 예술—그가 인간 의식과 사회에 탁월한 가치가 있다고 평가하는—은 단편적, 무정부적이고, 유행을 따르는 개인 후원과 매스미디어에 의한 주변화를 이길 수 없다는 확신에 이르렀다. 서구의 회화, 조각, 건축이 고전 시대의 위상을 되찾으려면, 계몽적·교육적이고, 역사적 목적이 있는 국가의 통제가 필요하다고 여겼다. 하지만 예술에 대한 중앙 통제를 거듭 촉구하는 블런트의 글을 자세히 살펴보면, 기본 논점은 그렇게 마르크스주의적이지 않다. 그가 이상적으로 보는 모범은 그보다 훨씬 앞선 시대에 있다. 수많은 '급진파 엘리트'들이 그렇듯이, 블런트는 어쩌면 서로 안티테제적인 두 가지 계통을 중시한다. 그는 위대한 예술이 인간에게 더없이 중요한 의미가 있다고 여겼고, 전체 사회가 이 의미에 접근할 수 있기를 바랐다. 그 해법은 다소 불가피하게 플라톤적이었다. 지성과 염결성廉潔性을 갖춘 '후견인'이 예술이 긍정적이고 삶을 드높이는 품질을 갖게 만들고, 전체 사회가 그런 예술을 누리도록 꾸리는 것이다. 그런 품질과 대중적 향유는 집단의 감성을 더 높은 차원으로 끌어올릴 것이다.

블런트는 권위와 확산의 이런 메커니즘이 르네상스기 이탈리아의 전제주의 도시 국가들, 그리고 무엇보다 루이 14세와 15세 시대에 작동했다고 느꼈던 것 같다. 메디치 가나 베르사유 궁의 후원은 중앙 통제적이면서도 진보적이었다. 그것은 영속적 가치를 지닌 회화, 조각, 건축물의 생산을 명령했지만, 그 생산물로 정치 사회적 이익과 자극을 얻었고, 그 과정에 국가 전체가 적극 관여했다. 이런 방식으로 개별 예술가는 사회의 살아 있는 조직에 통합되었다. 그들의 영감이 아무리 개인적이고 독특해도, 그들이 구상하고 생산한 화폭, 기념물, 로지아* 또는 파사드는 공적 행사나 고위 후원자 및 도시 전체와 소통해야 한다는, 합리적이고 인간적인 압력을 받았다. 자본주의 체제에서 번성하는 미술상과 개인 컬렉터, 갑부, 저널의 평론가는 그런 결합과 상대가 되지 않는다. 오히려 반대로 그런 금전 관계는 예술 세계를 폐쇄적 엘리트 세계와 키치적 세계로 치명적으로 쪼개놓았다. 블런트는 그 위기가 앵그르—여전히 위계적이고 공적인 환경에서 활동한—와 마네 사이의 어딘가에서 시작된 것으로 보는 듯하다. 메디치 가 또는 앙시앵 레

---

* loggia. 한쪽 벽면이 개방된 방.

짐 같은 현대의 기구는 레닌주의 순수미술 인민위원회, 멕시코의 혁명 문화부, 또는 어쩌면 우리가 목격했듯이, 나치 선전부와 공식 예술실이라 여겨졌다. 블런트는 영민했기에 역사적 전환기에는 그 대가가 혹독할 것을 알았다. 하지만 그 방법이 아니라면 어떻게 예술—이것이 없다면 인간은 짐승이나 다름없다—이 고립되거나 금융 시장에서 타락하는 것을 막을 수 있겠는가? 아마도 이 질문에 다른 대답을 찾지 못했기 때문에, 앤서니 블런트가 살롱 마르크스주의 대학생에서 현실의 반역자가 되었을 것이다.

증거는 없지만, 그와 관계된 좀 더 특이한 동기도 있었을지 모른다는 개인적인 직감도 있다. 블런트가 예술 공부를 진지하게 시작했을 때, 푸생만큼이나 클로드 로랭에게 강하게 끌린 정황이 있다. 로랭은 보기에 따라 더욱 독창적이고 인상적인 화가다. 하지만 이 두 화가가 후원자나 대중과 맺은 관계가 달라서, 푸생의 작품은 학생들이 폭넓게 접근할 수 있던 반면 로랭의 작품은 많은 수가 개인 컬렉션이나 당시에는 폐쇄된 컬렉션에 있었다. 여기에 내가 상당한 양가성을 느끼는 문제가 있다. 위대한 예술의 사적 소유, 그것을 관심 있는 애호가나 학자는 말할 것도 없고 일반인이 볼 수 없게 격리하는 것은 정말로 이상한 일이다. 터너나 반 고흐의 작품이 투자물과 담보물로 중동이나 라틴아메리카의 은행 금고에 틀어박히는 일, 그리스 선박왕이 엘 그레코의 걸작을 요트에 걸어 위험에 노출시키겠다는 어이없는 결정, 이런 것은 반달리즘에 가까운 현상이다. 위대한 예술의 사적 소유를 허락해야 할까? 사적 소유라는 것이 물질적 위험과 탐욕, 그리고 일반 대중의 시야에서 철수되는 것을 수반하는데도? 이런 의문은 회화나 조각, 건축 작품이 애초에 대중적 전시를 의도하고 제작된 경우라면 더욱 강력한 의미를 띠는데, 중세, 르네상스, 17~8세기 작품의 압도적 다수가 거기 해당한다. 개인 컬렉터, 특히 미국의 컬렉터들이 학술적 방문자들에게 너그럽게 자기 보물을 보여주었다는 것은 (물론 늘 그러는 것도 아니다) 답이 아니다. 갑부거나 열혈 투자자일 뿐인 개인이 보편적이고 대체 불가능한 인류의 유산의 위치와 접근권을 결정해야 하는가? 나도 그에 대해서 단연코 '아니'라고 대답한 시절이 있다. 위대한 예술은 사적 재산이 아니고 그럴 수도 없다고. 하지만 지금은 잘 모르겠다. 나는 그저 블런트는 그것을 확신했고, 젊은 시절 그가 개인이 소장한 천재들의 특정 회화와 소묘에 접근할 수 없던 일 때문에 자본주의에 격렬한 반감을 느꼈을 거라고 추측할 뿐이다. 소련에서는 위대한 미술 작품이 공공 미술관에 걸린다는 걸 그는 알았다. 학자도 평범한 남녀도 라파엘로나 마티스의 작품을 보며 영혼을 고양하기 위해 모자를 손에 들고 대저택 문 앞에서 기다릴 필요가 없다.

블런트 현상을 이해하는 두 번째 주요한 접근법은 동성애다. 지금까지 케임브리지 대학 동아리들의 동성애에 관해서는 무수히 많은 글이 씌어졌다(그리고 소련 정보기관은 그곳에서 많은 요원을 뽑아갔다). 출간된 정보 중 일부는 신빙성이 있지만 대다수는 음란한 가십이다. 블런트의 호모에로티시즘의 주요 목격자 중 한 명인 고로니 리스는 예리하지만 정서가 불안하고 신뢰성이 떨어지는 정보원이다. 명백한 것은 젊은 블런트가 다닌 케임브리지 대학 트리니티 칼리지와 킹스 칼리지의 엘리트 집단, 특히 유명한 '사도회Apostles'가 강력한 동성애적 성향을 띠었다는 것이다. 사도회는 테니슨 시절부터 스트래치와 버트런드 러셀 시절까지 영국 철학계와 문학계를 주름잡은 인물들의 비밀스러운 모임이다. 19세기 말 이후 서구 문화에서 동성애가 수행한 역할이라는 방대한 주제는 아직 어떤 사회학, 문화사, 정치 이론, 심리학도 제대로 다루지 않고 있다. 이 주제는 너무도 광범위하고 방법론과 정서가 복잡해서, 마키아벨리, 드 토크빌, 프로이트가 결합해야 중량감 있는 책을 쓸 수 있을 것이다.

문학, 음악, 조형 예술, 철학, 연극, 영화, 패션, 일상적 도시 생활의 공간 장식까지 동성애가 중대한, 나아가 지배적인 역할을 하지 않은 분야는 거의 없다. 유대교와 동성애—특히 프루스트와 비트겐슈타인처럼 두 가지가 겹치는 경우에 더욱 강력하게—는 서구의 도시적 현대성, 그 전체 구조와 특징을 생성한 2대 요소였다고도 할 수 있다. C. P. 스노의 "두 문화" 논의에서는 암시조차 되지 않지만, 일반 문화와 과학 문화 사이에 간극이 점점 커진 것은 상당 부분 순수 과학과 응용 과학 분야에는 놀라울 만큼 동성애가 부재한다는 사실 때문이다. 이것은 방대하고 아직 제대로 밝혀지지 않은 역사로, 정치와 스파이와 배신의 세계에서 동성애가 수행한 역할은 극적이기는 하지만 전체의 한 분야일 뿐이다. 더욱이 블런트나 케임브리지와 블룸즈버리 사도회 청년들에게 동성애는 너무 제한된 개념일 수도 있다.

최근까지 영국 사회의 특권층은 남자 기숙학교를 졸업하고 독신 남학생만 있는 옥스퍼드와 케임브리지 대학에서 교육받았다. 두 대학에 여학생이 입학한 것은 겨우 70~80년밖에 되지 않았다. 이런 교육 환경에서 바깥세상의 비속한 가치보다 더 오래가고 빛나는 남성적 우정, 남성적 친교, 상호 신뢰에 대한 이상이 뿌리를 내렸다. 시릴 코널리의 『약속의 적들Enemies of Promise』, 필립 토인비의 정교한 『헤어진 친구Friends Apart』는 흰 플란넬 셔츠를 입고 여름날 오후를 보내며, 전쟁에서 영웅적으로 죽는 이상을 품는 청소년기 아르카디아Arcadia의 고전적인 풍경을 보여준다. 이런 남성적 코드는 가장 플라톤적인 (모호한 용어지만) 학창 시절의 짝사랑에서 완전한 연애까지 동성애의 모든 단계를 포괄한다. 하지만 후자라고 해도, 여름이 저물고 결혼과 자녀라는 서늘한 계절로 넘어가기 전의 일시적 단계인 경우가 많았다. 그러므로 중요한 것은 호모에로티시즘 자체가 아니라 작은 남성 집단, 똑같은 교육을 받고 케임브리지의 안뜰과 정원이라는 매혹적 환경을 공유하며 조율된 영혼들이 갖는 전망이다. 이런 집단에서 선택적 친화성은 강도가 두 배가 된다. 내부에 대한 애착은 커지고, "다른 사람들," 진부한 대중의 저속한 어법과 속물적 가치는 다소 의식적, 공격적으로 거부한다.

이런 태도와 믿음의 암호는 E. M. 포스터가 1930년대 말에 처음 하고, 그 뒤로 무수히 반복된 말이다. "조국을 배신하는 일과 친구를 배신하는 일 사이에서 선택을 해야 한다면, 나에게 조국을 배신할 용기가 있기를 바란다." 소설가로서는 과대평가되었지만 —『인도로 가는 길』만이 완전한 일급 작품이다— 포스터는 그 이후 케임브리지의 여러 세대에게 양심의 잣대가 되었다. 그 자신의 동성애, 철저한 사생활 보호, 사도회에서의 위치로 인해 그는 윤리적 선택 문제에서 고등 법원 같은 역할을 했다. 그래서 우리는 포스터가 버지스, 필비, 매클린, 블런트 및 그들의 친위대와 관련된 진실을 얼마나 알았을지 의문이 들지 않을 수 없고, 배신에 대한 그의 말도 면밀히 살펴볼 필요가 있다. 나는 개인적으로 그 말이 함축하는 가치에 강하게 끌린다.

민족주의는 현대사의 독극물이다. 인간이 민족의 이름으로, 깃발에 대한 소아적 환상으로 서로를 불태우고 도축하는 일보다 더 야만적인 부조리는 없다. 시민권은 쌍무 계약으로, 언제나 비판적 검토의 대상이며, 필요하면 파기도 가능하다. 거대 불의와 거대 오류를 감내할 가치가 있는 인간의 도시는 없다. 소크라테스의 죽음이 아테네의 생존보다 더 깊은 의미가 있다. 프랑스 역사의 가장 빛나는 일은 프랑스인들이 드레퓌스 사건으로 공동체가 무너지고 민족적 유대가 약화될 위험을 (실제로 그랬다) 감수했다는 것이다. 포스터 훨씬 이전에 이미 존슨 박사가 애국주의를 악당의 마지막 도피처라고 정의했다.

　나는 인간이라는 동물이 국경과 여권 없이 사는 법을 익히지 않으면, 이 상처 가득한 지구에서 모두가 서로의 손님임을 이해하지 못하면, 계속 생존을 유지해 나갈 수 없을 거라고 생각한다. 우리의 조국은 (동구건 서구건) 현대 관료주의 정권의 감시와 괴롭힘이 각자에게 자기 일을 하도록 허락해주는 작은 공용 공간이다. 그것은 호텔 방일 수도 있고 가까운 공원 벤치일 수도 있다. 나무는 뿌리가 있지만, 사람은 다리가 있기 때문에 양심에 아니라고 느껴지면 떠날 수 있다. 그래서 포스터의 도전적 발언에는 옹호할 만한 보편적 휴머니즘이 있다. 앤서니 블런트가 화려한 경력을 버리고 황폐한 모스크바로 망명하거나 케임브리지 친구들을 밀고하는 대신 자살을 했다면, 우리는 그를 반역자라고 욕할지언정 포스터의 고귀한 패러독스를 실행한 자로 인정하고, 소년 시절의 충성이라는 오랜 전통을 나름의 논리로 완성했다고 보았을 것이다. 블런트는 물론 그렇게 무모하거나 우아한 일을 하지 않았다. 그는 조국과 친구 모두를 똑같이 냉혹하게 배신했다.

그럼에도 불구하고 동성애 모티프는 두 가지 방식의 의미가 있었을 수 있다. 그것은 소련 정보기관이 블런트와 그들 집단을 협박할 근거가 되었을 수 있다. 당시 영국의 법은 성인간에 합의된 동성애조차 엄격하게 다루었기 때문이다. 그보다 더 중요하게, 호모에로틱한 에토스는 블런트와 버지스 같은 이들에게 공식 사회란 그들의 재능에 어떤 상을 내려준다고 해도 본질상 적대적이고 위선적이라고 느끼게 했을지 모른다. 그래서 이제 정의로운 전복의 시간이 왔고, 스파이 활동은 이 선의에 필요한 수단의 하나라고 보는 것이다. 하지만 아이러니하게도 스탈린 치하의 소비에트 연방은 앙드레 지드가 환멸 속에 보고했듯이, 자본주의 서구보다 동성애를 훨씬 더 억압했다. 블런트는 1940년에 『1450~1600년 이탈리아의 미술 이론』을 발간하면서 그 서문에서 "더욱 기본적인 일들에" 도움과 자극을 준 가이 버지스에게 감사를 표한다. (버지스가 르네상스 미학에 어떤 권위가 있는지는 그렇게 뚜렷하지 않다.) 그는 영국 정보 당국 안에서도 밖에서도 잘 나갔다. 러시아에서는 이런 일을 다르게 처리한다.

그러나 그 중요성은 분명하지만, 블런트의 공개적 마르크스주의도, 아름다운 청년들의 비밀 결사에 대한 그의 매혹도 미로의 핵심으로 인도하지는 않는다. 그것은 근본적 이중성, 완벽하게 정직한 학자-교사이면서 직업적인 기만자 및 배신자라는 정신분열적 상태다. 이 문제를 생각할 때면, 우리 사회와 그 일상적 상호 인정 관례는 학자의 기질과 지위를 당연하게 여긴다. 사람들이 오랜 불안과 의심을 표현하는 것은 현학자의 건망증, 신체적 특이성, 평범한 일들에 대한 무능에 관한 해묵은 농담들뿐이다. 절대적 학자란 사실 약간 섬뜩한 존재다. 그들에게는 무언가에 흥미를, 완전한 흥미를 느끼는 일은 사랑이나 미움보다 강렬하고, 신앙과 우정보다 끈질기고, 때로는 개인의 인생 자체보다도 강력한 리비도적 추동이라는 니체적 깨달음이 있다. 아르키메데스는 자신을 죽이러 온 사람들을 피하지 않았다. 그는 원뿔 곡선의 대수학에 몰두해서, 집에 쳐들어온 이들을 쳐다보지도 않았다.

이질성의 핵심은 이것이다. 그들이 흥미를 느끼는 대상의 관습적 명성, 물질적 또는 재정적 가치, 감각적 매혹 같은 실용성은 아무 상관이 없다. 그들은 인생 전체를 수메르 질그릇 조각 연구에, 뉴기니 섬 한구석에 서식하는 수많은 쇠똥구리들의 분류에, 쥐며느리의 짝짓기 패턴 연구에, 한 작가 또는 정치인의 전기 작성에, 한 화학 물질의 합성에, 죽은 언어의 문법 설명에 바친다. 9세기 한국의 요강, 고대 그리스어의 강세—브라우닝의 "문법 학자의 장례식"에 담긴 아이러니하면서도 긴장된 축하를 보라—는 인간의 정신과 신경의 능력을 격정적 분노와 비슷한 정도로 강화시킬 수 있다. 메피스토펠레스는 굳이 우주의 비밀로 파우스트를 유혹할 필요가 없었다. 온실 컬렉션에 빠진 나비난초속 식물 한 가지, 아이스퀼로스의 라우렌치아나 도서관 사본Laurentian codex의 찢긴 페이지, 또는 페르마의 마지막 정리의 새로운 증거만 들이대도 충분했을 것이다.

절대적 학자는 "세밀함의 신성함holiness of the minute particular"(윌리엄 블레이크의 표현)에 사로잡힌 존재다. 자신의 연구에 사로잡힌 학자는 그것이 가져다줄 부나 명예에도, 세상 많은 사람들이 그 노력을 들여다보고 이해하고 평가해줄지 아닐지에도 초연하다. 이런 초연함은 외골수의 위엄이다. 하지만 이것은 문제적 영역으로 뻗을 수도 있다. 폐쇄적인 지식의 열정에 사로잡힌 기록 연구자, 논문 집필자, 골동품 연구자, 전문가는 번잡스러운 사회 정의, 가족애, 정치의식, 또는 진부한 휴머니즘에 무관심할 수 있다. 바깥세상은 현자의 돌에 대한 탐색을 가로막는 한심한 방해물이고, 더 나아가 그의 열정을 조롱하고 좌절시키는 적일 수도 있다. 궁극의 학자에게 잠이란 당혹스러운 시간 낭비고, 육체는 정신이 끌고 다녀야 하는 구멍 난 짐가방이다. 프랑스의 전설적 교사 알랭은 학생들에게 "진정한 사상은 모두 인체가 거부한 것임을 잊지 말라"고 가르쳤다. 그래서 파우스트 전설의 수많은 변종, 아내와 아이와 집을 바쳐서 완벽한 검은색의 튤립을 만든 남자의 이야기(뒤마가 재구성한 옛이야기), 미치광이 카발라 신도와 과학자들의 섬뜩한 이야기, 그리고 밀레토스의 탈레스가 태양과 달의 합ecliptic conjunction을 계산하다가 우물에 빠진 일을 비롯해서 얼빠진 사람들의 집착과 희생과 자기 파괴의 실제 사례들이 회자되는 것이다. 그것은 진실로 매혹하고 매혹당하는 일이다.

나는 그 매혹이 고대에서 올 때 그런 경향이 더욱 커진다고 생각한다. 과학자는 자폐적 사업의 첨단에 있다고 해도 미래를 지향하고, 거기에는 아침 햇살과 긍정적 기회가 담겨 있다. 고대 동전의 정체를 알아내고자 하는 고화폐학자, 중세 악보를 해독하는 음악학자, 훼손된 사본을 마주한 고문헌학자, 또는 18세기 바로크 또는 로코코 시대의 그리 알려지지 않은 소묘의 카탈로그 작업을 하는 미술사가는 폐쇄적인 미로와 지하 세계로 들어갈 뿐 아니라 필연적으로 시간에 역행한다. 그들에게 가장 생생한 맥박은 과거에서 오는 것이다. 이것도 우리가 거의 관심을 기울이지 않는 사회적, 심리적 소외이다. 오늘날의 고교생들은 뉴턴이나 가우스는 모르던 방정식을 푼다. 생물학과 학부생들은 다윈을 가르칠 수 있다. 하지만 인문학은 그 반대다. 서구에서 앞으로 윌리엄 셰익스피어를 능가는 고사하고 그에 필적할 만한 작가도 나올 수 없다거나 음악계에서 모차르트와 슈베르트가 보여준 놀라운 다산성은 다시는 없을 거라는 명제는 논리적으로 증명할 수 없다. 하지만 직관적으로는 막대한 설득력이 있다. 인문학자는 기억하는 자다. 그는 단테의 〈지옥편〉에 나오는 머리가 뒤로 돌아간 자들처럼 걷고, 비틀거리며 무심하게 미래로 들어간다. 기원전 6세기 그리스 서정시의 단편, 듀파이Du Fay의 카논, 스테파노 델라 벨라의 소묘가 그의 발걸음을 이끄는 자석이다. 아니면 죽음을 부르는 치명적 되돌아봄의 신화에 나오듯이, 그의 에우리디케다. 이런 방향감 상실―밝은 대낮에 극장에서 나올 때의 울렁거림과 어지러움을 생각해보라―은 두 가지 반응을 일으킬 수 있다. 첫 번째는 참여의 허기―뜨거운 '현실'에 결합하려는, 때로는 필사적인 시도다. 학자들은 회고적 고립으로부터 성적, 사회적, 정치적 삶으로 손을 뻗는다. 드문 예외를 빼면 ―"살아가는 일은 하인들에게 맡깁니다"라고 프랑스의 한 유미주의자는 말했다― 집착적 학문 활동은 행동에 대한 그리움을 낳는다. 파우스투스 박사Dr. Faustus를 유혹해서 '말'의 감옥 밖으로 끌어낸 것은 '행동'이다. 2차 대전 당시 영국의 귀족 연구자들을 눈부신 암호 작성 및 해독 작전에 끌어들인 것은 그것이 그들의 기이하도록 난해한 기술―체스 문제 분석, 금석학, 수 이론, 문법 이론―을 현실에 적용할, 생각도 못하던 기회였기 때문이다. 블레츨리 파크에서의 '울트라'와 '에니그마' 시절을 그들은 휴가를 돌아보듯 회고했다. 난해한 중독과 시대의 긴급한 요구가 처음으로 맞아떨어졌다.

두 번째 반응은 훨씬 더 무의식에 가까운 것이다. 그것은 기이한 폭력의 형태다. 깨어 있는 대부분의 시간을 원고의 대조, 옛 소묘들의 워터마크 정리에 바치는 일, 개인의 꿈을 경쟁하는 소수의 동료들만 이해하는 극도로 전문적이고 항상 취약한 설명에 바치는 일은 영혼에 독극물이 될 수 있다. '문헌학적 반목odium philologicum'*은 악명 높은 질환이다. 학자들은 문외한에게는 너무도 사소해 보이는 일, 논쟁하기 우스워 보이는 사안을 두고 서로 악의적인 공격을 퍼붓는다. 텍스트에 대한 고약한 논쟁 끝에 생명의 위협을 느끼고 달아난 르네상스 인문주의자는 로렌초 발라뿐이 아니다. 고문헌학, 음악학, 미술사학은 극도로 정밀한 지각과 판단이 필요하기 때문에 이런 상호 비방과 혐오의 폭풍에 더욱 취약하다. 삶의 초점이 고물품과 기록에 있기 때문에, 그들은 주변 사람에게 기이하고 생명 없는 혐오를 감염시킬 수 있다. 에드먼드 윌슨은 A. E. 하우스먼에 대한 고전적 에세이(1938)에서 『슈롭셔 청년』**의 섬뜩한 폭력은 하우스먼 교수의 학술 비평과 그리스-라틴 문헌학 논문의 조롱 어린 잔혹함과 관련해서 보아야 한다고 말했다. 두 가지 다 이 케임브리지 학자의 밀폐되고 압박된 금욕주의에서 나온다. 옥스퍼드의 T. E. 로런스와 마찬가지로, 그런 금욕주의는 작가를 "생명의 큰 샘물들"에서 차단시키고, 병적 잔인함을 키울 수 있다. 오늘날이었다면, 에드먼드 윌슨은 학술

---

* '고문헌학자들이 견해의 차이를 두고 서로 적대하는 일'이라는 뜻으로, odium theologicum(신학적 반목)에서 유래한 표현.
** 63편으로 이루어진 하우스먼의 연작시.

계의 동성애라는 공유된 비밀을 모티프로 이런 통찰을 더 강하게 밀어붙였을지도 모른다. 포프나 브라우닝 같은 시인은 학술계의 사디즘을 포착했다. 몇몇 극작가나 소설가도 그랬다. 아나톨 프랑스의 『실베스트르 보나르의 범죄』는 그 주제를 가볍게 다룬다. 이오네스코의 『수업』에서는 적나라한 폭력이 된다. '현실' 세상의 행동에 환상을 키우고, 자신이 존재를 쏟아붓는 노동의 오컬트적 중요성—일반인들은 행여 그 일에 대해 안다고 해도 주변적이거나 사회적 낭비로 보는 일이 대부분인데—에 대해 몽상하다 보면, 순수한 학자, 카탈로그의 달인은 혐오를 섭취할 수 있다. 그들은 평범한 수준에서는 그런 악의를 인신공격적 서평과 고약한 각주에 풀어놓을 것이다. 그리고 부드럽게는 모호한 추천서나 성적표에, 살벌하게는 종신 재직권tenure 심사 회의에서 분노를 발산할 것이다. 어쨌건 폭력은 공식성의 테두리 안에 머문다. 블런트 교수는 그 밖으로 나간 것 같다.

그의 치밀하고 엄격한 학술적 양심은 거짓말과 위법이 가득한 스파이 활동에서 보상 또는 반대 진술을 발견했다. 강력한 동시에 이상하게 무력한 어떤 감성은 일종의 패러디 같은 자기 전복을 요구하고, (혀가 아픈 치아를 괴롭히듯이) 자기 존재의 핵심을 조롱하고 싶어 하기 때문이다. 금욕적 양심을 지닌 교육자로서 여러 세대의 제자에게 진실 기록의 냉혹한 규약을 가르친 사람이 오랜 거짓과 허위의 달인이었다. 무엇보다 블런트 교수는 난해하고 폐쇄적인 학문에서 늘 가스처럼 솟아오르는 역동적 행동에 대한 환상, 격정에 대한 유혹을 비밀 활동과 거짓, 그리고 어쩌면 살인 교사로(동유럽에서 소련의 복수의 표적이 된 사람들에 대한) 옮길 수 있었다. 블런트가 1667년 보로미니의 자살에 대해 한 말은 어쩌면 자기 폭로에 가까운 것일지도 모른다.

스스로에게 이런 폭력을 행사할 만큼 지독한 스트레스—광기가 아니라면—를 겪었으면서도 그 직후에 사건을 이토록 명료하게 설명할 수 있었다는 것은 그에게 강력한 감정의 힘과 이성적 초연함이 결합되어 있었음을 보여준다. 그것도 그를 위대한 건축가로 만들어준 특징의 일부들이다.

"강력한 감정의 힘"(자기애적이라고 해도)과 "이성적 초연함"(학자가 자기 분야에서 갈고닦아야 하는)— 이 두 가지는 K.G.B. 정보 요원 못지않게 왕실 미술품 관리인의 특징이기도 하다. 그 통제된 이중성은 이중간첩이 자신에게 발휘한 것이자 (어떤 아이러니한 수준에서 소아적이면서도 정교한) 자기 반역 위에서 타자들을 배신한 사람의 것이다. 블런트의 심리적 이점 한 가지는 이것이었던 것 같다. 그는 자신의 목격자인 동시에 재판관이었다는 것. 그가 심판받을 재판정은 자신의 이중성의 재판정뿐이었다는 것.

블런트의 행위가 발각된 뒤 그를 찾은 사람들은 그의 당당함, 손상되지 않아 보이는 자부심에 놀랐다. 그가 런던 〈타임스〉 지 편집실에서 인터뷰어 집단을 만났을 때, 단련된 저널리스트들도 그의 차가운 궤변과 그가 앞에 놓인 훈제 송어 샌드위치를 만족스레 맛보는 태도에 당혹했다. 그는 자신이 소련 정보 조직에 오래 몸담았지만 맡은 역할은 사소하고 거의 아마추어적이었다고, 중요한 정보는 건네준 적 없다고 말했다. 필비-버지스-매클린 사건과의 연루는 개인적 우정, 마음이 맞는 이들 사이의 교류의 결과였다고 했다. 지난 11월 셋째 주에 그가 텔레비전에 출연한 일은 그야말로 고전이었다. 그것은 블런트의 천박함도 보여주었지만 더욱 당혹스럽게 매체 자체의 천박함도 보여주었다. 한 신문이 나중에 썼듯이, "표리부동의 능력을 무한대로 지닌 남자"가 수백만 시청자 앞에서 우아하고 부드러운 이인무를 펼쳤다. 섬세한 두 손의 아라베스크는 질문자들 및 대중—블런트는 당연히 그들의 음침한 호기심을 잘 알았을 것이다—과의 우호적 공모를 담았다. 그의 입은 지난날 케임브리지 휴게실의 분위기를 담은 나직한 목소리로, 망설이는 듯하면서도 세련되게 포장한 문장들을 똑똑 떨구었다. 하지만 블런트 교수의 눈은 내내 유리처럼 표정 없고 냉정했다. 블런트의 아파트 창문에서 뛰어내린, 아니면 떨어진 것은 언론과 그 전체 사태의 고약함에 시달린 그의 젊은 동반자였다. 블런트 자신은 9월 중순 로마에서 목격되었고, 거기서 회고록과 변호의 글을 쓰고 있다는 소문이 돌았다.

이런 뻔한 속임수는 중요하지 않다. 앞으로 역사가들이 들여다봐야 할 것은 블런트의 정체 발각이 영국 사회 문화 제도에 일으킨 다양한 반응이다. 〈타임스〉의 독자 투고란은 몇 주 동안 흥분한 목소리가 넘쳐났다. 분노와 저주는 드물었다. 엘리트 학자들과 "최고위층"(〈타임스〉 스스로 자조를 섞어서 쓴 말)은 블런트를 옹호했다. 그들의 조직적 변호는 세 가지 주요 논리 중 하나 또는 그것들의 결합을 채택했다. 하나는 블런트가 의회 폭로와 저속한 언론에 의해 충분히 단죄받았다는 것이었다. 그가 여러 해 전에 이미 고백하고 면책 약속을 받지 않았는가? 그런 뛰어난 인물이 이중 처벌을 받아야 하는가? 좀 더 힘이 있는 건 두 번째 논리였다. 블런트의 공산주의 이념은 널리 퍼진 운동의 일부였다고 영국 문학, 미술, 정치 사상계의 유명 인사들이 호소했다. 30년대에 모스크바를 바라보는 것, 부패한 자본주의의 폐해와 무솔리니, 프랑코, 히틀러의 협박을 거부하는 것은 당시로서는 문제가 없고 통찰력 있는 일이었다는 것이다. 앤서니 블런트가 처벌받아야 한다면, 셰익스피어의 말대로 누가 "매질을 피할 수 있을까?" 왜 오든은 명예롭게 죽음을 맞고, 블런트는 비난을 받아야 하는가? 친소련 인텔리겐차 대부분이 히틀러-스탈린 동맹 시절에 생각을 바꾸었다는 사실, 공산주의에 대한 공감을 스파이 활동과 반역 행위로 옮긴 사람은 거의 없다는 사실은 인정되었지만 가볍게 넘어갔다. 세 번째 옹호 논리는 역사가 A. J. P. 테일러 등이 주장한 것으로 이런 내용이다. 블런트의 적발은 오염된 증거, 특히 전 C.I.A. 요원인 미국인의 폭로에 토대해서 이루어졌다. 그 자료는 신빙성이 약하고, 누구도 그런 부실한 근거로 박해받지 말아야 한다. 테일러의 말대로, 그 사건이 공식적으로 밝혀질 때 근거가 허약하고 조작된 분위기가 있는 것은 맞았다. 그럼에도 불구하고 블런트가 반역 행위를 저질렀다는 핵심 사실은 분명했다. 더욱이 블런트가 받은 정신적 압박이란 공정하지도, 합리적이지도 않았다. 그것은 E. M. 포스터의 강력한 아포리즘이 표현한 단호한 우정의 에토스에서 유래했다. 톰 브라운은 지옥 같은 아르카디아Arcadia의 학창 시절, 죽도록 괴롭힘을 당했지만 가해자를 밀고하지 않았다. 헨티의 해군 사관학교 생도들, 키플링의 하위 장교들, 1914년의 아름다운 청년들은 남성적 의리 속에 죽음을 향해 갔다. 신사는 친구를 일러바치지 않는다. 무슨 이유로든 친구가 어려움에 빠졌을 때 외면하지 않는다. 블런트가 지금 집에 찾아오면 어떻게 하겠느냐는 질문에 한 케임브리지 학감은 많은 이들의 마음을 담아 답변했다. "그에게 음료수를 주고 말하겠습니다. '일이 꼬여버렸군. 재수가 없었어, 앤서니(Bad business. Hard luck, Anthony).' 나는 케임브리지에서는 개인적 의리와 우정이 아주 중요하고, 그게 옳다고 생각합니다. 여전히 그렇습니다. 그에게 친구로서의 결격 사유는 생기지 않았습니다." 남학생다운 어법—'bad business', 'hard luck'—과 감상적인 마지막 문장은 그들의 분위기를 잘 보여준다.

대처 총리의 성명이 있을 거라는 소식을 듣자, 블런트 교수는 자신이 가입된 두 개의 런던 클럽 중 명망이 덜한 곳을 탈퇴했다. 추측건대 다른 클럽에서는 계속 환영받는 회원일 것이다. 기사 작위는 철회되었다. 이것은 아주 드문 일로, 내 기억이 맞는다면 그 이전에는 로저 케이스먼트 경이 1차 대전 때 아일랜드 봉기를 주동해서 취소된 것이 마지막이었다. (케이스먼트는 물론 교수형당했다.) 블런트는 극도의 압박 가운데, 트리니티 칼리지 위원회가 힘든 투표에 맞닥뜨리기 전에 칼리지 명예 펠로 자리에서 사임했다. 옥스퍼드를 비롯한 여러 대학의 명예 학위들에 대해 블런트는 박탈을 제안하지도 요청받지도 않았다. 지난 7월 3일 영국 학술원이 상당한 대중적 관심 속에 소집되었을 때, 블런트의 회원 자격 문제가 논의되었다. 하지만 이 권위 있는 기관은 곧 다른 의제로 옮겨갔다. 블런트의 이름 뒤에 'F.B.A.'(Fellowship of the British Academy, 영국 학술원 펠로)는 유지되었다. 나는 우연히 그 회의 다음 날 학술원 회원을 몇 명 만났다. 나는 만약 블런트가 나치 요원이었다면 그들이 어떻게 했을지 물었다. 그들은 분명히 답하지 않았다. 어떤 사람들은 자신들이 친소련 반역―특히 1930년대에 시작한 것―은 친나치 반역만큼 고약하게 보지 않는다는 뒤틀린 이중 잣대를 인정했다. 굴라크의 존재도 당면한 냉전도 흔들지 못한 그 차이는 거의 미학적이었다. 또 어떤 이들은 블런트가 힘러*의 스파이였다 해도 그를 학술원에서 탈퇴시키지는 않았을 거라고 했다. 이어 그들도 내 생각을 물었는데, 나는 명확한 답을 할 수 없었다. 학술원 펠로 자격은 뛰어난 학문적 성과를 바탕으로 수여된다. 미술사가로서 블런트의 성과는 눈부셨다. "늙지 않는 지성의 기념비"—예이츠의 당당한 표현—는 도덕적, 정치적 문제로 부정될 수 있는가? 나는 모르겠다. 나도 학자 집단의 일원이다. 그리고 하루쯤 뒤에 〈타임스 리터러리 서플리먼트〉—영국 인텔리겐차의 우편함 같은 잡지—를 펼쳐들었다가 프랑스 신고전주의 건축 연구에 대한 앤서니 블런트의 훌륭한 비평을 읽었다. 편집자는 그 글을 의뢰하지 않는 게 옳지 않았을까? 블런트는 그 글을 쓰지 않을 만한 염치와 조심성을 가져야 하지 않았을까? 역시 모르겠다. 압력은 분명 있었을 것이다. 블런트는 8월 18일에 학술원 탈퇴 의사를 전했다.

에즈라 파운드는 피사에서 강철 우리에 갇혀 있을 때 —블런트와 비교하면 그의 반역죄는 아마추어적이고 본질상 연극적인 느낌이다— 글 쓰는 사람들에 대해 훌륭한 탄식을 썼다. 하지만 「칸토 81」은 참담한 영락 속에서도 아침을 향해, 예술과 사상 속에 지옥 같은 인간 조건의 구원이 있다는 신념을 향

---

* 유대인 대학살을 주도한 나치 고위 간부.

해 도약한다.

> 하지만 아무 일도 하지 않는 대신 무언가 한 것
> 이것은 허영이 아니다
> 블런트 같은 이가 열어달라고
> 점잖게 문을 두드린 것
> 공중에서 살아 있는 전통을 모으거나
> 늙고 고운 눈에서 정복되지 않은 불길을 모은 것
> 이것은 허영이 아니다.

　여기서 파운드가 말한 블런트는 윌프리드 스캐원 블런트가 거의 확실하다. 그는 1922년에 죽은 미학자 겸　여행가 겸 시인으로, 앤서니 블런트의 큰형의 이름은 그의 이름을 딴 것이다(그 역시 예술 감식가이자 파리 중독자였다). 그래도 상관없다. 파운드는 그 이름으로 예술을 탁월하고 진실되게 사랑하고 연구하는 모든 이를 가리켰다. 이 시행을 희망의 기준으로 간직한 모든 이에게, 앞으로 이 시를 읽을 모든 세대에게 돌이킬 수 없는 피해가 생겼다. "블런트"는 시의 밝은 직물에 조롱의 구멍을 냈다. 어쩌면 앤서니 블런트는 이것으로 가장 강력하게 기억될지도 모른다. 망할 사람.

1980년 12월 8일

빈, 빈, 오직 너뿐WIEN, WIEN, NUR DU ALLEIN

베베른과 빈에 대해

누군가 집필해야 하는 중요한 책이 있다. 우리가 살고 있는 서구의 20세기가 근본적으로 오스트리아-헝가리 제국의 산물이자 수출품이라는 것을 보여주는 책이다. 우리는 프로이트와 제자들, 또는 그 반대파들이 만든 지도 안에서 또는 그것을 부정하며 우리의 내적 삶을 꾸린다. 우리의 철학도, 또 철학 연구에서 언어가 핵심적 역할을 하게 된 것도 비트겐슈타인과 빈의 논리실증주의에서 비롯된다. 조이스 이후의 소설은 크게 보면 무질과 브로흐가 정의한 내성적 서사와 서정적 실험의 양극으로 나뉜다. 우리의 음악은 두 개의 큰 줄기를 따르는데, 하나는 브루크너, 말러, 바르토크의 줄기고, 다른 하나는 쇤베르크, 알반 베르크, 안톤 베베른의 줄기다. 미술에서는 물론 파리의 역할이 중요했지만, 아르 데코부터 액션 페인팅까지 특정한 미적 현대성의 근원은 빈의 유겐트슈틸Jugendstil*과 오스트리아 표현주의에 있음이 갈수록 분명해지고 있다. 오늘날의 건축에 두드러진 기능주의적이고 매끈한 이상은 아돌프 로스의 작품에서 예견되었다. 런던과 뉴욕의 정치 사회 풍자, 블랙 코미디, 지배자들의 언어가 독성 연막이라는 확신은 카를 크라우스의 천재성을 흉내 낸다. 에른스트 마흐는 아인슈타인의 사고 발전에 중대한 영향을 미쳤다. 자연과학의 논리와 사회학은 칼 포퍼를 말하지 않고는 정식화될 수 없다. 슘페터, 하이에크, 폰 노이만이 각 분야에 미친 효과는 어디에 놓아야 할까? 명단은 계속 이어진다.

중부 유럽에서 이런 예술, 과학, 사회, 철학적 에너지의 불길이 크게 일어난 것은 근본적 불안정성 때문이다. 그것은 물리학적으로 말하면 '내폭', 그러니까 급작스럽게 축소되는 공간에서 갈등하는 힘들이 압축된 것이다. 제국의 쇠퇴와 인종 해방, 반유대주의와 유대인의 성공, 오래된 가족 질서와 성적 분방함—이런 양극 사이에서 창조적 전압의 불꽃이 생겨났다. 그리고 이것들이 오늘날까지 서구의 도시, 서구의 예술, 서구 지식인의 흐트러진 삶을 특징짓는 사회적 위기의 분위기, 과민한 스타일, 에로티시즘의 일반화를 가속시켰다. 1880년대에서

---

* 독일식 '아르누보'.

1914년 사이, 1919년에서 1938년 사이에 빈은 프라하, 부다페스트와 더불어, 유럽 그리고 이후 미국의 가치 체계가 맞닥뜨린 전반적 위기를 탐색, 객관화하고, 격렬하면서도 예리하게 표현해냈다. 이런 내폭에 유대 분파―프로이트, 말러, 카프카, 쇤베르크, 크라우스 등등―는 거의 지배적인 역할을 했다. 그래서 히틀러 개인과 나치 이념이 오스트리아 땅에서 배태되었다는 사실은 치명적인 논리와 확정성이 있다.(역사가들은 '유대인에 오염되지 않은'이라는 뜻의 나치 핵심 용어 Judenrein이 20세기 초 오스트리아 자전거 클럽의 회원 규칙에서 유래했다는 것을 밝혀냈다.) 젊은 히틀러가 그 유독한 사상을 만들어낸 곳은 빈이었다. 왈츠곡 제목처럼 '빈, 빈, 오직 너뿐'인 것이다. 빈은 불안한 시대의 수도, 유대인 천재성의 집결지, 홀로코스트가 비롯된 도시였다. 내가 생각하는 그 책은 아주 큰 책이 되어야 할 것이다.

이런 생각을 하면 우리는 한스와 로잘린 몰덴하우어의 『안톤 폰 베베른』의 스케일에 수긍하게 된다. 베베른의 최고 작품 중에는 길이가 1분 미만인 것들도 있다(예를 들면 〈첼로와 피아노를 위한 세 개의 연습곡〉). 온전한 길이의 작품도 극도의 간결함을 지향한다. 사람 자신도 간소했다. 하지만 이 전기는 800쪽을 넘는다. 물론 책은 베베른의 인생 기록 이상이다. 자신들의 인생 대부분을 베베른의 영광에 바친 몰덴하우어 부부는 이 책에 베베른의 인생뿐 아니라 그의 음악에 대한 다소 전문적 주해, 그가 살고 활동했던 사회에 대한 묘사를 담았다. 베베른은 1883년에 태어나서 1945년 9월에 어이없고 비극적인 죽음을 맞았다. 그때는 빈이 내폭하던 시대였다. 끈기 있는 독자에게는 (음악이 주 관심사가 아닌 사람이라도) 그 시대의 정신을 이해하는 데 다가가는 흥미로운 독서가 될 것이다. 그런데 역설이 있다. 베베른은 음악적 순수성의 폐쇄적 이상과 오스트리아 알프스의 고독을 추구한 외톨이였다는 것이다. 그러면서도 동시에 그는 현대 예술의 심리적, 사회적 조건을 대표하는 현상이었다. 피에르 불레즈가 단언했듯이, 겨우 몇 마디 길이인 베베른의 작품들은 현대성의 확실한 표현으로 보인다. 하지만 그러면서도 베베른보다 더 바흐에 가까운 음악가는 없었다.

작곡가의 직능과 관련해서 안톤 베베른—그는 귀족의 혈통에 자부심을 가졌지만, 성 앞의 '폰von'을 떼어버렸다—은 지독할 만큼 독립적이었다. 평생토록 경제적 어려움에 시달리면서도 —생계는 편곡자, 교사, 비상임 지휘자(많은 전문가가 말러 이후 가장 뛰어난 지휘자라고 평했다)로 유지했다— 베베른은 타협하지 않았다. 어떤 비판, 대중의 조롱, 사회적 물의도(1913년 3월 《6편의 작품》 연주가 일으킨 소동은 그 두 달 뒤 스트라빈스키의 《봄의 제전》이 일으킨 소동과도 비슷할 만큼 요란했다) 최소한의 음정, 음고, 리듬 단위에도 강력한 감정과 꽉 짜인 형식을 담겠다는 베베른의 결심을 꺾지 못했다. 그보다 더 치열한 음악적 지성은 없었다. 하지만 개인적, 정치적 영역에서 베베른은 권위와 단순한 설명을 열망하는 안타까운 모습을 보였다. 그 열망은 브루크너와 말러에게서 나이브한 경건주의적 과장을 일으키고, 나치즘의 발전과 승리에 기여한 것이다. 많은 산악 등반가들처럼 베베른에게서도 독립과 예속, 금욕과 열락이 뗄 수 없이 얽혀 있었다.

베베른과 아르놀트 쇤베르크의 관계는 남자가 전능한 아버지 인물을 추구한다는 프로이트 모델의 패러디처럼 보일 지경이다. "예수 그리스도의 제자들은 우리가 선생님께 느끼는 것만큼 깊은 감정을 느끼지 못했을 것입니다." 베베른이 스승에게 말했다. 쇤베르크는 베베른에게 존재의 목적을 주는 '수호천사'였다. "저는 선생님이 제게 우호적이지 않다고 생각하면서는 살 수가 없습니다." 베베른은 사소한 오해가 벌어졌던 일을 언급하며 호소하고 덧붙인다. "저는 벌을 받아 마땅합니다!" 그리고 정치적 위기가 닥친 1933년에는 "극심한 불안 속에 저는 선생님만을 생각합니다"라고 썼다. 베베른은 불안한 심리와 물질적 환경 때문에 쇤베르크에게 심하게 휘둘렸다. 이 일이 더 흥미로운 것은 베베른의 많은 작품이 쇤베르크의 가르침과 그의 12음계를 반영하지만 그러면서도 또 크게 다르고, 심지어 때로는 (오늘날 많은 음악가 및 음악학자들이 강조하듯이) 쇤베르크 작품의 보수적 요소들과 결별하기 때문이다. 그가 격심한 우울증과 창조력 고갈에 시달리던 시기에 그에게 큰 도움이 된 애들러 파의 정신분석가들도 권위에 대한 그의 집착을 약화시키지 못했다.

정치적 결과는 예견 가능했다. 베베른이 성장 시기에 체득한 관습적인 반유대주의는 극복했다 해도(그는 어쩌면 그 반작용으로 쇤베르크를 과도하게 숭배하게 되었는지도 모른다), 그의 국수주의는 흔들리지 않았다. 히틀러 정권은 독일과 중부 유럽 정신을 멋지게 부활시키는 것으로 보였다. 그런 정권은 미래의 예술을 옹호할 것이 분명했다. 그래서 "히틀러 정권에 12음계의 정당성을 설득"해야 했다. 나치군이 빈을 짓밟기 이틀 전에 베베른은 친구에게 "나는 내 일에 몰두해 있고, 누구도 날 흔들 수 없다"고 말했다. 베베른의 막내딸은 여학생판 히틀러 유겐트에서 활동했고, 곧 제3제국의 깃발 아래서 나치 돌격대원과 결혼했다. 베베른은 그 결혼에 필요한, 베베른 가가 순수한 아리안족 혈통이라는 증거를 즉시 제출했다.

그는 게르만족의 힘과 승리를 오래도록 강고하게 믿었다. 1942년 6월에는 말했다. "나는 때로 크나큰 감정에 압도된다. 크나큰 희망에!" 1943년 초에 스위스 주재 독일 영사가 베베른에게 가벼운 예의를 베풀자 그의 애국심은 황홀경을 경험했다. "내 조국의 대표가 나에게 작은 관심이라도 기울여준 일은 여태껏 처음이었다!…… 이것은 좋은 징조이고 내 충성에 대한 보답이다." 1943년 가을, 독일이 스탈린그라드에서 패배한 뒤 베베른은 괴벨스가 쓴 글을 보고 질문했다. "우리가 전혀 예상치 못한 일이 닥쳐오는 것인가?" 1945년 2월, 그의 도시

빈은 절정에 이른 연합국의 폭격에 시달렸고, 그의 아들은 전투에서 치명상을 입었다. 하지만 베베른은 서구 음악사를 지배하고 서정시와 이상주의적 형이상학으로 자신의 강력한 중심을 이룬 독일 징신이 야만주의와 파멸에 굴복할 수 있다는 것을 좀처럼 믿지 못했다. 그가 1914년 8월에 밝혔던 신념─"독보적으로 인류 문화를 창조한 독일 정신에 대한 굳건한 믿음이 내 안에 깨어났다"─은 그의 심장과 두뇌에 계속 기거했다. 그의 절박한 빈 탈출과 횡사는 예측하지 못한 심연 추락이었다.

몰덴하우어 부부는 아주 엄격한 태도로 증거를 제시한다. 그런 일을 하는 그들의 불편함이 피부로 느껴진다. 그들은 스스로에게 자문하고, 독자에게 묻는다. 추방당한 유대인 쇤베르크의 존재가 딸의 결혼식에 베베른의 뇌리를 맴돌았을까? 하지만 질문을 달리 해야 할 것 같다. 만약 나치가 안톤 베베른 박사의 재능과 위신을 거절하지 않고 채택했다면 어떤 일이 벌어졌을까? 그의 음악이 쇤베르크와 베르크의 타락한 에로티시즘에 오염된 퇴폐적인 쓰레기로 금지되지 않고 제3제국에서 연주되었다면 그가 어떻게 반응했을까? 베베른은 여러 차례에 걸쳐 당국이 자신에게 둘러놓은 침묵의 고리를 깨고 싶어 했다. 그리고 박해받는 유대인 친구들에게 작은 연민과 지지의 제스처를 (아주 작은 제스처도 많은 용기가 필요했던 시기에) 시도하기도 했다. 하지만 어쨌건 그런 배제 덕분에 베베른의 인격과 이후의 명성이 오명을 피한 것이 사실이다. 베베른이 죽기 몇 주 전에 사람들은 그에게 박살난 빈의 음악 생활 재건을 맡기려고 했다. 하지만 문제는 베베른 개인의 수준, 고급 예술의 지고한 대가의 근시안의 수준을 훌쩍 뛰어넘는다. 베베른의 성격이 보여주는 권위적이면서 급진적인 반항 기질, 그의 음악에 담긴 엄격한 제약과 철저한 혁신의 분열적 이중성은 빈 문화의 자학성을 상징한다. 우리의 감성은 이런 창조적 스트레스의 직계 후손이다.

그리고 베베른의 경력에는 맹목과 슬픔도 있지만 착실한 승리도 있었다. 1920년이면 그의 무명 시절은 거의 끝났다. 유명한 〈파사칼리아〉와 초기 연가곡들이 이름을 알리기 시작했다. 베베른 작품만 연주하는 최초의 단독 연주회는 1931년 4월에 열렸다. 베베른의 50회 생일은 상당히 큰 행사였다. BBC에서 4중주를 방송하고, 프라하에서는 교향곡을 연주했으며, 빈터투어에서는 색소폰 4중주를 연주했다. 그토록 오랫동안 사이가 나빴던 빈에서도 미국 후원자의 집에서 작은 잔치가 열려서 젊은이들―베베른이 인지했듯 폴란드 유대인들―이 4중주를 연주했다.

베베른은 자신의 음악적 원칙의 올바름도, 자신이 결국 인정받을 것도 의심하지 않았다. 그의 작품이 터무니없는 불협화음이나 연주 불가능한 곡으로 여겨질 때에도, 베베른은 학생에게 침착하게 "언젠가 집배원도 내 음악을 휘파람으로 불 것이다!"라고 말했다. 오늘날의 우편배달 서비스 환경을 생각하면 그러기는 어려울 것 같다. 하지만 국제적 인정은 찾아왔다. 1962년에서 1978년 사이에 국제 베베른 페스티발이 여섯 차례 열렸다. 스트라빈스키는 베베른을 "음악의 의인", 현대 작곡가들이 진실성을 테스트할 시금석으로 보았다. 슈토크하우젠, 불레즈, 엘리엇 카터, 조지 크럼의 음악은 베베른과 대화를 시도하는 것처럼 보인다.

하지만 오스트리아 알프스의 마을에서 미군의 오해 또는 신원 오인으로 사살된 베베른은 그런 성공을 알지 못했다. 이 사건은 여전히 기가 막히지만 한스 몰덴하우어의 끈질긴 연구로 말끔하게 밝혀졌다. 하지만 베베른의 사후의 명성은 그가 예견하던 대로였다. "나는 한순간도 용기를 잃지 않았다." 의심하는 자, 비방하는 자, 속물은 "내게는 늘 '유령' 같았다." 그래서 베베른은 이 책의 경건한 거대함을 승인할 것이다. 약간 현학적인 문체도, 또 빈의 특징인 솔직함도 인정할 것이다.

1979년 6월 25일

수렁으로부터 DE PROFUNDIS

솔제니친의 『수용소 군도』에 대해

알렉산데르 솔제니친이 소련 내의 비밀 독자들—얼마나 될까?—과 서구의 많은 독자들에게 하는 요구는 예리한 공격성을 띤다. 그는 서구 독자들의 연민, 먼 곳의 고통에 대한 불건강한 관심을 익히 알고 경멸한다. 우리가 솔제니친을 읽는다기보다 그가 우리를 읽는 편에 가깝다. 솔제니친은 만년의 톨스토이처럼 사람의 약함을 찾아내서 괴롭히는 자이자 세상의 골칫거리다.

신정神政적 무정부주의자인 솔제니친은 이성, 특히 '지식인'—냉정함으로 세속의 생계를 유지하는 사람—의 이성을 존중하지 않는다. 비인간성 앞에서 이성은 작은 —실제로 우스운— 기능이다. 그것은 미묘하게 자기만족적이기도 하다. 솔제니친은 그의 논적들, 고통의 군도群島를 조금도 겪어보지 않고 '합리적'이려고 하는 사람들의 손쉬운 '객관성'을 비난한다. 솔제니친 자신의 고통과 그가 현대 역사에 터뜨린 외침 앞에서 역사적 분석이 무슨 말을 할 수 있을까? 인간이 경험하는 각각의 모욕, 각각의 고문은 어떤 식으로도 환원하거나 회복할 수 없다. 인간 한 명이 매질당하고 굶주리고 자존심을 박탈당할 때마다, 삶의 바탕에는 검은 구멍이 뚫린다. 비인간성을 비개인화하는 일, 개별적 고통의 회복할 수 없는 사실을 익명적 통계 분석, 역사 이론, 사회학 모델로 뭉뚱그리는 일은 야만에 야만을 더하는 일이다. 의식적이건 아니건, 진단적 설명을 제시하는 사람은 아무리 경건하거나 심지어 비난의 어조를 담는다고 해도, 이 남자와 저 여자의 고문사, 또는 이 아이의 아사餓死가 갖는 회복 불가능한 구체성을 침식하고 망각 속으로 밀어 넣는다. 솔제니친은 세밀함의 신성함에 강박되었다. 단테와 톨스토이의 작품처럼 그의 작품에는 고유명사가 쏟아져 나온다. 그는 고통 속에 죽은 이들을 위해 기도하려면, 그 이름을 기억하고 끝없는 호명의 진혼곡으로 수백만 번 불러야 한다는 걸 안다.

하지만 인간의 정신이 진정한 개별성을 인지하며 간직할 수 있는 사람은 아주 소수다. 스탈린의 숙청으로 죽은 남녀노소는 2천만 명이 넘는다. 내적 지각력이 강한 사람은 50명, 어쩌면 백 명은 떠올리고 헤아리고, 또 일정 정도 신원을 파악할 수도 있을 것이다. 하지만 그 이상은 몽롱한 추상의 영역이다. 그래서 이해를 하려면 우리는 분석하고, 분류하고, 이론이라는 이성의 몽상을 제시해야 한다.

인간 종이 정치 권력을 행사할 때 야만성에 자주 의지한다는 것은 투키디데스보다도 오래된 진부한 사실이다. 대학살은 수천 년을 변함없는 소음으로 장식했다. 우리가 예술, 지성, 공민권이 꽃피었다고 평가하는 고대 사회들도 노예, 식솔, 장애인, 광인에 대한 대접은 상상하기 힘들 정도도. 연민의 오아시스는 드물었다. (그래서 기독교는 천국의 보상을 약속했다.) 칭기즈 칸이 지나간 자리에 풀이 다시 자랐는지 어쨌는지 아무도 모른다. 30년 전쟁이 벌어질 때 중부 유럽의 벌판들에는 늑대들만 남아서 바람을 삼켰다.

하지만 1800년대에 서유럽 일부와 미국은 상대적 평화 시기에 들어갔고, 나폴레옹 전쟁 이후 1914년까지도 그랬다. 상시적 야만 행위는 직업 군대의 손에 있었고, 전선이나 식민지로 넘어갔다. 볼테르가 정치에서 고문과 대량 보복이 퇴장할 거라 예견한 것은 나이브한 유토피아주의가 아니었다. 여러 가지 긍정적인 신호가 있었다. 셔먼 장군의 야만적 전술은 일회적이고 당혹스러운 퇴행으로 보였다.

중대한 문제적 사건은 1915~16년의 아르메니아 학살이었다. 그것은 일부가 주장하듯 '야만적' 침탈의 오랜 역사, 아틸라적 세계의 악몽 같은 에필로그였을까? 아니면 다른 일부가 주장하듯 홀로코스트와 인종 학살의 시대를 열어젖힌 것일까?

그리고 터키인이 아르메니아인 백만 명을 살해한 일, 그리고 그와 정확히 동시대에 벌어진 서부 전선의 학살 사이에 어떤 심리적, 기술적 연결 고리가 있는가? 있다면 무엇인가? 진단이 어떻게 내려지건, 분명한 사실은 징치적, 민족주의적 인간은 이제 전에 없던 무기를 지니고 절멸의 논리를 떠올리거나 재발견했다는 것이다.

그 후로 인간의 행동은 계속 이 논리를 따랐다. 거기에 따라 1914~1918년의 대량 학살(베르됭에서만 75만 명 가까이 죽었다), 민간 거주지와 민간인에 대한 폭격, 자연 환경의 계획적 파괴, 각종 동물의 무차별 살상, 나치의 유대인과 집시 학살이라는 야만 행위들이 이어졌다. 오늘날에도 똑같은 논리에 따라 아마존 강 유역에서 토착 부족들이 뿌리 뽑히고, 우루과이와 아르헨티나에서는 스탈린의 부하들이나 게슈타포를 방불케 하는 고문과 테러가 자행된다. 지금 이 시간에는 그 논리가 캄보디아의 자멸적인 유혈 사태를 뒷받침한다. 굴라크는 경계가 없다.

이것은 솔제니친의 지옥 보고서가 특별하지 않다는 말이 아니다. 하지만 소련의 굴종과 굴욕의 체계가 더 일반적인 참극들과 어떤 방식으로 같거나 다른지 묻는 것이다. 솔제니친 자신은 이 점을 분명히 밝히지 않는다. 굴라크 연대기 1권과 2권은 나치와 스탈린 통치의 차별점에 대해 단호하다. 솔제니친은 스탈린이 히틀러보다 훨씬 더 많은 사람을 죽였다는 (분명한)

사실을 강조했다. (로버트 콩퀘스트의 고전적 연구가 보여주었듯이 전성기 소련의 수용소들에는 무려 800만 명이 수감되어 있었다.) 솔제니친은 게슈타포는 '사실'을 찾아내려고 고문했지만, 러시아 비밀경찰은 거짓 진술을 받아내려고 고문했다고도 주장했다. 그런 속악함이 세 번째 책인 『수용소 군도 3』을 훼손하지는 않지만, 솔제니친은 굴라크가 어디서 그리고 어떻게 러시아 역사와 기질 속에 들어갔는지에 대해서는 계속 모호한 태도를 보인다. 몇몇 지점에서는 상층부의 억압과 일반 대중의 권위에 대한 복종은 러시아 정신의 특징이라고 말하기도 한다. 하지만 다른 데서는 특별히 볼셰비키 공포 정권—레닌이 세우고, 스탈린이 광적인 효율을 도입했으며, 오늘날에도 약간 줄어든 규모로 그 광기를 지속하는—을 공격한다. 솔제니친은 상대적으로 너그러웠던 차르의 처벌 기관—체홉이나 도스토예프스키의 작품에 나오는—과 소련 해법의 지독한 야만성을 자주, 냉소적으로 대조한다.

솔제니친에게 현대 정치인이 대량 고문, 투옥, 살인으로 회귀하는 일이 일반적 현상의 한 예인지, 아니면 각 경우가 모두 고약한 특이점인지 묻는다면, 그는 이렇게 답할 것 같다. 인류가 그리스도라는 모범의 진정한 의미와 절박함을 거절하고 세속적 이상과 물질적 희망에 의존했을 때 이미 역사와 정치 제도는 연민으로부터, 은총의 명령으로부터 분리되었다고. 그리고 신학적 제재와 결별한 정치나 사회적 관료제는 불가피하게 허무주의와 파괴적 방종으로 빠져든다고. 굴라크 행성은 —우리의 공생활에 고문과 살인이 편재하는 것은— 만연한 비인간성을 보여주는 가장 극적이고 뻔뻔한 사례일 뿐이라고.

인간 조건에 대한 이런 신학저-속죄적 독법은 솔제니친의 가장 특이하면서도 절실한 원리들의 토대이다. 그 원리들은 프랑스 혁명에서 비롯된 세속적 자유주의에 대한 혐오, 유대인 혐오(그가 볼 때 유대인은 가장 먼저 그리스도를 거부한 사람들일 뿐 아니라, 마르크스주의와 유토피아 사회주의를 낳은 급진적 자유지상주의자들이다), 서구의 '타락한 쾌락주의'와 과소비에 대한 경멸, (거의 비잔틴적인) 정교회 러시아의 신정적 분위기에 대한 노골적인 향수다.

이것은 고립적이고 흔히 불쾌함을 일으키는 주제들의 결합이다. 거기 반대하는 우스운, 하지만 솔제니친에게는 아주 자연스러운 동맹이 생긴다. K.G.B., 지미 카터 부인(그녀가 솔제니친의 하버드 대학 졸업식 연설에 반박하려고 한 일을 보라), 최근에 온 손님의 인세에서 십일조를 떼어 가려는 스위스 세금 당국이 그것이다. 이런 솔제니친의 믿음이 결합해서 현대의 야만성에 대한 '신비주의적' 설명이 태어났다. 그 설명은 본성상 증명도 부정도 불가능하다. 하지만 그보다 나은 것이 있는가?

많은 사람이 더 나은 설명을 찾으려고 했다. 한나 아렌트는 현대 전체주의의 뿌리를 포괄적 민족 국가 발전의 특정 측면들과 계몽주의 이후 경제적, 심리적 집단주의에서 찾으려고 했다. 다른 이들은 나치 강제 수용소가 조립 라인과 표준화로 이루어진 산업 프로세스의 논리적인 동시에 패러디적인 결실이라고 보았다. 나는 '작업 은유working metaphor'를 제시했다. 일상생활과 정치 권력의 정통성에서 신의 존재가 부식되자 지상에 대리 저주―지상 지옥―를 제도화할 필요가 생겼고, 그것이 나치, 소련, 칠레와 캄보디아의 굴라크라는 것이다. 하지만 이 중 어떤 것도 확실한 설명이 되지 않는다. 우리에게는 핵심적 사실이 남는다. 인류는 에라스무스에서 우드로 윌슨까지 교육받은 서구 사람들은 상상도 할 수 없는 방식과 규모로 고통과 학살의 정치로 돌아갔거나 그것을 만들어냈다는 것. 이 사실에서 제기할 수 있는 의미 있는 질문은 하나뿐이다. 지옥의 사이클을 멈출 수 있을까?

굴라크뿐 아니라 암 병동에서도 살아남은 솔제니친에게는 분노의 의지가 힘이 되었다. 그는 니체와 톨스토이 이후 누구보다 더 인간 정신의 탄성에 매혹되었고, 또 그것을 잘 발휘했다. 그는 이렇게 대답할 것이다. 그렇다, 파괴의 신을 멈춰 세우는 것은 가능하다. 악의 평범성을 부인하고, 사람을 도살장 일꾼으로 격하시키는 이들에게 아니라고 말하는 일은 가능하다. 그는 말할 것이다―어쨌건 그의 불타는 통찰의 내용은 그럴 것이다. 미국은 아마존 강 유역의 인종 학살과 아르헨티나의 피학적 서커스와 칠레의 타락을 멈춰 세울 수 있고, 그 방법은 이 기괴한 정권들이 의존하는 투자와 관심을 철수하는 것이라고. 솔제니친은 억압의 기계는 멈춰 세울 수 있다고 말할 수 있고, 말해야 한다. 그것이 지옥 구덩이에서도 멈추거나 적어도 일시적으로 작동이 정지되는 것을 그가 보았기 때문이다.

이것이 수용소 내 개인과 집단의 봉기, 탈출, 반항의 매혹적 기록을 담은 3부작 마지막 책의 증언이다. 솔제니친은 1954년 5월과 6월에 켄지르 수용소에서 벌어진 눈부신 반란의 40일을 기록한다. 그는 탈출의 대가인 게오르기 P. 텐노의 이야기를 한다(고전적 서사다). 그리고 통렬한 종결부에서 자신이 죽음의 집을 빠져나와 정상적이고 허가받은 일상의 빛 속으로 돌아온 일—고통과 기쁨이 함께 있는—을 회상한다.

하지만 평범한 인류와는 다른 이 거인은 자신의 서사시를 위로로 마무리하지 않는다. 9년간의 비밀 집필 끝에 솔제니친은 가시 철망이 발명된 지 백 년이 지났다는 우울한 고찰로 책을 마무리한다. 끈질긴 저항과 절망 속의 희망을 목격하고 살고 기록한 그는 이 발명품이 현대 역사에서 계속 중요한 역할을 할 것을 암시한다. 이 거대한 어둠의 벽화에서 그보다 더 절박한 필치는 없다.

1978년 9월 4일

신의 스파이GOD'S SPIES

그레이엄 그린에 대해

그것은 처음부터 더러운 직업이었다. 기록된 최초의 스파이는 여호수아가 여리고에 심은 자들이었다. 그들은 오늘날 정보 계통의 은어인 '안가safe house'를 마련했다. 매춘부의 집이었다. 두 번째로 오래된 스파이 이야기는 『일리아스』의 10권에 나온다. 그것은 야음을 틈타 잠입하고 잠입당하는 형편없는 에피소드로, 소리를 죽인 살인으로 끝난다. 학자들은 적절하게도 그 이야기가 신파성을 위해 나중에 추가된 대목이고, 호메로스가 지은 것이 아니라고 한다. 하지만 장르의 매혹은 계속된다. 제대로 된 초기 미국 첩보 소설 가운데 『스파이』가 있다. 제임스 페니모어 쿠퍼는 여기서 현대적인 모티프를 도입한다. 바로 이중 스파이의 문제다. 작품은 미국 독립 전쟁이 배경인데, 적대하는 두 진영이 같은 언어를 쓰고 혈연관계가 자주 얽히는 만큼 비밀 요원의 양가성은 필연적이었다. 이것은 남북전쟁 때도 마찬가지였다. 당시의 비밀 메신저와 정보 요원들은 개인의 인격과 혼탁한 직무 양쪽 모두에 충성의 균열이 담겨 있었다.

초기의 이중생활은 요원의 비기祕器다. 달리 어떻게 하겠는가? 스파이 일은 그가 염탐하는 상대와의 친밀함에 토대한다. 요원은 적의 도시에 녹아 들어가야 한다. 암호 해독가는 암호 작성가의 미로 같은 심장에 자신의 존재를 교묘히 심어놓아야 한다. (존 홀랜더의 장난스러운 장시 「스파이에 대한 고찰」은 꼬는 자와 푸는 자가 거울처럼 비슷한 것을 알레고리로 표현한다.) 스파이가 자신이 '커버'하는 인물의 거미줄에 사로잡히고 가면이 벗겨지면 흔히 면책을 위한 두 번째 반역을 제안받는다. 그는 이제 애초의 충성을 유지하는 척하면서 자신을 포획한 자들을 위해 일한다. 이른바 "전향"하는 것이다.

하지만 그 이상의 곡예도 가능하다. 그는 진정한 이중간첩이 될 수 있다. 양쪽으로 진짜 정보를 전달해서, 철천지원수들이 서로 필요한 접촉을 하는 우편함이나 신경 시냅스 역할을 한다. 많은 경우에 양쪽의 '통제자' 모두 자신들이 양방향으로, 하지만 유용하게 배신당하고 있는 것을 안다. 요원에게는 회색지대의 노골적인 면책이 허락된다. 때로는 윗선의 단 한 사람만이 부하의 '전향' 여부를 알기도 한다. (2차 대전 때는 그런 정보를 통해 연합국 '공작원'들이 독일 방첩망의 대동맥에 허위 자료를 떨구기도 했다.) 하지만 요원의 최종적 진실 혹은 허위가 어디 있는지 어느 쪽도 확정할 수 없는 경우가 허다하다. 표면적 이중 스파이―젊은 시절의 스탈린은 제정 러시아 비밀경찰과 볼셰비키 양쪽에 동등하게 충성했나? 한쪽을 다른 쪽보다 더 많이 팔았나? 첫 주인을 두 번째 주인에게 배신하고 다시 첫 주인에게 돌아갔나?―는 자신의 알 수 없는 의도의 미로 속으로 돌이킬 수 없이 파고 들어간다. 조지프 콘래드가 『비밀 요원 *The Secret Agent*』에서 말한 것처럼, 스파이 자신은 자신이 어디에 충성했는지 기억할까?

인간의 불확실한 정체성, 자기 기만과 선택적 망각―이런 것은 인간이 내면의 자신을 탐색하는 걸음을 비틀거리게 만든다―을 상징할 수도 있는 이 문제에 20세기 첩보 활동 및 관련 소설은 새로운 답을 준다. 심지어 3중 간첩―고용한 양측뿐 아니라 제3자에게도 정보를 파는―도, 돈을 위해 카멜레온처럼 변신을 일삼는 염탐꾼도('엿보기'는 관음꾼의 기술이다) 궁극의 충성 지점이 있다. 그들이 동트기 전, 섬뜩한 노크 소리를 기다리는 메스꺼운 시간에 충성을 바치는 대상은 자신을 사거나 판 국가나 정부가 아니다. 그들은 자신의 직업에, 끝없이 찢어지고 끝없이 수선하는 자신의 거미줄에 충성한다. 그 거미줄은 모든 요원, 어두운 자료실에서 위장 카메라로 사진을 찍는 모든 이, 투명 잉크로 글을 쓰는 모든 이를 (그들이 어떤 깃발 아래 있건) 불신의 깊은 공감으로 엮는다. 어떤 스파이도 추위를 피해 투항하지 않는다. 그의 집은 그가 공유하는 직무의 툰드

라뿐이다. 그의 형제애는 사냥꾼과 사냥감 사이의 직업적 존중뿐이다.

영국의 풍토에서 이런 황폐한 패러독스는 강박적 성격을 띠었다. 소련 정보 요원 킴 필비가 영국 보안 기관 정상부까지 침투한 일, 그와 관련된 가이 버지스와 도널드 매클린의 반역—필비가 그들이 모스크바로 탈출하게 도왔다—은 시간이 지날수록 뇌리에 강렬해진다. 그 이유 하나는 당사자들의 뻔뻔함과 공식 반응의 무기력함이다. (더 심각한 일이었는가? 훨씬 더 고위직의 공모와 은닉이 있었는가?) 그 추악한 헛발질과 막대한 비용을 통해서 —그 뒤로 미국 정보 당국은 이 '사촌' 국가와 전적으로 협력하기 어렵다고 느꼈다— 필비 사태는 영국 공생활의 상상력과 기술의 핵심적 질병을 보여주었다.

하지만 그 질병에는 더 깊은 뿌리가 있다. 필비와 그 일당은 사회적·교육적 배경에서, 어법과 삶의 태도에서 상류 카스트의 일원이었고, 그들의 절대적 충성, 공직에 대한 헌신이 아마추어 엘리트의 영국 정부에 대한 신뢰의 토대였다. 유다가 자신에게 꼭 필요한 조직에 속해 있던 것이다. 아니 더 나빴다. 그가 하원 위원회에 있었기 때문이다. 발각의 충격은 사태의 핵심을 찔렀다. 그 사건으로 E. M. 포스터는 현대 세계의 가장 불온한 명제 가운데 하나를 내놓았다. 진정한 신사이자 휴머니스트는 친구보다 조국을 배신한다는 것이다(그 친구도 '신사'라는 것이 암시된다. 악당의 배신은 비교할 가치가 없다). 필비의 드라마는 존 르 카레의 스파이 소설들—최근에는 조금 감정적 과장이 있지만—에 특별한 밀도를 준다. 그 일은 앨런 베넷의 연극 『조국 The Old Country』의 소재이기도 하다. 거기서는 알렉 기네스 경이 모스크바의 필비 역으로 열연을 펼친다. 그 사건은 불가피하게 그레이엄 그린의 스무 번째 소설 『인간 요인 The Human Factor』의 배경이기도 하다. 작품은 오래 전에 필비에 대한 회고록으로 시작했다고 알고 있다.

그레이엄 그린은 오랫동안 슬픔의 정치학의 대가였다. 그 점에서 그는 콘래드의 후예였다. 그는 콘래드 작품의 한 구절을 새 소설의 황량한 제사題詞로 삼는다. "내가 아는 건 인연을 맺은 사람은 사라진다는 것뿐이다. 그 영혼에 타락의 병원균이 들어갔다." 모리스 캐슬—이 이름은 포스터와 카프카를 동시에 가리킨다*—은 인연을 맺었다. 그는 흑인 아내 세라와 흑인 의붓아들 샘을 사랑한다. 그들은 결혼을 가로막는 인종 차별 법률을 피해서 위험을 무릅쓰고 남아프리카를 떠난다. 남아프리카의 감옥에서 의문사 당한 카슨과 그의 반反아파르트헤이트 운동 동료들—일부는 공산주의자였다—의 도움이 없었다면 그 일은 성공하지 못했을 것이다. 이 마음의 빚 때문에 캐슬은 세라와 더욱 밀접해진다. 그리고 그에 보답하기 위해 자신

---

* 모리스는 E. M. 포스터의 소설 제목이자 주인공이고 캐슬(성)은 카프카의 소설 제목.

의 신뢰와 직무를 더럽힌다. 그는 이중 생활자가 된다.

캐슬은 영국 정보기관 한구석의 하급 간부로, 아프리카의 신생 독립국들을 서글픈 눈으로 주시한다. 그는 남아프리카의 정책을 혐오하기에, 아파르트헤이트의 확산을 막고 자유주의 및 좌파 저항 세력에 대한 탄압을 저지하는 데 도움이 될 거라고 생각하는 모든 정보를 소련 연락책에게 전달한다. 세라가 "우리 사람들"을 말하면, 그의 늙은 심장은 순간적으로 조국인 영국이나 자신의 직무보다 더욱 강력한 귀속감을 느낀다. 캐슬의 부서에서 정보 유출이 감지된다. '박쥐', 보안 기관의 배신자, 외국 첩보 기관의 명령을 받는 사람이 있다는 의심이 생겨난다. 의심의 화살은 처음에는 가볍게, 하지만 이후에는 일관되게 캐슬의 산만하고 다소 경솔한 참모 데이비스를 향한다. 데인트리 대령은 확실한 증거를 확보한 뒤 조치를 취하고 싶어 하지만, "회사"(정보팀)의 보건 담당자 퍼시벌 박사는 감정에 휘둘리지 않는다. 데이비스는 독살된다.

그러는 동안 캐슬은 예전에 자신과 세라를 박해한 남아프리카 정보기관의 당사자와 협력하라는 명령을 받는다. '엉클 리머스'는 남아프리카와 미국이 반공이라는 공동의 목적 아래 저항 세력을 탄압하고 쌍방 이익을 추구하는 작전의 암호명이다. 캐슬은 탐색망이 좁혀지는 것을 알고 핵심 정보를 담은 마지막 서류를 전달한 뒤 탈출을 시도해서 영국을 벗어난다. 소설 끝부분에서, 잠시 세라의 목소리를 전하던 전화선이 먹통이 된다. 캐슬이 아내와 샘을 다시 만날 때까지 아주 추운 시간이 있을 것이 암시된다. 림보 같은 모스크바 아파트에서 그는 『로빈슨 크루소』를 읽는다. 그 뱃사람은 얼마나 오래 고립되어 있었나? "28년, 2개월 19일……" 하지만 모스크바는 그보다도 더 외딴 섬이다.

작품은 그린 특유의 성글고 미니멀한 분위기다. 어조는 파국을 암시한다. 캐슬은 무력하다. 영국 스파이와 역스파이들이 활동하는 공간은 권력과 의미가 급격히 줄었다. 마르크스주의의 꿈은 악몽이 되거나 고전적 서구 자유주의처럼 공허하고 파괴적인 제스처와 비유로 변질됐다. (여기서 그린의 환멸은 '중심의 부재'를 플롯의 상수로 삼는 르 카레보다 더 깊다.) 그나마 활기를 띠는 것은 BOSS(남아프리카 정보기관)의 의도적 야만성이나 멀리 떨어진 미국의 순진한 간섭이다. 신사와 공무원의 높은 규약은 데인트리에게서 무능력이 되었다. (책의 빛나는 장면 하나는 힘없는 데인트리가 딸의 초라한 결혼식에서 별거한 지 오래된 아내에게 악다구니를 듣는 대목이다.) 똑같은 규약을 퍼시벌 박사는 침착한 잔혹함으로 타락시켰다.

그린은 세인트제임스 지역의 우중충한 클럽, 도색 소설을 갖춘 서점, 위스키에 젖은 교외 도시를 통해서 사회 전체가 약간 고약한 미래를 향해 힘겹게 나아가는 모습—1938년의 『브라이튼 록Brighton Rock』에 이미 등장한 풍경—을 보여준다. 이야기 초반에 캐슬과 데이비스가 나누는 대화는 작품 전체의 조용한 냉소를 보여준다.

　"지금까지 다룬 정보 중에 가장 비밀스러운 게 뭐였나요, 캐
슬?"
　"예전에 침공의 대략적 날짜를 알았지."
　"노르망디?"
　"아니. 아조레스 제도."

"대략적"이라는 표현에 대가의 솜씨가 있다.
　하지만 전체적으로 이 작품은 빈약하고 인위적인 작품으로, 그린의 걸작에 속하지 않는다. 텍스트에는 자기 지시가 가득하다. 그는 독자에게 『아바나의 우리 사람 *Our Man in Havana*』, 『명예 영사 *The Honorary Consul*』의 비슷한 에피소드, 대화, 파토스를 떠올려서 주제와 캐릭터의 얼개를 채워 넣을 것을 요구한다. 그린의 작품이 흔히 그렇듯, 캐슬의 반역의 핵심 요소인 부부애는 변덕스럽다. 세라와 캐슬의 대화는 생기가 없다. 그들의 고통스러운 애정은 묘사되지 않고 설명된다. 짧게 지나가는 장면 하나가 도드라진다. 벨라미—"필비"—가 모스크바에 있는 캐슬을 불쑥 찾아오는 장면이다.
　『인간 요인』에서 훨씬 더 흥미로운 모티프는 로마 가톨릭교와 스파이 활동은 개신교나 (그 운명적 소산인) 세속적 합리주의가 필적할 수 없는 진실과 위안을 준다는 그린의 견해다. 우

리에게는 영혼의 엿듣기가 필요하다. 견책하고 위로하는 오컬트적 경청자가 필요하다. 상사에게 보고하는 요원과 고해 사제 앞에 무릎을 꿇은 가톨릭 신자는 같은 위험한 배를 탄다. 하지만 영혼이 발가벗기고 참회의 수고를 묵인하는 그 항해에 연대가 있다. 그린은 그 유사성을 강하게 주장한다. 캐슬은 소웨토 판자촌에서 진정한 신의 하인으로 일하는 사제를 한 번 보았고, 공산주의에도 인간의 얼굴이 있다는 것, 그리고 공산주의의 어떤 마지막 진실은 가톨릭이 보르자 가문 이후에도 살아남았듯 프라하와 부다페스트 이후에도 살아남았다는 것을 알았다. 작품의 핵심 장면—그린의 최고 걸작인 『권력과 영광*Power and Glory*』을 연상시키는—에서 신앙 없는 캐슬은 고해의 위안을 훔치려고 한다. 그린은 키르케고르처럼 가장 외로운 사람은 비밀이 없는 사람, 정확히 말하면 비밀을 누설할 상대가 없는 사람이라는 것을 안다. 그래서 모든 반역에는 기이한 성례가 있고, 리어 왕이 코딜리아에게 하는 수수께끼 같은 말—우리 모두 "신의 스파이"가 되어 새장 안의 새들처럼 노래하자—에는 신학이 울린다.

이런 발상은 음울한 매력이 있다—많은 사람들이 몽상하는 비밀 생활의 환상처럼. 불쌍한 데이비스는 무심결에 비밀을 누설한다. "우리 직업은 얼마나 어리석은가"(여기서 '직업profession'은 그린의 어휘가 늘 그러듯 어원을 염두에 두고 있다).* 하지만 그린, 르 카레, 그리고 그들 집단이 피하는 것이 바로 이 깨달음이다. 2만 미터 거리에서 탱크 배기구의 온도를 감지한다는 소문의 장치들이 있다. 탐사 저널리즘과 이제 보편화된 가십의 에토스로 인해 신문 판매대에는 일급 비밀 정보가 넘쳐난다. 대중 잡지는 핵무기 조립법을 그림으로 설명한다. 스파이들이 의뢰인에게 파는 것들 중 정말로 새롭거나 결정적인 것이 있을까? 여호수아는 꼭 네 개의 눈으로 봐야 여리고에 벽이 있고 그곳 사람들이 침략에 반대한다는 걸 알 수 있었을까? 스파이 산업 전체가 얼빠진 게임, 거울의 집에서 벌이는 잔인한 놀이가 되었는지도 모른다.

"거짓말이 필요 없기를 바랍니다." 캐슬이 소련의 윗선 보리스에게 털어놓는다. "그리고 우리가 같은 팀이기를 바랍니다." 아마도 우리는 그럴 것이고, 그 팀은 어쨌건 (그린의 속삭임에 따르면) 지는 팀일 것이다. 나는 그렇게 고백한다.

1978년 5월 8일

---

* profession은 '신앙 고백'이라는 뜻도 있다.

죽은 자들의 집에서 FROM THE HOUSE OF THE DEAD

알베르트 슈페어에 대해

알베르트 슈페어는 히틀러 정권의 건축가이자 군수 장관이 었다. 그는 다른 나치 악당들과 두 가지 점에서 다르다. 첫 번째로 히틀러에 대한 슈페어의 감정은 이해관계를 초월한 애정, 동물적 매혹 이상의 열렬함이 있었다. 1945년 4월 23일, 베를린이 불바다가 되고 안전한 탈출의 기회가 거의 사라졌을 때, 슈페어는 총통에게 개인적 작별 인사를 하러 수도로 돌아갔다. 히틀러의 차가운 반응은 그에게 큰 아픔이 되었다. 두 번째로 슈페어는 제3제국의 광란이 펼쳐지는 동안에도, 그 후 20년 가까운 슈판다우 수형 시절에도 얼마간의 이성과 도덕 감각을 유지했다. 이 두 가지 요소—히틀러 개인에 대한 매혹과 20년의 생매장을 이기고 멀쩡한 정신으로 살아 나가겠다는 결심—가 슈페어의 『슈판다우: 비밀 일기 *Spandau:The Secret*

Diaries』를 지배한다.

알베르트 슈페어는 뉘른베르크 전범 재판에서 제3제국 무기 공장에서 노예 노동자 수백만 명을 사용한 궁극적 책임자가 자신이라고 인정했다. 그는 이 불쌍한 이들을 점령지에서 폭력적으로 끌고 온 일에도, 그에 뒤이은 학대와 몰살에도 직접 관여하지 않았다. 하지만 생산 과정과 산업적 공정을 총괄한 것은 그였고, 슈페어는 그만큼의 죄를 인정—아니 사실상 설명—했다. 징역 20년형은 처음부터 가혹해 보였고, 소련의 주장을 반영한 것으로 여겨졌다. 뉘른베르크 재판이 끝난 직후, 러시아 당국이 그렇게 뛰어난 무기와 물자 조달 감독을 서구의 손에 안전하게 넘겨주고 싶어 하지 않았다는 수근거림이 있었다.

슈페어는 1947년 7월 18일에 베를린의 슈판다우 감옥에 들어갔다. 그리고 1966년 9월 30일 자정에 출소했다. 선고 후 뉘른베르크 감옥에서 보낸 시간을 합하면 정확히 20년이다. 복역 10년 이후로는 동료가 단 두 명이었다. 전 히틀러 유겐트 지도자 발두어 폰 시라흐와 루돌프 헤스였다. 슈페어는 눈부신 성공을 경험하고 권력의 정점에 이른 42세의 남자로 슈판다우라는 초대형 관에 들어갔다. 그리고 61세에 석방되었다. 하지만 갇혀 있는 동안 그는 글을 썼다. 일기, 인가된 편지와 비밀 편지, 자서전을 위한 토막글을 2천 장 넘게 썼다. 종이는 달력 종이, 종이 상자 뚜껑, 화장지―이것은 전통적인 수인囚人의 파피루스다―였다. 그는 이 방대한 자료를 미, 러, 영, 프 4개 국 간수의 면밀한 감시를 뚫고 슈판다우 밖으로 내보낼 수 있었다. 그 자료들의 양은 슈페어의 첫 책『제3제국의 안쪽 *Inside the Third Reich*』이라는 감옥 일기와 (몇몇 암시를 통해서 보면) 전면적 히틀러 연구서의 토대가 될 수 있을 만큼 충분했다. 어떻게 그럴 수 있었을까? 슈페어의 설명은 기이하게 상세하면서도 알쏭달쏭하다. 그는 자신을 도와준 사람들을 보호해야 한다고 말한다. 주요 통로는 감옥 의무관 한 명이었는데, 아이러니하게도 그는 제3제국의 전쟁 조직에 강제 동원된 적이 있는 사람이었다. 하지만 분명히 다른 길도 있었을 것이다. 당국, 특히 서양 열강 3국은 슈페어가 바깥세상과 많은 교류를 하며 미래를 준비한다는 사실을 알고 있었을 거라고 여겨진다. 실제로 1948년 10월에 이미 유명 뉴욕 출판업자의 아내가 슈페어의 회고록을 노리고 그의 가족에게 접근했다(이런 발상의 미묘한 부도덕성은 슈페어 자신이나 아내에게 거부감을 주었다).

책 속의 히틀러는 검은 안개 같다. 투옥 후 처음 몇 년 동안 슈페어는 총통과의 관계의 역사를 꼼꼼히 회고하고 기록했다. 인상적인 장면이 많다. 히틀러가 자기 고향 린츠를 세계 예술의 중심지로 만들려고 계획하는 모습이 있다. 그가 권력을 향해 날아오르던 시절, 열광하는 군중 사이를 오픈카를 타고 바람처럼 지나가는 모습, 가까운 수하들 앞에서 연설하고, 조롱하고, 거드름피우다가 갑자기 생각에 잠겨 침묵의 소용돌이 속으로 사라지는 모습도 있다. 그가 오베르잘츠베르크의 가정적인 분위기에서 자신의 말 한마디에 목숨이 달린 부하, 참모들에게 사교성을 발휘하려고 하는 특이한 장면들도 있다. 슈페어는 히틀러가 문학에 대해(그는 독일의 페니모어 쿠퍼인 카를 마이를 좋아했다), 조각에 대해, 역사의 의미에 대해 한 말을 기록한다. 그리고 총통이 초기 동료와 후원자들에게 관용을 발휘한 일들을 떠올리고, 불―난롯불, 도시의 대화재―에 집착한 사실을 전한다.

슈페어는 히틀러가 자신, 그러니까 슈페어의 정체성의 뿌리에 깊이 얽혔다는 것을 알았다. 1952년 11월 20일의 기록: "내 인생이 어떻게 되건, 사람들은 내 이름이 나올 때마다 히틀러를 생각할 것이다. 나는 독립적인 존재가 되지 못할 것이다. 때로 나는 일흔 살의 내 모습을 그려본다. 아이들은 이미 장년이고 손주들이 커나가고, 어디를 가도 사람들이 내게 히틀러의 일을 묻지 않을 날을." 이 글을 쓰기 3년 전에는 총통과의 만남의 필연성에 대해 생각했다. "나는 히틀러를 무엇보다 우리의 미래에 닥칠 혼란스러운 대도시의 세계에 맞서 19세기 세계를 보존할 사람으로 여겼다. 그렇게 보면 나는 히틀러를 기다리고 있었다고도 할 수 있다. 더욱이 ―그에 대한 더 큰 변명이 되겠지만― 그는 나에게 내 잠재력의 한계를 뛰어넘을 힘을 주었다. 그렇다면 나는 그에게 악용당했다고 말할 수 없다. 오히려 나는 그를 통해서 처음으로 고양된 자신을 느꼈다."

기나긴 수감 생활 동안 슈페어는 자기 인생을 건설했다가 파괴한 남자를 똑똑히 이해하려고 노력했다. 평범한 인간 수준을 넘는 잔혹함—기이하게 추상적이고 무관심한 종류였지만—, 과대망상, 저속함, 자기 연민, 오류가 있었지만 그 반대도 있었다. 슈페어에게 히틀러는 "성실한 가장, 너그러운 상사, 온화하고 절제되고 자부심 있고, 아름다움과 위대함에 열광할 줄 아는 사람"이었다. 마지막 지점이 슈페어를 떠나지 않는다. 히틀러의 예술 및 건축 정책은 야만적 근시안의 소산이었을 수 있다. 하지만 진정한 통찰의 섬광, 혁신과 학식이 도약하는 순간들도 있었다. 그의 카리스마는 깊고 차가워서, 사람을 마비시키는 동시에 자석처럼 끌어당겼다. 그리고 정치적 전술, 수사학과 관련한 그의 가식 없는 지적 위력과 국내외에서 마주하는 지치거나 부패한 그림자 활동가들의 심리적 통찰도 마찬가지였다. "그는 정말로 다른 세계의 사람이었다…… 군인들은 온갖 특이한 상황에 대처하는 법을 배웠다. 하지만 이 몽상가를 다룰 준비는 전혀 되어 있지 않았다."

여기 새로운 것은 없다. 다른 증언들도 그 악몽의 이미지를 흔하게 만들었다. 하지만 슈페어는 히틀러의 반유대주의 진단에 아주 중요한 문제들을 건드린다. 그는 총통과 그 문제와 관련해 대화를 나눈 기억이 거의 없다(히틀러의 역겨운 비공식 대화들에서 강제 수용소에 대한 언급은 단 한 차례도 나오지 않는다). 하지만 방대한 기억의 더미를 샅샅이 훑은 슈페어는 유대인 혐오는 히틀러라는 존재의 절대적이고 확고한 핵심이었다는 결론에 도달한다. 히틀러의 정치학과 침략 전쟁들은 "이 진정한 동기를 가리는 위장막에 불과"했다. 히틀러가 유언에서 전쟁의 책임을 유대인에게 돌리고 유럽 내 유대인의 근절을 말한 것을 생각하면서, 슈페어는 히틀러에게는 유대인의 박멸이 독일 민족의 승리나 생존보다 더 중요했다는 결론에 이른다.

합리주의 역사가들은 그 점에 대해 계속 논쟁했다. 그들은 히틀러의 행동을 이해할 '정상적인' 경제적-전략적 시각을 찾으려고 했다. 슈페어가 훨씬 더 진실에 가깝다. 반유대주의라는 핵심 모티프에 집중하지 않으면, 히틀러 현상—그의 유독한 매력과 지독한 자기 파괴—에는 이렇다 할 합리적 요소가 없다. 히틀러는 어떤 음침한 방식으로, 유대인이 메시아를 기다리는 응집성에서, 그들의 독자성과 '선민 사상'에서, 자신의 내밀한 충동을 조롱하는 불변의 평형추를 보았다. 그가 나치와 유대인은 공존할 수 없고, 최종 전쟁을 통해 한쪽이 이기거나 둘 다 절멸할 것이라고 선언했을 때, 그것은 그에게 격렬한 진실이었다. 아이히만 재판 소식과 늘어가는 홀로코스트의 증거를 접하면서, 슈페어는 석방의 욕망이 "거의 부조리"하게 느껴졌다고 말한다.

물론 그래도 욕망은 사그라들지 않는다. 모든 옥중 문학의 핵심이 그것이다. 7천 일도 넘는 똑같은 날이 언젠가 지나갈 거라는—스무 번의 텅 빈 겨울에 어떤 의미 또는 위로가 주어질 것이라는 캄캄한 희망. 시시때때로 퍼지는 소문이 슈페어를 더욱 질식시켰다. 독일 주재 미국 고등판무관 존 매클로이가 형량 감축 또는 석방을 촉구한다. 아데나워가 거기 동조한다. 영국 외무부가 러시아에 접근했다. 냉전이 이어지면 슈판다우가 소개疏開되고, 슈페어의 범죄는 너그러운 평가를 받을 것이다. 서구 열강이 독일을 재무장시키면서 독일 군수의 마법사를 감옥에서 썩힐 이유가 무엇인가? 하는 것들이었다. 하지만 그 희망은 모두 거짓으로 드러났고, 슈페어는 거의 상상도 하기 힘든 마지막 날 자정까지 형기를 채워야 할 거라는 확신을 체득하고 표현하게 되었다.

그는 수감 역사의 고전적 수단들로 정신 건강을 유지했다. 매일 슈판다우 구내를 걸어 다니며, 그 거리를 정확한 수치로 기록했다. 석방 때까지 총 31,939킬로미터를 걸었다. 이런 인위적 행진은 막연한 운동 이상이었다. 슈페어는 자신이 실제로 지구를 걷는다고, 유럽에서 중동을 지나 중국, 베링 해협까지 갔다가 멕시코를 지난다고 상상했다. 그리고 걸으면서 머릿속으로 자신이 아는 그 지역의 풍경, 건축, 기후를 떠올렸다. "나는 이미 인도 내륙 깊이 들어와 있다." 어느 날의 전형적인 기록이다. "계획대로 되면 다섯 달 후에 베나레스에 도착한다." 그리고 감옥 정원이 있었다. 슈페어는 1959년 봄부터 그 정원을 가꾸는 데 점점 더 많은 시간과 에너지를 바쳤다. 관목 한 그루 한 그루, 화단 하나하나를 정성스레 배치하고 관리했다.

"슈판다우는 그 자체로 의미가 되었다. 전에는 여기서 하루하루의 생존을 꾸려내야 했다. 이제는 그럴 필요가 없다. 정원이 나를 완전히 차지했다."

슈페어는 독서도 열심히 했다. 역사, 철학, 소설, 그리고 좀 기이하지만 자신이 큰 역할을 한 사건들에 대한 책을 읽었다. 공학과 건축 저널들을 읽을 수 있게 되자, 새로운 기술을 익혀서 바깥세상의 변화와 보조를 맞추려고 했다. 그림도 그렸다. 러시아 간수들이 칭찬한 주택 평면도, 이제 폐허가 된 기념물의 실루엣과 윤곽, 그리고 가끔은 고독이 소리치는 기이한 우화적 그림을 그렸다. 하지만 무엇보다 그는 수천 쪽의 글을 썼다. 그의 이성은 이 튼튼한 끈에 매달려 있었다.

그럼에도 불구하고 절망과 광기의 시간들이 있었다. 수감 10년차 되던 해 연말, 되니츠 제독과 레더 제독이 출소했을 때가 그랬고, 1961년 6월 몰래 들여온 편지 한 통을 잃어버려서 발각될지 모른다는 공포에 사로잡혔을 때가 그랬다. 정신이 감당할 수 없이 흔들릴 때. 슈페어는 스스로에게 '잠'을 처방해서 3주 동안 수면제를 먹고 견실한 밤과 흐릿한 낮을 만들었다. 하지만 대부분은 자신이 지닌 엄청난 회복력에 의존했다. 징벌 방에서 일주일을 보낸 뒤에 —삭막한 벽들 앞에 11시간을 꼼짝 않고 앉아 있었다— 슈페어는 "첫날처럼 상쾌하게" 나왔다.

연합국 당국의 장치들—분노한 인류의 이름으로 행한—은

때로 쉽게 읽히지 않는다. 수감 후 11년이 지났을 때 슈페어는 캔버스와 유화 물감을 요청했다. 이런 위험한 요구는 받아들여지지 않았다. 수인은 이름 대신 등에 붙인 수인 번호로만 불렸다. 이름을 부르는 것은 그 사람의 인간됨을 존중하는 것이기 때문이다. 가족 면회는 드물고 짧았다. 그리고 소련, 미국, 프랑스, 영국의 담당자들이 입회해야 했다. 슈페어는 수감 16년 후에야 (너그럽게 눈감아준 덕분에) 아내와 잠시라도 단 둘이 있을 수 있게 되었다. 그는 그때 상황에 압도되어 아내의 손도 잡지 못했다. 민족적 편견이 수인과 간수들에게 적용되었다(슈판다우는 승전 4개국이 월 단위로 돌아가면서 관리했다). 영국인은 꼼꼼하다. 프랑스인은 여유롭게 우쭐거린다. 미국인은 순진하고 활기차지만 잔혹할 때도 많다. '러시아의 달'에는 식단의 품질이 곤두박질친다. 소련 인력은 문화적 소양이 높다. 서구의 간수들이 탐정 소설을 훑거나 십자말풀이를 하며 조는 반면, 슈판다우의 러시아인은 화학, 물리학, 수학을 공부하고, 디킨스, 잭 런던, 톨스토이를 읽었다. 냉전의 온도 변화에 따라서 감옥 내 연합국 간 관계도 긴장과 이완을 반복했고, 수인들도 그 영향을 받았다. 쿠바 미사일 위기 때는 팽팽한 긴장이 수인들을 짓눌렀다. 그러다 러시아 간수가 평화의 소식을 가지고 왔다.

이런 우습고 비극적인 장면들이 이 숨 막히는 기록을 견딜 만하게 만든다. 슈페어는 훈련된 눈이 있었다. 뉘른베르크에서 그는 교수형을 앞둔 동료들의 방 앞을 지나갔다. "그들 대부분은 규칙에 정해진 대로 등을 대고 누워 있었다. 손은 이불 밖으로 내놓고, 고개는 밧줄 안쪽을 향해 있었다. 그들은 유령처럼 꼼짝하지 않았다. 모두가 이미 관에 누워 있는 것 같았다." 1953년 겨울, 수인 번호 3번인 히틀러의 외무장관 콘스탄틴 폰 노이라트는 안락의자를 허락받았다(그는 고령이고 건강이 쇠했다). 슈페어는 그 의자가 자신이 1938년에 디자인해서 베를린 총리실에 놓은 것이라는 걸 알아보았다. "다마스크 천은 낡고 광택은 흐려지고 합판은 긁혔지만, 나는 아직도 그 비율, 특히 뒷다리의 곡선이 마음에 든다." 슈페어가 제3제국을 위해 건설한 괴물인 붉은 기둥들과 승리의 대리석 주랑 현관은 잊혀졌다. 남은 것은 두 가지였다. 슈페어가 뉘른베르크 당대회에서 130개의 탐조등 빛줄기로 만든 환영 같은 "얼음 성당"의 기억. 그리고 이 의자.

석방이 가까워지자, 슈페어의 정신이 요동쳤다. 그는 라디오 듣는 일을 그만두었다. 가족에게 편지도 쓰지 말라고 했다. 고통스러운 꿈이 그에게 너는 집에 돌아가지 못한다고, 잃어버린 삶은 회복할 수 없다고 말했다. 사흘이 남았을 때, 그는 모든 것을 깔끔하게 해두려고 다시 한 번 정원의 잡초를 뽑았다. 모든 장기 수인들이 그렇듯, 그도 자신과 감옥의 관계가 얼마간 '에로틱'해져서 (말도 안 되는 것 같지만) 속속들이 통달한 이 관 밖으로 나가기 싫어하는 마음이 있는 것을 감지한다. 마지막 날에 자신과 시라흐의 석방을 기다리며, 슈페어는 10킬로미터를 더 여행한다. 클라이맥스 부분에는 소설이 가닿을 수 없는 두려움과 쓸쓸함이 담겨 있다. 감옥 마당에 석탄이 산더미처럼 쌓여 있었다. 슈페어는 헤스 옆에 서서 그것을 바라보았다. "헤스가 말했다. '석탄이 많기도 하지. 내일부터는 내가 다 쓰겠군.'" 그때가 1966년 9월 30일이다. 늙은 나치 헤스는 스코틀랜드에 가 있어서 나치 최악의 잔혹 행위에는 가담하지 않았지만, 슈판다우—4개국 군인과 담장이 지키는 3만 8천 입방미터 공간—에 혼자 남았다. 서구 열강은 오래 전부터 그를 석방시키고 싶어 했지만 소련이 거부했다. 그들은 서베를린에 남은 이 군사적 발판을 잃고 싶어 하지 않았다. 러시아의 이런 비인도적 협박에 대한 우리의 묵인은 언급할 가치도 없다.

하지만 일단 이 이야기를 하면, 그리고 슈페어의 기록과 생존의 힘을 인정하면, 다른 이야기도 꺼내야 한다. 슈판다우에는 책과 음악, 가족의 편지, 의료 지원이 있었다. 넉 달 중 석 달은 식단도 훌륭했다. 온수 목욕이 가능하고, 돌볼 정원이 있었다. 매질도 없고, 인분에 처박히거나 소각당하는 사람도 없었다. 요컨대 슈판다우의 20년은 벨젠, 마즈다네크, 아우슈비츠 등 알베르트 슈페어가 봉사한 정권이 건설한 지옥 수백 곳의 어느 하루와도 비교할 수 없는 천국이었다. 이 책의 힘과 고통 때문에 우리는 이 말을 우리에게 —그에게가 아니라면— 해야 한다(그는 이제 그 일을 안다고 말한다). 하지만 이 말을 하는 것도 충분하지 않다. 슈판다우가 휴양지처럼 보이는 것은 벨젠과 비교할 때만이 아니다. 굴라크, 소련의 정신 감화원, 칠레의 감옥, 인도네시아의 죽음의 수용소들을 생각하면, 슈페어는 그저 건설 감독의 한 명이었을 뿐이다(가장 가혹한 처벌을 받았을지는 몰라도). 죽음의 건축은 아직도 번성중이다.

1976년 4월 19일

죽은 자들에 대하여DE MORTUIS

아리에스와 새로운 프랑스 역사학에 대해

나는 파리 근교 '열대·아열대 과일 응용 연구소'에서 무슨 일이 벌어지는지 모른다. 그저 상상만 해본다. 거기에는 프랑스의 모든 전문 직군—학자에서 발 전문 의사까지—에 필수적인 치열한 자격을 갖춘 흰 가운 차림의 엘리트들이 있을 것이다. 파푸아, 일본, 아마존 열대 우림에서 온 정체불명의 사신使臣들이 그들 사이를 누비며 패션프루트와 구아바, 체리모야와 비파, '디프테릭스 오도라타Dipteryx odorata'와 '리트키 키넨시스Litchi chinensis'의 달콤한 혼종을 살펴보라고 내놓는다. 사람들은 표본을 의심스럽게 씹어보고 냄새를 맡아보고 만져본다. 뉴기니 고지대에서 몰래 들여온 희귀한 식충 살구나무 씨가 창가의 상자에서 싹을 틔운다. 연구소가 메종-라피트에 있기에, 때때로 비슷한 이름의 와인으로 술자리가 벌어진다.

제대로 된 모든 연구소가 그러듯이 열대·아열대 과일 응용 연구소는 동물원의 앵무새 담당자, 아내를 죽일 신형 독극물을 찾는 이들(프랑스에는 이런 이가 항상 많다), 십자말풀이 작성자와 도전자들이 던지는 많은 질문에 고상하고 빛나는 답을 해줄 정보 분과, 카탈로그, 데스크를 자랑한다. 정보 분과 담당자는 필리프 아리에스라는 사람이다. 그는 부지런하다. 스리랑카 관목 숲의 비식용 열매 9,671가지에 대한 질문에 답을 하는 사이에, 삶과 죽음을 다루고, 사적인 인간과 공적인 역사를 다루는 두꺼운 책들을 쓴다. 그가 쓴 『아동의 탄생 *Centuries of Child-hood*』(1962년에 영어로 번역), 『죽음에 대한 서양의 태도 *Western Attitudes Toward Death*』(1974년에 번역)의 예비 연구, 『죽음 앞의 인간 *The Hour of Our Death*』(얼마 전에 헬렌 위버의 생생한 번역으로 출간된)은 아리에스를 막대한 영향력을 지닌 현대 프랑스 역사학 및 역사기록학 학파의 '선구자 figures de proue' 중 한 명으로 만들었다.

전통적 역사학은 영국 남학생들이 말하듯 "지도와 인물 maps and chaps"을 다루는 것이다. 이런 약간 정형적 시각은 오래 전부터 경제사, 사상사, 국제관계 이론과 분석 같은 특별한 분야들의 도전을 받았고, 또 (미국에서는 대니얼 부어스틴이 대표하는) 기술, 과학 발명, 도시와 농장 생활, 사회 제도와 가정생활의 기록을 유기적인 총체로 만들려는 시도들의 도전도 받았다. 프랑스의 학교는 언제나 내면을 파고들었다. 그들은 인간 의식의 근원과 흐름, 특정 사회, 환경, 시대의 감정과 정서 습관의 변화에 체계적 서사의 (그리고 정량화定量化의) 빛을 비추려고 했다. 어떤 번역도 '의식의 역사histoires des mentalités'라는 말의 본래 느낌, 옛날식 역사성과 새로운 내향성의 우위를 동시에 가리키는 의미를 제대로 옮길 수 없다. 이 프랑스 학파의 성장은 그 자체로 매혹적인 "내적 역사"다. 19세기 오귀스트 콩트 버전의 실증주의는 역사란 사회가 자신의 기원과 특성에 대한 의미 있는 이미지를 얻는 포괄적 분석 수단이라고 가르쳤다. 콩트, 이폴리트 텐, 마르크스는 역사가들에게 사회학, 사회적 관행과 인구 추세의 통계를 중요한 도구로 삼아야 한다고 촉구했다. 이런 흐름과 유사한 것은 발자크에서 플로베르, 졸라와 프루스트로 이어지는 위대한 프랑스 리얼리즘 소설의 전통이다. 그것은 도시와 시골, 귀족과 부르주아 모두를 망라해서 프랑스 사회의 태도, 제도, 심리 경향을 문학적 서사로 생생하게 기록하고 탐구한다. 이런 두 개의 유사한 전통은 마르크 블로크, 페르낭 브로델, 뤼시앵 페브르 같은 천재 역사학자들의 선구적 작업에서 합쳐지는 것 같다. 특히 페브르는 아주 중요한 질문들을 했다. 그는 16세기 사람들이 사랑에 대해 어떻게 생각하고 느꼈는지, 그들이 종교 갈등의 스트레스를 어떻게 겪고 대응했는지, 질병과 죽음에 대해 어떤 태도를 지녔는지 알고 싶어 했다. 그는 전면적 규모의 "기쁨, 연민, 고민의 역사"를 요구했다. 그는 안경의 발명과 인공조명의 발전이 냄새의 문명을 어떻게 부식시켰는지 알고 싶어 했다(중세와 15세기의 악취나는 도시들에서는 예리한 후각이 중요한 역할을 했다). 페브르는 매클루언 훨씬 이전에 수기에서 인쇄로의 점진적 변화가 인간의 감각과 이념에 어떤 영향을 미치는지 궁금해했다.

수많은 프랑스의 ―그리고 최근에는 영국과 미국의― 역사가가 페브르를 따라갔다. 그들은 예를 들면 17세기와 18세기 도시와 농촌의 결혼 관계를 들여다볼 뿐 아니라, 당시의 남녀가 결혼, 섹스, 임신, 육아, 재산 상속의 "현실"―이것 자체도 어려운 주제다―을 어떻게 이해 및 상징화하고, 거기 복종하거나 저항하려고 했는지―이게 핵심이다―를 알아내려고 했다. 예를 들어 조르주 뒤비 같은 역사가는 중세 초기에 유럽의 대형 숲들이 줄어들고, 로마 시대 이후 도로들이 다시 유용한 역할을 하게 되면서, 거리, 공동체, 개인적 활동 범위에 대한 사람들의 의식이 크게 달라진 것을 설명하고자 한다. 또 어떤 역사가들은 교회에서 설교하는 지옥의 이미지와 그런 이미지의 꾸준한 침식이 정확히 어떤 점에서 그리고 얼마만큼, 한편으로는 기사단의 전쟁 방식과 '근친상간적' 통혼 경향에, 다른 한편으로는 상업 계층의 태동하는 '세속성'에 영향을 미쳤는지 미치지 않았는지를 알고 싶어 한다.

문학과 예술, 단어와 문법의 생성 역사, 공공 및 가정 건축의 흔적, 요리책과 학교 독본의 발전, 세금 징수 서류와 공증인의 지침서(그 흔적은 웨스턴 유니온 전보 회사가 제시하는 정형화된 축하 및 위로 메시지에 기이하게 남아 있다), 교구 사제 설교, 질병을 정리하거나 설명하는 의사의 진료 기록—이 모든 것이 "멘탈리티" 역사가의 맷돌에 들어간다. 본질적으로 사회가 생각하고 느끼고 기록한 어떤 것도, 아니 사회가 간과한 어떤 것도 부적절하지 않다. 인지가 역사적 조건이라면, 간과 역시 마찬가지기 때문이다. 프로이트 이전 사람들은 어린이 및 그들 자신의, 그들의 꿈속의 두드러진 성적 특징을 보지 못했는가? 일부러 보지 않았는가? 아니면 그런 특징을 정의하고 표현할 마땅한 어휘가 없었는가? 우리에게는 꿈의 역사가 없다. 중세와 르네상스 미술에서 어린이들은 크기만 작은 성인으로 그려졌고, 미술가들의 현실 인식은 어린이다운 태도와 동작까지는 담아내지 못했다. 셰익스피어의 '보편적 세계'에 아이다운 아이는 없다시피 하다. 어린이는 18세기와 19세기의 발견이다. 어린이는 자유지상주의적, 낭만주의적 감성과 루소의 교육 이론에 의해 '발명'되었다. 아리에스는 『아동의 탄생』에서 이런 사실이 인간의 개인적, 공적 인식에 놀라울 만큼 늦게 추가된 역사를 추적하고 기록하고자 했다. 그런 뒤 그는 눈을 죽음으로—서구인이 개인적 경험이자 집단적 제도로서의 죽음을 정서적, 지적으로 어떻게 인식하고 해석했는지에 대한 역사로 돌렸다.

원자료는 방대하고 다양하다. 중병과 죽음에 대한 사실 기록과 문학적 문헌. 유언에 기록된 죽음과의 계약, 매장 풍습과

장소 기록, 비명碑銘의 어법과 기념비 유형의 잦은, 때로는 극적인 변화, 죽음의 의미에 대한 철학적·전례적 명상, 톨스토이의 『이반 일리치의 죽음』 같은 소설, 의학적 사인 진단, '사후 세계'의 개념 변화, 현대 사회학과 사회심리학 분야에서 수행하는 말기 환자와 죽음의 경제학과 심리학 연구(영국의 제프리 고러가 선구적인 연구를 했다) 등이다. 죽음 앞에서 취하는 태도의 역사는 그 사회 전체를 핵심적으로 설명한다고도 말할 수 있다.

필리프 아리에스가 이 책에서 제기하는 주요 논점은 요약하기 쉽지 않다. 많은 프랑스 동료들과 달리, 아리에스가 화폭에 방대한 주제와 방대한 시간 스케일―천 년 단위―을 담기 때문만은 아니다. 그것은 그의 주요 논제들이 엄청난 수량의 매혹적 디테일에 흐려지기 때문이고, 또 아리에스가 솔직하지만 지독할 만큼 끈질기게 자신이 방금 제시한 일반 원리를 제한하고 심지어 반박하기까지 하기 때문이다. 아리에스는 최근의 자전적 인터뷰들에서 극우파 '악시옹 프랑세즈Action Française'의 멋진 청년들 틈에서 보낸 젊은 시절을 회고했다. 악동의 모험심이 아직 남아 있다. 하지만 이제 아리에스는 현대 프랑스 인류학과 역사기록학의 이론적, 엄숙주의적 결정론을 영미 계열의 번잡하지만 주의 깊은 경험주의 및 유연성과 결합시킨다.

아리에스는 20세기의 어떤 지점에서 고풍스럽고 본성상 집단적인 죽음 경험은 (엘리트층에 관한 한) 사라지고, 그 자리에는 개인화된 사멸 감각, 특정한 '일대기적biographical' 개인이 죽는다는 개념이 들어섰다고 주장한다. 중세와 근대 초기에는 애도, 매장, 사자 추모의 사회적·개인적 방식이 모두 다양한 모델과 제도적 관습 속에서 작동했다. 그것은 사회 계급, 지역, 고해 방식—가톨릭이냐 개신교냐—에 따라 달라졌다. 그것은 또 변화하는 재산 관계 유형에 따라서도 달라졌다. 아리에스에 따르면, 낭만주의가 큰 변화를 일으켰다. 애도의 사회적 역할이 완전히 끝나지는 않았지만, 그것은 강력한 (심지어 연극적인) 고통의 공식적 표현에 조금씩 잠식되었다. 고유하고 신령한 고인의 정체는 이제 고양되었다. 의식화된 죽음의 부정("당신은 지금 우리와 함께 있고, 언제나 함께할 것입니다"), 영원한 기억과 소환의 시적 강조는 초월 관습의 공유로 유족의 고독을 덜어주기 위한 낭만적 파토스였다. 망자의 삶은 '기억 속에' 계속되었다(셸리와 테니슨의 시가 이 주제를 당당하게 표현한 것을 보라). 아리에스는 이 낭만적 변조가 너무도 널리 퍼져서 그 뒤에 온 우리에게는 그것이 인간 본성의 자연스러운 상수로 보이게 되었다고 주장한다. 하지만 우리도 죽음의 지위가 변하는 것을 경험하고 있다. 사랑하는 이가 영원히 함께한다는 낭만적 감정이 있다면, 동시에 반대 방향의 작동도 있다. 죽음을 앞둔 자는 눈앞에서 제거된다. 1967년에 뉴욕에서는 사망자의 75퍼센트가 병실의 베일 안쪽에서 죽었다. 세속적 위생의 사회에서 눈에 띄는 슬픔은 더 이상 용납되지 않거나 이민자나 '지중해' 정서의 낡은 유물로 여겨진다. 떠들썩한 낭만주의적 슬픔을 간직하는 것은 마피아 장례식이다. 어쨌건 미국에서는 극히 최근까지 그랬다. 아리에스는 최근의 연구들—특히 엘리자베스 퀴블러-로스의 『죽음과 죽어감 On Death and Dying』—에 대한 언급으로 조심스럽게 이 기념비적 연구를 마무리한다. 그는 좀더 '가시적'이고 심리적으로 극적인 방식과 의식의 죽음이 돌아오고 있다고 본다. 그것이 20세기 말 도시적 삶의 강력한 임상적 익명성과 감정적 건조함에 맞설 것이다. "Timor mortis conturbat me"〈시편〉 저자와 중세 시인은 말했다. "죽음에 대한 두려움이 내 창자를 쥐어짜는구나." 변하지 않은 것은 이것뿐이다.

이런 요약은 이 책의 각별한 밀도와 강력한 논지에 대해 아무것도 말해주지 않는다. 많은 대목—중세 묘지와 납골당, 17세기 부유층의 유언, 바로크 시대 장례식장과 비문, 브론테 자매의 죽음에 대한 시, 전통적 장의 기술과 현대 위생법 사이의 충돌, 프랑스 어느 시골 묘지의 천 년 역사, 화장의 인기 증가(이런 표현을 써도 좋다면)와 이것의 영적-사회적 의미—이 그 자체로 매혹적인 논문의 자료다. 필리프 아리에스는 인간 행동에서 기벽, 과거 퇴행, 환상과 공포가 수행하는 역할을 잘 안다. 그는 시와 통계학, 법적 소송과 민담, 형이상학과 장례식장 광고를 한데 엮는다. 다른 누가 생매장에 대한 고딕 공포소설을 신경생리학의 최근 논쟁들 및 공동묘지에 잠식되는 국토에 대한 대중의 불안과 연결시키겠는가? 『죽음 앞의 인간』은 상상력의 성찬이다.

이토록 파노라마적인 접근법은 매혹적인 한편 명백한 취약성이 있다. 중세 서사시의 통렬한 한 구절, 또는 톨스토이 소설 속 죽음의 묘사를 인용하는 것과 그런 텍스트의 대표성—그것이 전체 사회와 시대의 태도를 제대로 보여준다는 것—을 제시하는 것은 전혀 다른 일이다. 유언장과 비명의 내용이 달라지는 것을 보여주는 것과 그런 '표현'의 토대가 되는 정신적 태도를 이해하는 것, 또는 거기서 서구 감성의 역사적 변모를 추론하는 것은 전혀 다른 일이다. 모든 역사 서술에서, 역사가 자신의 인식의 틀은 불가피하게 선택적이고 규정적일 수밖에 없다. '의식의 역사'는 굴절 과정이 두 번 있고, 멀리 있는 증거의 빛은 해석의 프리즘을 최소한 두 번 통과한다. 더욱이 어떤 일들의 규모는 '이스투아 데 망탈리테histoires des mentalités'의 거의 '문학적'이고 '미적'인 재구성 방식을 거부하는 것 같다. 우리가 세계 대전과 전체주의 학살을 통해 마주한 대량 절멸의 현실과 핵전쟁의 가능성은 개인적 죽음에 대한 서양의 이해에 어떤 방식과 정도로 영향을 미쳤을까? 아리에스는 이 문제에 거의 눈길을 주지 않는다. 그가 그것으로 돌아갈 가능성은 높다.

철학자 하이데거의 유명한 도전처럼 "죽음을 생각"하는 일은 두려울 만큼 사적이면서도 완전히 공동체적인 행위다. 이 행동의 긴 역사와 현재 상태의 증거를 끌어내는 것은 우리 존재의 핵심에 다가가는 일이다. 이 책은 열정적 인식을 주고, 그래서 기이하게 힘이 된다.

1981년 6월 22일

천 년의 고독ONE THOUSAND YEARS OF SOLITUDE

살바토레 사타에 대해

백열하는 더위 속에 엎드린 사르데냐의 바위 언덕은 태고적 도마뱀의 등뼈 같다. 첫 햇빛이 떠오르는 순간부터 공기는 아른거리고, 죽은 셰일암에서 연기가 오른다. 정오가 되면 태양은 꼼짝하지 않지만, 햇살은 가시처럼 아프다. 바다조차 잠잠하다. 섬의 안쪽에서는 햇살이 덧창을 닫은 집들 사이의 검은 그림자를 두드린다. 더위는 그림자 속으로 스며든다. 등뼈가 특히 도드라진 곳에 누오로 시가 있다. 뜨겁고 구불구불한 도로를 더 올라가면 오르고솔로가 있다. 그곳은 오늘날까지도 잔인한 도적떼와 끝없는 유혈 갈등으로 유명하다. 아내와 나는 그 명소에는 가지 않았다. 누오로에서 렌터카 밖으로 나왔을 때 우리는 고요한 정오의 용광로 같은 더위에 숨이 막혔다. 때는 아직 6월이었다.

누오로에 서점이 하나 있다. 구색 대부분은 값싸고 선정적인 최신 잡지들이다. 하지만 뒤편의 꿈결 같은 한구석에 조금 오래된 책들이 있다. 거기에는 사르데냐의 삶을 당당하고 낭만적으로 그린 소설들로 1926년에 노벨상을 탄 그라치아 델레다의 초기 판본들도 있다. 내가 여기 온 것은 좀 더 희귀한 물품을 찾아서다. 1979년 5월 18일 누오로의 한 카페에서 살바토레 사타의 『심판의 날*Il Giorno del Giudizio*』에 대한 '디바티토dibattito', 원탁 독서 토론이 있었다. 레오나르도 솔레, 마리아 자코베, 예수회 신부 조반니 마르케시가 작품의 여러 측면에 대한 각자의 해석을 제시했다. 나탈리온 피라스는 '다른 독법una lettura altra'을 설명했다. 이 몇 편의 텍스트가 사타 가의 다른 사람에게 헌정되어서 지역 도서관 비치용 29쪽짜리 브로셔로 출판되었다. 서점 주인은 내 요청에 깜짝 놀라더니, 책의 먼지를 떨고 마지막 재고로 보이던 그 책을 팔았다.

아내와 나는 더위가 조금이라도 누그러들기를 바라며 카페에(책에는 테타만치라고 나온다), 그리고 하얗게 바랜 바위의 뒤틀린 돌출부에 자리한 코르소 거리와 묘지에 갔다. 우리는 선사 시대의 돌무지가 가득한 살바토레 사타 광장에 서 있었다. 태양의 용광로에서 뿜어내는 숨결은 침묵의 숨결이었다. 늦은 오후가 그림자를 풀어내자, 그것들이 "불탄 땅에 꿈이 움직이듯" 움직인다고 사타는 썼다. 누오로 여행은 텅 비고 더위에 찌든 여행이었다. 누오로는 닫힌 땅이다. 하지만 누오로를 방문하지 않고는 현대 문학, 아니 어쩌면 문학 전체에서 손꼽히는 고독의 걸작을 온전히 떠올리고 그 골격을 감지할 방법이 없다. 패트릭 크레이가 번역한 『심판의 날』은 내가 볼 때는 사타의 문장의 특징—대리석처럼 매끄러운 강렬함, 돌 속에서 천천히 타오르는 불—을 제대로 포착하지 못한다. 타키투스의 라틴어나 홉스의 문체가 그것과 가장 비슷하다. 하지만 『심판의 날』을 영어로 읽을 수 있는 것은 기쁘고 감사한 일이다. 그것은 우리 인식의 폭에 큰 현絃 하나를 더한다.

그가 타키투스와 홉스와 유사한 것은 우연이 아니다. 살바토레 사타(1902~75)는 인생 대부분을 로마에서 법학 교수로 보냈고, 로마 역사가들과 로마법의 간결한 라틴어로 감성을 훈련했다. 그의 『민사소송법 주해』는 이탈리아 법학 교육의 표준이 된 명저다. 사타가 1948년에 출간한 고통스러운 전시 회고담 『수렁으로부터 *De Profundis*』는 라틴어적 표현도, 인간의 정치적 어리석음에 대한 타키투스적 이미지와 그로 인한 슬픔도 가득하다. 사타는 반세기 동안 고향 누오로와 그곳의 옛 방식에 대한 경직되고도 몽롱한 에필로그를 다루는 책을 쓸 자료와 구상을 간직했던 것 같다. 하지만 그는 여러 차례 작품을 치워두고 학자의 삶을 살았다. 『심판의 날』은 1979년에야 출간되었다. 책은 사타의 사후에 출간되기도 했지만, 죽은 자들을 위한 죽은 자들의 책이라는 점에서도 유작이다. 사르데냐인, 누오로인에게 풍요를 베풀어주는 숙소는 한 곳, 묘지뿐이다.

『심판의 날』은 설명하기 어려운 책이다. 기록자의 금욕적 목소리가 끼어들어서, 1차 대전 전후 누오로의 여러 사건, 제스처, 인물들이 유령으로 돌아가야 하는지, 그러니까 그리스도의 차갑고 수수께끼 같은 명령처럼 죽은 자를 묻는 일은 죽은 자에게 맡겨야 하는지를 묻는다. 사타는 그것을 재생시킨다는 계획의 허황함을 비웃는다. 하지만 동시에 기억의 요구—죽은 자들이 산 자들에게 자신들을 기억해줄 것을 조용하지만 끈질기게 요구한다는 것을 인정한다. 발터 벤야민을 빼면 누구도 패배자들, 우스운 자들, 너무도 미미해 보여서 제대로 기억하기 힘든 이들의 권리를 살바토레 사타보다 (그의 이름을 보라)[*] 더 강력하게 전달하지 않는다. 북부 지역에서 그들은 일 년에 한 번 핼러윈 밤에 낙엽을 헤치고 온다. 누오로에서는 그런 밤이 일 년 내내 이어진다. 죽은 자들은 늘 곁에서 기억의 지분을 요구한다. 사타는 장난스럽게 반응한다. "나는 아무도 읽지 않을 책을 쓰고 있다. 내가 제정신을 간직하고 죽기 전에 이 책을 없애버리기를 바라기 때문이다." 그러면 그는 누구를 위해 책을 쓰는 것인가? 죽은 자들을 위해서다. 그들의 경청의 짙은 밀도가 사타에게 시간과 그을린 땅에 대한 귀속감을 주기 때문이다. 전통적 '공동체communitas'에서는 누구도 혼자서는 그

---

[*] 살바토레는 '구원자'라는 뜻.

런 감정을 얻을 수 없고, 얻으려 하지도 않는다.

삽화적이면서도 내적 치밀함을 갖춘 텍스트 구성은 멀리 『스푼 강 선집Spoon Riever Anthology』*을 연상시킨다. 『밀크 숲 그늘에서Under Milk Wood』**와 비슷한 사회적 풍자의 순간도, 허세 또는 격정의 목소리도 있다. 하지만 에드가 리 매스터스도 딜런 토머스도, 사타처럼 거의 완벽한 형식을 만들 수 있는 철학적 지성과 끈질긴 감정은 없다. 화가들과 비교하는 게 더 좋을 것 같다. 『심판의 날』이 성취하는 효과는 샤르댕의 작품 속 사물 조직에 담긴 신비로운 권위와 라 투르***의 작품 속 인체의 불투명한 빛을 전달한다.

돈 세바스티아노 산나 카르보니의 집과 가족은 사타의 이 '인류학적 소설romanzo antropologico'(이탈리아 비평가들이 이 책을 분류한 규정. 하지만 이것은 '인류학'이라는 말이 벌거벗은 인간에 대한 근본적, 철학적 설명까지 포함할 때에만 맞는다)의 중심축이다. 그들은 대가족이다. 아들이 일곱이다. 하지만 돈 세바스티아노와 아내 돈나 빈첸차 사이에는 소란하고 독한 침묵이 흐른다. 가족 식사 자리는 가장에게 현기증만 안겨준다. 그

---

* 에드거 리 매스터스의 시집.

** 딜런 토머스가 쓴 라디오 드라마.

*** Maurice Quentin de La Tour(1704~1788). 로코코 시대의 초상화가. 볼 테르, 루소, 루이 15세, 퐁파두르 부인의 초상 등이 유명하다.

래서 그는 자신이 법률 자문과 변호라는 끈질기고 섬세한 직무를 수행하는 2층의 방에서 혼자 식사를 한다. 아들들의 끝나지 않는 학업, 그들의 뼛속에 박힌 것 같은 누오로의 관성은 돈 세바스티아노의 울화를 돋운다. 머나먼 환상의 나라 미국에서는 백만장자의 아이들도 신문을 팔아 돈을 벌지 않는가? 돈나 빈첸차는 남편의 차가운 분노에, 시든 몸으로 감당하는 집안일의 무게에, 단조로운 은둔 생활에, 옛 꿈처럼 무감각해진 성생활에 순교자 이상으로 고통을 당해서 항변한다. 미국 사람들에게는 "온갖 편리한 물품이 있다"고, "그들은 우리 같지 않다"고 그녀는 말한다. 이에 대해 남편은 문학사상 가장 야만적인 문장 중 하나로 대답한다. 그것은 말 그대로 사형 선고다 "Tu stai al mondo soltanto perchè c'é posto" 크레이의 번역—"당신이 이 세상에 있는 건 여기 자리가 있어서일 뿐이야"—은 어느 정도 정확하지만, 그래도 부족하다. 이탈리아어 문장은 미미한 인생들이 갇혀서 탈출하지 못하는 컴컴하고 운명적인 틈새를 함축한다. 그리고 이런 탈출 불가능성이 그런 삶에 대한 굴욕적이고 상황적인 설명이 된다.

어떤 의미로 보면, 작품 전체가 이 섬뜩한 평결에서 나오는 것 같다. 누오로에서 사람과 동물이 그 뜨거운 고향 땅에 있는 것은 오직 일들과 날들의 기록부에 잠시 빈자리가 나서라고 할 수 있다. 에트루리아 왕처럼 슬픈 파다 선생님이 거기 있는 것은 누오로 학교의 4학년과 5학년을 가르치고, 카페의 한량들을 즐겁게 해주기 위해서였다. 키스케두는 "알 수 없는 이유로 교회에 흘러 들어온 망가진 인생 중 하나로, 신이나 신부의 허락을 받고 교회 안내인 또는 관리인으로 영적 삶에 참여하게 되었다." 바보 필레두는 아프리카의 불기둥 같은 바람이 불어올 때 공인 광대 노릇을 한다. 이 인생 중 하나라도 현실성이 있는가? 피에트로 카테를 보자.

피에트로 카테가 이론적으로 현실성이 없는 것은 의심할 여지가 없다. 그것은 지상의 모든 사람과 마찬가지다. 하지만 그가 태어나고 죽었다는 사실은 반박 불가능한 증서로 남아 있다. 그리고 이것은 그에게 실제 사실을 통한 현실성을 준다. 출생과 죽음은 무한이 유한이 되는 두 순간이기 때문이다. 그리고 무한은 유한을 통하지 않고는 존재가 될 수 없다. 피에트로 카테는 바스콜라이에서 나무에 목을 매서 현실을 탈출하려고 시도했지만, 그것은 헛된 희망이었다. 자신의 출생을 지울 수는 없기 때문이다. 그래서 내가 피에트로 카테 역시 이 이야기의 모든 불운한 인물들처럼 중요하고, 모두에게 흥미로워야 한다고 말하는 것이다. 그가 존재하지 않으면 우리 중 누구도 존재하지 않는다.

1914년 이전의 세계에서 사람들은 존재의 강제적 명령을 짊어졌다. 산 위의 목동과 소작농에게는 과거도 미래도 없고, 오직 관습의 강제만이 있었다. 통찰과 기쁨에는 문자 이전 세상의 특징인 깊은 인내가 있었다. 무문자 또는 전前문자 사회가 영원성과 관계하는 방식에 대한 사타의 분석은 혁신적이고도 설득력 있다.

돈나 빈첸차는 글은 모르지만 매우 지적인 여자였고, 그 이유로 사랑이 가득했지만 그녀 자신도 그 사실을 몰랐다. 그녀는 집안의 소박한 가구를 사랑하고, 어머니와 함께 종일토록 수놓은 베갯잇을 사랑했다…… 그녀는 집의 '코르티타cortita'를 사랑했다. 거기서는 무화과와 토마토를 말리는 널빤지 위에 벌들이 붕붕거렸다. 그리고 무엇보다 그녀는 정원을 사랑했다. 다리가 부어서서 있기가 점점 힘들어졌지만, 그래도 거기 나가서 꽃과 열매를 땄다. 예전에는 돈 세바스티아노도 사랑했다. 그녀에게 청혼하고, 그녀를 새 집으로 데리고 갈 운명이었던 남자를.

돈 세바스티아노의 아들들, 성당 수도사, 변호사처럼 교육받은 사람들을 이야기할 때에도 텍스트는 전진 동작을 보여주지 않는다. 옛 책, 폐지된 법전, 벌레에 쏠린 주해서들은 그 낡은 상태로 권위를 유지한다. 『심판의 날』에서 흥미로운 역할을 하는 하인들은 변함없음의 상징이다. 루도비코와 첼레스티나의 약혼은 12년 동안 이어지다가 결별로 끝난다. 정절은 자기도 모르는 새 사별의 풍요와 안락으로 변모한다.

하지만 서사에는 행동이 가득하고, 그것들은 당당하고 희극적이고 격렬하다. 자살과 살인이 있다. 10월에는 돈 세바스티아노의 집 안뜰에 햇포도가 들어온다. 그것은 "존재 전체가 한순간에 일어난 듯, 혼란스레 밀려드는 기억의 물결" 중 하나다. 문들은 "절제된 기대 속에"(사타의 특징적 표현) 활짝 열린다. 황소들은 그 큰 눈으로 아무것도 보지 못하는 듯 비틀거린다. 포도는 거대한 통 안에서 뭉개져서 어둠에 잠긴 집으로 어지러운 향을 쏟아낸다.

하지만 그 알록달록한 덩어리에 신이 숨어 있다. 오래지 않아 보라색 액체가 가장자리에 띠를 그릴 것이고, 그러면 그 덩어리는 한숨을 쉬듯 몸을 부풀리고, 순수함을 잃을 것이다. 그런 뒤 나직한 꼴깍 소리가 그것이 불길에 삼켜지는 걸 일러줄 것이다……모든 일이 밤에 일어난다. 삶과 죽음은 밤의 딸들이기 때문이다.

암유는 분명하다. 그것은 고전 시대 이전 그리스와 지중해의 천지창조론을 가리킨다. 누오로 의례의 역사는 최소 호메로스만큼 오래되었다. 하지만 사타가 그들이 빈곤을 자처하면서 자연의 풍요와 세상의 자비를 가로막는 일을 말할 때, 그 어조와 아이러니는 로마와 현대 풍자가의 것이다.

멋진 대목 또 하나는 어느 추운 10월 저녁, 누오로에 전기가 들어오는 사건을 전한다. 온 주민이 의구심, 모호한 분노, 심지어 최악에 대한 소망까지 품고서 모였다.

갑자기 오로라처럼 촛불들이 켜지더니, 거리거리에 불빛이 쏟아져서 산픽트로에서 세우나까지 어둠에 잠긴 집들 사이를 강물처럼 흘렀다. 사람들 위로 거대한 외침이 퍼졌다. 그들은 어떤 신기한 방식으로 자신들이 역사에 들어갔다고 느꼈다. 그런 뒤 흥분도 가라앉고 눈도 피곤해져서 사람들은 각자의 집 또는 오두막으로 돌아갔다. 빛은 목적 없이 머물렀다. 북풍이 이미 일고 있었고, 코르소 거리에서는 자기 그림자 속에 매달린 전구들이 서글프게 흔들리며 ―빛과 그림자, 그림자와 빛― 밤 시간을 불안하게 만들었다. 기름 램프로는 이런 일이 일어나지 않았다.

그런 뒤 더 강렬한 문단이 이어진다. 이제 필요 없어진 누오로의 기름 램프는 계곡 건너편 마을 올리에나에 팔렸다. 어둠이 내리면 누오로 사람들은 밖에 나가서 올리에나가 "우리가 잘 셀 수 있게 램프를 차례로 밝히는 것을 본다"고 사타는 썼다. "아이들이 점등인點燈人을 따라 다니면서 그가 버린 성냥개비를 줍지는 않았을지?" 지나간 시간의 발걸음을 이만큼 통렬하게 보여주는 것은 조이스의 「죽은 자들The Dead」뿐이다.

책의 구절을 계속 인용하고 싶은 유혹―교회의 분규와 쓸쓸한 죽음들에 대한 생생한 장면들, 누오로의 정치적 연설과 선거 장면, 1차 대전에서 돌아온 이들이 일으킨 변화의 분석 등―은 강력하다. 하지만 텍스트는 전체로 맛보아야 하고, 어떤 소개의 글도 거기 담긴 웃음과 황량함을 담아내지 못한다.

그리고 그 두 가지는 자주 서로 얽혀 있다. 죽음을 앞둔 포르쿠 신부는 신의 집에 가서 마지막 기도를 하려고 한다. 하지만 코르소 거리의 포석 깔린 경사로를 걸어가는 것도 버겁다. 그의 유령 같은 모습에 호기심 어린 시선들이 따라붙는다. 잠시 후 고요 속에 그의 목소리가 울린다. "주님, 저는 늙고 병들었습니다. 저를 거두어 가십시오. 저는 이제 주님께 미사를 올리지 못하고, 제 발로 서 있지도 못합니다. 주님, 저를 거두어 가십시오. 그리고 교회를 위해 플로리스 참사관도 함께 데려가 주십시오. 그러면 모든 것이 평화로울 것입니다." 원문의 대조 수법은 번역으로는 포착할 수가 없다. "Prendetevi anche l'arciprete. Così tutto sarà pace."

이 걸작에 대한 최고의 소개 글은 살바토레 사타 자신이 쓴 것이다.

내 작품 속 남자들은 단테의 〈천국편〉에 나오는 부조리한 행렬처럼 (하지만 합창이나 가지 촛대는 없이) 끝없는 퍼레이드를 이루어 지나간다. 그들 모두 내게 자기 인생의 짐을 건네주고 싶다고, 자신들이 살아온 이야기 아닌 이야기를 전하고 싶다고 말한다. 탄원 또는 분노의 말이 백리향 덤불에서 바람과 함께 속삭인다. 그리고 내가 그들의 인생에 대해 생각하지만 ―그들의 인생에 대해 책을 쓰고 있기에― 그들은 나를 심판의 날을 위해 자신들을 불러 모으고 그들의 기억에서 해방시켜 주려고 하는 어떤 우스운 신으로 여길지도 모른다.

독자들은 그런 해방이 쉽다고 여기지도, 또 그것을 바라지도 않을 것이다.

1987년 10월 19일

시간 죽이기 KILLING TIME

조지 오웰의 『1984』에 대해

　1949년 6월 8일 런던의 세커앤드워버그 출판사에서, 그리고 6월 13일에 뉴욕의 하코트브레이스 출판사에서 출간된 소설이(이 달의 책 클럽 7월 선정작이었다) '유럽의 마지막 남자The Last Man in Europe'라는 제목이었다면 ─작가와 출판사는 1949년 2월까지 그 제목을 적극적으로 고려했다─ 다가오는 새해는 아주 다를 것이다. 저널리즘, 출판, 정치 해설, 사설과 성명, 학술 세미나, 문학계의 전체 기획이 달라질 것이다. 더 미묘하고도 예리한 차원에서, 정치적 분위기와 사회적 감수성도 달라질 수 있다. 교육받은 남녀가 스스로에 대해, 각자의 공동체에 대해, 냉전과 핵 무장에 빠진 행성에서 자신들의 생존 가능성에 대해 가진 이미지와 그걸 표현하는 방식이 모두 달라질 것이다.

하지만 모두 알고 있듯이 조지 오웰과 그의 친구 겸 출판업자 프레드 워버그는 다른 제목을 선택했다. (오웰이 1948년 10월 22일에 워버그에게 보낸 편지에서는 두 가지 제목이 모두 논의된다.) 그리고 그해 11월에 소설을 탈고한 오웰은 1948년의 마지막 숫자 두 개를 뒤집었다. 이 다소 우연한 방식 때문에(오웰이 집필을 1949년에 마쳤다면 우리는 1994년을 기다리고 있을 것이다), 내년은 평범한 1984년이 아니라 특별한 '1984년'이 될 것이다.

책에 연도를 부여한 일은 거대하고도 소란한 규모로 기념될 것이다. 그 소설—"큰 매출을 장담할 책은 아니"라고 오웰은 1948년 12월에 출판인에게 썼다—은 이제 60여 언어로 번역되고, 총 판매 부수는 수천만 권에 이른다. 영국은 지난 8월에 라디오와 텔레비전 프로그램을 시작했다. 〈수정 정신The Crystal Spirit〉이라는 제목의 70분짜리 영화는 말 그대로 죽음이 멀지 않았던 오웰이 이너헤브리디즈 제도의 주라 섬에 고립되어 『1984』의 초고를 쓰는 모습을 담을 것이다. 오웰의 인생과 작품 세계를 다루는 텔레비전 프로그램이 두 편 더 방영될 예정이다. 방영 날짜와 관련해서 논란이 있다고 한다. 가장 유력한 날짜는 오웰이 죽은(1950년) 1월 21일과 그의 생일인 (1903년) 6월 25일이다. 그리고 소설 주인공 윈스턴 스미스가 비밀 일기를 처음 쓴 날짜인 4월 4일도 있다. 세크앤드워버그 사는 17권짜리 호화판 오웰 전집을 발간할 예정이다. 1968년에 처음 나온 4권 분량의 『에세이, 칼럼, 편지 선집』은 네 권을 더해서 50만 단어 이상을 더 담을 것이다. 펭귄 출판사는 새로 디자인한 『1984』를 세계 각국에 출시할 것이다. 피터 홀 경은 오웰의 『동물 농장』(1945년 첫 출간)을 내셔널 시어터에서 연극으로 상연할 것을 적극 고려하고 있다. 오웰의 "가장 권위 있는" 전기 작가 버나드 크릭 교수―여기 따옴표를 단 것은 오웰이 사후에 추도식도 하지 말고 전기도 쓰지 말라고 분명히 요청했기 때문이다―가 주관하는 오웰에 대한 여름 특강은 오웰이 '제1공대Airstrip One'라는 이름을 붙인 땅[영국] 곳곳에서 예정된 비슷한 수십 개의 문학 세미나, 강연, 토론회, 학회 중 하나일 뿐이다(물론 가장 위신이 높은 것이긴 하다).

올 6월 7일에 〈월스트리트 저널〉은 이제 선량한 사람들이 1984년이 『1984』와 같을지 판단할 때가 왔다고 선언했다. 미국의 반응은 광범위할 것으로 보인다. 텔레비전과 라디오가 이미 오웰과 그 소설을 소개하거나 극화하는 많은 프로그램을 예고했다. 아크론 대학의 미래학 연구소는 "1984년 이후, 개인의 자유, 정치적 권위, 시민 문화에 어떤 미래가 있는가?"라는 제목의 학회를 개최할 것이다. 위스콘신 대학의 한 학회는 "『1984』의 경고와 전망. 오웰의 세계는 왔는가?"를 주제로 걸고 있다. 스미스소니언 협회는 매스미디어가 실제로 사고 통제를 할 수 있는지를 검토함으로써 『1984』를 기념하고 있다. 수십 곳의 대학, 교육 기관, 성인 교육 프로그램, 고등학교 수업이 그 뒤를 따른다. 하지만 이런 계획들은(지구 곳곳의 열린 사회는 모두 이와 비슷한 목록이 있다) 도쿄의 프로젝트가 실현되면 모두 시시해질 것이다. 그것은 생존한 노벨상 수상자 전원이 일본에 모여서 진실, 즉 35년 전 오웰의 악몽이 실현되었는지를 두고 토론한다는 것이다.

지금까지 이런 방식으로 출판되고, 포장되고, 조명받은 책은 없었다. 통계적으로 비교해 보아도, 셰익스피어의 100주년 단위 기념 행사들도 조용했다. 하지만 다른 어떤 책도 인간 역사의 특정한 해를 선점하려고 하거나, 실제로 선점한 일은 없다. 이것이 핵심이다. 여타의 문학적 기획들과 달리, 오웰의 『1984』는 작품 제목이다. '유럽의 마지막 인간'은 책의 바탕을 이루는 정치적 견해—사회민주적인 유럽이 스탈린적 전체주의뿐 아니라 (미국이 가는 방향인) 비인간적 테크노크라시와 매스미디어 중독에도 저항해야 한다는 경고성 호소—와 훨씬 잘 맞았을 것이다. 조지 오웰은 '1984'라는 제목을 선택하면서 놀라운 성과를 이루었다. 시간의 한 조각에 자신의 서명을 붙이고 소유권을 가져간 것이다. 다른 어떤 작가도 이런 일을 하지 않았다. 그리고 내가 볼 때 문화사에 이와 진실로 유사한 사례는 하나뿐이다. 카프카는 자신이 로마자 알파벳 하나를 점유했다는 것을 알았다. (이에 대한 목격자가 있다.) 그는 'K'가 앞으로 오랫동안 그가 소설에서 사용한 파국의 익명성을 지칭할 것을 알았다. 그것은 영국 시인 로드니 파이버스의 시 「밀레나를 기억하며」에서 잘 드러난다.

> K 그리고 다시 K 그리고 다시 K
> 카프카의 K
> 『성』의 K
> 『소송』의 K
> 두려움의 연상 기호 K:
>
> 오 프란츠 나는
> 글자 K에서 벗어날 수 없어—

하지만 오늘날 그런 일이 수십 개 언어에서 일어난다고 해도 (내가 알기로 '카프카적인Kafkaesque'이라는 단어는 일본어에서도 형용사적 지위를 갖고 있다), 'K' 하면 카프카를 떠올리는 것은 문학을 아는 소수에 한정된다. 『1984』는 소설의 많은 독자를 아득히 뛰어넘는 규모로 인간의 시간 감각에 주입되었고 앞으로도 계속 주입될 것이다. 셰익스피어는 'S'를 소유하지 못했다. 12달 중의 한 달도 독점하지 못했다. 『1984』의 선점은 문학 이론도 의미론도 제대로 다룰 수 없는 현상이다.

1984년을 앞두고 미디어에 넘쳐난 수많은 인터뷰 중 하나에서, 분별력으로 유명한 영국노총의 사무총장 렌 머리는 말했다. "조지 오웰이 1984년에 한 것처럼, 어떤 한 해에 때에 앞서서 이토록 암운을 드리우는 일은 별로 없었다." 문장이 꼬인 것은 주제의 복잡함을 반영한다. 문학 작품, 소설이 인간 삶의 한 해에 "때에 앞서서 암운을 드리우는" 것은 무엇인가? 종말론은 언제나 파멸의 해를 말했고, 앞으로도 말할 것이다. 서기 1000년이 다가올 때 온 서유럽 공동체가 공포에 사로잡혔고, 오늘날에는 2000년의 멸망을 기다리며 남캘리포니아로 모여드는 컬트 종파들이 있다. 1666년은 많은 점성술사와 신학자들에게 〈요한의 묵시록〉이 예언한 신의 최종적 분노가 내리닥칠 해로 여겨졌다. 하지만 그런 히스테리컬한 암시는 우연히 결정한 현대 책 제목으로는 일어나지 않는다. 렌 머리는 더 확실히 말해도 좋았다. 어떤 한 사람 또는 어떤 책 한 권이 희망의 달력에서 한 해를 몰아낸 일은 '전혀' 없었다고. 만약 내년에 핵 재난이 일어나거나, 이미 방대한 기근의 영토가 폭발적으로 팽창한다면, 수많은 사람이 이성적 판단과 무관하게 오웰이 이미 1984년을 예견했다고, 그의 책 『1984』는 예지력뿐 아니라 (이것이 더욱 당황스러운 것인데) 자기 실현 능력까지 있다고 느낄 것이다. 그리고 이 점에서도 역시 카프카 정도만이 비교 가능하다. 『소송』, 「변신」, 그리고 무엇보다 「유형지에서」는 나치 체제와 그의 세 누이와 밀레나가 목숨을 잃은 강제 수용소에 대한 카프카의 환각적 예견을 담고 있다. 예언은 강제되는가? 그토록 정확한 예지는 자기 실현의 씨앗을 품고 있는가?

『1984』 현상은 상상력의 기본적 권리라는 중대한 문제를 제기한다. 플라톤 이후 허구의 허용 가능한 한계에 대해 많은 논의가 있었다. 미학적으로 뛰어난 성행위, 사디즘, 정치적 광신, 경제적 집착의 묘사는 독자, 관객, 청중을 모방 행동으로 이끄는가? 이 관점으로 보면, 검열은 사회적 인간의 자유를 억제하는 것이 아니다. 그것은 평균적 인간에게 대다수의 인간이 일상생활을 영위하고 싶어 하는 자발성, 개인적 실험, 치유적 무지 또는 무관심의 영역을 창조한다. 예술가, 절대적인 것을 상상하는 문학가와 철학자는 우리를 위해 우리의 내적 삶을 살 권리가 있는가? 우리는 꿈과 악몽을 그들의 창조력에 맡겨야 하는가? 오웰 자신은 저급 소설과 사디즘적 범죄 소설이 사회와 상상력 일반에 미치는 영향을 청교도적으로 우려했다. 그와 관련된 통렬한 에세이 두 편이 있다. 1939년의 「소년 주간지들Boys' Weeklies」과 1944년의 「래플스와 미스 블랜디시Raffles and Miss Blandish」다. 오웰은 제임스 해들리 체이스의 소설에서 타락을 일으키는 사디즘의 기미를 본다. 그 제스처와 가치는 파시즘의 것이다. 오웰은 꼼꼼히 읽었다. 오웰은 체이스의 『그는 이제 그것이 필요없다He Won't Need It Now』에서 "주인공이…… 다른 사람의 얼굴을 짓밟고, 이어 그 남자의 입을 부순 뒤, 뒷굽을 그 안에 넣고 짓뭉개는" 모습을 본다. 이 이미지는 『1984』에서 (이런 표현이 가능하다면) 섬뜩한 열매를 맺는다. 하지만 오웰 자신의 상상은 어떤가? 저급 소설과 포르노 산업이 사회에 주입하는 폭력성, 저속성, 열뜬 권태는 추악하지만 만연한 현상이고, 그것들이 행동에 미치는 실제 효과는 여전히 논쟁거리다. 『1984』가 1984년을 선점하고 거기 암운을 드리운 일이 그보다 훨씬 더 구체적이고 강력한 위업이다. 문학이 미래 시제에서 희망의 활용을 빼앗을 권리가 있는가?

오웰 자신이 이런 질문을 했다는 증거는 없다. 형이상학도 과장 어법도 그의 장기가 아니었다. 그의 까칠한 감성은 11월 저녁 영국 카페의 푸딩처럼 딱딱하다. 게다가 『1984』를 쓸 때 오웰 자신의 시간도 끝났다. 그의 오랜 지병인 결핵이 1947~48년에 그를 완전히 삼켜버렸다. 오웰은 죽음이 임박한 것을 알았다. (그는 책 출간 6개월 만에 죽었다.) 아마도 임박한 죽음이 『1984』를 이룬 내적 역사의 한 가지 상수였을 것 같다. 편지, 관련 글, 동시대인들의 증언이 있지만, 이 작품의 탄생과 목적에 관련해서는 아직도 많은 것이 불분명하다.

오웰은 워버그에게 보낸 1948년 10월 22일자 편지에서 자신이 처음 그 소설을 구상한 것은 1943년이었다고 말했다. 그리고 12월 25일에는 워버그가 작성한 광고 문안을 가리키면서, 『1984』가 정말로 의도한 것은 "세계를 '영향력 구역Zones of influence'(나는 1944년 테헤란 회담이 끝난 뒤 이것을 생각했다)으로 나누는 것의 의미를 토론하고, 그것을 패러디해서 전체주의의 지적 의미를 가리키는 것"이었다고 말했다. 착상 날짜의 작은 차이―한곳에서는 1943년, 또 한곳에서는 1944년―는 중요하지 않다. 중요한 것은 두 가지 날짜 어느 쪽에도 다른 목격자가 없다는 것이다. 조지 오웰은 정직성에 대해 평판이 높았고, 그가 자신이나 다른 사람을 속이려 할 이유가 없었다. 이념 갈등과 열강들의 대치로 교착된 세계에 대한 유토피아적 풍자 소설이라는 아이디어가 2차 대전 후반부와 처칠, 루스벨트, 스탈린의 몇 차례 정상 회담 이후 오웰에게 떠올랐을 개연성은 아주 높다. 그럼에도 불구하고 오웰에게는 착상 시기를 일찍 잡는 것이 큰 의미가 있다. 우리가 아는 『1984』는 다른 한 책에 중대하고 밀접하게 의존하기 때문이다. 그리고 이 핵심적 지점에 대한 오웰의 증언은 (조심스럽게 말하자면) 감추어져 있다.

Y. I. 자먀찐의 『우리』에 대한 오웰의 서평은 좌파 계열 독립 주간지 〈트리뷴〉 1946년 1월 4일자에 실렸다. 오웰은 이 러시아 작품을 프랑스어 번역으로 읽었다. 그는 이 책을 "책을 불태우는 이 시대에 문학적으로 신기한 작품"이라고 평했다. 올더스 헉슬리의 『멋진 신세계』(오웰은 이 작품이 『1984』에 미친 영향에 대해서는 여러 차례 거리낌 없이 인정했다)는 "부분적으로 자먀찐에게서 비롯된 게 분명"하다. 겉보기와 달리, 그러니까 자먀찐이 소련에서 망명하고, 소련이 이 책을 탄압한 사실에도 불구하고, 오웰에 따르면 『우리』는 특정 국가나 체제를 겨냥하지 않는다. 그것은 "산업 문명에 내재된 목적"을 풍자하고 경

고한다. 그 증거로 자먀찐은 서유럽에 온 뒤로 "영국 사회에 대한 풍자 소설"을 썼다고 오웰은 말한다. 자먀찐이 차르 치하인 1906년에 투옥되었던 그 감옥에 러시아 혁명 후인 1922년에 다시 수감된 것은 맞지만, 『우리』는 "지배 조직에 대한 탐구, 인간이 무심결에 병에서 꺼냈다가 다시 넣지 못하는 지니"의 이야기로 읽어야 한다. 오웰은 자먀찐의 환상에서 독특한 특징을 본다. "지도자 숭배"에 대한 정치적 직감과 통찰은 러시아 소설을 "헉슬리의 작품보다 우월하게" 만든다. 하지만 "내가 판단하는 한 이것은 일급 작품은 아니다." 『1984』의 출간을 앞둔 1949년 3월에 워버그에게 쓴 편지에서, 오웰은 『우리』가 마침내 영어로 번역 출간된 일을 기뻐했다. 하지만 이번에도 그의 열광은 침착했다. 그가 작품성에 대한 평가를 바꾸었다는 표시는 없다.

　1924년에 출간된 자먀찐의 『우리』는 "단일 국가"에 사는 인간들의 이야기다. "시혜자"가 다스리는 이 나라는 인간의 정신 활동과 신체 활동을 철저히 통제한다. 감시와 징벌은 정치 경찰, 일명 "수호대"가 맡고 있다. (플라톤의 『국가론』에 대한 풍자적 모방이 뚜렷하다.) 시혜자의 국민들은 유리집에 살고, 일상적으로 조사와 기록에 노출되어 있다. 사람들은 고유명사가 아니라 번호로 불린다. 그들은 배급표를 받아야 블라인드를 내리고 '섹스 시간'을 누릴 수 있다. 『우리』의 줄거리는 D-503이 반란을 시도하는 이야기다. 그는 자먀찐과 마찬가지로 유능한 엔지니어지만, 동시에 "딱한 인습적 인물"이기도 하다(오웰이 서평에서 한 말). D-503은 사랑에 빠지면서 음모에 가담한다. 그러다가 모든 정보를 틀어쥔 경찰에게 적발되자, 애인 I-330과 동료들을 배신한다. 그는 I-330이 유리종 밑에서 압축 공기로 고문당하는 모습을 본다. 그녀는 굴복하지 않고, 결국 제거된다. 하지만 D-503은 엑스레이 치료를 받아서 "상상력"이라는 암종을 제거한다. 그는 결국 시혜자의 전능한 손길을 인정하고 살아간다.

나는 오웰이 자먀찐의 서평에서 뽑아낸 내용들을 여기 따옴표로 인용했다. "단일 국가"는 『1984』의 "오세아니아"가 된다. 시혜자는 "빅브라더"로 옮겨진다. 수호대는 오웰의 "사상 경찰"과 동등하다. 윈스턴 스미스는 이름이 있지만, 그의 공식 호칭은 '6079 스미스 W.'다. 프로그램된 성행위가 아닌 진정한 성행위, 자유지상주의적 반란의 근원이 되는 남녀간의 사랑 행위는 두 소설 모두에서 핵심적 역할을 한다. 유리종을 통한 정신적, 육체적 고문 장면은 『1984』의 101호실에 긴밀히 반영되어 있다. 자먀찐의 유리집은 오웰의 텔레스크린과 똑같은 효과를 갖는다. 윈스턴 스미스는 D-503처럼 자율적 상상이라는 암, 사적 기억의 악성 종양을 치료받는다. 플롯의 차이점은 자먀찐의 여주인공은 굴복하지 않고 죽는 반면, 오웰의 줄리아는 옛 애인의 배신과 자기 배신에 동참한다는 것이다.

한 가지 예외—앞으로 보겠지만 그것이 『1984』의 빛나는 대목이다─를 빼면, 오웰은 소설의 주요 주제와 서사 상황 대부분을 자먀쩐에게서 가져왔다. 『우리』가 없었다면, 지금 우리가 아는 형태의 『1984』는 없었을 것이다. 우리는 1943년 또는 1944년에 무엇이 오웰의 계획을 싹트게 했는지 모른다. 하지만 『1984』의 실제 구성 작업과 실현이 1945~46년 겨울에 자먀쩐의 책을 읽은 데서 비롯된 것은 분명하다. 오웰이 자기 버전의 디스토피아 소설을 집필하기 시작한 것은 1946년 8월이었다. 그리고 『1984』가 잊혀진 옛 작품에 크게 의존했다는 사실 때문에, 오웰은 자먀쩐에 대한 언급을 그렇게 불편하게 또 건성으로 하게 되었다.

다른 원천들도 있다. H. G. 웰스의 『잠에서 깨다*The Sleeper Awakes*』와 잭 런던의 『강철 군화』(이 책은 분명히 오웰의 통찰력의 상당 부분을 담고 있다), 그리고 당연히 『멋진 신세계』가 그것들이다. 하지만 이 책들보다 더 중요한 것은 제임스 버넘의 글들이었던 것 같다. 오웰의 에세이 「제임스 버넘을 다시 생각하다」는 〈폴레믹Polemic〉지 1946년 5월호에 실렸다. 1940년에 싹튼 버넘의 '관리주의managerialism' 개념과 테크노크라시 하에서 인간 사회가 파국적 평등화를 겪는다는 관점은 오웰에게 심대한 영향을 끼쳤다. 그는 버넘의 『레닌의 후계자*Lenin's Heir*』(1945)가 묘사하는 스탈린의 모습에 의심을 품었다. 스탈린에 대한 버넘의 관심은 "경의, 나아가 자기 비하"까지 낳았다고 보았다. 하지만 버넘의 특정 모티프들은 이후 빅브라더에게서 나타난다. 조지 오웰은 "평범한 사람이 발언할 수 있는 한" 희망은 있고, 버넘의 예언은 틀릴지도 모른다고 결론을 내린다. 우리는 다시 한 번 여기서 『1984』에 들어갈 주제를 본다. 작품 집필에 한창이던 1947년 3월 29일, 오웰은 뉴욕의 〈뉴 리더〉지에 버넘의 『세상을 위한 투쟁 *The Struggle for the World*』에 대한 장문의 서평을 게재했다. 그는 소련의 서유럽 침공이 임박했다는 버넘의 외침은 지나치다고 보았다. 지구가 미국식 자본주의와 소련식 마르크스주의로 영원히 분리되었다는 암시도 과도한 단순화다. 오웰은 제3의 방식—"민주적 사회주의"—이 분명히 있다고 보았다. 그리고 두 차례의 잔혹한 (그리고 기본적으로 내전인) 전쟁을 치른 유럽은 "민주적 사회주의"의 가능성을 보여줄 역사적 의무가 있다. "유럽 사회주의 합중국"은 실현하기 매우 힘들더라도 상상 불가능한 것은 아니라고 오웰은 주장한다. 사실 그것이 인류 생존의 허약한 열쇠일지 모른다. 버넘에 대한 오웰의 견해는 『1984』의 '유럽 중심성'을 잘 설명한다. 그것을 생각하면 폐기한 제목 '유럽 최후의 인간'의 의미가 뚜렷해진다. 윈스턴 스미스가 자신의 개별성을 지키고, 역사적 과거를 기억하려는 가망 없는 시도를 하는 것은 기본적으로 유럽이 스탈린적 전체주의와 미국 자본주의의 반역사적 대중문화 양쪽을 모두 거부하는 일을 표현한다. 줄리아와 윈스턴 스미스의 패배와 영락 속에 '유럽 최후의 인간'은 멸종했다.

오웰은 〈폴레믹〉지 1946년 1월호에 「문학의 예방The Prevention of Literature」이라는 에세이를 발표했다. 여기에 다시 오웰의 견해와 『1984』에 사용될 여러 요소가 자먀찐의 영향력과 함께 무르익는 모습이 보인다. "'홀로 서려는 시도'는 이념적 범죄이고 현실적으로도 위험하다." 전체주의 체제는 개인적 감정이나 문학적 창조 같은 무정부적 활동을 용인할 수 없다.

영속성을 확보한 전체주의 사회는 아마도 정신분열적인 사고체제를 만들 것이다. 그곳에서 상식은 일상생활과 특정 엄밀 과학에서는 통하지만, 정치가, 역사학자, 사회학자들에게는 무시당할 수 있다. 지금도 이미 과학 교과서의 왜곡은 부끄러운 일이지만, 역사 왜곡은 잘못이 아니라고 보는 사람이 매우 많다. 전체주의가 지식인들에게 최대의 압력을 행사하는 곳은 문학과 정치가 만나는 지점이다.

국가가 집행하고 통제하는 이 체계적 정신분열 개념에서 우리는 "이중 사고doublethink"의 기원을 본다. 오웰은 소설을 쓰면서 글쓰기 행위에 인간적 저항의 마지막 가능성 하나가 있다는 것을 깨닫게 되었다. 그리고 "작가와 레비아탄"에 대한 견해를 〈정치와 학문〉 1948년 여름호에 발표했다. 오웰의 실용적 사회주의에 따르면 집단 충성은 필요하다. "하지만 문학이 개인의 산물인 한, 그것은 문학에는 유독하다." 유약한 인물인 윈스턴 스미스가 비밀 일기를 쓰기 시작할 때, 빅브라더는 위험해진다. 진정한 글쓰기는 "언제나 홀로 서 있고, 벌어진 일을 기록하고, 그것의 필연성을 인정하지만, 그 본성에 관해서는 속지 않는 분별력의 산물이 될 것이다."

언어와 정치의 관계, 인간 발화 및 글쓰기가 국가와 맺는 관계가 오웰의 관심의 중심부로 들어왔다. 그는 그것을 1946년의 유명한 에세이 「정치와 영어」에서 예리하게 진술했다. 양 진영의 전쟁 선전은 오웰을 진저리나게 했다. 그는 매스미디어의 포장된 거짓이 문체를 망가뜨릴 것을 감지했다. 정치 자체가 "거짓, 회피, 어리석음, 혐오, 정신분열의 덩어리다." 그리고 "모든 문제가 정치적 문제"인 까닭에 그 덩어리는 모든 인간 담화에 침입해서 책임 있는 생명력을 질식시키려고 한다. 영국의 퇴폐는 아직 치유 가능할지 모른다. 쉬운 말이 통한다면 어려운 말을 쓰지 말라. 가능하면 수동태보다 능동태를 써라. 일상어를 쓸 수 있다면 전문어를 쓰지 말라. "야만적인 말을 하기 전에 이런 규칙들부터 깨라." 에세이의 종결부는 설득력 있는 조급함을 담고 있다.

정치의 언어는…… 거짓이 진실처럼, 살인이 미덕처럼 보이고, 한 줄기 바람조차 견실해 보이게 만드는 것이 목적이다. 이 모든 것을 한순간에 바꿀 수는 없지만 최소한 자신의 버릇은 고칠 수 있고, 심지어 (큰 소리로 조롱한다면) 식상하고 무용한 표현─철권, 아킬레스건, 온상, 용광로, 리트머스 시험지, 생지옥 같은 언어의 쓰레기들—을 본래 자리인 쓰레기통에 돌려보낼 수도 있다.

언급하고 지나가자면, 이 마지막 문장은 유명한 '트로츠키주의'의 느낌을 준다. 트로츠키와 그의 수사학은 『동물 농장』에서 부각되었고, 제1공대의 일에서도 마찬가지다.

언어와 사회의 유기적 상호성은 플라톤 시대부터 인지되었다. 그리고 조제프 드 메스트르—18세기 말과 19세기 초, 정치적 반동과 문화적 비관주의의 거두—의 정치 이론과 역사 이론이 재검토하고 심화시켰다. 버나드 쇼의 글은 흔히 공적, 사적 언어에서 허위와 망상을 세척하는 역할을 한다. 오웰은 이런 논쟁의 전통에 어린이책, 대중 예술, 대중 오락과 '저급 문학' 문학에서의 언어의 타락에 대한 관심을 더한다(키플링에 대한 1942년의 에세이에서 키플링의 거칠고 매혹적인 어법을 분석한 것과 비교하라). 하지만 그런 비평과 오웰이 『1984』에서 취하는 행동 사이에는 여전히 간극이 있다.

오웰이 조너선 스위프트를 바라보는 태도는 모호하다. "내가 이해하는 한 나는 정치적, 도덕적으로 그에게 반대한다. 하지만 이상하게도 그는 내가 아낌없이 찬양하는 작가 중 한 명이고, 특히 『걸리버 여행기』는 아무리 읽어도 질리지 않는다." 다른 책을 전부 없애야 한다면, 『걸리버 여행기』는 그가 간직할 여섯 권의 책 중 하나라고 오웰은 말한다. 그가 「정치 대 문학」(〈폴레믹〉지 1946년 9/10월호)에 쓴 스위프트에 대한 설명은 자기 묘사에 가깝다. "스위프트는 평범한 지혜는 없었지만, 한 가지 감추어진 진실을 찾아내서 그것을 확대하고 비트는 통찰력은 뛰어났다." 오웰은 『걸리버 여행기』 3부에서 "스파이 가득한 '경찰국가'에 대한 놀랍도록 명징한 예지"를 본다. 트리브니아 왕국에는 밀고자, 고소자, 고발자, 기소자, 위증자가 넘쳐난다. 고소와 맞고소가 공생활의 작동 방식이다. 스위프트의 작품은 모스크바 숙청 재판의 섬뜩한 자동성을 미리 보여주었다고 오웰은 말한다. 이런 몇 가지 요소가 자먀쩐의 『우리』를 통해 걸러져서 『1984』에 사용된다. 하지만 내가 볼 때, 오웰이 『걸리버 여행기』 3부에서 마주친 핵심적 요소는 그것이 아니었다. 스위프트가 풍자한 "라가도 대학술원"에서는 오지랖 넓은 학자들이 단순화한 새 언어를 고안하느라 바쁘다. 그들이 만드는 것은 물론 '신언어Newspeak'다.

스위프트의 그 실마리를 포착하고 발전시키고 체계화한 것이 『1984』를 위대하게 만들었다. 오웰이 자먀쩐의 청사진 너머로 나아가는 것이 이 지점이다. "이중 사고", "빅브라더", "무산층", "애정부", "신언어"는 현실 언어 속으로 들어왔다. "비인간"은 소비에트 연방, 아르헨티나, 리비아, 인도네시아 어디건 상관없이 오늘날의 끔찍한 관료제를 설명할 때 암울한 필수어가 되었다. 더 깊은 차원에서, 그리고 마르크스주의 논리 속의 헤겔 변증법이 오웰에게 안겨준 창백한 즐거움을 고려하지 않는다 해도, 신언어의 유명한 반전—"전쟁은 평화", "자유는 예속", "무지는 힘"—은 우리 정치의 핵심을 건드린다. 〈신언어의 원리The Principle of Newspeak〉에 담은 부록은 소설 자체에는 없는 확실한 권위가 있다. 오웰이 기자, 정치 분석가, 문학 및 언어 비평가, 사상의 소설가로 쌓은 경력 전체가 이 싸늘한 진술의 서곡이었던 것 같다.

신언어를 유일한 언어로 접하며 자라는 사람은 '평등'이 한때 '정치적 평등'을 의미했다는 것도, '자유'가 '지적 자유'를 의미했다는 것도 모를 것이다. 그것은 체스에 대해 들어본 적 없는 사람이 체스에서 쓰는 '퀸'과 '룩rook'의 의미를 모르는 것과 마찬가지다. 그 사람은 많은 범죄와 오류의 이름을 모르기 때문에 그것을 상상할 수 없고 그래서 저지를 수도 없을 것이다. 익히 예견되었듯이 시간이 지나면서 신언어의 특징은 점점 더 분명해질 것이다. 어휘는 줄어들고 의미는 경직되고, 그것을 부적절하게 사용할 가능성은 줄어들 것이다.

스위프트에 토대한 이 간소화의 법칙이 오웰의 예견 중 유일하게 빗나간 부분인지 모른다. 우리가 실제로 사용하는 신언어는 인플레이션된 언어다. 암살은 정보기관 내부에서는 "극도의 편견과의 분리"라고 지칭된다고 한다. 엘살바도르나 필리핀의 최근 상황에 대해서는 "인권 원칙의 희망적 인지"라고 말한다. 하지만 방법은 똑같다. 명징한 표현과 이단적 사고는 그것을 배태하고 전달하는 언어가 제거되고 흐려져서 불가능해진다. 오웰의 한 발언은 미국의 초중등 교육에 거의 견딜 수 없는 빛을 비춘다. 신언어에서는 복잡한 다음절 어휘, 발음하기 어려운 어휘는 그 자체로 나쁜 어휘가 된다. 잘못 듣거나 모호하게 이해할 수 있는 그런 어휘는 엘리트주의적일 뿐 아니라 불순응의 공간을 만든다.

『1984』의 이런 전체적 설정은 가학적이면서 자학적인 절묘함이 있다. 스위프트에 대한 오웰의 또 하나의 판단이 이해를 도와준다. "쾌감과 불쾌감은 기이한 방식으로 서로 연결되어 있다"는 것이다. 구언어를 신언어로 번역하는 표본, 그러니까 윈스턴 스미스가 현재의 당 강령에 의문을 품게 하는 과거의 모든 텍스트를 지우고 왜곡하는 문장 세탁과 거짓 서술은 신빙성 있다. "good-thinkful" 'crime-think', 'joycamp' 'thinkpol'은 아직 영미어에 들어오지 않았지만, 책에서는 자연스럽게 작동한다. 그리고 일간 신문을 펼치거나 텔레비전을 보기만 해도 '오리말duck-speak'이라는 용어가 얼마나 유용한지 알 수 있다. "그것은 반대되는 두 의미를 지닌 흥미로운 어휘들 중 하나다. 적에게 적용하면 욕설이다. 우리 편에게 적용하면 칭찬이다." 예: 계엄령은 폴란드에서는 기본 인권을 억압하는 폭정이다. 터키에서는 언젠가 실현될 민주적 제도를 준비하는 과정이다. 오웰의 반례들, 그가 부정적 추론을 통해 보여주는 신언어의 탐구도 역시 흥미롭고 창의적이다. 초서, 셰익스피어, 밀턴, 바이런은 빅브라더의 어휘로 표현할 수 없다. 그들의 작품은 번역해야 한다. 그 번역은 작품을 다른 것으로 만드는 데 그치지 않고 "원작과 반대"로 바꾼다. 허가 받은 성관계와 생식을 말하는 신언어에서 "사랑한다"는 말은 시대에 뒤떨어지고 번역 불가능한 "성범죄"다. (오늘날의 수많은 섹스 지침서나 섹스의 사회심리학 책들도 오웰의 상상력과 거리가 멀지 않다.) "꿈을 꾼다"는 말조차 거기 담긴 사적이고 비밀스러운 자유의 느낌 때문에 번역 불가능하고 곧 근절될 구언어의 하나가 될 것이다. 혹시 오웰은 나치가 처음 정권을 잡은 1933년에 제3제국의 조직가 로베르트 라이가 부르짖은 말을 알았던 걸까? "오늘 독일에서 사생활이 있는 사람은 잠자는 사람뿐이다."

신언어의 주제는 멋지게 뻗는다. 오웰은 브리타니카 사전을 모방해서, 1984년에 사용하는 신언어 사전은 9판과 10판이라고 말한다. 하지만 부록은 "최종 완성본인 11판"의 것이다. 아직도 세척하고 번역해야 할 역사, 정보, 문학의 덩어리가 많다. 하지만 2050년이면 거대한 업무가 완성될 것이다. 그 기쁜 날이 오면, 우리가 전에 알았던 언어는 필요 없어질 것이다. "사실 우리가 지금 아는 종류의 생각도 없어질 것이다. 이제 정통은 생각하지 않는 것─생각할 필요가 없는 것이다. 정통은 무의식이다." 또는 문맹, 또는 24시간 텔레비전. 또는 핵잠수함 실험을 '햇빛 작전'이라고 부르는 것.

『1984』에 그 비슷한 힘을 가진 것은 별로 없다. 오웰의 글에서 여자와 섹스 문제는 어색한 감상주의를 띤다. 줄리아도 예외가 아니다. 블루벨 꽃이 발밑에 흐드러진다. 개똥지빠귀는 "노래를 쏟아낸다". 줄리아는 "한 문명 전체를 멸망시킬 듯한 눈부신 제스처로" 옷을 벗어던진다. 그녀의 몸은 햇빛 아래 하얗게 빛난다. 섹스는 '이것'이라고 지칭되는데 그것은 신언어가 아니라 오웰의 언어다. ("이거 좋아해요? 나하고 하는 거 말고 이거 자체요." "좋아해요.") 이와 똑같은 감상주의—진실하면서도 자조적인—는 윈스턴 스미스가 "옛 런던", 골동품 가게라는 금지된 세계에 들어가는 대목에서도 볼 수 있다. 먼지 덮인 가게 중심부에는 "장미 또는 말미잘을 연상시키는 돌돌 말린 모양의 낯선 분홍색 물체," 즉 빅토리아 시대의 문진이 있다. "오렌지와 레몬, 세인트클레멘트 교회의 종이 말하네. 너 나한테 3파딩 갚아야 돼, 세인트마틴 교회의 종이 말하네."* "입술에 서툴게 립스틱을 바른 활짝 핀 소녀들"과 그들을 쫓아다니는 소년들이 있다. 윈스턴 스미스—우리는 그의 감성이 평범하고 진부하다는 것을 알게 된다—가 경험하는 매혹과 거부감

---

* 영국 전래 동요의 일부. 가사가 살짝 바뀌었다.

의 혼합은 여러 면에서 불편하게도 오웰 자신의 것이다.

『1984』이전에도 전체주의 경찰의 고문, 인체에 가하는 고통과 모욕에 대한 보고는 많았다. 아우슈비츠와 굴라크 이후, 알제리와 베트남 전쟁의 잔혹 행위들이 있었다. 우리는 노골적 공포를 너무 많이 먹고 둔감해졌다. 그럼에도 불구하고 오웰의 "유토피아"(그 자신의 지칭) 3부는 거의 견디기 힘들다. 그것은 그가 목적한 것이다. 우리는 윈스턴 스미스의 참혹한 육체적 고통을 뼈저리게 느껴야 한다. 그 장면에 메스꺼움을 느껴야 한다.

팔꿈치! 그는 마비된 느낌 속에 무릎으로 털썩 쓰러지면서, 얻어맞은 팔꿈치를 다른 손으로 잡았다. 모든 것이 노란 빛으로 터져 올랐다. 한 번의 타격이 그토록 큰 고통을 줄 수 있으리라고는 생각도 못했다! 노란빛이 사라지자 다른 두 사람이 자신을 내려다보는 모습이 보였다. 간수는 그의 몸부림을 보며 웃고 있었다. 어쨌건 한 가지 의문은 해소되었다. 어떤 이유로든 사람은 고통이 커지기를 바랄 수는 없다. 고통에 대해서 우리가 바랄 수 있는 것은 그것이 멈추는 것뿐이다. 이 세상 무엇도 육체적 고통만큼 괴롭지 않다. 고통 앞에 영웅은 없다. 영웅은 없다고 그는 힘을 잃은 왼팔을 헛되이 붙든 채 바닥에서 몸을 뒤틀며 생각하고 또 생각했다.

이것의 권위는 강력하다. 오웰은 이를 통해서 인간 신체의 요구를 강력하게 옹호하고, 이 요구는 아무리 높은 이상과 책무로도 묵살할 수 없다고 말한다. 그는 조너선 스위프트처럼 육신의 진정한 악취와 통증에 뿌리를 내리고 있었다.

하지만 『1984』의 종결부를 받아들이기 힘들게 하는 것은 이런 고통의 표현이 아니다. 내가 볼 때 우리는 그보다 더 정의하기 어려운 것에 직면해 있다. 오웰이 저급 소설을 탐구하면서 말한 섬뜩한 음란함, 가학적 키치의 경향이 그것이다. 오웰 자신이 ―물론 워버그의 뜻에 따른 것일 수도 있지만― 101호실의 악명 높은 고문이 괴로웠다고 말했다. 윈스턴 스미스의 눈을 뽑고 혀를 씹게 할 용도로 철창 안에서 고문받는 쥐는 오웰의 고안이 아니다. 이런 일은 아직도 차링크로스 로드 근처의 헌책방 구석에 가면 찾을 수 있는 "징벌," 또는 "고문과 신체 훼손의 역사"에 대한 선정적인 책들에 나온다. 하지만 『1984』에서 그것은 일종의 자위적 힘을 지닌다. 거기에는 "메스꺼움"이 있지만, 그 의미는 여러 겹이다. 1948년 10월 22일에 워버그에게 쓴 편지에 실마리가 있다. 이 책은 "좋은 아이디어지만, 내가 결핵을 앓으면서 쓰지 않았다면 더 좋았을 것"이라고 오웰은 말한다. 결핵은 큰 영향을 미쳤다. 6079 스미스 W.가 겪는 고문, 모멸, 자기 배신은 조지 오웰의 거듭되지만 소용없던 병원 생활의 고통을 옮긴 것이다. "가망 없었다. 그는 몸 전체, 심지어 머리도 가만히 둘 수 없었다…… 격렬한 구토

발작으로 그는 거의 의식을 읽었다. 모든 것이 캄캄해졌다. 한 순간 그는 정신이 나가서, 짐승처럼 고함을 질렀다." 그것은 오웰 자신의 망가진 폐의 고통, 실패한 치료의 외침이었다. 그에 비하면 토마스 만의『마의 산』에 나오는 결핵의 묘사는 얼마나 우아하고 형이상학적인가.

마지막으로『1984』의 문제는 그 초점에 있다. 작품을 집필할 때, 오웰은 그것을 테크노크라시 관리주의와 기계화의 폭주를 경고하는 풍자로 여겼던 것 같다. 그 점에서 보면『1984』는 카렐 차페크의『R.U.R.』―이 세상에 '로봇'이라는 말을 만들어낸― 또는 찰리 채플린의 〈모던 타임스〉의 좀 더 어두운 버전이 되었을 것이다. 하지만 책은 그렇게 되지 않았다. 이 작품은 스탈린주의에 대한 공공연한 알레고리가 되었고, 스탈린-트로츠키 갈등의 실제 사건들과 이념적 함의가 중심적 역할을 한다.『1984』는 여러 가지 면에서『동물 농장』의 도식적 우화를 확장하고, 또 말하자면 '인간화'한 것이다. 잘 알려진 대로, 오웰은『1984』가 미국에 출간된 직후, 미국 자동차 노조의 프랜시스 A. 헨슨이 한 질문에 이렇게 답했다.

최근에 출간한 내 소설의 의도는 사회주의를 공격하는 것이 아니라…… 중앙 집중된 경제가 빠지기 쉽고, 공산주의와 파시즘에서 이미 부분적으로 실현된 타락을 보여주는 것입니다. 나는 내가 그린 사회가 반드시 올 거라고 생각하지 않지만, (이 책이 풍자라는 점을 감안한다면) 그와 비슷한 것은 올 수 있다고 생각합니다. 나는 또 전체주의 사상이 많은 지식인의 정신에 뿌리를 내렸다고 보고, 이 사상의 논리적 결과를 보여주려고 했습니다. 작품의 무대를 영국으로 삼은 것은 영어를 쓰는 인종이 다른 인종보다 선천적으로 나을 게 없다는 것과 전체주의는 '싸우지 않으면' 어디서나 발호할 수 있다는 것을 강조하기 위해서였습니다.

하지만 실제로는 일반적 풍자 곳곳에 구체적인 스탈린-트로츠키 주제가 침투해 있다. 여기서 오웰의 태도는 아주 모호하다. '골드스타인'(트로츠키) 묘사에는 경탄과 혐오가 모두 있다. 길게 발췌한 골드스타인의 금지된 글은 트로츠키의 글을 능숙하게 패러디한 것이다. 윈스턴 스미스와 줄리아가 어쩔 수 없이 트로츠키주의 반대파의 비밀 조직에 가담하게 되었을 때, 오웰은 이 조직이 빅브라더 정권 못지않게 잔혹하고 억압적이고 교조주의적이라는 것을 분명히 보여준다. 유대인은 오웰을 불편하게 했다. 그런 반응은 『1984』에 뚜렷하다. 스미스가 본 전쟁 영화에서 "유대인일지 모르는" 여자가 기관총으로 난사당하는 기이한 모티프에서도 보이고, 골드스타인 개인에게서도 노골적으로 보인다. 무엇보다 그것은 정교하게 구성된 부록의 미미해 보이지만 중대한 순간에 나온다. "당원에게 요구하는 것은 자신들 외의 다른 민족은 모두 '거짓 신'을 모신다는 확신 외에는 아는 것이 별로 없는 고대 히브리인 같은 사고였다. 그 신들이 바알, 오시리스, 몰록, 아스다롯 등으로 불린다는 것도 알 필요가 없었다. 아마 모를수록 원리를 지키기 더 좋을 것이다. 그들은 여호와와 그의 계명을 알았다. 그래서 다른 이름과 다른 특징을 가진 신은 전부 거짓된 신이라는 걸 알았다." 맞는 말이다. 하지만 버니언과 밀턴의 옹호자이자 후예로서는 다소 특이하다.

다른 중요한 지점들에서도 비슷한 모호성 또는 혼란이 있다. "결국 당은 2 + 2는 5가 된다고 발표할 것이고, 우리는 그걸 믿어야 한다." 고문받은 윈스턴 스미스는 그것을 그대로 믿고자 한다. 하지만 여기에서는 절망한 인간의 비합리성이라는 거친 이미지 이상의 것이 작동한다. 모든 선례, 정론, 상식의 명령에 맞서서 2 + 2는 5라고 선언하는 그 권리는 도스토예프스키의 "지하 생활자"가 인간의 자유와 연결하는 것이다. 도스토예프스키는 인간의 상상력은 유클리드의 보편적 원리를 거부할 수 있는 한 자유롭다고 가르친다. 오웰은 물론 이 유명한 대목을 알았다. 그러면 우리는 그가 그것을 거꾸로 사용한 일을 어떻게 읽어야 할까? 빅브라더에게 항거할 만한 이성과 용기가 있는 사람들에게 "아이의 얼굴에 황산을 던질" 각오를 하라는 명령에는 어떤 패러디, 허무주의, 또는 혼란스러운 가치를 부여할 수 있을까? 윈스턴 스미스는 당의 공식 위인전에 들어갈 "오길비 동지"를 창조한다.

그는 그들이 죽은 사람을 창조하면서 산 사람을 창조하지 못하는 것이 이상하다는 생각이 들었다. 이 세상에 존재한 적 없던 오길비 동지는 이제 과거에 존재하게 되었고, 그것이 위조라는 사실만 잊혀지면 그는 샤를마뉴나 율리우스 카이사르와 똑같은 증거를 통해 진실로 존재하게 될 것이다.

이 교묘한 문장에서 우리의 과거 역사가 증명 불가능한 조작이라는 결론을 내려야 할까?

이 글을 쓰면서 나는 말로의 『인간의 조건』과 쾨슬러의 『한낮의 어둠Darkness at Noon』을 다시 읽었다. 충격을 주고 영향력을 퍼뜨리는 일이라면 『1984』는 이들 중 세 번째다. 하지만 내적 위상은 그보다도 훨씬 낮다. 말로의 작품은 여전히 훌륭한 소설로, 인간 행동의 불확실한 밀도와 복잡성을 신빙성 있게 포착한다. 쾨슬러의 작품은 초점이 또렷하지만 오웰의 작품은 그렇지 못하다. 『한낮의 어둠』의 철학적-정치적 지성과 내부 정보는 『1984』와는 차원이 다르다. 이렇게 비교해 보면, 오웰의 책은 어쩌면 아주 제한된 카테고리에 들어가야 할지 모른다. 그것은 강렬한 에너지와 창의성이 있어서 젊은 시절에 '한 번' 철저히 읽어야 하는 텍스트의 카테고리다. 그런 텍스트는 우리 정신과 기억에 깊은 에칭처럼 새겨진다. 하지만 나중에 다시 보면 (유명 보도 사진들이 흔히 그러듯) 기시감, 인위적 연출의 느낌이 거부감을 일으킨다. 개인적으로 『캉디드』와 『붉은 무공 훈장 *The Red Badge of Courage*』이 이런 "한 번 읽고 평생 기억하는" 카테고리에 들어간다고 생각한다.

1984년이 지나면 『1984』가 호소력과 대중적 인지를 잃어버릴까? 이것은 아주 어려운 질문 같다. "실제 전망은 아주 어둡다. 그리고 모든 진지한 생각은 그 사실에서 출발해야 한다"고 오웰은 〈파티잔 리뷰〉 1947년 7/8월호에서 말했다. 오늘날 우리의 사정은 국내외를 막론하고 이 명제를 반박하지 않는다. 지상의 수억 명에게 작품의 유명한 클라이맥스, "미래의 모습을 알고 싶으면 인간 얼굴을 짓밟는 군화를 상상하라—영원토록"은 예언이 아니라 현재에 대한 진부한 묘사다. 핵전쟁이 일어나거나 우리의 정치 체제가 군사력과 탐욕의 무게로 붕괴한다면, 오웰의 소설을 예언자의 사자후獅子吼로 회상하는 사람이 (아마도 많이) 생겨날 것이다. 하지만 작품의 논리적, 예술적 약점이 결국 평가를 시들게 할 수도 있다. 새해에 수많은 기념 행사에서 다루어질 이 책은 '과도할 만큼' 적절한 책이지만, 특이하게 결함 있는 책이기도 하다. 아마도 다른 방식은 불가능했을 것이다. 소로가 물었듯이, 사람이 영원에 상처를 입히지 않고 시간을 죽일 수 있을까?

1983년 12월 12일

검은 도나우 강 BLACK DANUBE

카를 크라우스와 토마스 베른하트르에 대해

풍자의 예리함은 멀리 뻗지 않는다. 그 효과는 표적의 정확함과 상황적 밀도에 의존한다. 캐리커처와 마찬가지로 풍자는 대상과 가까운 곳에서 이루어지며, 즉각적이고 충격적인 반응을 의도한다. 어떻게 보면, 풍자는 파괴뿐 아니라 자기 파괴도 목표로 한다고 할 수 있다. 이상적인 풍자는 화제를 소비해서 분노의 원인을 없앤다. 불길은 차가운 재로 식는다. 우리 시대 풍자의 대가인 빈 출신 작가 카를 크라우스는 일기에 '횃불Die Fackel'이라는 이름을 붙였지만, 불의 모티프를 쓴 사람이 그뿐은 아니다. 불길과 풍자는 오래 전부터 혈연 관계였다.

그래서 풍자는 언어적이건 시각적이건 지속성을 유지한 일이 드물다. 아리스토파네스의 경우, 일정한 보편성을 담지하는 정신적 슬랩스틱과 신체적 익살이 있지만, 그의 최고의 희극조차 많은 것이 각주와 학술적 설명의 가시 울타리를 넘어야 웃음에 이를 수 있다. 유베날리스는 주제의 일반성—양성兩性 전쟁, 종교적 위선, 졸부의 천박한 과시, 도시 정치의 떠들썩한 부패—을 통해 분노를 인간에 대한 영구적 슬픔으로 상승시킨다. 하지만 유베날리스가 작품 전체보다 몇몇 인용구로 더 생명력을 유지한다는 것은 인상적이다. 예리한 논리, 풍자적 구성과 정치-종교적 상황의 일치에서 『통 이야기A Tale of Tub』는 스위프트의 걸작으로 남아 있지만, 오늘날 이 맹렬한 작품을 읽는 것은 학자들뿐이다. 18세기 초 영국의 교회, 정당, 주교직, 내각의 정치에 대해 전문적이고 상세한 지식이 있어야 읽을 수 있기 때문이다. 『걸리버 여행기』가 고전으로 생명을 유지한다면, 그것은 이야기에 깔린 특정한 (역시 정치적, 당파적인, 그리고 실제로 상스러운) 풍자적 목적을 뛰어넘어서 그렇게 된 것이다. 이 작품은 구체적 인물과 사건을 알아야 하는 고충이 환상을 통해 사라진 거의 유일한 경우다.

1986년에 특별한 빈어Viennese/반反빈적anti-Viennese 독일어가 아닌 언어로 카를 크라우스에 접근하려는 사람들에게 닥치는 문제는 지역색—헨리 제임스라면 '장소의 정신'이라고 불렀을—이다. 이 문제는 엄청난 밀도의 문제, 그리고 단기적 암유, 내부 그룹 지칭, 크라우스의 (가장 폭넓고 암울한 작품까지) 모든 작품에 친숙할 거라는 암호화된 전제가 엮이는 문제다. 20세기 초, 양차 대전 사이, 파국 전야의 빈은 크라우스에게 견고한 배경, 현실 감각의 중심축에 그치지 않는다. 그것은 그의 예리한 도덕적 르포르타주의 일상적 상수다. 크라우스 안에 강력한 아르카디아―보헤미아와 알프스 특정 마을들에 대한 조용하고 긴장된 사랑―가 있는 것은 분명했다. 하지만 그의 작품의 정신을 배태하고, 그에게 서정적 혐오의 동력이 된 곳은 하나의 도시다. 1890년대부터 그가 죽은 1936년까지 정치, 사회, 예술, 저널리즘이 매일매일 해부하고 절개하고 기록한 빈은 크라우스의 감성에, 제임스 조이스에게 더블린과 같은 총체적인 환경이었다.

크라우스는 빈을 보면서 강한 예지에 사로잡혔다. 그는 빈의 강렬하고 뛰어난 문화에서 신경증, "문명과 불만"의 치명적 긴장을 감지했다. (라이벌 예언자이자 크라우스가 경멸했던 프로이트의 유명한 표현은 크라우스의 것이 될 수도 있었다.) 빈 저널리즘의 어법, 살롱 대화, 의회의 수사학에서는 독일어의 중추를 침범하는 질병을 보았다. 카를 크라우스는 조지 오웰보다 훨씬 먼저, 그리고 더 포괄적으로 사적·공적 담론에서 명징성과 진리치truth values, 개인적 에너지가 쇠퇴하는 것을 중부 유럽과 서유럽 정치계의 더 큰 쇠퇴와 연결시켰다. 허위에 대한, 계급이 결정하는 (특히 형사) 재판에 대한 크라우스의 풍자는 전체 부르주아 체제를 격렬하게 거부한다. 크라우스는 어떤 사회 비평가보다 먼저 문학과 순수 미술의 미적 아이디어들이 상업, 매스미디어, 포장의 전능한 힘에 타락하는 것을 목격하고 분석한 것으로 보인다. 그의 키치 해부는 아직도 독보적이다. 그리고 합리적 설명은 어렵지만(여기서 그는 카프카와 대등하다), 크라우스는 유럽 구체제의 황혼과 1차 대전의 공포 속에서 그보다 훨씬 더 어두운 밤이 다가온다는 것을 감지했다. 그는 과학 발전에 대한 순진한 믿음을 풍자하면서, 1909년에 당시로서는 환상적인 (지금은 견딜 수 없는) 진술을 했다. 과학 기술 계통의 진보는 "사람 가죽으로 돈주머니를 만든다"고.

하지만 크라우스의 작품이 아무리 광범위한 함의와 예언의 근거를 담고 있어도, 그 분노의 도약대는 지역과 시대가 엄격하게 국한되어 있다. 그의 맹렬한 언어 패러디와 비판은 일간 신문에 실린 사소한 기사와 가벼운 문학 비평, 광고 문구에서 출발한다. 법률의, 그리고 제국 말기와 양차 대전 사이 시기 관료제의 잔인한 근시안에 대한 맹비난은 빈 안팎에서 벌어진 잘 알려지지 않은 어떤 박해 행위에 의해 촉발된다. 동성애에 대한 크라우스의 모호한 발언—그는 동성애 박해를 개탄하면서도, 그것이 정치와 학계에 비밀스럽게 영향력을 미치는 것을 두려워한다—은 특정 스캔들, 명예 훼손 소송, (호헨촐레른 독일과 빈 양쪽의 상류 사회에서 일어난) 공갈에 따른 자살 사건들을 잘 알고 있다는 것을 전제로 한다. 오늘날 누가 크라우스가 가차 없이 혹평하는 저널리스트, 드라마 비평가, 홍보 전문가, 학자를 읽는 것은 고사하고 이름이라도 아는가? 크라우스가 조롱하는 안일한 범죄학자들을 누가 기억하는가? 크라우스의 최고 걸작—1차 대전에 대한 대형 콜라주 드라마인『인류 최후의 날들*The Last Days of Mankind*』은 괴테의『파우스트』2부에 나오는 발푸르기스의 밤 알레고리를 멋지게 본떴다—마저 빈의 방언과 속어뿐 아니라 무너지는 오스트리아-헝가리 제국의 행정적, 사회적 관습에 대한 자세한 지식을 요구할 때가 많다.

오늘날 크라우스에 대한 접근을 가로막는 장애물은 또 하나 있다. 그가 쓴 글은 분량이 방대하다. 평생의 사랑 시도니 나드헤르니 남작 부인과 주고받은 편지를 묶은 책 두 권은 그에 대해 깊은 이해를 안겨준다. 하지만 그가 비판의 재능을 가장 크게 떨친 곳은 자신의 작품과 (그가 번역한) 셰익스피어와 다른 극작가들의 희곡, 그리고 시를 낭독하는 공간이었던 것 같다. 크라우스는 1910년에서 1936년까지 단독 낭독회를 700회나 열었다. 이 공연을 목격한 사람들은 여러 곳에 일관된 찬탄의 기록을 남겼다(가장 최근의 것은 엘리아스 카네티의 회고록이다). 크라우스의 낭송과 낭독은 사상의 순수한 힘, 아주 특출한 기교의 지적-연극적 카리스마를 뿜어냈던 것 같다. 그는 1919년에서 1936년 사이에 셰익스피어의 극 13편을 독일어 단독 공연으로 올렸다. 그것을 관람한 사람들은(아직도 생존자가 있다) 그가 아주 다양한 목소리를 연기했고, 실제 연극은 따라잡을 수 없는 극적 긴장과 속도를 연출했다고 증언했다. 크라우스의 공연에는 음악도 포함되었다. 그는 피아노 반주자와 함께 마임도 하고, 노래도 하고, 노래하는 듯한 목소리로 오펜바흐의 오페레타도 연기했다. 그는 오펜바흐를 19세기 빈 극작가 요한 네스트로이, 현대 카바레 극작가 프랑크 베데킨트와 함께 문학 및 사회 풍자의 주요 작가로 꼽았다. 크라우스가 절정의 매력을 발휘한 때는 〈시와 생각의 극장Theatre of Poetry and Thought〉을 공연했을 때였다. 많은 위대한 예언자나 파수꾼이 그렇듯, 그와 언어의 관계는 글로 고정할 수 없을 만큼 육체적이고 직접적이었다. 이런 언어극 장면을 찍은 아마추어 사진이 한두 점 남아 있지만, 녹음은 전하지 않는다.

작가 자신, 그리고 그의 모든 것을 형성하는 환경이 이렇게 멀기 때문에 영어권 독자들에게 크라우스를 소개하려는 해리 존 교수의 노력은 다소 무모해 보인다. 『절반의 진실과 1과 1/2의 진실Half-truths & One-and-a-half Truths: Selected aphorisms』은 "카를 크라우스가 아포리즘 형식으로 표현한 견해, 태도, 아이디어의 모자이크"를 영어권 독자들에게 선보이려고 한다. 크라우스가 간결한 격언과 날카로운 아포리즘을 구사한 것은 진실이다. 하지만 그것들은, 특히 맥락을 벗어나서는 그의 수사학의 설득력과 거대한 힘을 잃는다. 크라우스의 시처럼 그의 아포리즘은 흔히 의도된 매너리즘, 현자의 자의식에 시달린다.

팽팽하고 깊은 암시를 전하는 순간들이 있다. "검열이 이해하는 풍자는 금지하는 게 맞다," "우리는 인생에 맞서는 데 필수적인 것 이상을 배우면 안 된다,""나는 이제 협력자가 없다. 예전에는 그들을 질투했다. 그들이 내쫓는 독자들은 나 자신이 잃고 싶었던 독자들이다.""정신분석은 치료한다고 망상하는 정신 질환이다."(유명하고 반박 불가능한 공격) "나는 내 사생활에 간섭하고 싶지 않다." 또는 라 로슈푸코와 비슷하게, "배은 망덕은 받은 은혜에 비례하지 않는다." 하지만 존 교수가 묶은 금언들은 잊기 쉬운 것이 너무 많다. "순결 일반은 신성시하되 특정 순결을 파괴하려는 욕망은 정상으로 여겨진다"라는 명제보다 더 진부한 것이 무엇인가? 우리에게 "사랑과 예술은 아름다운 것을 끌어안는 게 아니라 그렇게 끌어안아서 아름다워진 것이다"라는 말로 감상성을 견책해줄 사람이 필요한가? "나와 인생의 소송은 기사도적으로 해결되었다. 쌍방은 화해 없이 헤어졌다"라는 허풍 섞인 극적 표현은 얼마나 공허한가. "많은 사람이 내 견해에 동조하지만, 나는 거기 함께하지 않는다"라는 선언은 얼마나 억지스러운가. 그리고 "시는 누구의 작품인지를 알기 전까지 훌륭하다"라는 선언—셰익스피어 소네트의 열정적(뛰어나지는 않다 해도) 번역가이면서—보다 더 반박하기 쉬운 일반화가 있을까? 맥락이 없다면 독자가 어떻게 실제로는 크라우스의 아포리즘이 아니라 유명한 인용을 변형한 문장을 이해할 수 있을까? "주여, 저들을 용서하소서. 저들은 자신들이 무슨 일을 하는지 압니다!"

크라우스의 금언 중 가장 유명한 것은 가장 논쟁적인 것이기도 하다. "히틀러와 관련해서 나는 할 말이 전혀 없다." 또는 "전혀 생각나지 않는다"("Mir fällt zu Hitler nichts ein"). 예언자는 가장 두려운 악몽의 실현 앞에서 말을 잃었다. 1933년 늦봄 또는 초여름에 그가 이렇게 담론을 포기하고, 웅변을 접은 일은 지독한 피로를 말해준다. 수백 회의 대중 공연, 37권의 〈횃불〉, 힘겹게 유대교를 벗어났다가 다시 그 주변부로 들어간 일―이 부분은 불분명하다―이 다 소용없었다. 속물의 지옥이 유럽 문명을, 더 특별히 크라우스가 사랑하고 지키고자 한 독일어를 집어삼키려고 했다. "언어는 무한한 환각적 힘을 가진 유일한 키마이라다. 그 소진 불가능성이 삶의 궁핍화를 막아준다. 모두 언어를 섬기자"고 그는 썼다. 이제 크라우스가 선택한 수단, 생각하는 사람의 유일한 진리의 지팡이인 언어가 비인간성의 요란한 메가폰이 될 것이다. 자신보다 더 가차 없는 언어의 안티마스터 히틀러 ―더 강력한 마력의 배우, 약장수, 연설가― 앞에서 크라우스는 침묵에 빠졌다. 그의 깊은 반#의식이 히틀러에게서 괴물처럼 뒤틀린 자기 이미지의 패러디를 감지했는지도 모른다. 그는 이제 수정구슬과 거울 사이에 있었고 말을 잃었다.

나치즘의 독극물은 사실 오스트리아에서 만들어졌다. 아돌프 히틀러는 1914년 이전에 빈의 거리에서 그의 악마성을 이루는 인종 이론, 히스테리컬한 분노, 반유대주의를 한껏 섭취

했다. 1938년 봄에 나치즘이 빈에 귀향했을 때, 독일에서보다 더 열렬한 환영이 있었다. 나치즘의 희미한 형태—시들지 않는 반유대주의, 교회와 농촌에 뿌리내린 독보적 반계몽주의—는 쿠르트 발트하임* 시절에도 변함없이 오스트리아의 의식을 특징짓고 있다. 이 들끓는 도가니가 토마스 베른하르트의 고발과 풍자의 토양이 되었다.

베른하르트는 크라우스와 달리 기본적으로 픽션 작가였다. 장단편 소설과 라디오 드라마를 썼다. 그는 다산 작가로 작품 수준이 둘쭉날쭉한데, 최상의 작품들은 카프카와 무질 이후 독일 산문의 최고봉이라 할 만하다. 『암라스*Amras*』(아직 영어로 번역되지 않았다), 소피 윌킨스가 번역한 (시카고 대학은 최근 이 책을 재출간하고, 베른하르트의 다른 소설 두 편도 출간했다) 『생석회 공장*The Lime Works*』, 아직 번역되지 않은 『강추위*Frost*』는 현대 문학의 어떤 작품 못지않게 치밀한 고통의 풍경을 창조했다. 검은 숲들, 세차게 흐르지만 오염된 급류, 카린티아—베른하르트가 온전한 사생활을 영위한 오스트리아의 비밀스러운 지역—의 무기력하고 악의적인 마을들이 소규모 지옥의 배경으로 변형되었다. 이곳에는 인간의 무지, 해묵은 혐오, 성적 잔혹성, 사회적 허식이 독사처럼 번성한다. 놀랍게도 베른하르

---

* 이 글을 쓴 1986년의 오스트리아 대통령.

트는 이런 어둡고 차갑고 히스테리컬한 통찰력을 현대 문화의 높은 영역으로도 뻗었다. 비트겐슈타인에 대한 소설『교정*Correction*』은 전후 문학의 눈부신 성취 중 하나다. 글렌 굴드의 수수께끼와 천재성을 다룬 소설『몰락하는 자*Der Untergeber*』는 음악의 마력과 압도적 재능의 수수께끼를 탐색한다. 음악적 지식, 성적 집착, 베른하르트 특유의 자기 경멸은 소설『콘크리트*Concrete*』(역시 시카고 대학 출간)에 강력한 힘을 준다. 이런 준봉들 사이에 자기 복제적이고 당연히 형편없는 소설과 드라마가 너무도 많다. 하지만 토마스 베른하르트가 재능을 제대로 발휘하지 못했을 때에도 문체는 확실하다. 클라이스트 산문의 대리석 같은 순수, 카프카의 공포감과 초현실주의를 이어받은 베른하르트는 짧은 문장, 비인칭적이고 개입하는 듯한 구문, 개별 어휘들의 장식을 제거하는 방식을 맹렬한 비난을 전달하는 수단으로 만들었다. 영어권 독자들은 베케트의 초기 소설이 베른하르트의 기법과 유사하다는 느낌을 받을 것이다. 하지만 베케트의 작품은 황량한 가운데에도 웃음이 있다.

1931년생인 베른하르트는 나치 시대 직전 및 나치 시대 오스트리아에서 어린 시절과 청소년기를 보냈다. 그 경험의 추악함과 허위가 그의 시야를 규정했다. 베른하르트는 1975년부터 1982년까지 5회에 걸쳐 자전적 이야기를 발표했다. 출생에서 20회 생일까지를 다루는 이 이야기는 시간순으로 묶여서 자서전『증거 수집*Gathering Evidence*』이 되었다. 이 책은 특이한 조부모님 손에 자란 사생아의 어린 시절을 담고 있다. 베른하르트는 처음에는 가톨릭 사제, 다음에는 나치, 그런 뒤 다시 사제들이 운영한 억압적인 학교에서 가혹한 학창 시절을 보냈다. 가톨릭 사제와 나치가 이렇다 할 차이가 없는 것이 잘 보인다. "지하실"이라는 이름의 섹션은 잘츠부르크가 연합군의 공습을 받던 어린 시절의 경험을 자세히 전한다. 전쟁 직후의 시간은 베른하르트에게 오아시스 같았다. 그는 빈의 식품점에 취직했고, 주인은 나치의 일시적 패배를 목격하고 갑자기 민주주의자가 된 사람이었다. 열여덟 살 때 베른하르트는 죽어가는 조부를 돌보다가 병에 걸린다. 그는 맹렬한 반교회주의자, 무정부주의자였던 조부를 누구보다도 사랑했다. 조부는 노인 및 말기 환자 병동으로 옮겨진다. (그런 병동은 그의 후기 소설들, 그리고 사실과 창작이 섞인 책 『비트겐슈타인의 조카』에 나온다.) 그리고 그 병동에서 베른하르트는 결핵에 걸린다. 성인기의 문턱에서 사형 선고를 받은 것이다. 그는 그 선고가 언제든 실현될 거라는 끊임없는 불안 속에, 그리고 그것에 대한 거부 속에 예술이라는 요새로 달아난다.

데이비드 매클린톡이 공들여 번역한 —그는 『콘크리트』도 번역했다— 예술가의 뒤틀린 어린 시절과 죽음에 쫓기는 청년 시절의 초상은 쉽게 읽히지 않는다. 그 어조에는 다스리지 못한 고통과 혐오가 담겨 있다.

나는 곧 우리가 예수 그리스도와 맺은 관계가 실제로는 6개월 또는 1년 전에 아돌프 히틀러와 맺은 관계와 다를 게 없다고 확신하게 되었다. 우리가 이른바 비범한 인물—그게 누구든—을 기리며 부르는 노래와 합창, 나치 시절과 그 후에 기숙학교에서 부른 노래와 합창을 생각해보면, 표현만 약간 다를 뿐 내용은 늘 똑같고 선율 또한 같다는 것을 인정하지 않을 수 없다. 이 모든 노래와 합창에 담긴 것은 그 노래를 부르는 사람들의 어리석음, 비천함, 품격 부족뿐이다. 이런 노래와 합창에서 들리는 목소리는 우둔, 보편적이고 전 세계적인 우둔이다. 전 세계 교육 기관이 어린이, 청소년에게 저지르는 교육 범죄는 어떤 비범한 인물의 이름으로 저질러진다. 그 이름이 히틀러건 예수건 또 무엇이건.

의사들은 교사와 똑같이 면허받은 고문자다. 환자의 내적 삶, 말기 환자의 복잡한 요구에 대한 그들의 경멸은 그들의 오만과 전문 지식에 대한 고고하지만 공허한 소유권에 정비례한다. 가슴에 공기를 주입할 때의 질식할 듯한 느낌을 베른하르트는 의도적으로 극히 세밀하게 묘사한다. 그것은 가족 관계, 학교 교육, 정치적 예속이라는 더 큰 질식을 상징하는 알레고리가 된다. 그는 썼다. "교수는 병원에 와서 내게 이 일은 '특별한 것이 아니'라고 말했다. 그리고 그 말을 흥분과 협박을 담은 악의적인 표정으로 거듭 강조했다. 이제 내 기흉이 교수의 점심 메뉴 논의 덕분에 망가졌으니 새로운 것을 고안해야 했다."

그리고 더 고약하고 잔혹한 처치가 뒤따른다.

이런 "전 세계적인 우둔" 가운데 단연 최고는 오스트리아의 우둔이다. 베른하르트는 오스트리아가 나치를 추종하던 과거를 어물쩍 묻어버리는 일, 빈 문화의 과대망상적 편협성, 오스트리아 농촌과 산촌의 미신과 불관용과 탐욕을 맹비난한다. 그는 모차르트, 슈베르트, 쇤베르크, 베베른 등의 위대한 영혼을 무시, 모욕, 추방한 나라를 저주했다. 그들의 학계는 지크문트 프로이트가 죽은 뒤에도 그를 기리지 않았고, 그들의 문학-비평 규율은 브로흐와 카네티를 추방했으며, 무질을 기아로 내몰았다. 인간의 어리석음, 타락, 탐욕이 만들어낸 지옥의 영역은 많고 많지만, 그중에서도 빈과 잘츠부르크가 최악이다. 잘츠부르크 주에서만 매년 2천 명이 자살하고, 그중 많은 수가 젊은이다. 그 수치 자체도 유럽 최고지만, 그것도 현실에 비하면 적은 수라고 베른하르트는 말한다. "잘츠부르크 거주자들은 냉혹하기 짝이 없다. 인색함이 그들의 양식이고, 쩨쩨함이 그들의 인격이다." 최근의 소설 『옛 거장들』에서는 "가장 어리석고 위선적인" 도시에 악명의 종려상을 주는데, 그 이견 없는 수상자는 빈이다.

혐오의 문제는 호흡이 짧다는 것이다. 혐오가 진정한 고전의 영감이 되는 곳—단테, 스위프트, 랭보—에서 그것은 분출식으로 표현되고 지속 시간도 짧다. 길게 늘어진 혐오는 무딘 톱이 끝없이 나무를 긁는 소리처럼 식상해진다. 베른하르트의 강박적이고 무차별적인 염세성, 오스트리아에 대한 전방위적 공격은 애초의 목적을 좌절시킬 위험이 있다. 그는 사태의 매혹과 진정한 수수께끼를 인정하지 않는다. 즉 그가 나치즘, 종교적 편협함, 한심한 자기 만족으로 비난하는 그 나라와 사회는 인류 현대사에 엄청난 영향을 끼친 많은 것들의 요람이자 무대라는 것이다. 히틀러를 낳은 문화는 프로이트, 비트겐슈타인, 말러, 릴케, 카프카, 브로흐, 무질, 유겐트슈틸, 그리고 현대 음악에서 가장 중요한 것도 낳았다. 20세기 역사에서 오스트리아-헝가리 제국과 양차 대전 사이의 오스트리아를 지우면, 그 역사에서 악마적이고 파괴적인 것만 잃는 게 아니라 위대한 지적, 미적 에너지의 원천들도 잃는다. 우리는 크라우스와 베른하르트를 낳은 그 강렬함, 맹렬한 자기 비난 정신을 잃을 것이다. 지난날 유럽의 중심은 서구 문명의 중심이 되었다. 오늘날 미국 도시 문화, 특히 미국 유대인 도시 문화는 명백히 세기말 빈, 그리고 빈-프라하-부다페스트 삼각 지대가 발현한 천재성과 신경증의 반짝이는 에필로그다. 혐오라는 외눈으로는 그 심장부로 가는 길을 제대로 안내할 수 없다.

1986년 7월 21일

비비 B.B.

베르톨트 브레히트에 대해

지난 11월 베를린 장벽에 난 틈으로 혼란스러운 무리가 서쪽으로 쏟아져 들어와서 슈퍼마켓과 비디오 상점을 털어갔다. 몇 시간 지나지 않아 패스트푸드도 데오도란트도 싹쓸이 되었다. 서베를린의 전문 매장들은 다량의 소프트 포르노와 하드 포르노 비디오테이프를 약탈당했다. 독일 분단 시절 장벽을 넘나들던 화폐인 티셔츠와 청바지가 매대 위로 날아올랐다. 젊은 이도 젊지 않은 이들도 모두 눈을 크게 뜨고, 동유럽 전역에서 (비밀이건 아니건) 자유의 상징이 되었던 헤비메탈과 록의 비트에 맞추어 움직이며 최초의 TV 혁명을 실행했다. 드라마 〈댈러스〉가 그들 속을 파고든 뒤로(그것은 찰리 검문소에서 동쪽 수백 킬로미터 떨어진 곳에서도 전파가 잡혔다), 서구 드라마와 록 콘서트 비디오가 복제되어 '댈러스 라인' 너머에서 팔리기 시작한 뒤로, 지각 변동과 법석은 피할 수 없었다. 텔레비전은 소비 경제를 향해 달려가는 크고 격렬한 물결을 일으켰고, 텔레비전은 또 그 돌진을 (눈부시게) 포장했다. 땅콩버터가 있는데 왜 빵만으로 사는가? '위성'이라는 말이 케이블 텔레비전을 뜻하는데, 무엇하러 소련의 위성으로 사는가?

성과는 엄청나다. 추악하고 어리석고 부패한 전제 정권들, 믿을 수 없을 만큼 비효율적이던 정권들이 무너졌다. 베를린과 오데르나이세 선* 동쪽의 사람들이 천천히 자존감, 움직임의 자유, 미래에 대한 기대를 회복하고 있다. 과거의 학살, 거짓말, 가학 행위라는 빙산의 숨겨진 전모는 조금 더 천천히, 하지만 확실하게 떠오르고 있다. 시신들이 소리치고, 고문당한 자, 지워진 자들의 그림자가 섬뜩하게 드러난다. 역사는 다시 불확실한 진실의 빛 속으로 들어가고 있다. 1789년 이후 유럽이 이토록 생기 넘치고 가능성으로 들끓은 적은 없다. 소련도 미국도 다 거대하고 불완전한 (이따금 호전적이지만) 지역주의로 물러나고 있다. 프라하와 크라쿠프의 옛 종들 소리가 음울하지만 살아 있는 땅 전역에 울린다. 레닌그라드와 오데사는 다시 서구의 빛이 드는 창문—19세기 러시아 자유주의자들의 강력한 이미지—을 열고 있다. 루마니아는 지독한 폭력과 헛소리를

* 폴란드와 독일의 국경선.

쏟아내고 있지만, 거기서도 광기의 과거로 후퇴하는 일은 상상하기 어렵다. 이런 희망의 계절에 기뻐하지 못하는 것은 무책임한 현학자뿐일 것이다.

하지만 손실도 있다. 그 자체로 지식 계급의 산물인 마르크스주의는 (특히 동독에서) 높은 문해력, 학구적 문화라는 오래된 어떤 시혜적 이상을 추구하는 것 같았다. 고전 연극과 음악, 고전 출판이 번성했다. 현대 사회, 미디어, 저급 오락의 천박성은 그 떠들썩한 가벼움과 대중적 유혹 속에 무정부적 저항의 병원균이 있었기에 (부분적으로) 저지되었다. 이제 많은 지휘자와 공연자가 동독 정부가 지원하던 70개 이상의 관현악단에서 떠나고 있다. 교수들도 빠져나간다. 시인과 사상가들은 자신들이 상업적 선택의 선물先物 시장에서 경쟁할 수 있을지 고민한다. 억압은 은유의 어머니다. 슈퍼마켓에서 괴테는 손실 기업이다. 하지만 이 손실은 단기적으로는 사치품의 손실이고, 아마도 회복 가능할 것이다. 회계 장부의 마이너스 표시들은 더 깊이 들어가고, 정의하기도 훨씬 더 어렵다.

모세와 예언자들이 정의를 부르짖은 이후, 그리고 초기 기독교 이후, 마르크스주의는 세 번째로 나타난 희망의 대형 청사진이었다. 돈과 경쟁심 대신 사랑과 연대를 교환하는 인간 사회를 상상한 마르크스의 유명한 1844년 원고는 예레미야, 아모스, 그리고 복음서의 초월 요구를 고쳐서 말하는 것이었다. 지상에 정의롭고 계급 없는 형제애의 왕국을 건설하자는 그의 촉구는 메시아 사상을 세속 용어로 옮긴 것이었다. 우리는 그런 요구는 유토피아적이라는 것, 인간은 약간의 재능이 있는 야수라는 것, 인간은 인간에 대해 늑대라는 것을 안다─옛날부터 알았다고 나는 생각한다. 게다가 더 암울한 것은 이제 평등, 공공의 합리, 희생적 헌신이라는 이상이 강제될 때는 용납 불가능한 비용이 따른다는 걸 알게 되었다는 것이다(플라톤의 유토피아 환상을 통해 진작 알았어야 했다). 인간의 이기주의, 경쟁심, 낭비와 과시 욕망은 폭압이 아니고서는 억누를 수 없다. 그리고 그런 폭압을 행사하는 당사자들 자신이 부패에 빠져든다. 집단주의-사회주의적 이상은 불가피하게 이런저런 형태의 굴라크를 만드는 것 같다.

이런 이해는 우리를 의기소침하게 만든다. 그로 인해 돈의 소음은 서구 시장에서 더욱 커지고, 브란덴부르크 문 앞 암시장과 프라하의 아름다웠던 광장들에서는 그보다도 더 요란해진다. 죽어가는 유토피아는 맹독을 남긴다. 마약상, 키치 판매상, 조폭들이 동유럽과 러시아의 공백 속으로 들어갔다. 마르크스주의의 꿈은 용서 못할 악몽이 되었지만, 새로운 백일몽이 날뛴다. 부족주의, 지역주의, 민족주의적 혐오가 소비에트 아시아, 트란실바니아, 동베를린의 스킨헤드족뿐 아니라 크로아티아와 코소보의 악당들에서도 타오르고 있다. 더불어 불가피하게 유대인 혐오가 온다. 마르크스주의의 국제주의, 국경 철폐 주장에는 유대인의 보편주의가 묻어 있다. 트로츠키는 어쨌건 유대인이었다. 그래서 다시 한 번 영토회복주의와 인종 자치라는 오랜 광기의 북소리가 도시의 정글 속에 울려 퍼지고 있다.

* * *

내가 여기까지 쓴 문장은 모두 베르톨트 브레히트의 표현, 사고, 다의성을 얼마간 직접적으로 끌어온 것들이다. 초기 걸작 두 편의 제목도 사용했다. 『한밤의 북소리』와 『도시 정글에서』다. 서정시인, 극작가, 팸플릿 작가 가운데 돈의 찬가에 그보다 더 날카로운 목소리를 내고, 탐욕의 악취를 그보다 더 생생하게 그려낸 사람은 없다. 돈벌이의 바퀴에 기름을 치고 상업주의와 대량 소비 자본주의에 분칠을 하는 상투어와 능란한 자기 기만의 언어를 그보다 더 치열하게 들여다본 사람은 극히 드물다. 그런 한편 브레히트는 똑같이 이솝적이고 삐딱한 텍스트를 통해서, 레닌주의와 스탈린주의의 잔혹한 미로를 건디는 데 필요한 냉소주의와 책략을 보여준다(그는 움직임과 발디딤이 모두 고양이 같은 교활한 생존자다). 브레히트의 뛰어난 시들(어떤 것은 20세기 최고의 시에 속한다), 최고의 연극, 그가 영감을 불어넣고 노래한 수많은 저항과 상처 입은 희망의 노래들은 기본적으로 단조고, 박자는 때로 감지하기 어렵지만 약해진다. 『인간은 인간이다』(역시 유명한 책 제목이다)—인간의 탐욕, 비겁성, 이기주의는 언제나 맹위를 떨칠 것이다. 아이들을 잃고 땅도 망가진 억척 어멈은 스스로를 운명의 수레에 묶는다. 판매용 무장이다. 무대는 돌고 돈다. 역사는 스스로 만든 쳇바퀴다. 정의에 대한 소망은 붉은 참화를 부른다. 우리 도시들에 남을 것은 초기의 뛰어난 서정시 한 편에서 말하듯이, 그곳을 훑고 다닌 검은 바람이다. 하지만 그 부조리하고 잔혹한 꿈들은 가치 있었다. 예지는 아무리 정확해도 사실이 아니다. 많은 사람이 틀렸고, 볼셰비키, 1871년의 코뮌주의자, 스페인 내전의 국제 여단, 스탈린에게 충성을 맹세하며 죽은 수백만 명의 오류는 무시무시했지만, 그들은 (역설적, 비극적 방식으로) 점쟁이, 조롱꾼, 여피yuppie, 매디슨 가의 마약상, 증권 거래소에서 "고함치는" 중개인들만큼 틀리지는 않았다(이 이미지는 W. H. 오든의 것이다. 브레히트는 한때 그를 동지로 알았다). 정의의 환각에 사로잡히는 편이 정크푸드에 눈을 뜨는 것보다 낫다. 공포空砲를 쏘아 페트로그라드 봉기를 촉발한 순양함의 이름은 새벽이라는 뜻의 '오로라'호였다. "검은 숲에서 나온" 브레히트도 그렇게 느꼈다.

그리고 그는 장난칠 준비를 갖춘 어떤 몽마夢魔처럼 거의 완전한 형태로 온 것 같다. 브레히트의 어조, 교묘한 운신, 입가의 위트, 생존의 외줄타기 곡예사 같은 외피는 『편지들, 1913~1956』의 서두에서도 보인다. 이 책은 존 윌렛이 선정, 편집, 주해하고, 랠프 매나임이 평이하고 충실한 영어로 옮겼다. 베르톨트 브레히트의 첫 자취는 겨우 열다섯 살 때의 것이다. 하지만 그는 그때 이미 신념을 갖고 있었다. "자연에 대한 충실성을 이상주의와 결합하는 것, 그것이 예술이다." 통찰력도 그만큼 강력했다. 브레히트는 시를 염두에 두었다. "오후에 적이 패배했다(1914년 11월이다)." 한편에는 기쁨이, 다른 한편에는 분노와 절망이 있었다. "오늘 밤은 어머니들이 우는 밤이다." 그것은 대단해 보이지 않지만, 그런 뒤 브레히트적 필치가 온다. "양쪽에서." 그 무력한 눈물이 이후 그의 작품을 채운다. 어머니들—전투적, 맹목적, 냉소적, 이상적인—은 거듭해서 돌아온다. 나중에 브레히트는 고리키의 『어머니』를 자기 색깔을 입혀 연극으로 개작한다. 하지만 B.B. 자신은 울지 않았다. 1918년 4월, 징집 한 달 전에 이렇게 썼다. "천국 같은 날들이다…… 우리는 밤이면 괴테, 베데킨트, 브레히트의 노래를 부른다. 모두 우리를 사랑한다…… 나도 모두를 사랑한다…… 나는 승리보다 승리자가 더 좋다…… 너는 세상을 정복하고 내 가르침을 들을 거고, 낙타 백 마리의 찬양을 받는 욥처럼 충만한 인생 후에 늙어 죽을 것이다. 그다음에 우리는 함께 지옥을 개혁하고 그곳을 의미 있게 만들 것이다." 이것은 브레히트가 일생의 동료, 협력자, 무대 디자이너인 카스파르 네어에게 보낸 편지다. 전체 계획은 정해져 있었다. 지옥을 개혁하고, 의미 있게 만드는 것이다. 그 지옥은 1918년 이후 패망한 독일일 수도 있고, 히틀러 시절 소란스러운 망명자 집단일 수도 있고,

양철 냄비 같은 캘리포니아 유배지일 수도 있고, 동독의 조폭 정권일 수도 있다.

브레히트가 사랑한 "모두"는 수많은 로지, 헬레네, 루트로 이루어졌다. 고집 세고, 볼품없고, 자주 무례하고, 일관되게 문란했지만 B.B.는 여자들을 매혹했다. 그는 자전적인 초기 연극 속 바알처럼 그들을 이용하고 소모했다. 브레히트에게 삼각관계 정도는 아무것도 아니었다. 그가 이끄는 카라반—찬양하는 백 마리의 낙타—에는 두 명 이상의 공인된 정부와 그들이 낳은 아이들이 있었다. 그중 가장 두드러진 것은 (적어도 공식적으로는) 헬레네 바이겔이었다(그 관계는 1923년에 시작했다). 브레히트에게는 그녀의 연기 재능과 공산주의에 대한 헌신이 계속 필요했다. 하지만 다른 관계들도 넘쳐났다. 카롤라 네어, 루트 베를라우는 결국 참혹한 희생을 치렀다. 카롤라 네어가 스탈린 정권의 죽음의 손아귀에 들어갔을 때, 브레히트는 거의 비인간적일 만큼 주의 깊고 냉정하게 그녀를 구하려는 (헛된) 시도를 어디까지 해볼 수 있을지 계산했다. 루트 베를라우는 거의 정신착란 지경에 이르렀다. 칼잡이 매키는 호방한 성생활뿐 아니라 남자에게 굴종하는 여자를 경멸하는 점에서도 브레히트와 닮은 인물로 보인다. "상어는 이빨이 있다." 창조적 천재는 욕구와 면허가 있다는 뜻이다.

『서푼짜리 오페라』는 브레히트의 최고 걸작이 아니다. 그것은 시끄럽고 낭랑한 쿠르트 바일의 음악 없이는 상상할 수 없다. 하지만 그것은 서구 역사의 어떤 복잡 미묘한 마지막 순간을 정확히 포착해서 양식화했다. 이 작품은 바이마르 황혼의 섬뜩한 생명력과 자학적인 미소를 그 어떤 작품과도 다르게 전달한다. "극장은 죽었다." 브레히트는 1926년과 1927년에 내내 외쳤지만, 죽은 송장도 충격 요법으로 열렬한 삶을 얻을 수 있었다. 그 서문들이 안겨준 유명세와 흥행력으로 브레히트는 1928년부터 대적할 자가 없게 되었다.

그것은 단순한 행운 이상이었다. 히틀러는 그의 편지에 아주 일찍, 1923년 3월 뮌헨의 한 공원에서 "모제스 이글슈타인을 엿먹이는" 모습으로 등장한다. 브레히트는 동료 이야기꾼을 유심히 지켜보았다. 하지만 나치즘에 대한 그의 태도는 복잡하고 또 변증법적 유물론과 얽혀 있었다. '국가사회주의'란 브레히트와 그의 독일공산당 동료들에게는 논리적이고 예측 가능한 자본주의 발전의 마지막 단계였다. 그것의 제도화된 폭력과 관료적 효율은 서구 자유 시장 경제의 조립 라인과 회계 기록 관행을 충족시키고 동시에 모방한다. 히틀러의 승리—이것은 독일 공산주의자들의 참담하고 치명적인 오류였다—는 짧을 것이다. 그것은 진정한 프롤레타리아 혁명을 불러오고 마침내 월 스트리트 제국을 무너뜨릴 것이다. 그러니 그것의 승리를 막는 것은 역사의 법칙을 거스르는 일이라는 것이었다.

가두전, 통화 붕괴, 성적 해방의 카니발은 브레히트의 예리하고 분석적인 감수성에 잘 맞았다. 1927년부터 히틀러가 정권을 장악한 1933년까지는 그의 경력에 손꼽히는 풍요로운 시기였다. 그의 몇 가지 장점이 합쳐졌다. 우리는 이 편지들을 통해서 브레히트의 교훈주의, 즉 연극은 최고의 교육 수단이고, 언제나 인간의 사회정치적 인식과 행동의 지침이 될 수 있다는 아리스토텔레스-마르크스적 확신이 형성되는 과정을 볼 수 있다. 레싱, 실러 같은 독일 선구자들처럼 브레히트는 교사, 도덕 교육가로 시작한다. 그의 연극들은 Lehrstücke, '가르치는 작품'이다. 그와 함께 형식 실험가도 그의 안에 들어온다. 『마하고니 시의 흥망성쇠』 같은 '노래극'은 지금 보아도 여전히 놀라울 만큼 혁신적이다. 브레히트는 초기 작품들의 리얼리즘, 서정시, 표현주의적 열변과 결별한다. 그리고 카바레, 권투 경기장, 영화관을 기술적, 인지적 수단으로 삼는다. 브레히트는 라디오 드라마의 초기 거장들 중의 한 명이다(『린드버그의 비행』을 보라). 그는 합창 기술과 가면을 실험한다. 브레히트는 현대 화가와 영화 제작자들이 이용하는 콜라주와 몽타주 양식을 채택해서, 다른 작가들의 텍스트를 자신의 시와 연극에 이용했다. 게이의 『거지의 오페라 *The Beggar's Opera*』, 말로의 『에드워드 2세』, 키플링의 담시와 무훈담을 변형한 개작물들이 태어났다. 이 개작물들은 원작들에서 브레히트의 개성과 목적에 딱 맞는 요소들을 찾아냈다. 재즈, 블루스, 흑인 영가, 독일 루터교, 엘리자베스 시대 비극, 도적 시인 비용Villon의 한탄이 브레히트의 목소리 안에서 한데 엮였다.

　편지 중 최고는 "작업 관련" 편지들이다. 브레히트는 개인적 관심사에 힘을 낭비하지 않는다. 그는 키츠나 프루스트처럼 편지를 쓰는 사람이 아니다. 그의 편지는 텍스트의 초고도, 내적 성찰도 아니다. 그것은 제작 계획서고, 조직의 공지, 멍청한 비평가나 게으른 출연자들에 대한 비판이다. 브레히트는 계약, 인세, 해외 판권을 냉정히 주시했다. 그리고 점점 높아가는 나치의 물결에 맞서 공산주의 극단, 노동자 극장, 붉은 문화 전선을 조직하고 유지하려고 했다. "지식인들의 문제는 느낌으로 시작해서 숙취로 끝난다는 것이다." 그가 연출자 에르빈 피스카토어에게 쓴 편지에 한 말이다. 브레히트는 디자이너, 무대 장치가, 음악가, 카바레 출연자들과 편한 관계였다. 그는 가죽 재킷을 입고, 축축하고 묵직한 시가를 씹었다. 이론은 물론 의미 있다. (비정통파 마르크스주의 사상가인 카를 코르슈와의 진지한 대화가 있다.) 하지만 중요한 것은 실천이다. 새로운 행진곡―"티퍼레리Tipperary" 곡에 맞춘―은 "영사한 사진 앞에서 지시봉에 따라서 부를 수 있다." 그래서 지시봉을 찾아야 하고, 영사기는 연기 자욱한 지하실이나 지방 극장에서도 작동해야 한다. 스탈린주의를 담은 『조처Die Maßnahme』 같은 조악한 우화도 전술적, 교육적 활용이 가능하다. 대중은 혼란에 빠져 있고 시간이 없다.

1933년 때가 왔을 때 브레히트는 달아날 수 있었다. 프라하, 빈, 취리히, 루가노, 파리, 뉴욕으로. B.B.는 갑자기 나라를 잃은 난민, 집시 지식인, 예술가들의 혼란스러운 물결에 합류했다. 차이는 있었다. 그는 유명인이었다. 그는 제3제국에서 가족과 측근을 빼냈고, 해외에서도 돈을 벌었다. 그가 선택한 안식처는 덴마크였다. "어두운 시절"이 시작되었지만, 그 시절은 생산적인 시절이었다. 브레히트는 변증법적 역사주의 및 실제 상황에 들어맞는 정치적 진단을 하려고 노력했다. 그의 내적 곡예를 읽는 것은 아주 흥미롭다. 1934년 1월에 코르슈에게 보낸 편지는 이렇다.

독일 파시즘에는 강력한 이유가 있고, 그것은 다른 나라에는 적용되지 않습니다. 부르주아 민주주의 사회들은 독일이 임금을 삭감하고 실업자를 노예화하는 걸 부러워할지 모르지만 그 단점들도 압니다…… 파시즘은 독한 술입니다. 우리는 뼛속까지 추워져야 하고, '빠른' 타격에는 성공의 전망이 필요합니다. 안타깝게도 우리는 아직 세계 대전의 의미를 모릅니다. 그 기원은 아직도 짙은 안개에 싸여 있습니다. '독일의 구원'은 옛 민주주의 형식으로는 불가능했을 것입니다. 프롤레타리아는 조직되어 있었지만, 더 이상 외교 역량도 국내 정치 역량도 없었습니다…… 그것은 물론 아주 특별한 상황입니다.

친구들과 다른 망명자들―발터 벤야민이 포함된―이 브레히트를 찾아왔다. 강력한 무대 장면들의 모음인『제3제국의 공포와 참상』은 독일 밖 망명자 집단과 좌파 전선 극단이 공연을 올릴 수 있었다. 초기 협력자인 파울 힌데미트는 아이러니한 지시를 받았다. "당신은 전화번호부에 곡을 붙이려고 한 것 같군요." 신고전주의와 상아탑의 혐오는 이제 소용없었다. 그것들은 역행逆行적이지만, 국가사회주의 반동이나 퇴보적 야만과는 다르다. 브레히트의 손님 중에는 베를린 때부터 알았던 할리우드 작가 퍼디넌드 라이어가 있었다. 합리적 진실의 검열과 억압적 심문―갈릴레오의 핍박과 주장 철회와 같은―에 대해 영화 시나리오를 써볼 생각 없습니까?

1938년 가을에 완성된『갈릴레오』는 브레히트의 가장 미묘한 걸작이다. 나직하고 억제된 힘, 기이하게 분리된 초점―작품은 자유로운 지적 탐구의 억압과 함께 순수한 과학 탐구의 사회 정치적 무책임을 다룬다―은 브레히트의 전망이 큰 위기에 처했음을 보여준다. 존 윌렛의 향수 어린 "당 강령" 주해도, 이 책에 실린 편지들도 그 정확한 사정을 전하지는 않는다. 하지만 대강의 사정은 분명하다. 1938년 여름과 가을 동안 브레히트는 공식적 마르크스-레닌주의 및 소비에트 체제의 현실에서 물러섰다. 브레히트의 많은 친구와 지인이 스탈린주의 진영으로 떠났다. 그의 좀 더 창조적인 작품들은 '형식주의'라거나 소비에트 및 당 정책의 구체적 요구에 부합하지 않는다고 공격받았다. 브레히트는 파시스트, 나치와 싸우는 대신 (스페인과 독일의) 사회주의자들과 싸워야 한다는 스탈린과 코민테른의 비극적 근시안을 깨달았는지도 모른다. 히틀러-스탈린의 협약이 임박한 것도 환상에서 깨어난 B.B.의 눈에는 그렇게 큰 충격이 아니었다.

그 결과 약간 복잡한 성향의, 상당히 사적인 태도가 생겨났다. 그는 드러내놓고 소비에트 연방을 비난하지 않았다. 그는 이렇게 썼다. "그 정권, 국가 기구, 당과 지도부는 나라의 생산력을 발전시키고 있다. 그것은 또한 소련이 결정적 투쟁을 시작해야 하는 민족적 형식에 의해서도 발전하고 있다. 거기에 국제 정치의 계급적 특징이 있다. 그것은 세계의 내전이다." 부르주아 자본주의에 대한 브레히트의 혐오는 변함없었고, 그것이 곧 붕괴할 거라는 그의 암시도 계속 명랑한 무정부주의를 띠었다. 하지만 이런 예언적 혐오는 그 심리와 표현 수단 모두 그의 젊은 시절의 자유분방한 조롱과 루터교적 도덕주의를 상기시킨다. 그의 예리한 더듬이는 어머니 러시아에서 관료주의, 회색 프티-부르주아적 강압의 악취를 포착했다. 마르틴 하이데거가 내적인 '사적 국가사회주의자'(나치 친위대 서류의 표현)로 발전하던 이 시기에, 브레히트도 자신만의 풍자적, 분석적인 공산주의를 만들고 있었다. 그것은 스탈린 정통주의는 물론, 프롤레타리아와 서구 지식인들의 단순한 요구와도 동떨어져 있었다. 두 사람 모두에게 ─하이데거는 철학과 미학에서,

브레히트는 시와 연극에서 — 이런 내면적 전술은 높은 창조력을 낳았다.

새로운 탈출 순간이 왔을 때, 브레히트는 놀라운 기지를 발휘했다. 스웨덴, 핀란드에 차례로 체류한 뒤, 나치의 러시아 침공 —그의 아들 프랑크가 여기서 독일군으로 싸우다가 죽는다— 직전에, 그는 소련 전체를 건너갔다. 그런 뒤 이 생존의 대가는 자신의 카라반을 아주 조용히 태평양 건너 산타모니카와 할리우드로 이주시켰다. B.B.는 발터 벤야민—그는 곧 쫓기다가 죽는다—에게서 모스크바에 정착할 것이냐는 질문을 받자 이렇게 대답했다고 한다. "나는 공산주의자이지 바보는 아닙니다."

미국은 오래 전부터 브레히트에게 경이로운 소리의 원천 같았다. '미네소타'와 '미시시피' 같은 단순한 말도 모호한 매혹과 위협을 전달했다. 그는 맨해튼의 '정글'에, 그가 읽고 직감한 시카고의 도축장과 강풍에 혐오와 매력을 느꼈다. 브레히트가 가사를 쓴 쿠르트 바일의 노래에는 미국적 요소와 싱코페이션이 많았다. 2차 대전 당시 캘리포니아의 현실은 약간 달랐다. 얼마 전부터 로스앤젤레스 일대에 밀려든 독일, 중부 유럽, 유대인 난민의 삶에 대한 책과 연극들이 나타났다. 그 이야기들은 냉소적이었다. 토마스 만 같은 거장은 엄숙한 법정을 주재했다. 프란츠 베르펠은 『베르나데트의 노래』(그의 블록버스터 베스트셀러)가 만든 달콤한 그늘에서 번성했다. 아르놀트 쇤베르크는 인정을 받기 위해 분투했다. (그는 구겐하임 지원금을 거절당했다.) 그 아랫급들이 미미한 교수직을 놓고 떠들고 구걸하고 방법을 도모하고, 절박한 만큼 고약하게 서로를 모함했다. 브레히트는 그 혼란의 도가니를 관찰하면서 조심스럽게 움직였다. 그리고 이번에도 스트레스와 주변성은 높은 생산성으로 이어졌다.

이때가 『억척 어멈』(장편 극 가운데 아마도 가장 현실감 있는)과 라디오극 〈루쿨루스의 심문〉(나중에 로저 세션스가, 지금은 많이 잊힌 멋진 음악을 붙였다)의 시절이다. 히틀러의 승리의 나날에 브레히트는 수수께끼 같고 교묘한 우화인 『사천의 선인』과 주인과 하인의 주제를 다룬 『푼틸라 씨와 하인 마티』를 탄생시켰다. 히틀러에 대한 풍자 『아르투로 우이의 저지 가능한 상승』이 브레히트의 짐가방에 더해졌다. 그리고 미국에서 찰스 로턴 말고 누가 갈릴레오처럼 거대하고 복잡한 인물을 연기할 수 있었을까?

하지만 작품은 거의 상연되지 않았다. 에릭 벤틀리 같은 번역가와 평론가들의 호응에도 불구하고, 브레히트의 요구, 기이한 무대 기술, 배우와 제작자들에게 필요한 극도의 전문성이 장애물이 되었다. 쿠르트 바일의 〈비너스의 손길One Touch of Venus〉은 브로드웨이에서 흥행가도를 달렸다. 브레히트는 소극장 공연을 꾸리거나, 엘리자베스 버그너가 주연한 웹스터의 『말피 공작 부인』 같은 외곽 기획들을 번안, 각색, 조연출 하는 일을 했다. 뉴욕 무대에 오른 작품은 『갈릴레오』뿐이다. 이따금 영화 대본 집필과 "시몬 마샤르" 소설 버전의 판권으로 생계를 꾸려 나갔지만 토마스 만의 명성과 바일의 성공은 브레히트를 괴롭혔다. 그것은 루트 베를라우의 점점 떠들썩해지는 불행도 마찬가지였다. 그녀에게 보내는 편지에 그는 이렇게 썼다. "당신은 나를 괴롭히는 일이라면 하나도 빼먹지 않고 모조리 다 하려고 결심한 것 같아. 당신은 정말로 우리의 망명 생활을 끝없는 부침, 비난, 의심, 절망, 위협 등등의 이야기로 만들고 싶어?"

하지만 근본적 문제는 물론 브레히트가 처한 이념적 딜레마였다. 마르크스주의자로서 그는 루스벨트의 뉴딜 정책을 높이 보지 않았다. 루스벨트의 죽음이 고통스러웠던 것은 그 때문에 혐오하는 처칠이 서구 연합국의 지도자 자리에 올랐기 때문이었다. 브레히트는 서구 자본주의적 민주주의와 스탈린그라드 전투의 영웅들의 일시적 야합을 예리하게 꿰뚫어보았다. 그는 스탈린에 대해서 그를 맞은 캘리포니아인들이나 그가 만난 동료 여행자들보다 훨씬 많은 것을 알았기 때문에 냉전의 전조도 미국 내 극우의 마녀사냥도 예견했다. 브레히트의 편지는 개인적인 것들도 그답게 목소리를 낮추었고, 그의 아이러니하고 초조한 고독에 대해서는 작은 암시들만을 보인다. 비미非美 활동위원회와 F.B.I.가 찾아왔을 때 ―어이없게도 그들은 브레히트와 게르하르트 아이슬러가 핵무기 스파이와 관련이 있다고 여겼다─ B.B.는 준비가 되어 있었다. 워싱턴 청문회는 1947년 10월 30일에 열렸고, 브레히트는 11월 1일에 파리에 도착했다.

이 책에 실린 풍성한 편지들은 브레히트의 말년의 고통은 아주 조금만 보여준다. B.B.는 취리히를 거쳐 공산화된 동독에 돌아온다. 오스트리아 여권과 스위스 은행 계좌는 안전망이 되었다. 그의 복락원復樂園 초기는 가시밭길이었다. 그곳은 브레히트에게 "섬뜩함"을 안겨주었다. 그가 음악과 연극 기술에서 모더니즘과 형식주의를 실험한 일은 '사회주의 리얼리즘'이라는 음울한 맹견猛犬을 불쾌하게 했고, 그가 독일의 비극적 과거─특히 30년 전쟁─를 비롯해서 전체적으로 패배와 희생의 역사를 계속 강조하는 일─『코뮌의 나날』처럼─도 그랬다. 독일민주주의공화국[동독]은 전투적 낙관주의, 스탈린주의 새벽에 대한 희망을 공식적으로 강제했다. 그런데 당 관료들은 자국 최고의 유명 작가에게 불치의 아이러니, 무정부주의적 통찰이 있는 것을 보았다. 사정은 1953년 6월 동베를린 노동자 봉기 때 더욱 악화되었다. 브레히트는 개인적으로 노동 계급이 정치 행동에 나선 일을 기뻐하고 그것을 야만적으로 진압한 것에 분개했다. 그리고 세계적으로 유명해진 시 구절을 통해, 당에 사태의 해결을 위해 "새로운 국민을 뽑으라"고 말했다.

하지만 서구의 다소 가식적인 분노에도 불구하고, 브레히트는 정권에 대한 비난이나 조국과의 관계 단절을 강력하게 거부했다. 그들은 실책을 저질렀고 앞으로도 저지르겠지만, 역사는 중앙화된 사회주의 국가의 편에 있다는 것이 브레히트의 견해였다. 그는 여전히 대량 소비 자본주의의 유사 민주주의를 용납할 수 없었다. 그의 입장은 열매를 맺었다. 브레히트가 이끄는 베를리너 앙상블 극단은 지지와 인정을 받았다. 『코카서스의 백묵원』은 브레히트가 원하는 방식으로 상연되었다. 세계 곳곳에서 연출자, 배우, 영화 제작자가 그의 작업장에 순례를 왔다. 모스크바가 준 스탈린 상이 동독의 질투 어린 책략들로부터 브레히트를 보호해주었다. 후기 편지들은 루트 베를라우에게 보내는 편지까지 모두 침착한 어조다. 브레히트는 베를리너 앙상블 극단이 런던에서 『코카서스의 백묵원』과 『억척어멈』을 성공적으로 공연하는 데 힘을 보탰다. 이 당당한 성과는 브레히트가 1956년 8월 14일에 심장마비로 죽고 2주 뒤에 있었다.

지난 6월 30일 밤, 여러 대의 장갑차가 헬리콥터의 엄호 아래 수백만 마르크 어치의 신권을 싣고 마지막 남은 독일민주주의공화국으로 들어갔다. 무너진 벽 너머에서 군중이 춤을 추며 디즈니랜드 티셔츠를 흔들었다. 이런 서커스는 베르톨트 브레히트를 놀라게 하지 않았을 것이다. 동베를린에 있는 그의 간소한 무덤을 찾는 소수의 방문자는 '썩은' 서구의 학자나 연극계 사람들이라는 사실도 마찬가지다.

그의 뛰어난 시와 연극들—현대 연극에서 그와 비교할 만한 사람은 클로델뿐이다—은 남을 것이다. 그리고 억척 어멈 역의 헬레네 바이겔이 뒤틀린 입으로 소리 없이 내지르는 고통의 외침은 점점 더 커지는 것 같다.

1990년 9월 10일

불안한 라이더 UNEASY RIDER

로버트 M. 퍼시그에 대해

책 표지에 적힌 "미국 문학 역사상 가장 독특하고 흥미로운 책들 중 하나"라는 광고 문안은 그 잘못된 문법과 흔해 빠진 과장으로 눈살이 찌푸려진다. 문법은 구제불능이다. 하지만 그 주장 자체는 유효하다는 느낌이 든다. 로버트 M. 퍼시그의 『선禪과 모터사이클 관리술: 가치에 대한 탐구』는 그 제목만큼이나 고의적인 어색함을 담고 있다. 작품은 밀도 높게 구성되었다. 그것은 픽션과 철학적 담론 사이, 사적 회상과 엔지니어링 업계 잡지의 비개인성 사이로 평형추를 조심스럽게 이동시키면서 기우뚱거린다. 이 책은 지금도 두꺼운 책이지만, 보도 기사와 작품 내부의 흔적으로 보면 원래는 더 긴 텍스트였다. 초고 분량이 80만 단어였다는 이야기를 들으면, 편집진의 합리성과 세속성이 우리에게서 무언가를 박탈해간 느낌이 든다.

『선과 모터사이클 관리술』은 그냥 받아들이기도 서평을 쓰기도 어색하다. 그것은 근래 소설 가운데 드물게 정신에 꽂히고, 독자를 사로잡은 채 풍경을 예상치 못한 질서와 협박의 차원으로 내몬다.

서사의 흐름은 기만적으로 진부하다. 아버지와 아들이 모터사이클 여행을 한다. 그들은 미니애폴리스를 떠나 남북 다코타 주로 가고, 거기서 산맥을 넘어 남쪽의 산타로사와 베이 지역으로 간다. 아스팔트, 모텔, 로키 산맥 칼바람 속의 굽잇길, 안개와 사막, 물길, 그런 뒤 포도밭과 황갈색 해변에 이른다. 이런 현장에 퍼시그가 처음은 아니다. 케루악이 이미 왔었고, 험버트 험버트, 외로운 여행자를 다루는 일군의 소설, 영화, 텔레비전 드라마가 있었다. 그들은 넓은 하늘 아래 더위나 비를 뚫고 말없이 먼 길을 달리고, 네온사인 밝힌 이 모텔 저 모텔을 전전하며, 해질녘에 미국 교외, 싸구려 환락가, 폐기장에 산처럼 쌓인 중고차 분화구의 지독한 슬픔 속을 지나간다. 퍼시그는 먼 길, 거친 바람, 그리고 장거리 사이클링과 과도한 길거리 식사로 인한 내장의 불편함을 잘 안다. 하지만 이것은 이 책의 장점이 아니다.

다른 압박들도 있다. 열한 살짜리 동행의 이름은 크리스다. 그의 미숙한 사고, 위험한 사정의 무게가 갈수록 커진다. 어떤 면에서 이것은 넓은 어깨를 한 신의 사공, 여행자들의 수호성인인 성 크리스토퍼의 이야기라고 할 수 있다. 그는 아이의 모습으로 온 그리스도를 둘러메고 강을 건너다가 그 무게에 짓눌려 갈비뼈가 터지고 허벅지가 부러질 듯한 고통을 겪는다. 또 퍼시그는 (어쩌면 일급 예술가다운 불면의 박식을 통해서) 기독교의 그 이미지는 훨씬 더 오래된 것—켄타우로스는 어린 헤라클레스를 태운 '모터사이클리스트' 같은 생명체다—에서 기원한다는 것을 안다. 그들 부자는 소년의 영혼을 괴롭히는 기이한 소망에 따라 수수께끼처럼 쫓기며 어둠과 바람을 뚫고 달린다. 그렇다. 물론 모든 담시 가운데 가장 유명한 괴테의 "마왕Erlkönig", 그 다양한 음악적 설정의 일부가 모터사이클 엔진 소리 틈에 울리는 것 같다. 그 동화는 한밤의 약탈, 인간 영혼이 고대의 잠 또는 매혹에 사로잡히는 일을 이야기하고, 정화하는 힘이 있는 태평양에 때맞춰 이르지 못한다면 크리스가 그렇게 될지 모른다. 그러니까 작품에는 암시와 메아리가 넘친다. 말론 브란도의 영화 〈위험한 질주Wild Ones〉도, 폭주족 지옥의 천사들(신학적 추론이 가능하다)—콕토가 오래 전에 가죽 옷을 입혀서 영화에 담은 죽음의 선도대원들—도 있다. 상징, 암유, 원형이 너무도 풍성하고 생생해서, 강력한 상상력을 가진 사람만이 내적 필요에 따라 자료를 정돈하며 그것을 수용할 수 있다. 더 전문적인 창작자라면 절제하고, 신화를 누그러뜨렸을 것이다. 그리고 상징의 지나친 명확함을 민망해했을 것이다. 퍼시그는 스스로에게 폭넓은 순수함을 허용한다. 표면의 모든 것이 생기 있고, 또렷하고, 깔끔한 그림자를 드리우는 것이 미국 원시주의 화가의 설정 같다. 바탕에 깔린 의도가 상당히 은밀하고 독창적이기 때문이다.

퍼시그의 작품은 미국의 많은 고전 문학처럼 마니교적이다. 그것은 이원성, 갈등하는 두 축의 대립, 존재, 가치, 발화 규약으로 이루어진다. 아버지/아들, 정신 구조/기계 구조, (연료, 공간, 정치적 장치의) 현대적 스피드·균일성·소비/진정한 사고의 보존과 인내. 하지만 이런 대립들 자체는 모호하다. 그것은 커브를 도는 모터사이클처럼 우리를 흔들어서 중심을 잡기 어렵게 만든다.

파이드로스가 화자를 쫓는다. 어떤 면에서 그는 비밀 공유자, 강력한 질문자, 순수 지성의 압축이다. 그는 그의 이름을 단 플라톤의 대화편에서 직접 나왔고, 플라톤의 그림자가 살아 있는 생명을 쫓게 만든 장치는 그 자체로 퍼시그의 힘, 독자에 대한 장악력을 증명해준다. 하지만 그 추적은 내적인 것이다. 분열된 존재, 교차하는 정체성으로 뿌리까지 갈라진 것은 화자 자신이다. 아이의 정신, 그리고 어쩌면 그의 목숨까지 위협하는 것은 마왕이 아니라 아버지다. 크리스가 악몽을 통해, 아버지의 목소리에 담긴 기이함을 통해 이 사실을 깨닫는 일, 그리고 치유의 바다 앞에서 분열된 남자와 아이가 치르는 최종 결투는 처절한 힘이 있다. 크리스는 아버지가 과거의 어느 시절에 악령 들린 사람들처럼 제정신을 잃고 황홀경에 빠진 일이 있음을 감지한다. 오래 전 어느 병원 유리벽의 기억이 밀려든다. 파이드로스—길들지 않은 생각의, 사랑과 사회생활의 제약도 뛰어넘는 이론적 집착의 부드럽지만 무정부적인 힘—가 튀어나오려고 한다.

그의 눈길이 갑작스러운 내향적 섬광 속에 시든다. 그런 뒤 눈이 감기고, 그의 입에서 이상한 외침이 나온다. 먼 곳의 소리 같은 울부짖음이다. 그는 돌아서서 비틀거리다 쓰러져서는 허리를 접고 무릎을 꿇은 채 머리를 땅에 대고 앞뒤로 흔들린다. 옅은 안개를 실은 바람이 풀밭에 분다. 갈매기 한 마리가 근처에 내려앉는다.

안개 저편에서 트럭 기어 소리가 들린다……

기어, 포인트, 엔진-마운팅 볼트, 오버헤드-캠 체인-텐셔너, 체인 가드, 퓨얼 인젝터가 중요한 역할을 한다. 이것은 정말로 모터사이클 정비 기술, 두뇌의 집중, 엔진이 더위와 추위를 뚫고 아스팔트나 붉은 흙 땅 상관없이 경쾌한 소리를 내며 안전하게 돌아가게 만드는 손과 귀의 양심과 세심함에 대한 책이다. 이것은 현대인이 기계적 환경과 맺은 다양한 관계—낭비적, 둔각적, 아마추어적, 독단적, 실리적, 통찰적—에 대한 책이다. 모터사이클은 "강철로 구성된 아이디어의 체계"다. 파이드로스와 스승 플라톤은 강철 구조는 정신이 만들고 정신 안에 있는 완벽한 엔진의 이데아의 그림자로서, 당연히 열등하다고 생각한다. 화자는 이상에 대한 이런 중독에 진실이 있다고 인정한다. 하지만 그것은 위험한 진실이다. 그것은 우리가 감당하고 우리의 필요에 따라 성형해야 할 실질이고 재료다. 물질에도 엄밀함이 있다.

접합부가 수천 분의 1인치만큼 헐거우면 힘이 갑자기 강하게 전달되고, 로드, 베어링, 크랭크축 표면이 두드려 맞아서 처음에는 태핏이 헐거워진 듯한 소리가 난다. 내가 지금 이것을 살펴보는 이유가 그것이다. 정말로 로드가 헐거워진 것인데 분해 검사를 하지 않고 산으로 몰고 간다면, 이것은 점점 시끄러워지고 결국 로드가 떨어져 나와서 회전하는 크랭크축에 부딪혀 엔진을 망가뜨릴 것이다. 부러진 로드는 때로 크랭크실을 뚫고 들어가서 길바닥에 기름을 줄줄 쏟는다. 그러면 우리는 걷는 일밖에 할 수 없다.

이해의 두 분야―관념의 세계와 도구의 세계―가 이야기의 가장 재치 있고 다채로운 에피소드에서 구체화된다. 여행자는 몬태나의 대학으로 돌아간다. 여러 해 전에 그가 신경 쇠약과 파이드로스의 철학 ―진실의 절대적 가치, 도덕을 배양하는 교육을 주장하는― 때문에 떠난 곳이었다. 그의 집주인들은 완벽한 협곡의 완벽한 집에서 산다. 그들의 삶은 새로운 미국의 전원곡, 우리의 의식주가 목표하는 평온의 정수다. 입주 예술가 로버트 드위스가 조립하다가 실패한 실외 바비큐 회전

구이틀의 설명서를 가지고 온다. 의논은 깊어진다. 그것은 기계적 방식에 대한 언어의 한계를 다루고, 기계 조립을 오래 전에 잃어버린 조각彫刻의 한 분야—유기적 섬세함이 상업성의 무기력한 손쉬움에 배신당한—로 다루고, 또 기계 안에 기거하는 (아 데카르트의 그림자여) 유령에게 다가간다. 이 지점에서 퍼시그의 타이밍과 솜씨는 흠잡을 데가 없다.

하지만 늘 그렇지는 않다. 이 서부 여행은 긴 명상과 퍼시그가 '셔토쿼Chautauqua'[여름 학교]라고 부르는 설교로 점철되어 있다. 그 설교는 그의 목적에 부합한다. 그리고 이런 연설 중에 파이드로스적 내용이 표현되고 진단된다. 품행의 특성도 엔지니어링처럼 소비 사회의 천박한 실용성과 비교를 통해 논의되고 시험된다. 이런 산만한 논의, '가치 탐구'는 대체로 정교하게 구성되었다. 하지만 범용한 대목들, 독학자의 공격적 확신을 드러내는 칸트 철학의 단편적 요약, 오류(합리적 인간을 플라톤주의자와 아리스트텔레스주의자로 나눈 것은 콜리지가 아니라 괴테다), 화자가 전에 강력한 문제를 제기했던 서양 문명의 명저 세미나의 누더기도 있다. 교훈적이고 단조로운 촌스러운 목소리가 오래 이어진다. 하지만 이 책에는 영감이 있고, 우리를 잿빛 땅 곳곳으로 보낼 독창성이 있다. 그리고 바다가 가까워지면서 산들이 낮아질 때(그리고 환영에 사로잡힌 아버지와 아들), 그 서술 방식, 간결한 효과는 비평을 거부한다.

이것은 도구, 기계적 순서, 전문 기술의 형이상학에 대한 세밀한 보고서이자, 정신과 영혼을 강박에서 구원해내는 정체성 탐색의 전설이며, 미국인의 아이러니하고 비극적인 특징에 대한 명상이 계속 장황하게 끼어드는 소설이다. 『모비 딕』과의 유사성은 뚜렷하다. 로버트 퍼시그는 풍성한 비교를 가능하게 만들었다. 그것은 많은 점에서, 심지어 여자가 거의 등장하지 않는다는 것까지 포함해서 적절하다. 더 이상 무슨 말을 할 수 있을까?

1974년 4월 15일

희귀조RARE BIRD

가이 대번포트에 대해

켄터키 대학 영문학 교수 가이 대번포트의 작품은 쉽게 구할 수 없다. 그중에는 고대 그리스 서정시와 철학 번역 세 권—부분적으로 겹친다—도 있다. 『카르미나 아르킬로키: 아르킬로코스의 단편들』(캘리포니아 대학 출판부, 1964) 『헤라클레이토스와 디오게네스』(그레이폭스 출판사, 샌프란시스코, 1979), 『아르킬로코스, 사포, 알크만』(캘리포니아 대학 출판부, 1980) 이 그것이다. 단편 소설 선집도 세 권 있다. 『태틀린! 6편의 이야기』(스크리브너스, 1974), 『다빈치의 자전거: 10편의 이야기』(존스홉킨스 대학 출판부, 1979), 그리고 최근에 출간된 『전원시: 8편의 이야기』(노스포인트 출판사, 샌프란시스코, 1981)다. 같은 시기에 역시 노스포인트 출판사에서 나온 40편의 문학 비평과 산문집은 '상상력의 지형The Geography of the Imagination'이라는 제목이다. 케임브리지(영국) 문예지인 〈그란타〉(1981년 4호)는 대번포트의 「후지산의 57가지 풍경」을 실었다. 대번포트의 다른 책 세 권 『루이 아가시의 지성』, 『꽃과 잎』, 『사이도니아 플로렌티아』는 구하기가 거의 불가능했다.

대번포트 교수는 자신의 텍스트를 절묘한 콜라주로 꾸민다. 그는 벌과 개미가 즐겨 찾도록 방마다 설탕물 그릇을 둔다. 그리고 "메소로포스토니피돈Mesoroposthonippidon" 같은 제목의 이야기를 쓴다. 그는 에즈라 파운드에게서 우리 정치에 남은 빛나는 이성의 단편을 보고, 예술이 공민적 삶을 조직하는 방법에 대한 이해를 본다. 그는 볼셰비키 혁명도 필요했던 망상이라고 여긴다. 대번포트 교수의 작품은 사실 사생활 보호 활동이다. 그것들은 가면이나 가시 울타리처럼 그의 알쏭달쏭한 정체를 보호한다. 그에게는 소수의 열성 독자가 있고, 선두 주자는 휴 케너. 그의 교활한 까다로움의 일화는 여기저기 보인다. 대번포트의 '서평'을 쓰는 것은 어리석은 침범 행위 같다. 하지만 오늘날 우리 판타지의 황량한 상태를 보면, 이런 침범도 정당화될 수 있을 것 같다. 가이 대번포트는 지금 미국 문학에서 진실로 독창적이고 진실로 자율적인 소수의 작가 중 한 명이기 때문이다. 가이 대번포트와 윌리엄 개스를 빼면, 보르헤스, 레몽 크노, 칼비노와 나란히 놓을 작가가 별로 없다. 지금 성인의 꿈은 대번포트의 난해한 흔적들만큼이나 만나기 쉽지 않다.

대번포트의 문장 또는 짧은 문단―초기 그리스 시인과 소크라테스 전대前代 사상가들처럼 대번포트도 단편적 아포리즘이 핵심이다―은 바로 알아볼 수 있다. "흄 씨는 아침에 커피를 홀짝이는 동안, 아케이드, 건물, 창문, 종탑, 성당, 신문 조판 어디에서도 완벽하지 않은 비율을 볼 수 없었다. 아이와 노인은 그를 슬프게 했다. 모든 관념은 물질적인 것에서 음악처럼 솟아오른다."(『전원시』) "떨리는 광휘에서 한 무리가 나와서, 자신들이 죽은 자들의 영사라고 말했다. 한 사람이 손을 들었다. 그들의 귀족적 얼굴과 아름다운 발은 내게는 신처럼 보였고, 그 눈은 초조한 빛이었다."(『다빈치의 자전거』) "어린 시절과 사춘기 내내 북아메리카에는 지독한 별의 비가 왔다. 여러 날 밤 동안 운석의 불꽃이 하늘을 지지며 내려온 뒤 나는 티코 브라헤의 눈앞에서 타오른 '신성新星'에 대해 시를 썼고, 사자자리 유성군이 수 세기 만에 가장 격렬하게 쏟아진 직후 불의 폭포에서 뛰어오르는 말의 유령에 대해 첫 단편 소설을 썼다."(『태틀린!』) "코렐리의 사라방드, 벽난로 앞의 좋은 대화, 일몰 이후 물결과 나무를 현악기로 만드는 질풍."(『전원시』) 이 서평 전체를 인용문의 모자이크와 몽타주로 만드는 것도 나쁘지 않을 것이다. 하지만 대신 "57개의 풍경"의 한 미니 챕터 ―결합된 문단― 전체를 옮겨보자.

그 모든 걸 다시, 그가 말했다. 그 모든 걸 다시 보고 싶어. 피레

네 산맥의 마을들, 포 시市, 도로들. 프랑스 커피에 섞인 흙, 브랜디, 건초 냄새를 다시 맡고 싶어. 일부는 변했겠지만, 전부는 아닐 거야. 프랑스 농부는 영원해. 나는 정말로 그가 떠날 가능성이 있는지 물었다. 그의 미소에는 체념한 아이러니가 담겼다. 그가 말했다. 성 안토니오가 알렉산드리아로 전차를 타고 가지 않은 걸 누가 알아? 수 세기 동안 사막의 수도자가 없었으니 게임의 규칙이 혼란스러워. 그는 왼쪽의 들판을 가리켰다. 우리가 걷는 참나무와 풍나무 숲 저편 밀을 벤 들판을. 거기서 나는 존 바에즈에게 여자 발을 다시 한 번 보게 신발과 스타킹을 벗어달라고 부탁했다. 봄의 밀밭 앞에서 그녀는 너무도 아름다웠다. 오두막에 돌아와서 우리는 산양 치즈와 소금 뿌린 땅콩을 먹고, 위스키를 젤리 잔에 담아서 홀짝거렸다. 그의 테이블에는 니카노르 파라와 마르그리트 유르스나르가 보낸 편지들이 있었다. 그는 위스키 병을 창밖에서 들어오는 차고 밝은 켄터키 햇빛을 향해 들어올렸다. 그런 뒤 야외 화장실로 나가서 거기 자주 오는 검은 뱀을 쫓으려고 징 박힌 구두로 문을 걸어찼다. "나가! 나가! 망할 놈아! 나갔다가 다시 와."

가이 대번포트는 산문도 시만큼 공들여 작성해야 한다는 에즈라 파운드의 명령에 충실했다. 그는 속도 조절의 대가다. 짧은 문장과 단편적 어구들은 예기치 못한 쉼표를 통해서, 맑은 물에 떨어진 일본 종이꽃처럼 풍성한 연쇄를 일으킨다. 대번포트의 걸음에는 에릭 사티의 음악처럼 간명하고도 재미난 서정성이 있다. 이것은 문법과 관련해서 하는 말이다. (때때로 거트루드 스타인을 상기시키는, 역사적 현재의 능숙하고 변덕스러운 용법을 보라.) 어휘의 경우는 (특히 최근의 텍스트에서) 다르다. 그것은 바로크적이고, 까다롭고, 기막히게 창의적이다. 「베르길리우스의 시행에 대해」의 예를 들어보자. 그것은 『전원시』에 나오는 긴 몽타주 이야기인데, 현대 문학 전체에서 가장 재미있고, 점잖게 외설적인 성적 각성 묘사이기도 하다. 독자는 "gressorial(보행 가능한)," "tump(작은 언덕)," "grig(덩치가 작고 명랑한 사람)," "nuchal(목덜미)," "daddled(사기당한)" 같은 특이한 단어를 만날 준비를 하고 있어야 한다. 독자는 대번포트가 아리송하지만 쉽게 짐작할 수 있는 동사의 대가임을 알게 된다. 'to jaunce(말이 껑충껑충 달리다)', 'to shirre cingles(허리띠에 주름을 잡다)', 'to snoove(꾸준히 전진하다)' 같은 단어들은 꼭 셰익스피어의 보텀*이 말하는 꿈의 사전에서 나온 것 같다.

이런 번득이는 어법은 물론 대번포트의 유쾌한 박식에서 비롯된 것이다. 그는 공개되거나 감춘 인용, 암유, 서지 정보, 현학적 말장난을 들숨과 날숨처럼 호흡한다. 내가 위에 가져온

---

* 『한여름 밤의 꿈』에 나오는 캐릭터.

단순하고 서정적인 대목에서도 박식의 요구가 독자를 압박한다. 흄 씨는 파운드에게 영향을 준 런던의 이미지스트 대가이자 철학자-시인인 T. E. 흄을 가리키는데, 그도 자신의 성이 위대한 철학자 데이비드 흄과 같다는 점을 언급했다. 티코 브라헤의 폭발하는 신성 관측은 천문학과 우주론의 역사에서 우리를 중국의 선례로 이끌고 가는 사례다. 아르칸젤로 코렐리(1653~1713)는 바로크와 전근대 음악의 거장으로, 그 맑은 질감과 우아함은 20세기 초에 파운드 등에 의해 재발견되었다. 사라방드는 "질풍"과 대조되는 엄숙한 춤이다. "57가지 풍경"의 그 대목을 충분히 음미하려면 우리는 성 안토니오에 대한 고대 교부학, 플로베르에 대해 무언가 알아야 하고, 존 바에즈뿐 아니라 니카노르 파라와 마담 유르스나르도 알아야 한다. 하지만 이것은 대번포트가 최고 걸작 「피카소의 죽음」이나 소품 「볼로냐의 눈부신 빛」(이 역시 과거를 강력하게 상기시키는 인용이다)에서 독자에게 요구하는 것과 비교하면 평범한 수준이다.

그런 학구성, 지식에 대한 그런 지독한 욕망은 대번포트를 명확한 전통 속에 위치시킨다. 이 부류의 지존至尊인 콜리지는 "도서관 가마우지", 즉 신경이 주석에 반응하게 만들어진 사람들에 대해 말했다. 버턴의 『우울의 해부*The Anatomy of Melancholy*』는 자주 대번포트의 모자이크 같은 암유의 선구자라는 느낌을 준다. 나보코프—그가 푸시킨의 『예브게니 오네긴』에

붙인 주석과 색인의 미친 즐거움을 보라―와 보편의 도서관에 기거하는 보르헤스도 여기 속한다. 파운드는 여기서 다시 대번 포트에게 필수적이다. 대번포트의 우화와 산문 콜라주는 여러 모로 온갖 것을 담은 파운드의 『칸토스』의 대응물이자 거기 두른 화환이다. 파운드와 대번포트는 진실로 문화적 잡식성, 세계의 미적-시적 재산 전체를 끌어안으려는 시도를 대표한다고 보이고, 그것은 아주 미국적인 일이다.

가이 대번포트가 미국적인 또 한 가지는 외면적으로 완전히 반대 같은 야생의 비형식성, 순수한 무학 無學의 공간에 대한 매혹이다. 해질녘의 모닥불, 메인 주의 숲과 버몬트 주 들길의 젖은 발걸음, 여름날 인디애나 주와 켄터키 주의 느릿한 열기 속에 사각의 수영장으로 다이빙하는 일―대번포트는 이런 것에 매혹된다. 그는 미국의 아르카디아에 관능적으로 몰두하는 점에서 소로 및 마크 트웨인과 비슷하다. 그는 버지니아 주 언덕의 단풍과 포코노스 산맥의 검은 물웅덩이를 노래한다. 어두운 밤 비를 피해 들어간 화이트 산맥 중턱의 옛 물방앗간에서 대번포트는 자신의 행운을 만난다. "흰 바지를 입은 숲쥐, 거미, 그리고 물론 도마뱀도 있어. 내가 말했다. 우리는 그들하고 모두 친구가 될 거야."(「57가지 풍경」)

비잔틴 식의 높은 교양을 극도로 미국적인 지상에 대한 귀속감과 결합시키는 것은 대번포트의 천재성이다. 이런 상호 작용은 그의 작품 전체에 엉뚱한 신선함, 불경한 경건함을 안겨준다. 존 바에즈의 이름이 마르그리트 유르스나르의 엄격한 고전주의와 부딪힐 때 느껴지는 관능적-지적 인식의 복잡하지만 자연스러운 충격을 보라. 그 문단의 마지막 순간을 보라. 검은 뱀을 쫓는 일보다 더 토착적인 것은 없다. 하지만 우리는 고대 성소를 지킨 뱀들을 알고, D. H. 로렌스의 사랑스럽고 너그러운 시에 비슷한 순간이 있다는 것도 알고, 대번포트도 우리가 그것을 알기를 바란다. 대번포트의 주요 장치는 몽타주와 콜라주를 통해 시간과 공간, 경험과 순수성을 연결, 일치, 교차 직조하는 것이다. 라스코 선사 시대 동굴의 들소는 무의식적으로 고야의 에칭에 나오는 황소 및 피카소의 〈게르니카〉와 통한다. 모든 시간, 물체, 형체는 서로 얽혀서 다양한 통일성의 아라베스크를 이룬다. 오비디우스는 동물로 변하는 사람들을 이야기하고, 다윈은 사람으로 변하는 동물을 말한다. 과학과 시는 인간 지성의 같은 음악, 같은 조화에서 나오는 것이다. 예술은 무언가를 정확히 보는 일, 아가시Agassiz만큼 정확히 보는 일이다.

그는 피카소와 첼리체프와 같은 정신의 소유자다. 그들은 변화를 한 가지 형태의 무한한 다양함으로, 창작의 첫 순간에 만들어진 주제의 변이로 생각했다. 아가시에게 자연의 관념들은 피카소에게 이미지가 갖는 의미와 같다. 속屬과 종種은 아마도 자연이 모든 가능성을 완성시키는 이상적 형식일 것이다. 시간은 논의에 들어올 필요가 없다. 뱀과 새와 익룡은 모두 같은 작업장에서, 같은 '재료'로 만들어졌다. 서로에게서 만들어졌다고 할 필요가 없다. 구조라는 주제에 매혹된 예술가가 그들 모두를 만들었다.(『지형』)

위대한 신플라톤주의 몽상가 플로티노스도 이렇게 말할 수 있었을 것이다. 미국 사람 중에는 에머슨의 신조다. 대번포트의 작품에는 변형적 통일성이 있다. 나무가 그의 책이 된 종이에 계속 살아 있는 것처럼. ("중성지에 메이플-베일 사 인쇄"라고 노스포인트 출판사의 판권면에는 적혀 있다.)

그 결과 대번포트의 '픽션들'과 이제 처음 책으로 묶인 문학 비평은 전술 또는 태도에서 별다른 차이가 없다. 양쪽 모두 각진 우아함, 박식, 재미가 뚜렷하다. 대번포트 교수는 찰스 올슨, 루이 주코프스키, 마리안 무어, 유도라 웰티에게 찬사와 예리한 정의를 선물한다. (웰티에 대한 글은 그녀의 신중하지만 연민 어린 예술을 가장 뛰어나게 분석한 글 중 하나다.) 파운드에 대한 몇 편의 글은 눈부시다. 작곡가 찰스 아이브스에 대해서는 짧은 경례 뒤에 핵심적 비판을 전개한다. 아이브스에 대한 선구적 연구는

아이브스를 미국 예술의 수줍은 유령으로 만든 악령에 붙들렸다. 우리가 멜빌을 알아보는 데 얼마나 많은 시간이 걸렸나! 우리

는 아직도 포의 위대함을 모른다. 우리의 휘트먼과 소로는 진정한 휘트먼과 소로가 아니다. 스티븐 포스터에 대한 우리의 이해는 잘못되고 모호하고 부족하다. 위대한 형식주의 화가 그랜트 우드는 유럽에서라면 일파를 세웠을 것이다(『지형』)

대번포트 교수는 비트겐슈타인-거트루드 스타인의 언어 게임과 그것을 실행한 윌리엄 칼로스 윌리엄스도 조명한다. "그가 『패터슨*Paterson*』 앞부분에 목줄 없는 개는 공원에 들어갈 수 없다는 안내문을 인용한 것은 우리에게 스타인-비트겐슈타인적 순간을 보여주고 싶어서다. 그 안내문은 목적을 담고 있지만, 개는 글을 읽지 못하기 때문에 그 안내문은 이성의 잠 속에 존재한다." 고야의 작품을 가리키는 이런 은근한 표현은 대번포트의 대표적 특징이라고도 할 수 있다. 이런 비평에 결점이 있다면 관대함의 결점뿐이다.

하지만 이런 너그러움과 가벼운 터치가 대번포트를 드러내주기도 한다. 에즈라 파운드가 "미국이 돈을 발행하지 않고 사설 은행 한 곳이 발행하는 돈을 빌린다는 단순한 사실"에 광분했다는 말은 맞지 않는다. 그는 또 덧붙인다. "우리가 정부에 내는 지긋지긋한 세금은 실제로는 근절도, 변제도 불가능한 영구 부채에 대한 이자다."(『지형』) 대번포트의 문장을 보면 그가 파운드적 광기의 경제학에 정서적 또는 이성적으로 (또는 양쪽다) 동조한다는 느낌이 든다. 이 "시시포스적 경제적 광기"가

유대인의 국제 금융 음모에 대한 파운드의 견해를 설명해준다고 대번포트는 말한다. "그의 전망의 구조는 그랬다." 그 전망은 더욱 역겨운 반유대주의, 반미국 선전 문학으로도 이어졌다. 물론 파운드의 개인적 행동과 정신적 기질의 문제는 아주 복잡하다. 하지만 대번포트의 경쾌한 우아함은 (다른 "고전적 예술가들"과 마찬가지로 그에게도) 중요한 문제의 뇌관을 제거한다. 에즈라 파운드와 독일 철학자 마르틴 하이데거는 우리 시대의 주요한 인문학의 대가들이다. 즉 그들은 생태계 파괴, 개인 생활의 저속화, 대량 소비 사회를 특징짓는 맹목적 탐욕에 대해서 어떤 20세기 시인 또는 사상가보다 더 권위 있고 서정적으로 발언했다. 파운드의 "칸토스"와 하이데거의 형이상학 및 인간학 관련 글은 우리에게 이 고통받는 행성에서의 공민적 점잖음과 인간적 귀속감에 대한 고전적이고 유교적인 이상을 다시 강력하게 전달해준다. 하지만 두 사람의 인생과 발언은 전체주의적, 파시즘적 비인간성과 깊이 연결되어 있다. 그 근원은 무엇인가? 높은 교양을 지닌 자들이 야만주의에 빠지는 것은 무엇 때문인가? 대번포트는 이것을 지나친다.

이것은 두 번째 중요 지점에서도 마찬가지다. 대번포트의 '픽션'과 사상의 세계는 호모에로티시즘의 세계다. 「피카소의 죽음」은 프루스트 이후 동성애를 다룬 드문 걸작 중 하나다. 하지만 대번포트는 이 에로스가 현대 미술, 사상, 사회 의식의 중추 신경에 미치는 압력에 대한 명료한 인지를 피한다. 이 회피 때문에 이 비평집에 실린 비트겐슈타인 비평이나 그의 작품 곳곳에 박힌 비트겐슈타인에 대한 암유와 표현이 시시해진다.

나는 이것이 우연한 침묵이 아니라고 생각한다. 파운드의 미학, 예술과 인간 사회의 건강에 대한 파운드의 견해는 대번포트의 기획의 핵심에 자리한다. 그의 폐쇄적인 재치, 인간 담론과 제스처에 대한 질문의 회피가 비트겐슈타인에게 의지하는 것은 고대 그리스 서정시가 소크라테스 전대의 수수께끼와 은유에 의존한 것만큼이나 직접적이다. 가이 대번포트는 파운드건 비트겐슈타인이건 그들의 비극적 실체와 그 입장들의 넓은 맥락에서의 의미를 파악할 생각이 없기 때문에 그런 핵심에 대해 침묵하게 되었다. 대번포트는 자신과 독자 모두가 자기 강점의 전면적, 또는 무정부적 전개에 부딪히지 않도록 보호하는 것 같다. 어떤 까다로움과 양심이 대번포트 교수와 그의 악마 사이를 가로막고 있다.

하지만 이미 미국 문학이라는 노출된 공간에서 질서와 우아함을 신경 쓰는 사람이라면 누구나 대번포트에게 빚을 지고 있다. 영국의 부루퉁한 표현을 빌리자면, 그는 '모두가 좋아할 만한 차※는 아니다.' 하지만 점점 더 많은 사람에게 감로수가 될 거라고 나는 확신한다.

1981년 11월 30일

죽은 편지들DEAD LETTERS

존 바스에 대해

　　존 바스의 소설 『편지들Letters』의 제조법은 그다지 우아하지 않다. 먼저 역사와 문학의 개론서를 몇 권이든 가져다가 책장을 앞뒤로 넘겨가며 열심히 살펴본 뒤, 772쪽에 이르는 텍스트에 다음과 같은 문단들을 집어넣는다.

　　장 칼뱅, 조르조 드 키리코, 스코틀랜드의 제임스 3세, 카를 오르프, 카미유 피사로, 마르셀 프루스트, 제임스 맥닐 휘슬러의 생일이다. 연합국은 시칠리아에 상륙 중이다. 아폴로 11호에 누출 사고가 일어났다. 필모어 부통령이 재커리 테일러의 뒤를 이어 미국 대통령이 되었다. 미국 해병대 제1분견대가 베트남을 떠나고 있다. 벤저민 프랭클린이 이로쿼이 6부족 연맹을 모델로 식민지 연합을 만들자고 제안했다. 독일이 영국 폭격을 시작하고, 베르사

유 조약을 비준했다. 토르 헤위에르달의 배 '라Ra'가 거친 바다에서 다시 발이 묶였고, 바베이도스 제도까지 가지 못할지도 모른다. 한국전쟁 휴전 협상이 시작되었다. 주식 시장은 하락세를 이어가고, 우드로 윌슨은 미국 상원에 국제연맹 제안서를 제출했다.

이런 공시共時적 목록은 과거와 현재, 기억과 꿈, 실체와 허구가 하나의 구조를 이룬다는 것을 보여준다. 우리의 존재, 우리 머릿속의 덧없는 그림자들은 하나의 긴 'Wiedertraum'(바스가 쓴 단어), 즉 다시 꾸는 꿈이다. 맥동하는 시간의 거미줄에서는 '모든 것'이 연결되어 있다. 버트런드 러셀이 간명하게 물었다. 우주의 역사 전체가 인간 정신이 지나간 찰나에 상상한 것이 아니라는 증거가 무엇인가? 보르헤스는 이 가능성을 차분한 한 개의 문장으로 설명할 수 있다.

두 번째 단계: 독자가 자신의 작품 전체를 완벽하게 알고 있다고, 그 플롯, 암유, 등장인물, 문체의 기법을 다 꿰고 있다고 가정한다. 그래서 페이지마다 약간 장난스럽고 수줍게 『물 위의 오페라 극장』, 『길의 끝』, 『담배 도매상』, 『염소 소년 자일스』, 『환상의 집에서 길을 잃다』, 『키마이라』를 언급한다. 그리고 지적 나르시시즘의 황홀경 속에 한 걸음 더 나아간다. "편지들"의 주인공이 거울의 방에서 이전의 이런 모든 단계를 발견하고, 읽고, 그에 대해 언급하게 한다. 그런 뒤 외줄에서 자기라는 안전망으로 뛰어내리면서, 새 소설에 제이콥 호너라는

사람을 소개한다. 그는 전에 출간된 더 좋은 책에 나오는 사람으로, 투명할 만큼 자전적이다. 아니로다(바스 교수가 모방하는 아우구스투스의 서간체를 본떠서), 그 호너는 이중 형태로 갈라야 한다. 재동원 농장Remobilization Farm의 제이콥 호너가 재동원 농장의 제이콥 호너에게 자폐성 열정으로 편지를 쓴다. 이전 소설의 인물이 다시 자신을 꿈꾼다. 하지만 이것은 피란델로가 먼저 그리고 뛰어난 솜씨로 시도한 일이다.

세 번째 단계: 의심할 나위 없이 박식한 영미 문학 교수이자 18~19세기 유럽 문학에도 상당한 지식을 가진 자로서, 신중하게 준비한 학계의 밀짚으로 거대한 벽돌(『편지들』은 『백치』, 『율리시즈』, 『마의 산』보다 길다)을 굽는다. 즉 그 책은 문학적-역사적-문체적 원천과 암유를 겹겹이 담은 기록물이 된다. 이 책의 바탕에는 새뮤얼 리차드슨의 『클라리사』, 괴테의 『베르테르』, 그리고 가장 뛰어나고 냉혹한 라클로의 서간체 소설 『위험한 관계』가 깔려 있다. 글은 계속 초서에서 T. S. 엘리엇에 이르는 영미 문학사의 이름·사건·문장에 토대한 인용, 이합체離合體,* 약성어 장난으로 이루어져 있다. 이 작품은 일차적으로 18세기 서간체 소설의 패스티시이기 때문에, 디포. 스위프트, 존슨이 넘쳐난다. 하지만 형이상학파 시인들, 셰익스피어, 미국 유

---

* 시행의 (대개) 첫 글자들로 별개의 의미를 표현하는 일.

머 작가들도 많다. 4월은 당연히 "가장 잔인한 달"이다. 혈통을 자세하게 거듭 소개하는 일은 포크너, 특히 「곰」의 어두운 목록을 상기시킨다. 하지만 그 씨실과 날실은 엄격한 의미의 문학에서만 나오지는 않는다. 그것은 잘 알려지지 않은 전기적 사실에서도 나온다. 스탈 부인과 그녀의 고통받은 애인 뱅자맹 콩스탕의 인생, 사랑, 견해를 모르고는 『편지들』을 이해할 수가 없다. 바이런 경의 에로틱한 편력도 잘 알아야 한다. (스탈 부인은 바이런을 만났다.) 조지 노엘[바이런]과 코린[스탈 부인의 소설 속 등장인물]의 삶과 상상에서 나폴레옹이 행한 중요한 역할을 알고, 1815년 나폴레옹의 미국 도피 소문, 제롬 보나파르트의 실제 미국 방문, 그리고 이 유명한 방문에 대한 미국 내목격자 또는 후손과 관련된 온갖 박식한 암시로 나아간다. 역사와 문학의 인물들을 되살리는 것은 새로운 것도 잘못된 것도 아니다. 하지만 바스는 운이 없다. 그의 앞에, 바로 그 영역에 거인들이 있었다. 빛나는 제네바 호수가의 스탈 부인-바이런의 세계는 나보코프의 『아다』에서 유령 같은 마법을 발휘한다. 『베르테르』는 토마스 만의 『바이마르의 로테』에서 완전한자제력의 활기를 띠고 다시 태어난다.

그런 재료들 자체는 다소 소화하기 힘든 강의실용 수플레를만들 것이다. 여기에 주석, 주해, 각주, 해석, 설명, 기호 분석, 심리역사적·세미나-카발라적 논평이 필요 없는 페이지는 거의 없다. 학계의 복닥거리는 미로에 탬버린을 울려라. 바스 교수의 텍스트는 메아리의 짜깁기일 뿐 아니라 이 메아리가 자주 두 배로, 세 배로 장난을 치기 때문이다. 암브로스 멘슈는 "버베나 하자"고 제안한다. 아! 프루스트가 '섹스한다'는 뜻으로 쓴 유명한 '카틀레야 하다faire cattleya'를 본뜬 것이다. 신입생 같은 장난이다. 하지만 잠깐. 바스 박사는 이제 우리를 프루스트에게 데려가지 않는다. 그는 괄호를 치고 묻는다. "모파상의 단편 소설 「창문」을 아는가? 구애자를 시골 성으로 초대하는 버베나 향 여자의 이야기를?" 각주들은 교실을 떠나 모파상의 단편 소설 전집이 있는 곳으로 달려간다. 이제 끝인가? 그렇지 않다. "버베나 향"은 무언가를 상기시켜야 한다. 아, 알았다. 포크너의 소설집『정복되지 않은 자들』의 "버베나 향"이다. 이렇게 둔할 수가! 존스홉킨스 대학 100주년 기념 영문학 및 문예창작 명예 교수이자 국립 예술원과 미국 예술과학 아카데미 회원인 (이것 말고도 더 있다) 존 바스는 웃고 있다.

존 바스는 멋대로일지언정 똑똑한 작가다. 패러디, 패스티시, 개작rifacimento, 풍자에 이례적인 감각이 있다. 문학, 역사, 1812년 전쟁, 미국 영화사, 메릴랜드의 동식물지에 대한 그의 지식은 엄청나다. 거칠 때도 많지만 섹슈얼리티, 인간 육체의 에로틱한 맥박에 대한 표현은 강한 설득력이 있다. 그는 물론 앞으로 더 좋은 책을 쓰겠지만, 이 책에서는 인식과 언어적 기술의 빼어난 기교가 거대한 낭비를 이룬다. 바스 교수는 장황함을 줄이고 싶지 않았다 해도, 그에게 분량을 3분의 1로 줄이고 노골적인 자기 지시를 빼버려도 똑같이 재미있고 효과적이었을 거라고 말해줄 담력 또는 애정이 있는 사람이 없었나? 이런 슬픔은 이 책에만 해당되지 않는다. 그것은 오늘날의 '대형 출판'의 분위기, 즉 오만한 동시에 줏대 없는 '블록버스터' 사냥과 관계된다. 그리고 특히 '일급 소설'에 대한 권위 있는 서평 집단의 부재와도 관련된다. 고통받는 서평가들 중 얼마나 많은 수가 이 '새로운 희극적 걸작'(광고문 작성가들은 이런 말을 해야 한다)을 비평적 검토는 고사하고 읽기라도 할 시간을 낼 수 있을까? 하지만 문학의 명예는 오직 비평이 엄중하고 부끄럽지 않은 곳에 있다. 나르시시즘은 지금 미국의 상황에 달라붙은 유행 표지標識이다. 그런 판정은 명백히 시류적이고 과도한 단순화다. 하지만 정밀하고도 그로테스크하게 『편지들』은 그런 시각을 기록하는 것 같다.

작가에게 보내는 편지: 존 바스 교수님. 프랑스에는 ―(선생님이 좋아하는 대작가인 로런스 스턴의 말대로) 그들은 이런 일을 더 잘 합니다― 이런 속담이 있습니다. 나쁜 책은 좋은 숲의 죽음이다.

1979년 12월 31일

거울 속의 호랑이들TIGERS IN THE MIRROR

호르헤 루이스 보르헤스에 대해

오늘날 호르헤 루이스 보르헤스의 세계적인 명성은 일부의 사람에게는 불가피하게 개인적 상실감을 수반할 것이다. 오랫동안 소중히 간직하던 전망(에든버러 플레전스 60번지 뒤편에서 바라본 아서스시트 봉우리의 독특한 그림자, 또는 내가 다니는 치과의 높이와 조명 덕분에 갈색의 깊은 협곡처럼 보이는 51번가), 내면의 눈을 위해 고른 품목이 관광 상품이 될 때처럼. 보르헤스의 광채는 오랫동안 비밀스러웠고, 복된 소수에게만 알려졌으며, 낮은 목소리와 상호 인정 속에 교환되었다. 그의 첫 작품을 얼마나 많은 사람이 알았을까? 그것은 작가가 일곱 살 때 부에노스 아이레스에서 영어로 쓴 그리스 신화 요약본이었다. 또는 확연한 전조를 보인 1907년의 '작품번호 2'는? 그것은 오스카 와일드의 「행복한 왕자」의 스페인어 번역이었다. 오늘날

「피에르 메나르, '돈키호테'의 저자」가 경이로운 작품이고, 이 짧은 우화에 보르헤스의 수줍은 천재성의 여러 면모가 고스란히 담겨 있다는 평가는 진부한 말이 되었다. 하지만 그 소설이 실린 『갈림길의 정원El Jardin de Senderos Que Se Bifurcan』 초판본을 가진 사람이 몇이나 될까? 10년 전만 해도 'H. 부스토스 도메크'라는 이름이 보르헤스가 동료 아돌포 비오이 카사레스와 공동으로 사용한 필명이라는 것, 델리아 잉헤니에로스와 함께 고대 게르만 및 앵글로-색슨 문학에 대한 심오한 논문(멕시코, 1951)을 쓴 그 보르헤스가 진정한 거장임을 아는 것은 대단한 박학의 표시였다. 그런 정보는 굳세게 지켜지고, 드물게 보급되고, 맞닥뜨리는 일 자체가 거의 불가능했다. 그것은 보르헤스의 시, 소설, 에세이 자체도 마찬가지였다(그것들은 흩어지고 절판되고 가명으로 출판되었다). 나는 리스본의 한 서점의 휑한 뒤편에서 선구적 안목을 지닌 어떤 이가 내게 (1950년대 초였다) 보르헤스가 번역한 버지니아 울프의 『올란도』, 카프카의 「변신」 부에노스아이레스 판에 그가 붙인 서문, 존 윌킨스 주교가 만든 인공 언어에 대한 중요 에세이(1942년 〈라 나시온La Nación〉에 발표), 그리고 (희귀본 중의 희귀본인) 『내 희망의 크기Dimensions of My Hope』—1926년에 발간되었지만 보르헤스의 소망에 따라 재쇄를 찍지 않았다—를 보여준 일을 기억한다. 그는 이 몇 개의 작품을 까다롭고도 우쭐한 태도로 내 앞에 전시했다. 그것은 당연했다. 나는 그 비밀 장소에 늦게 도착했다.

전환점은 1961년에 왔다. 베케트와 보르헤스가 포르멘토르 상을 받았다. 1년 뒤에 보르헤스의 『미궁』과 『픽션들』이 영어로 나왔다. 명예가 쏟아졌다. 이탈리아 정부는 보르헤스에게 '콤멘다토레Commendatore' 기사 작위를 수여했다. 드골은 말로의 제안에 신화의 대가인 그의 동료 작가 보르헤스에게 프랑스 문학예술 훈장을 주었다. 그는 갑자기 유명인이 되어 마드리드, 파리, 제네바, 런던, 옥스퍼드, 에든버러, 하버드, 텍사스에서 강연을 했다. 보르헤스는 이렇게 회상한다. "내가 꽤 나이가 들어서야 많은 사람들이 내 작품에 관심을 보이기 시작했다. 그것은 이상하게 느껴졌다. 내 많은 작품이 영어, 스웨덴어, 프랑스어, 이탈리아어, 독일어, 포르투갈어, 여러 슬라브 언어, 덴마크어로 번역되었다. 이런 일은 내게는 언제나 놀랍게 여겨진다. 내가 책을 내고 (아마 1932년일 것이다) 그해 연말까지 무려 37부나 팔렸던 일을 기억하기 때문이다!" 그 빈약함에는 보상이 있었다. "그 사람들은 진짜다. 그 사람들 하나하나가 자기 얼굴과 가족이 있고, 자신의 거리에 산다. 우리가 책을 2천 부를 판다면, 하나도 팔지 않은 것과 똑같다. 2천이라는 수는 상상력으로 포착하기에는 너무 크기 때문이다…… 어쩌면 열일곱 또는 차라리 일곱이 더 좋을 것이다." 이 숫자들은 모두 상징적 역할이 있고, 보르헤스의 우화에서 카발라적으로 줄어드는 숫자들도 마찬가지다.

오늘날 그 비밀스러운 37부는 하나의 산업을 낳았다. 보르헤스에 대한 비평적 해설, 인터뷰, 회상록, 계간지 특별호, 특별판―모든 것이 많고 많다. 1964년에 파리 레른 출판사가 출간한 520쪽 분량의 주해, 전기, 서지학적 보르헤스 편찬은 이미 옛것이 되었다. 온갖 논문이 나왔다. "보르헤스와 베오울프," "서구가 후기 보르헤스의 서사 속도에 미친 영향," "'웨스트 사이드 스토리'에 대한 보르헤스의 수수께끼 같은 관심"("나는 그걸 여러 번 보았다."), "보르헤스 작품 속 단어 틀뢴, 우크바르의 실제 기원," "보르헤스와 조하르" 등등. 오스틴의 텍사스 대학에서는 보르헤스 주말이라는 행사가 있었고, 와이드너에서는 세미나가 열렸으며, 오클라호마 대학의 대형 심포지엄에는 보르헤스가 직접 참석해서 그의 또 다른 자신―그의 표현을 빌리면 '보르헤스와 나Borges y yo'―이 학술적으로 축성받는 것을 지켜보았다. 보르헤스 연구 저널이 준비되고 있다. 그 첫 호는 보르헤스의 예술에서 거울과 미로의 기능, 또 거울 안쪽 또는 고요한 크리스탈 미로에서 기다리는 꿈의 호랑이들을 다룰 것이다. 학계의 떠들썩한 행사들과 함께 마임이 왔다. 보르헤스의 태도는 폭넓게 모방되었다. 많은 작가, 심지어 예리한 대학생들도 흉내 낼 수 있는 마법적 방식들이 있다. 보르헤스 어조의 자기 비하적 편향, 서사 곳곳에 뿌려진 문학적·역사적 지칭의 오컬트적 환상화, 직접적 진술과 완곡한 회피의 교차가 그것이다. 보르헤스 세계의 핵심 이미지와 특징적 표시는 문학의 화폐가 되었다. "나는 미로와 거울과 사자와 그런 모든 것이 지겨워졌다. 특히 다른 사람들이 그것을 사용할 때 그렇다…… 그것은 모방자들의 이점이다. 그들은 내 문학의 문제 하나를 치료한다. 이런 생각이 들기 때문이다. '이제 너무 많은 사람이 이런 일을 하고 있어. 나는 더 이상 이걸 할 필요가 없어. 다른 사람들에게 그걸 맡기자. 잘된 일이야.'" 하지만 유사-보르헤스는 의미가 없다.

문제는 이것이다. 그토록 특화되고, 극단적으로 사적인 감성과 복잡하게 얽힌 전술은 넓고 자연스러운 반향을 일으킬 수밖에 없다. 루이스 캐롤처럼, 보르헤스는 자폐적 꿈—일정 정도 독특한 사적 조건에서 나오는—으로 전 세계 독자들이 익숙하게 이해하는 장면들, 신중하지만 강력한 소환장을 만들었다. 우리의 거리와 정원, 따뜻한 빛 속을 달려가는 도마뱀, 우리의 도서관과 원형 계단은 점점 보르헤스가 상상한 모습을 닮아가지만, 그의 통찰력의 원천은 여전히 환원 불가능하게 독특하고 비밀스럽고 때로는 광기에 사로잡혀 있다. 환상적으로 사적인 세계의 모델이 그것이 창조된 거울 밖으로 뛰어나가서 인식의 일반적 풍경을 바꾸는 과정이 눈앞에 확연히 보이지만 그것을 논의하기는 매우 어렵다(카프카에 대한 방대한 비평 문헌은 상당수가 좌절한 장광설이다). 보르헤스가 상상력의 더 넓은 무대에 입장한 일에는 물론 극도로 엄격한 지역적 관점과 언어적 솜씨가 선행되었다. 하지만 그것만으로는 부족하다. 실제로 그의 마력은 형편없는 번역으로도 꽤 잘 전달된다. 병에 든 편지―카발라 암호에 투명 잉크로 적은 뒤, 깊은 겸손에서 나오는 무심한 태도로 아주 연약한 병에 담은―는 7개 바다를 건너서(물론 보르헤스의 지도에는 더 많은 바다가 있고, 그것은 7의 배수다), 모든 종류의 해안에 닿았다. 그의 스승들과 초창기 동료들―루고네스, 마세도니오 페르난데스, 에바리스토 카리에고―을 전혀 모르는 사람들도 또 부에노스아이레스의 팔레르모 지역과 가우초gaucho 문학을 이름만 아는 사람들도 보르헤스의 『픽션들』을 만났다. 어떤 의미로 보면, 아르헨티나 국립도서관장[보르헤스]은 오늘날 가장 독창적인 영미권 작가라고도 할 수 있다.

이런 치외법권이 실마리일지도 모른다. 보르헤스는 보편주의자다. 그것은 그의 성장기와도 관계가 있다. 그는 1914년에서 1921년까지 스위스, 이탈리아, 스페인에서 살았다. 그것은 보르헤스의 뛰어난 언어 재능에서도 나온다. 그는 영어, 프랑스어, 독일어, 이탈리아어, 포르투갈어, 고대 영어, 고대 스칸디나비아어를 스페인어만큼 잘 알고, 그 스페인어는 아르헨티나의 스페인어다. 시력을 잃은 다른 작가들처럼, 보르헤스는 많은 언어로 이루어진 소리의 세계를 고양이처럼 가볍게 움직인다. 그는 "앵글로-색슨어 문법 공부의 시작"에 대해 이렇게 말한다.

50세대가 지난 뒤

(시간은 우리 모두에게 그런 심연을 베푼다)

나는 바이킹의 용들이 다다르지 못한

큰 강의 더 먼 강변으로 돌아갔다.

내가 하슬람이나 보르헤스가 되기 전

노섬브리아와 머시아Mercia 왕국의 시절에

지금 먼지로 변한 입들이 사용한

가혹하고 힘겨운 말들로……

효과와 원인의 무한한

그물이여 찬양받으라

그것은 나에게 아무도 없거나

다른 사람이 있는 거울을 보여주기 전

지금 나에게 새벽의 언어에 대한

순수한 명상을 허락한다.

"내가 보르헤스가 되기 전에." 이문화들에 대한 그의 통찰에는 변신의 비밀이 있다. 「독일 진혼곡」에서 화자는 나치 전범 오토 디트리히 추어 린데가 된다. 빈센트 문의 고백을 담은 「칼의 형상」은 아일랜드 문제에 대한 풍성한 작품들 가운데 고전이다. 다른 작품들에서 보르헤스는 전직 칭다오 대학 영어 교수인 유춘 박사, 또는 이슬람 세계의 저명 아리스토텔레스

주석가인 아베로에스의 가면을 쓴다. 이런 능숙한 변화는 각각이 큰 설득력이 있는 동시에 모두가 보르헤스다. 그는 이런 '집 없음'의 감각, 수수께끼 같은 융합의 감각을 과거로도 확장시킨다. "내게 유대인 조상이 있었을지 모르지만 나는 모른다. 내 어머니의 성은 아세베도다. 아세베도는 포르투갈계 유대인의 이름일지 모르지만 안 그럴 수도 있다…… 아세베도acevedo는 물론 나무의 이름이다. 그 단어가 특별히 유대인적이지는 않지만, 많은 유대인이 아세베도라는 성인 것은 맞다. 나는 모른다." 보르헤스 말대로, 다른 대가들도 이질성에 대한 비슷한 태도에서 힘을 얻을지 모른다. "이유는 모르지만 나는 언제나 셰익스피어에게서 약간 이탈리아적이고, 약간 유대인적인 느낌을 받는다. 영국인들은 아마 그런 이유로 그를 찬양할 것이다. 그들과 크게 다르기 때문이다." 중요한 것은 특정한 의심이나 환상화 사례가 아니다. 핵심은 작가란 기본적으로 손님이라는 개념이다, 작가는 낯선 이들의 계속되는 침입을 막지 않아야 하고, 자신의 임시 거소의 문을 모든 바람에 열어두어야 한다는 것이다.

나는 내 조상들에 대해 아는 바가 거의 ―전혀― 없다.
포르투갈의 보르헤스 가, 그 희미한 사람들은
아직도 내 육신에 모호하게
그들의 관습, 그들의 신념과 공포를 불러일으킨다.

태양 아래 산 적이 없는 듯 미미하고

예술과 아무런 거래도 없었던

그들은 시간과 땅과 망각의

불가해한 영역을 이룬다.

　정착에 대한 이런 경멸과 보편주의는 보르헤스의 전설적 박식에 직접 반영되어 있다. "일종의 사적인 농담"이건 아니건, 보르헤스의 소설과 시에 가득한 서지적 암유, 철학적 표지, 문학적 인용, 카발라적 지칭, 수학적·철학적 이합체離合體는 그가 현실을 경험하는 방식을 핵심적으로 보여준다. 통찰력 있는 프랑스 비평가 로제 카유아는 교육받은 사람들조차 고전과 신학 지식이 미미한 문맹의 시대에 박식은 그 자체로 판타지, 초현실적 개념이라고 말했다. 보르헤스는 11세기 이단적 편린에서부터 바로크 대수학, 빅토리아 시대에 출간된 아랄해의 동물지 전집까지 망라하는 방대한 지식을 활용해서 반反세계―그의 정신이 요술을 부리는 완벽하게 정합적인 공간―를 건설한다. 상당수의 원재료와 암유의 모자이크가 순전한 가공물이라는 사실―이것은 보르헤스가 나보코프와 공유하는 장치로, 그 연원은 플로베르의 『부바르와 페퀴셰』다―은 역설적으로 연대의 인상을 강화한다. 피에르 메나르는 "보이는 작품"의 가공된 목록을 통해 실체적이지만 비현실적으로 우리 앞에 선다. 이어 목록의 난해한 항목 하나하나가 우화의 의미를 전한다. 그리고 보르헤스가 닐스 루네베리―루네베리Runeberg란 이름에 룬rune이 있는 데 주목하라―가 1909년에 "숨겨진 구원자Den Hemlige Frälsaren"를 출간했지만 에우클리데스 다 쿠냐의 책 ("오지의 반란Revolt in the Blacklands"이라고 부주의한 독자는 소리친다)―"카누두스의 이교 수장 안토니우 콘셀레이루에게 미덕은 '불경에 가깝다'고 단언한다"―을 몰랐다고 말했는데, 누가 "유다의 세 버전"의 진정성을 의심하겠는가? 의심할 바 없이 이 박식한 몽타주에는 유머가 있다. 그리고 파운드의 작품처럼 총체적 기억의 계획, 서구 문명이 잊혀지거나 저속화되는 시대에 고전과 서구 문명을 생생하게 총괄하려는 계획이 있다. 보르헤스는 심정적으로 큐레이터, 간과된 것들의 보관자, 역사의 다락에 그득한 옛 진실과 폐기된 추론의 색인자다. 이 모든 박식함은 희극적이고 약간 연극적인 면이 있다. 하지만 훨씬 더 깊은 의미도 있다.

보르헤스는 존재에 대한 막강한 은유인 카발라적 세계관을 갖고 있거나 아니면 상상력을 통해 그것을 정확히 사용한다. 그는 일찍이 1914년에 제네바에서 구스타프 마이링크의 소설 『골렘』을 읽고, 모리스 아브라모비츠와 가깝게 지냈을 때 거기 친숙해졌을 것이다. 그 은유는 대략 이렇다. 우주는 커다란 책이다. 모든 자연과 정신 현상은 의미를 담고 있다. 세상은 거대한 알파벳이다. 물질적 실체, 역사의 사실, 인간이 만든 모든 것은 말하자면 끊임없는 메시지의 음절들이다. 우리는 끝없는 의미망에 감싸여 있고, 그 망을 이루는 끈 하나하나는 궁극적으로 존재와 행동의 맥박을 보르헤스가 강력하고 불가사의한 한 작품에서 '알레프Aleph'라고 부르는 것으로 이끌고 간다. 화자는 10월의 어느 날 오후, 가라이 거리에 있는 카를로스 아르헨티노의 집 지하실 한 구석에서 이 표현할 수 없는 우주의 축을 본다. 그것은 공간 중의 공간—중심이 사방에 있고 둘레는 없는 카발라적 영역이다. 그것은 에스겔의 통찰력의 바퀴지만 수피 신비주의의 작은 새이기도 하고, 어떤 면에서 모든 새를 포함한다. "나는 어지러웠고 울었다. 내 눈이 이 비밀스러운 추측의 대상을 보았기 때문이다. 그 이름은 사람들이 빼앗아갔지만, 그것 자체는 아무도 보지 못했다. 그것은 생각할 수 없는 우주다." 작가의 관점에서 볼 때 "남들이 도서관이라고 부르는 우주"는 몇 가지 특징이 있다. 그것은 '모든 책'을 품고 있다. 이미 쓴 책뿐 아니라 앞으로 쓸 책, 그리고 더욱 중요하게는 쓸 수 있는 책까지 모두 포함한다. 현존하는 책에 담긴 알려진 모든 문자와 알파벳을 재구성하면, 상상 가능한 모든 인간 생각, 모든 시와 산문을 우주 끝까지 생산할 수 있다. 도서관은 또 모든 언어뿐 아니라 사라진 언어들, 또는 미래의 언어들도 품는다. 보르헤스는 명백히 카발라와 야코프 뵈메의 언어적 추정, 즉 오늘날의 다양한 언어의 밑바탕에는 바벨 이전의 '조상 언어Ursprache'가 있다는 개념에 매혹되었다. 눈먼 시인처럼 단어들의 살아 있는 모서리를 손으로 더듬어보면 —스페인어 단어, 러시아어 단어, 아람어 단어, 고대 중국 가수의 음절— 그 공통된 중심, 궁극의 단어에서 맥동하는 거대한 흐름의 맥박을 느낄 수 있다. 모든 언어의 모든 글자와 글자 조합으로 만들어진 그 중심, 그 궁극의 단어는 신의 이름이다.

그래서 보르헤스의 보편주의는 심오한 상상적 전략, 사물의 심부에 부는 거대한 바람과 접촉하려는 작전이다. 보르헤스가 허구의 제목, 지어낸 참고 자료, 존재한 적 없던 책과 작가를 인용하는 것은 그저 현실의 장치를 가능한 다른 세상의 형상으로 재조직하는 것이다. 말장난과 모방을 통해 이 언어 저 언어를 넘나드는 일은 만화경을 돌리며 빛을 다른 곳에 던져보는 일이다. 그가 끊임없이 인용하는 에머슨처럼, 보르헤스는 이렇게 완전히 그물에 감싸인 상징적 우주는 기쁨이라고 확신한다. "지칠 줄 모르는 꿈의 미로에서 나는 귀향하듯 모진 감옥으로 돌아왔다. 나는 그 습기를 축복하고, 그 호랑이를 축복하고, 빛의 틈새, 나의 늙고 병든 몸, 어둠과 돌을 축복했다." 초월주의자들과 마찬가지로, 보르헤스에게도 모든 것의 암호를 품지 않은 생명체나 소리는 없다.

이 꿈-체계—보르헤스는 우리 자신이 (우리의 꿈까지 포함해서) 외부의 존재가 꾸는 꿈이 아닐까 하는 질문을 자주 한다—는 서구 문학에 빛나는 재치 있고 기이할 만큼 독창적인 단편 소설들을 산출했다. 「피에르 메나르」, 「바벨의 도서관」, 「원형의 폐허」, 「알레프」, 「틀뢴, 우크바르, 오르비스 테르티우스」, 「아베로에스의 탐색」은 간명한 걸작들이다. 이 작품들의 간결한 완벽함은 좋은 시처럼, 문을 닫아서 독자를 그 안에 가두면서도 동시에 더없이 넓은 공명을 향해 열린 세계를 건설한다. 「라그나로크」, 「전체와 무」, 「보르헤스와 나」처럼 채 한 페이지도 안 되는 우화들은 이 악명 높게 불안정한 형식에서 카프카의 우화와 더불어 극히 드문 성공 사례로 여겨진다. 『픽션들』 이후 다른 것을 생산하지 않았어도, 보르헤스는 포와 보들레르 이후 몇 안 되는 신선한 몽상가의 자리에 올라갈 것이다. 그는 위대한 예술가답게 우리 기억의 풍경에 깊이를 더했다.

그럼에도 불구하고, 그 형식적 보편성과 어지러울 만큼 넓은 암유의 폭에도 불구하고, 보르헤스의 예술 세계에는 심각한 결함이 있다. 보르헤스는 소설 「엠마 준즈」에서 딱 한 번 신빙성 있는 여자를 구현했다. 그 밖의 다른 작품에서 여자들은 남자의 환상 또는 기억의 흐릿한 대상들이다. 남자들 중에도 보르헤스 소설의 상상적 힘의 계열은 인색할 만큼 단순하다. 근본적인 방정식은 결투에서 온다. 평화로운 만남이 화자인 '나'와 '타자'의 침범하는 그림자가 충돌하는 형식으로 그려진다. 제삼자가 나타날 경우에 그는 예외 없이 뻐딱하게 암시 또는 기억되거나 망막 가장자리에 불안정하게 감지되는 존재다. 보르헤스의 인물이 움직이는 행동 공간은 신화 공간이지 사회 공간이 아니다. 어떤 배경, 장소, 역사적 상황이 끼어들어도, 그것은 꿈에서처럼 부유하는 충돌일 뿐이다. 그래서 보르헤스의 많은 텍스트는 밤에 갑자기 마주치는 창문처럼 기이하고 서늘한 공허를 내뿜는다. 이 틈새들, 이 강렬하게 특화된 의식이 보르헤스가 장편 소설에 의심을 품는 이유라고 나는 생각한다. 그는 자주 그 질문으로 돌아간다. 그는 시력이 약해서 머릿속으로, 한 번에 작품을 구성해야 하는 작가는 아주 짧은 서사에 집중해야 한다고 말한다. 그리고 최초의 걸작인 『픽션들』은 보르헤스가 큰 사고를 겪은 1938년 12월 직후에 나온 것이 사실이다. 그는 또 장편 소설은 지난날의 서사시처럼 일시적인 형식이라고 보았다. "장편 소설은 사라질지 모르고, 당연히 사라질 형식이지만, 이야기는 그러지 않을 것이다…… 그것은 훨씬 더 오래됐다." 큰 길에서 이야기를 전하는 사람, 음유시인skald, 팜파스의 이야기꾼, 어둠에 잠긴 눈으로 자신이 경험한 빛과 인생을 진술하는 사람들, 그들이 보르헤스의 작가 개념을 실현하는 사람들이다. 호메로스는 자주 소환되는 부적이다. 하지만 장편 소설은 정확히 보르헤스가 결여한 중요한 차원을 표현할 수도 있다. 입체적인 여자들, 그들이 남자와 맺는 관계는 전면적 규모의 소설에는 필수적이다. 사회의 매트릭스도 마찬가지다. 수 이론과 수학적 논리는 보르헤스를 매혹시킨다(그의 「거북의 현신들」을 보라). 장편 소설에는 엄청나게 많은 구성의 노력이 필요하다.

보르헤스 레퍼토리의 강력한 이질성은 특정한 까다로움, 매혹적이지만 숨 막히는 로코코적 정교함을 이룬다. 그의 작품의 창백한 빛과 상아 같은 형태는 인생의 활발한 무질서에서 자주 벗어난다. 보르헤스는 영문학—미국 문학을 포함한—이 "세계에서 단연 가장 풍부하다"고 단언했다. 그는 영문학에 놀라울 만큼 익숙하다. 하지만 그가 묶은 영문학 선집은 좀 의문스럽다. 그에게 의미가 큰 작가들, 그 자신의 다른 모습이라고도 할 만한 작가들은 드퀸시, 스티븐슨, 체스터턴, 키플링이다. 물론 이들은 대가들이지만 그래도 주변적인 인물이다. 보르헤스가 우리에게 드퀸시의 오르간 소리 같은 산문과 스티븐슨과 키플링의 통제되고 경제적인 서술을 되새겨주는 것은 매우 옳은 일이다. 체스터턴은 특이한 선택이지만, 어쨌건 『목요일이었던 남자』가 지적 슬랩스틱에 대한 보르헤스의 사랑을 이끌어냈다는 것은 알 수 있다. 하지만 이 작가들은 누구도 언어에서 또는 감정의 역사에서 자연스러운 에너지를 뿜어내지 않는다. 그리고 보르헤스가 새뮤얼 존슨이 "셰익스피어보다 훨씬 더 영국적인 작가였다"고 —아마도 장난스럽게— 확언할 때, 고의적으로 삐딱하다는 느낌은 더 커진다. 보르헤스는 현대 문학의 많은 부분을 특징짓는 허풍, 협박, 이념적 주장으로부터 아름답게 거리를 둠으로써 자신에게 조하르*의 신비로운 영토

---

* 카발라의 경전.

만큼이나 현실과 동떨어진 중심을 건설했다.

보르헤스 자신도 이런 특이한 입장의 단점을 의식하는 것 같다. 최근의 여러 인터뷰에서 자신은 이제 극단적인 단순함, 평면적이고 남성적인 직접성을 담은 단편 소설 집필을 목표로 한다고 말했다. 용기, 칼과 칼의 가차 없는 만남은 언제나 보르헤스를 매혹시켰다. 그의 초기 작품 중 가장 뛰어난 일부는 부에노스아이레스 팔레르모 지역의 싸움 전설과 가우초와 전선 군인들의 영웅적 '습격'에서 착상한 것들이다. 그는 전쟁에 나간 조상들에 강력한 자부심이 있다. 그의 할아버지 보르헤스 대령은 인디언과 싸우고 혁명 전쟁에서 죽었다. 증조할아버지 수아레스 대령은 페루의 기병대를 이끌고 스페인에 맞서 마지막 대전투를 치렀다. 종조부 한 명은 산마르틴 군대의 전위 부대를 지휘했다.

> 내 발은 사냥감을 노리는 창들의 그림자를 밟는다.
> 내 죽음의 조롱,
> 말, 기수, 말갈기가
> 나를 감싼 고리를 조인다…… 이제 첫
> 타격, 창의 단단한 강철이 내 가슴을 찢고,
> 다정한 칼이 내 목을 긋는다.

최근에 영어로 번역된 아주 짧은 단편 소설 「침입자」는 보르헤스의 현재의 이상을 보여준다. 두 형제가 한 여자를 공유한다. 한 명이 형제애를 복원하기 위해 여자를 죽인다. 그들은 이제 "그녀를 잊을 의무"라는 새로운 유대가 생겼다. 보르헤스 자신은 이 작품을 키플링의 초기 단편들과 비교한다. 「침입자」는 소품이지만 흠잡을 데 없고 기이하게 감동적이다. 많은 언어, 문화, 신화를 넘나드는 희귀한 여행을 하고 집에 돌아온 보르헤스가 옆집 파티오에서 「알레프」를 발견한 것 같다.

『상상 동물 이야기』는 보르헤스에게 주변적인 책이다. 그가 마르가리타 게레로와 함께 편찬한 이 책은 1957년에 'Manual de Zoología Fantastica'라는 제목으로 처음 출간되었고, 10년 후에 증보판이 나왔다. 현재의 선집은 다시 한 번 증보한 것으로 노먼 토머스 디 조반니가 번역했고, 현재 보르헤스의 "다른 목소리들" 중 가장 활발하게 읽힌다. 이 책은 우화 속 생명체, 대부분 동물이나 요괴들의 이야기다. 알파벳순으로 구성되어서, 말레이 요괴담의 '아바오아쿠A bao a qu'에서 시작해서 9세기 알-자히즈의 『동물의 책』에 나오는 고래 같은 자라탄Zaratan으로 끝난다. 그 중간에 드래곤, 크라켄, 반시, 히포그리프 등이 나온다. 많은 텍스트가 이전의 우화 작가들—허버트 자일스, 아서 웨일리, 게르숌 숄렘, 카프카—을 인용하는 내용이다. 시 또는 고대 소설의 발췌분을 싣고, 짧은 설명을 붙이는 식으로 구성된 항목도 많다. 스코틀랜드 민담에 나오는 브라우니에 대한 가벼운 항목은 스티븐슨을 거쳐서 "어느 옛 스페인 집안의 아들이 누이의 손을 깨무는 올랄라의 일화"로 이어진다. 끝. 우리는 성령이 두 권의 책을 썼다고 배운다. 하나는 성서고, "두 번째는 피조물 안에 도덕적 가르침을 담은 이 세상이다." 보르헤스는 "거울의 동물지"에서 자신의 상징 세계의 핵심적 전망을 펼친다. 어느 날, 거울 속에 얼어붙어 있는 형체들이 튀어나올 것이다. "침입에 앞서 거울 깊은 곳에서 무기들이 부딪히는 소리가 들릴 것이다." 보르헤스는 골렘이 이마에 '진실'을 뜻하는 emeth라는 말을 새기고 있다는 것을 안다. 첫 번째 글자를 지우면 '죽음'을 뜻하는 meth가 남는다. 그는 트롤은 민족주의자를 가리킨다는 입센의 통찰을 지지한다. "그들은 자신들이 만드는 고약한 음료가 맛있고, 자신들의 헛간이 궁전이라고 생각하거나 그렇게 생각하려고 최선을 다한다." 하지만 재료 대부분은 익숙하고 조용하다. 보르헤스가 특유의 미소를 짓고 말하듯이, "만화경의 변화하는 패턴을 보며 놀 듯이 독자들이 이 책을 아무 데나 펼치고 읽기를 바란다."

멋진 시 「어둠 찬가」—모든 책을 알지만 원하는 걸 다 잊을 수 있는 눈먼 자의 능력에 대해 흥미롭고도 아이러니하게 말하는—에서 보르헤스는 자신을 비밀의 중심으로 이끈 길들을 헤아린다.

이 길들은 발걸음이고 메아리였다

여자, 남자, 고통, 신생,

낮들과 밤들,

잠드는 일과 꿈,

내 어제들과 세계의 어제들의

모든 순간,

덴마크의 강한 칼과 페르시아의 달

죽은 자들의 공훈,

함께 나눈 사랑, 말들,

에머슨, 눈雪, 그리고 너무 많은 것들,

이제 그것들을 잊을 수 있다. 나는 내 중심에 도달한다.

나의 대수학이자 나의 열쇠,

나의 거울에.

나는 곧 내가 누구인지 알게 될 것이다.

의미의 마지막 핵심부, 거울의 심부에서 완전한 정체성과 만나는 일을 단순하게 설명하는 일은 어리석을 것이다. 하지만 이 의미는 자유와 핵심적으로 연결되어 있다. 보르헤스는 장난 스러운 의미로 검열을 옹호했다. 진정한 작가는 암유와 은유를 사용한다. 검열은 그를 예리하게, 그리고 자신의 일차적 도구에 더 숙달되게 만든다. 오늘날 소설 또는 시라고 통용되는 성적, 정치적 해방의 요란한 낙서에 진정한 자유는 없다고 보르헤스는 암시한다. 예술의 해방 기능은 "세상에 반해서 꿈을 꾸는," '다른 세상'을 구성하는 독보적인 능력에 있다. 위대한 작가는 무정부주의자이자 건축가다. 그들의 꿈은 현실의 엉성하고 일시적인 풍경을 무너뜨리고 재건한다. 1940년에 보르헤스는 드퀸시의 "특정 유령"에게 "악몽의 그물을 짜서/ 네 섬의 보루로 삼으라"고 말했다. 그 자신도 악몽을 짰지만, 재치 있고 우아한 꿈이 훨씬 더 많았다. 이 모든 꿈은 불가분하게 보르헤스의 것이다. 하지만 거기서, 커져서 깨어나는 것은 우리다.

1970년 6월 20일

뉘앙스와 양심에 관하여 OF NUANCE AND SCRUPLE

사무엘 베케트에 대해

　문학의 특정 시기에는 어떤 특정 작가가 직업 전체의 위엄과 고독을 체현하는 것 같다. 헨리 제임스가 '대가the Master'인 것은 그가 재능이 뛰어나서 또는 심지어 재능이 주요한 역할을 해서가 아니라, 그의 삶의 방식, 태도—사소한 것도—가 위대한 예술의 강박적 직무를 표현했기 때문이다. 오늘날 사무엘 베케트가 대단히 뛰어난 작가이고, 다른 극작가나 소설가들이 그에게서 자신들의 고투와 결핍이 응축된 그림자를 본다고 말하는 데는 이유가 있다. 베케트는 —그의 왜소하고 조심스러운 존재의 마지막 한 올까지— 자신의 직무에 충실하다. 식별 가능한 낭비 동작, 대중적 과시도 없고, 소음이나 생활의 부정확성에 대한 양보—또는 그것의 신호—도 없다. 베케트의 초기 인생은 꼼꼼한 수련생 같은 분위기였다(그는 21세

때 조이스의 비서 역할을 했다). 그의 초기 작품들, 1929년의 "단테…… 브루노…… 비코…… 조이스"에 대한 에세이, 1931년의 프루스트에 대한 논문, 1935년에 유로파 출판사—징후적인 이름—에서 발간한 시집은 정확한 예고편이 되었다. 베케트는 자신의 필요를 위해 가까운 조이스와 프루스트의 매혹을 포착한다. 그리고 자신이 폐기하는 것에서 가장 큰 영향을 받는다. 『차기보다 찌르기More Pricks Than Kicks』(런던, 1934)에서 그는 자신만의 특별한 어조를 보인다. 전쟁은 진부한 방해물로 왔다. 그것은 베케트를 침묵으로, 그가 작품에서 이미 현실적으로 보여준 상투적인 광기와 슬픔으로 감쌌다. 1951년의 『몰로이』와 1년 뒤의 『고도를 기다리며』로 베케트는 전혀 흥미롭지 않지만 가장 필요한 조건—적시適時성—을 성취했다. 시간이 뒤에 따라붙었다. 대형 예술가는 정확히 '미리 꿈꾸는' 사람이다.

헨리 제임스는 작품의 당당한 풍성함을 통해서, 언어는 열정을 가지고 추구하면 가치 있는 경험의 총체를 실현하고 전달할 수 있다는 신념을 통해서 그것을 대표했다. 베케트의 과묵성, 말수를 줄이는 천재성은 그 안티테제다. 베케트는 마치 단어 하나하나가 금고에 보관되어 있고, 그 재고도 얼마 남지 않은 것처럼 사용한다. 같은 단어로도 된다면, 그것을 거듭 사용해서 반들거리는 익명성을 안겨준다. 호흡은 아껴 써야 하는 유산이다. 평일에는 단음절어만으로도 충분하다. 마침표를 쓰는 성인들은 찬양받으라.* 그들은 우리 같은 방탕한 수다쟁이들이 궁핍에 빠지는 것을 막아준다. 우리가 귀먹은 자신에게 완전한 진실, 사실, 감각을 (아니 그런 진실, 사실, 감각의 5분의 1, 10분의 1, 백만 분의 1이라도) 전달할 수 있다는 생각은 오만하고 어리석다. 눈멀고 귀먹고 무감각한 다른 인간에게 전달하는 것은 더 말할 것도 없다. 제임스는 그런 일이 가능하다고 믿었다. 프루스트도 그랬고, 조이스도 마지막에 밝고 소리 나는 언어의 그물을 온 세상에 던지는 미친 시도를 할 때 그랬다. 이제 공원 문은 닫히고 신사 모자와 수사학은 텅 빈 벤치에서 곰팡이에 덮인다. 앞에 말한 성인님들, 사람은 계단을 올라가는 것도 힘듭니다. 이렇게 말하는 것은 고사하고요.

계단 칸은 많지 않았다. 나는 올라갈 때도 내려갈 때도 모두 그것을 수천 번 세었지만 숫자는 잊었다. 발이 바닥에 있을 때 1을 세고, 계단 첫 칸에 발을 올렸을 때 2를 세야 하는지, 아니면 바닥은 계산에서 빼야 하는지 늘 헷갈렸다. 계단 꼭대기에서도 똑같은 문제가 있었다. 다른 방향으로, 그러니까 위에서 아래로 갈 때도 똑같았다. 이것은 과장이 아니다. 나는 어디서 시작하고 어디서 끝내야 할지 몰랐고, 그게 이 사태의 진실이다. 나에게는 세 개

---

* 성인Saint을 St.로 줄여 표기하는 것을 가리키는 것으로 보인다.

의 전혀 다른 숫자가 있었고, 그중에 뭐가 옳은지 몰랐다. 내가 숫자를 잊었다는 말은 그 세 숫자 중 어느 것도 내 머리에 남지 않았다는 뜻이다.

베케트의 언어 '절감reductio'—초기 시집 제목 '메아리의 뼈Echo's Bones'는 완벽한 명명이다—은 현대적 감각의 여러 가지 특징을 보여준다. "그것은 똑같았다. 이것은 과장이 아니다" 하는 대목은 언어철학의 긴장된 유희를 보여준다. 베케트의 작품에는 비트겐슈타인이 『철학적 탐구』에서 말하는 "언어 게임"과 교환 가능한 대목들이 있다. 둘 다 우리 일상적 발화의 무미한 인플레이션과 부정확성을 추적한다. 『무언극Act Without Words』(1957)과 연극의 관계는 "검은색 위의 검은색"*과 회화의 관계처럼 궁극적 논리를 담고 있다. 베케트의 과묵함, 장미는 정말 장미일지 모르지만 그토록 충격적인 정의를 당연하게 받아들이거나 예술로 옮기는 것은 바보뿐이라는 그의 뻐딱한 전제는 단색조의 화폭, 워홀의 무성 영화, 침묵의 음악과 비슷하다.

하지만 차이는 있다. 베케트에게는 가공할 힘이 담긴 뒤틀린 웅변이 있다. 말들은 창고에 쌓인 채 낡았지만 아일랜드 방

---

* 로드첸코의 연작 회화.

랑 시인들을 위해 춤을 추듯 그를 위해서도 춤을 춘다. 그것은 한편으로는 음악적 반복에서도 오고, 또 한편으로는 왕복 운동의 정밀함과 슬랩스틱 같은 대화의 리듬에서도 온다. 베케트는 거트루드 스타인과 카프카와 연결 고리가 있다. 하지만 블라디미르와 에스트라공 또는 햄과 클로브에게 가장 많은 영향을 끼친 것은 막스 브라더스 코미디 그룹이다.『고도를 기다리며』에 나오는 대화의 푸가—물론 여기서 '대화'는 효율적인 소통이라는 뜻을 담고 있기에 잘못된 말이다—는 현대 문학에서 순수한 수사학에 가장 가깝다.

블라디미르 : 우리는 이유가 있어.

에스트라공 : 다 죽은 목소리들.

블라디미르 : 그건 날개 소리를 내.

에스트라공 : 나뭇잎 소리.

블라디미르 : 모래 소리.

에스트라공 : 나뭇잎 소리.

침묵.

블라디미르 : 그게 전부 한꺼번에 말해.

에스트라공 : 모두 자신에게.

침묵.

블라디미르 : 아니 속삭여.

에스트라공 : 바스락거려.

블라디미르 : 웅얼거려.

에스트라공 : 바스락거려.

침묵.

블라디미르 : 그게 뭘 말해?

에스트라공 : 자기 인생을 말해.

블라디미르 : 인생을 산 걸로는 부족해.

에스트라공 : 그래도 말해야 돼.

블라디미르 : 죽은 걸로는 부족해.

에스트라공 : 충분하지 않아.

침묵.

블라디미르 : 그건 깃털 소리를 내.

에스트라공 : 나뭇잎 소리.

블라디미르 : 재 소리.

에스트라공 : 나뭇잎 소리.

긴 침묵.

　미래의 학위 논문을 위한 주제 하나: 베베른과 베케트의 침묵 사용법.『아무것도 아닌 이야기들 *Textes pour Rien*』(1955)에서 우리는 영혼, 육체, 출생, 삶, 죽음에 대한 이야기를 계속 할 수는 없다는 걸 알게 된다. 우리는 최대한 그러지 않고 가야 한다. "말의 죽음을 이루는 것들, 말의 잉여를 이루는 것들, 그것들은 다른 말은 할 줄 모르지만 이제는 그것을 말하지 않게 될 것이다." 베케트는 "내 침묵의 목소리를 찾는다"고 말한다. 그의 이야기에 점점이 박힌 침묵―그 다양한 길이와 강도가 음악적으로 느껴지는―은 비어 있지 않다. 그 안에서는 말하지 않은 것들의 메아리, 다른 언어로 한 말들의 메아리가 거의 들릴 것만 같다.

사무엘 베케트는 두 언어의 대가다. 이것은 새롭고도 시사적인 현상이다. 최근까지 작가란 당연히 모국어에 뿌리를 내린 존재고, 그들의 감성은 한 언어의 외피에 평범한 사람들보다 더 밀접하고 불가피하게 감싸여 있다고 여겨졌다. 좋은 작가가 되는 것은 형식적 문법보다 더 깊은 곳에 있는 발화의 리듬과 각별히 친밀한 것, 어떤 사전도 전달하지 못하는 표현의 다양한 함축과 숨겨진 울림을 예민하게 포착하는 것을 의미했다. 정치적 이유나 개인적 비극으로 모국어와 분리된 시인이나 소설가는 불구의 존재였다.

오스카 와일드는 최초의 현대적인 '이중 사용자dualist' 중 한 명이었다. (2언어 사용자를 말하는 bilingualism 대신 dualism이라는 말을 쓴 것은 중세와 르네상스 시대에는 라틴어와 일상어를 병용하는 bilingualism이 고급 문화의 일반적 조건이었기 때문이다.) 와일드는 프랑스어로 아름다운 글을 썼지만, 그것들은 특이하게도 뿌리 없는 우아함과 더불어 그의 작품과 경력 전체의 고정 요소들에 대한 아이러니를 보였다. 카프카는 세 언어―체코어, 독일어, 이디시어―에서 동시적인 압박과 시적 유혹을 경험했다. 그의 많은 작품이 자신이 선택한 또는 강제당한 언어에 완전히 정착하지 못한 사람의 상징적 고백으로도 읽힌다. 카프카의 1911년 10월 24일 일기는 이렇다.

어제 내가 우리 어머니를 제대로 사랑하지 않고 있다는 생각이, 그리고 그 이유는 독일어가 가로막아서라는 생각이 들었다. 유대인 어머니는 'Mutter'가 아니기에 어머니를 'Mutter'라고 부르는 일은 다소 희극적이다…… 유대인에게 'Mutter'는 유난히 독일적인 느낌을 준다…… 그래서 'Mutter'라고 불리는 유대인 여자는 희극적일 뿐 아니라 기이해진다.

하지만 여러 언어를 수월하게 사용하는 작가란 아주 새로운 현상이다. 현대 픽션 작가 중 세 천재—나보코프, 보르헤스, 베케트—가 여러 언어에 능숙했고, 나보코프와 베케트는 두 개 이상의 언어로 걸작을 생산했다는 것은 아주 흥미로운 사실이다. 이런 신종 문화 국제주의의 함의는 아직 제대로 파악되지 않았다. 그들의 성과와 그보다 약한 에즈라 파운드의 성과—언어와 알파벳을 고의적으로 끼워 넣는—를 보면, 모더니즘 운동은 영원한 추방의 한 전략이라고도 할 수 있을 것 같다. 예술가와 작가는 사용 가능한 형식 전체를 윈도 쇼핑하는 지치지 않는 관광객이다. 문학이 (르네상스 시대부터 대략 1950년대까지) 번성한 조건인 언어의 안정성과 지역적 · 민족적

자의식은 이제 곤란에 빠졌다. 포크너와 딜런 토머스는 언젠가 주요 작가 중 마지막 '자가 거주자'였다는 평을 받을 수도 있다. 조이스가 벌리츠 어학원에서 일하고, 나보코프가 호텔에 기거한 일은 시대의 징표가 될지도 모른다. 인간의 모든 커뮤니케이션 행위는 갈수록 번역 행위와 가까워진다.

베케트의 병립적, 상호 형성적 기교를 파악하는 데는 두 가지 도움이 필요하다. 레이먼드 페더먼과 존 플레처가 정리한 작품과 비평 목록(『사무엘 베케트: 작품과 비평』)과 프랑크푸르트 주어캄프 출판사가 1963~64년에 발행한 베케트 연극의 3개 국어 판이다. 대략적으로 말하면, 베케트는 1945년까지 영어로 글을 썼다. 그 뒤로는 주로 프랑스어를 썼다. 하지만 『와트 *Watt*』(1953)는 영어로만 나왔다는 사실, 프랑스어로 출간된 작품이 처음에는 영어로 쓴 것이라거나 그 반대일 가능성이 상황을 복잡하게 만든다. 『고도를 기다리며』, 『엔드게임』, 『몰로이』, 『말론 죽다』, 『이름 붙일 수 없는 자들』과 최근의 『죽은 머리 *Têtes Mortes*』는 프랑스어로 처음 나왔다. 이 텍스트 대부분―전부는 아니다―을 베케트 자신이 영어로 옮겼으며(일부는 영어로 구상했을까?), 그 과정에 대개 수정과 삭제가 동반되었다. 베케트의 작품 목록은 나보코프의 작품 목록 또는 보르헤스가 『픽션들』에 나열한 다언어 '작품들 œuvres'처럼 복잡하다. 하나의 책이나 편린이 몇 개의 인생을 살기도 한다. 조각들이 사라졌다가 한참 후에 변화되어 다시 나타난다. 베케트의 천재성을 진지하게 연구하려면 『고도를 기다리며』나 『말론 죽다』의 프랑스어판과 영어판을 나란히 놓아야 하고(이 책들은 영어보다 프랑스어로 먼저 썼을 가능성이 높다), 『추락하는 것들』, 『행복한 나날들』(여기서는 베케트가 방향을 바꾸어서 영어를 프랑스어로 옮겼다)로도 똑같은 일을 해야 한다. 그런 뒤 보르헤스 우화와 같은 방식으로, 여덟 개의 텍스트를 공통의 중심축에 놓고 돌려가며 베케트의 재치와 감성이 위대한 두 언어의 매트릭스 안에서 변화하는 모습을 추적해야 한다. 이런 방법을 통해서만 베케트의 어법이 얼마만큼 프랑스어와 영어의 '이인무pas de deux'인지 알 수 있을 것이다. 물론 거기에 아일랜드식 바보짓과 수수께끼의 슬픔도 상당한 분량 더해야 하지만.

베케트는 두 언어에 매우 능숙한 나머지 번역할 때는 자신의 농담을 변경하고, 또 2차 언어에서 원어와 분위기, 관용적 연상, 사회적 맥락이 같은 대응어를 찾아낸다. 외부의 어떤 번역자도 『고도를 기다리며』 2막의 유명한 말다툼 장면을 베케트와 똑같이 번역하지 않았을 것이다. "Andouille! Tordu! Crétin! Curé! Dégueulasse! Micheton! Ordure! Archi... tecte![멍청이! 미치광이! 천치! 신부! 역겨운 인간! 호구! 똥! 건…… 축가!]"를 "Moron! Vermin! Abortion! Morpion! Sewerrat! Curate! Cretin! Crritic![멍청이! 해충! 낙태! 벼룩! 시궁쥐! 목사! 천치! 평론가!]"로 옮기는 일은 흔하지 않다. 이 중 Morpion은 프랑스어에서 빌려온 것으로, 벼룩의 한 종류도 가리키고 블라디미르와 에스트라공이 하는 욕설 나열 비슷한 게임도 가리키지만, 베케트가 처음에 쓴 프랑스어 텍스트에서 가져온 것은 아니다! 영어본에서 cr- 소리에 담겨 점증하는 분노는 프랑스어를 번역해서가 아니라 긴밀한 재창조를 통해서 이루어진다. 베케트는 프랑스어로도 영어로도 애초의 텍스트를 산출한 시적, 연상적 과정을 재생할 수 있는 것 같다. 그래서 프랑스어와 영어에 담긴 러키의 미친 독백을 비교하다 보면 양 언어의 독보적 특징과 그것들의 상호 작용에 대해 기억에 남는 배움을 얻는다. 셴에우아즈Seine-et-Oise, 셴에마른Seine-et_Marne을 페컴Feckham 페컴Peckham 풀럼Fulham 클래펌Calpham으로 '번역'한 데에도 교활한 정밀함이 가득하다. 볼테르의 죽음은 적절하게도 (그리고 강조점을 옮겨서) 존슨 박사[새뮤얼 존슨]의 죽음으로 바뀐다. 코네마라조차 그대로 남지 않고 "노르망디"로 확 변한다.

최근 그로브 출판사에서 출판한 『아무것도 아닌 이야기들Stories and Texts for Nothing』은 적절한 예다. 세 편의 단편 소설과 열세 편의 독백을 모은 이 책은 구조가 극도로 복잡하다. 이야기들은 1945년에 프랑스어로 쓴 것 같고, 『몰로이』와 『말론 죽다』 두 편 모두와 관련 있다. 독백과 소설들은 1955년 파리에서 발표되었지만, 그중 최소 한 편은 전에 이미 잡지에 실렸다. 이 책의 영국판은 '노의 칼, 짧은 산문 선집No's Knife, Collected Shorter Prose'이라는 제목으로 출간되었는데, 그로브 출판사 판에 없는 작품이 네 편 실렸고 그중에 「핑Ping」이 있다. 그것은 문예지 〈인카운터Encounter〉 2월호가 흥미롭게 해부한 특이한 소품이다. 그로브 판은 다른 데서 이미 언급된 것처럼, 연대와 서지 정보에 대한 베케트의 까탈스러움을 잘 담지 못하고 있다. 그나마 있는 약간의 정보는 잘못되고 부족하다. 이것은 흥미로운 작품이지만 소품이다. 그리고 그 사소함은 오직 베케트가 여러 영향력과 이물들의 간섭을 허락하기 때문이다. 언제나 유령 같은 조상인 조너선 스위프트가 '끝The End'의 먼지와 환각 속에 크게 떠오른다. 카프카, 정확히 말하면 가면을 내린 카프카는 베케트가 허락하는 것보다 더 많이 감지된다. "바로 거기서 오늘 저녁, 으슥한 한밤중에 재판이 열린다. 나는 그 법정의 서기지만 내가 듣는 것을 이해하지 못하고, 내가 쓰는 것도 알지 못한다." 아일랜드 담시, 겨울의 끝, 승합 마차 등이 담긴 「추방자들The Expelled」에는 조이스가 곁에 있다. 「진정제The Calmative」에서 "세상에 도시는 오직 하나뿐이었다"라는 문장을 읽으면, 우리는 조이스의 무대였고 이제 베케트 자신의 무대가 된 2중 도시 더블린-파리를 포착해야 한다.

이것들은 비록 단편이고 소품이지만, 거기서도 본질적 모티프들이 보인다. 그 정신은 넝마주이처럼 덜 씹힌 말, 시대의 허위 속에 비밀스러운 생명력을 지킨 말들을 찾아다닌다. 멋쟁이 금욕가, 까탈스러운 거지―이것이 베케트의 자연스러운 페르소나들이다. 그 주조는 진정하지만 약간 뻔뻔한 놀라움이다.

"그것은 때로 우리가 올바른 행성에 있는지 의문을 안겨주기에 충분하다. 그 말조차 우리를 버린다." 종말론apocalypse은 발화의 죽음이다(이것은 『리어 왕』의 수사적이면서도 최종적인 절망을 모방한다).

지상의 모든 민족으로는 충분하지 않을 것이다. 결국 우리는 신이 필요할 것이다. 목격되지 않은, 목격자 중의 목격자, 모든 것이 수포가 되었으니 얼마나 축복인가. 아무것도 시작되지 않았다. 아무것도, 결코, 생명 없는 말들만 빼고.

하지만 때로 이 쓰레기통과 비의 왕국에서 "말과 그것을 소리 내는 방법이 나에게 돌아오고 있었다."

그 오순절적 섭리가 불을 밝히면, 베케트는 낮고도 명징한 목소리로 절묘하게 운율을 맞추어 노래한다. 베케트의 문장은 동시대의 다른 산문들을 공허해 보이게 만든다.

내 말뜻은 분명한데, 아니면 외팔이 더 낫고, 팔도 손도 없는 게 더 낫고, 이 세상만큼이나 오래되고 그 못지않게 추악하게, 사지가 모두 절단돼서, 남은 부분으로 직립해서…… 옛 기도, 옛 가르침, 어깨를 나란히 하고 들어오는 영혼, 정신, 시체로 충만해서, 어깨살은 말할 것도 없고, 말하기에는 고통스러운, 흐느낌은 점액이 되고, 가슴에서 터지는 기침이 되고, 이제 나는 심장이 있어, 이제 나는 완전해…… 저녁, 저녁들, 그러면 그것들은 어떤 저녁인가, 무엇으로 만들어지고, 언제였나, 나는 몰라, 다정한 그림자로, 다정한 하늘들로, 넌더리난 시간으로 만들어지고, 먹다가 쉬고 있어, 자정의 회합까지, 나는 몰라, 그때처럼, 내가 내부 또는 외부에서 말한 그때, 다가오는 밤이나 땅속에서 말한.

"어깨를 나란히 하고 들어오는 영혼, 정신, 시체"라는 간결한 위트는 그 자체로 뛰어난 시적 솜씨를 보여준다. 하지만 이 11번째 독백 또는 명상 전체가 수준 높은 시이며, 다소 멀리서 장난스럽게 셰익스피어를 연상시킨다("내가 있는 곳, 갈라지는 두 꿈 사이에, 아무도 모르고, 아무것도 모른 채").

베케트의 풍경은 황량한 단색조다. 그의 단조로움을 이루는 것은 오물, 고독, 그리고 오랜 단식 후에 오는 창백한 자족自足이다. 그럼에도 불구하고 그는 우리에게 꼭 필요한 기록자고 그도 그것을 안다. "까꿍, 내가 또 왔다. -1의 제곱근처럼 가장 필요할 때. 내 인문학은 종결됐으니." 밀도 높고도 적절한 표현이다. -1의 제곱근은 가상의 것이지만 수학에는 그것이 꼭 필요하다. "종결됐다terminated"는 고의적인 프랑스식 표현이다. 이것은 베케트가 인문적 학습을 완결했다는 뜻(이 텍스트들은 난해한 암유가 가득하다), 문명의 학술적 재고를 파악한 뒤 뚜껑을 닫고 자신을 최대한 억제한다는 뜻이다. 하지만 "종결됐다"는 종말, 『엔드게임』, 『크라프의 마지막 테이프』도 의미한다. 이것은 무수한 비평과 해설을 저속한 잉여로 만드는 종결적 예술이다.

베케트의 작품 세계 전체에서 나오는 전망은 좁고 반복적이다. 또 음울하게 명랑하기도 하다. 그것은 대단한 것이 아닐지 모르지만, 그 정직함으로 우리가 가진 최상의 것이자 가장 영속하는 것이 될지도 모른다. 베케트는 이런 협소함, 언어와 문학에 인간 감정이나 사회를 담지 않는 특징 때문에 헨리 제임스의 안티테제가 된다. 하지만 제임스가 사라진 광범함을 대표하듯이, 그는 오늘날 우리의 줄어든 폭을 대표한다. 그래서 W. H. 오든이 마운트오번 묘지에서 한 인사말은 두 사람 모두에게 적용된다. 그들은 "뉘앙스와 양심의 대가"다.

1968년 4월 27일

동쪽의 눈으로 UNDER EASTERN EYES

알렉산데르 솔제니친과 다른 러시아 작가들에 대해

러시아 문학의 천재성에는 모순이 있다. 푸시킨에서 파스테르나크까지 러시아 시와 소설의 대가들은 세계 전체에 속한다. 그들의 서정시와 장단편 소설들은 불충분한 번역으로도 우리에게 꼭 필요하다. 그것을 빼고는 우리의 감정과 공통된 인간성의 레퍼토리를 상정하기 어렵다. 역사가 짧고 유형이 제한적이지만, 러시아 문학은 이런 매혹적인 보편성을 고대 그리스와 공유한다. 하지만 러시아 바깥에 있는 푸시킨, 고골, 도스토예프스키, 만델스탐 독자들은 언제나 외부인이다. 근본적인 의미로, 그들은 내적 담론을 엿듣는 자들이다. 그 담론은 아무리 강력하게 소통되고 보편적 적절성을 띠었다 해도, 뛰어난 서구의 학자와 비평가들도 제대로 파악하지 못한다. 그 의미는 완강하게 민족적이고, 수출에 저항한다. 물론 이것은 한편으로는 언어의 문제, 더 정확히는 언어의 엄청난 폭—지역적이고 민중적 언어에서부터 러시아 작가들이 활동한 교양 높고 심지어 서양화된 언어까지 포괄하는—의 문제다. 푸시킨, 고골, 아흐마토바를 완전하게 번역하는 길에 놓인 장애물은 많고도 많다. 하지만 이것은 다른 언어의 고전들도 마찬가지고, 어쨌건 어떤 수준—아주 넓고도 변형적인—에서 위대한 러시아 텍스트들은 우리에게 도달하고 있다. (『아버지와 아들』 또는 『전쟁과 평화』 또는 『카라마조프 가의 형제들』 또는 『세 자매』가 없는 우리의 풍경을 상상해 보라.) 우리가 여전히 자주 오해한다는 느낌, 서구의 초점이 러시아 작가들의 말을 심각하게 왜곡한다는 느낌이 든다면, 그게 언어적 거리만의 문제일 리는 없다.

흔한 견해 중 하나—러시아인들이 가장 먼저 제시한다—는 러시아 문학 전체가 (교회 텍스트라는 명백한 예외를 빼면) 근본적으로 정치적이라는 것이다. 그것의 창작과 출간은 만연한 검열에 맞서서 이루어진다. 지적 자유의 면으로 볼 때, 러시아 시인, 소설가, 극작가가 긍정적인 것은 고사하고 정상적인 것 비슷한 상황에서 창작을 할 수 있던 해는 거의 없었다. 러시아 걸작은 정권의 폭압을 딛고 존재한다. 그것은 전복, 아이러니한 우회 표현, 지배적 억압 기구들—차르 체제건, 정교회건, 레닌-스탈린주의 정부건—에 대한 직접적 도전 또는 모호한 타협을 실행한다. 러시아의 한 속담처럼 위대한 작가는 "대안 국가"다. 그들의 책은 정치적으로 중대하고 여러 가지 면에서 유일한 반대 수단이다. 18세기 이후 사실상 변하지 않은 복잡한 감시와 허용의 게임에서 크렘린은 반역적 특징을 지닌 문학 작품의 창작, 나아가 보급까지 허락한다. 여러 세대가 지나면 그런 작품—푸시킨, 투르게네프, 체호프의—은 국가의 고전이 된다. 그 작품들은 현실에서는 허락되지 않는 개혁과 정치적 변화의 압력을 상상력의 영역으로 방출하는 안전밸브다. 개별 작가들의 박해, 투옥, 추방은 그런 거래의 일부다.

외부자도 이 정도는 이해한다. 그들도 푸시킨의 고뇌, 고골의 절망, 도스토예프스키의 시베리아 유형, 톨스토이의 검열 반대 투쟁, 또는 20세기 러시아 문학의 성취인 피살자와 실종자의 긴 명단을 보고, 그 밑에 깔린 메커니즘을 파악할 수 있다. 러시아 작가는 중대하다. 그들은 권태롭고 관용적인 서구의 작가들보다 훨씬 더 중대하다. 러시아 의식 전체가 그들의 시 한 편에 달려 있는 것처럼 보이는 경우가 많다. 그 대가로 그들은 교활한 지옥을 헤치고 산다. 하지만 이 음울한 변증법은 진실 전체가 아니거나, 아니면 그 안에 러시아 예술가와 대중은 본능적으로 알지만 바깥에서는 제대로 측정할 수 없는 다른 진실을 감춘다.

러시아 역사는 상상하기 힘든 고통과 굴욕의 역사였다. 하지만 고통과 굴욕 모두 메시아적 전망, 선민 의식 또는 빛나는 숙명 의식을 키웠다. 정교회의 슬라브주의 어법으로도 번역되는 이 의식은 러시아 땅이 구체적인 의미로 신성하며, 그곳만

이 재림 그리스도의 발걸음을 감당할 거라는 믿음을 담고 있다. 그것은 또 공산주의를 통해 완벽한 사회, 정의와 평등의 새 시대가 올 거라는 세속적 메시아주의로 변형되기도 한다. 고통 속의 선민 의식은 러시아 감성의 다양한 영역에서 공통된다. 그리고 그것은 러시아 작가, 독자, 또 그들을 감싸는 전능한 국가의 삼각관계는 서로 공모 관계라는 뜻이다. 내가 이것을 처음 눈치챈 것은 스탈린이 죽은 직후 소련에 방문했을 때였다. 사람들은 자신들의 생존에 대해 외부인은 공감하기 어려운 경탄을 보였다. 하지만 그러면서도 스탈린에 대한 그들의 회상에는 기이하고 미묘한 향수가 있었다. 이것은 잘못된 단어 선택이 아니라고 나는 믿는다. 그들은 자신들이 경험한 공포는 그리워하지 않았다. 하지만 그런 공포를 일으킨 자는 최소한 지금 그들을 지배하는 하찮은 고양이들과 달리 호랑이였다는 뉘앙스가 있었다. 그리고 러시아가 이반 뇌제雷帝 시대를 견딘 것처럼 스탈린 치하에서 살아남았다는 사실 자체가 어떤 묵시적 장엄함, 또는 기이한 창조적 운명의 증거라는 암시를 전했다. 그들끼리의 토론과 공포는 내적, 사적인 것이었다. 외부인이 그걸 엿듣고 열렬히 반응하면 그 격이 떨어졌다.

위대한 러시아 작가들도 마찬가지다. 해방을 향한 외침, 서구의 나른한 의식에 대한 그들의 호소는 떠들썩하고 진정하다. 하지만 그것이 항상 듣는 사람들이 어떤 분명한 응답을 해주기를 바라는 것은 아니다. 해답은 오직 내부에서, 그들만의 인종적·상상적 특징을 갖는 내향성에서만 온다. 러시아 시인은 검열자를 혐오한다. 자신을 박해하는 밀고자와 폭력 경찰을 경멸한다. 하지만 분노에서건 연민에서건, 그들과 고통스럽게 필요한 관계를 이루고 있다. 고문자와 피고문자가 기이한 유대를 이룬다는 위험한 개념으로 러시아의 영적-문학적 분위기를 설명할 수는 없다. 하지만 자유주의적 순수함보다는 그것이 더 진실에 가깝다. 그리고 그것은 왜 러시아 작가가 두려워하는 최악의 운명이 구금이나 죽음이 아니라 서구의 림보로 유배되어 근근이 생존을 이어가는 것인지를 설명해준다.

이 유배, 고통의 맹약에서의 그런 추방을 지금 솔제니친이 겪고 있다. 이 고통받은 강한 남자는 어떤 면에서 진실로 굴라크에 재수감되는 것이 서구에서 영광과 안전을 누리는 것보다 나을 것이다. 그리고 그에 대한 그의 예언자적 허언은 무지뿐 아니라 무심함도 드러낸다. 솔제니친이 역사를 신정적-슬라브주의적으로 읽는 것은 명백하다. 1789년의 프랑스 혁명은 인간의 세속적 환상, 그리스도와 메시아적 종말론에 대한 얄팍한 반란을 구현했다. 마르크스주의는 불가지론적 자유주의의 불가피한 결과다. 그것은 뿌리 없는 지식인—특히 유대인—이 신성한 러시아의 핏줄로 들여온 서구의 병균이다. 러시아가 거기 감염된 것은 1914년의 군사적 대재난 이후 국내 상황이 극도로 취약하고 혼란스러워졌기 때문이다. 공산주의는 러시아를 그리스도의 선민으로 세운 고통과 형제애의 이상을 졸렬하게 모방한 것이다. 하지만 1914년에 어머니 러시아는 치명적으로 흔들렸고, 무신론적 합리주의에 무방비 상태였다. 그래서 솔제니친은 1차 대전의 첫해를 아주 중요하게 여기고, 1914년, 그리고 1917년 3월까지 이어진 사건들의 물질적, 영적 측면 전부를 방대한 '팩트-픽션' 시리즈로 탐구하겠다고 결심하게 된다.

하지만 이 악마 연구demonlogy에서 레닌이 문제가 되고, 솔제니친은 오래 전부터 그 사실을 알았다. 마르크스주의가 서구와 유대인의 질병이었을지라도, 레닌은 러시아의 거물이고 볼셰비키의 승리는 근본적으로 그의 성취였다. 솔제니친의 초기 글에 이미 자신을 레닌과 대립적으로 동일시한 흔적이 있다. 다소 알레고리적으로 보자면(하지만 알레고리에 그치지 않는다), 솔제니친은 자신의 비범한 의지력과 통찰력은 레닌의 것과 종류가 같으며, 러시아의 영혼과 미래를 위한 투쟁은 그와 레닌 사이의 것이라고 느꼈던 것 같다. 그런 뒤 아이러니하고 상징적인 운명의 장난으로, 솔제니친은 취리히로, 그러니까 레닌이 1917년 혁명 이전에 분노의 세월을 보낸 그 깔끔하고 초콜릿 상자 같은 낙원에 가게 되었다. 그는 "1914년 8월"에서 레닌에 대한 장을 비워두었고, 이후의 책들—그가 이후에 "매듭"이라고 부르게 된—을 위해 레닌 관련 자료를 많이 구했다. 하지만 취리히 우연이 너무 강력해서 그냥 묵힐 수가 없었다. 거기서 임시 정부 이야기 『취리히의 레닌』이 나왔다.

그 결과물은 소설도 아니고 정치 책자도 아닌, 깊이 있는 일화들의 모음이다. 솔제니친의 목표는 레닌의 어설픔을 보여주는 것이었다. 레닌은 러시아 혁명 소식을 듣고 놀란다. 그가 천재적 음모 능력을 집중한 것은 스위스를 참전시켜서 사회 불안을 일으킨다는 아주 복잡하고도 무모한 계획이었다. 레닌은 아침 식사를 하며 걱정한다. 그리고 맹아적 혁명 운동에 자금을 확보할 모든 방식을 꼼꼼하게 따진다. 또 엄혹한 인생에서 만난 다른 여자, 매혹의 이네사 아르망을 열망하고, 다른 동료들이 그랬다면 저주를 내렸을 그녀의 이념적 일탈을 받아들인다. 그리고 무엇보다 그는 솔제니친 자신처럼 스위스 사람들의 냉담한 관용에 극도의 거부감을 느낀다.

모든 취리히 사람, 아마 25만 명에 이를 지역민 또는 유럽 다른 지역 출신 사람들은 거리에 밀려들어 일하고, 거래하고, 환전하고, 물건을 팔고 사고, 식당에서 식사하고, 모임에 참석하고, 걸어서 또는 무언가를 타고 각자의 길을 갔다. 모두 머리에 규율도 방향도 없는 생각들을 가득 담고서. 그는 산 위에 서서 그들을 내려다보며 자신이 그들 모두를 잘 이끌고 그들의 의지를 통일시킬 수 있다는 걸 생각했다.

하지만 그에게는 필요한 힘이 없었다. 여기 취리히 위에 서 있을 수 있고, 무덤에 누울 수도 있지만, 취리히를 바꿀 수는 없었다. 그는 여기서 일 년 넘게 살았지만, 모든 시도가 실패하고 성과는 전혀 없었다.

설상가상으로, 선량한 시민들이 또 한 차례의 어리석은 카니발을 열려고 한다.

레닌은 (러시아가 전쟁에서 빠지기를 바란) 독일 제국 정부와 참모진의 묵인 속에 유명한 '봉인 열차sealed carriage'를 타고 러시아로 돌아간다. 하지만 이 눈부시고 모호한 모험은 레닌의 계책도 정치적 수단도 아니다. 그것은 파르부스—일명 헬판드 박사, 또는 알렉산데르 이스라엘 라자레비치—의 창조적 두뇌에서 나온다. Z. A. 제만과 W. B. 샤를라우가 쓴 온전한 분량의 전기 『혁명의 상인The Merchant of Revolution』이 있지만, 파르부스에 대해서는 많은 것이 불분명하다. 그는 아마추어 혁명가였지만 그 예지력은 때로 레닌을 앞질렀다. 그는 천재적으로 혁명 자금을 조달하면서, 터키, 독일, 러시아의 여러 당파에서 이중, 삼중 스파이로 활동했다. 그는 멋쟁이에 코스모폴리탄이었고, 레닌 방식의 지독한 금욕주의에 매혹과 흥미를 동시에 느꼈다. 파르부스가 베를린에 지은 호화 별장—그는 1924년에 거기서 죽었다—은 나중에 힘러가 '최종 해결책'을 계획할 때 사용되었다.

파르부스와 레닌의 만남은 솔제니친의 책에서 핵심 역할을 한다. 그는 아주 섬세한 필치로, 두 종류의 부패—세속적 음모의 부패와 권력을 향한 불가지론적 의지의 부패—가 서로를 빙빙 도는 모습을 그린다. 불쾌한 기저음도 있다. 파르부스는 방랑하는 유대인이자 뛰어난 사기꾼의 현신이다. 그는 주식에 투자하듯 혼돈에 투자한다. 파르부스가 없었다면 레닌은 실패했을지 모른다고 솔제니친은 암시한다. 레닌은 타타르인의 강인함으로 외국 바이러스의 숙주가 된다. 러시아어에서는 레닌-파르부스의 대화와 도스토예프스키의 『카라마조프 가의 형제들』의 악의 형이상학에 대한 대화의 유사성을 통해서 이런 인종적 암유를 강조한 것으로 보인다. 실제로 『1914년 8월』이 제한된 방식으로나마 솔제니친의 톨스토이적 측면, 서사시적 기질을 보여준다고 한다면, 『취리히의 레닌』은 공공연하게 도스토예프스키적인 작품으로, 도스토예프스키의 슬라브주의적 정치학과 극적 팸플릿 작성 스타일을 모두 차용한다. 그것은 흥미롭지만 단편적이고 여러모로 아주 사적이다.

아브람 테르츠의 『합창 소리 *A Voice from the Chorus*』는 전혀 다른 종류의 사적 영역을 보여준다. 테르츠는 안드레이 시냐프스키의 필명이다. 그는 1959년에서 1966년까지 서구에서 초현실주의와 정치·사회적 풍자를 섞은 비평 에세이 및 환상적 이야기들을 출간해서 유명해졌다. 파스테르나크의 작품과 사례가 시냐프스키로 하여금 정권에 반대하고 해외에서 책을 내는 위험한 길을 걷게 한 것 같다(그는 1960년 5월의 파스테르나크 장례식에서 중요한 역할을 했다). 그는 그 세대의 많은 이들처럼 처음에는 공산주의 이상가, 나아가 유토피아주의자였다. 시냐프스키를 환상에서 깨어나게 한 것은 『닥터 지바고』, 20회 전당대회 때 흐루시초프의 연설에서 스탈린주의가 드러난 일, 그리고 소련 현실에 대한 그 자신의 날카로운 관찰이었다. 그는 비평과 시 창작으로 러시아적 삶의 대안적 의미를 찾았다.

한동안 '아브람 테르츠'—원래는 오데사의 유대인 도둑 소굴에 전하는 민요의 영웅—라는 가명은 안드레이 시냐프스키를 보호했다. 하지만 비밀이 누출되었고, 시냐프스키는 1965년에 동료 반체제 작가 율리 다니엘과 함께 체포되었다. 1966년 2월의 재판은 희극적이지만 중요했다. 그들의 죄는 글에 있었다. 이 사실, 그리고 그들에게 부과된 가혹한 형은 국제 사회에 비난의 폭풍을 일으켰다. 하지만 더욱 중요하게 그것은 지식인들의 저항과 금지된 텍스트의 비밀 배포를 가속화시켰다. 지하 출판samizdat은 이제 소비에트 문화의 중요한 일부다.

1966년에서 1971년까지 시냐프스키는 몇 곳의 강제 노동 수용소에서 형을 살았다. 그는 한 달에 두 번 아내에게 편지를 할 수 있었다. 신기하게도 이 편지는 길이에 제한이 없었다(수감자는 종이를 구하기 위해 모든 꾀와 선의를 동원해야 했지만). 정치적 주제나 수용소 생활의 참상을 언급하면 즉시 벌을 받게 되어 있었다. 하지만 이런 한계 속에서도 시냐프스키는 자신의 정신과 펜에 자유로운 방랑을 허락할 수 있었다. "합창 소리"는 시냐프스키가 죽은 자들의 집에서 보낸 편지에 토대한다.

하지만 이것은 감옥 일기가 아니다. 날짜도 없고, 이렇다 할 사건도 없다. 시냐프스키가 전한 것은 예술, 문학, 섹스의 의미, 신학에 대한 개인적 명상이다. 시냐프스키의 문학적 폭은 엄청나다. 그는 러시아 문학의 대가들뿐 아니라 디포—『로빈슨 크루소』는 시냐프스키의 상태와 명백한 관련이 있었다―, 스위프트에 대한 사색도 적었다. 사랑스러운 기억을 살피는 그의 내면의 눈은 렘브란트의 "회개한 탕아"와 성화들을 훑는다. 고통에 대한 성화들의 마법적인 사색은 그에게 점점 뚜렷해진다. 시냐프스키는 자세한 내용은 흐릿하지만, 그가 판단하는 『햄릿』의 핵심―그가 "그의 이미지의 내적 음악"이라고 부르는 것―에 대해 간략한 에세이를 쓴다. 그리고 인간 언어의 창조적, 허구적 특징과 그것이 세상을 형성하는 힘에 대해서도 숙고를 거듭한다.

시냐프스키는 수용소에서 소련의 억압에 말살되다시피 한 여러 종교 분파의 성원들을 만난다. 그들은 엄격한 정교회 신도도 있고 기독교 근본주의자(그는 수감자들의 종교적 방언을 기록한다), 이슬람교를 믿는 크리미아 지방의 체첸인도 있었다. 이런 만남과 그 자신의 본래 감성으로 인해 시냐프스키는 점점 종교로 기운다. 그래서 교회 슬라브어와 순교자 연대기를 공부한다. 또 정교회가 성모 승천에 부여하는 독특한 의미에 대해 명상하고, 러시아 민족성과 정교회 신학이 성령을 강조하는 일의 관계를 이해하려고 노력한다. 그리고 무엇보다 시냐프스키는 이런 것을 목격한다.

> 복음서의 텍스트는 의미가 폭발한다. 그 의미는 빛처럼 발산되고, 우리가 아무것도 보지 못한다면, 그것은 불분명해서가 아니라 너무 많은 것이 있고 그 의미가 너무 밝아서, 눈이 부셔서다. 우리는 평생 그것에 의존할 수 있다. 그 빛은 실패하지 않는다. 햇빛과 같다. 그 밝음이 기독교도를 놀라게 해서 그들은 믿었다.

의심할 나위 없이, 시냐프스키가 다소 열렬한 태도로 수형 생활을 견딜 수 있던 것은 이런 황홀한 경건함과 고통을 수용하는 러시아 정교회의 특징 때문이었다. 그는 수용소 생활의 느린 속도를 사랑하게 되었다. 그 안에서 "존재는 푸른 눈을 더욱 크게 뜬다." 영적 깨달음이 너무도 밝아서 "모든 걸 감안해보면 수용소는 최대한의 자유 감각을 준다." 가시 철망 너머 보이는 숲이 그런 오순절적 불길로 타오르고, 별들이 신의 재림 이전에 창을 던지는 곳이 달리 어디 있을까?

이런 설교 중간중간에 말 그대로 "합창 소리"―짧은 간투사, 노래의 토막, 욕설, 일화, 캠프 연설의 우스운 말실수들―가 박혀 있다. 키릴 피츨리온과 함께 이 책을 멋지게 번역한 맥스 헤이워드는 우리에게 이 글들이 현대 러시아의 가장 매혹적인 산물에 속한다고 말한다. 그리고 그 속성은 러시아 사람만 이해할 수 있다고 덧붙인다. 우리도 그런 인상을 받는다. 매혹적인 예외도 있지만("좋은 구두를 사. 그러면 리어 왕 같은 기분이 들 거야" 또는 "우리 아이들이 죽는 날까지!"), 대부분의 문장은 아주 진부하다.

이것은 비범한 강인함, 예민함, 연민, 믿음을 지닌 자의 감동적인 증언이다. 약간 몽상적이고 숨죽인 인상을 주는 것은 어쩌면 고의적인 것이다. 시냐프스키는 수용소에서 많은 책을 읽었다. 사실 그는 구금 중에 푸시킨에 대한 훌륭한 평문도 썼다. 어떻게 그런 일이 가능했을까? 그는 그 글에서 파스테르나크, 아흐마토바, 만델스탐을 풍성하게 언급하는데, 그들의 금지된 텍스트를 거기서 접할 수 있었을까? 메모 한 편을 보면 캠프 사령관과 수감자 사이에 이념 관련 토론이 있었던 것 같다. 수용소 통제가 예외적으로 느슨했던 것일까? 합창 소리 하나는 의미심장한 말을 전한다. "옛날에는 수용소가 더 재미있었다. 늘 누군가 두드려 맞거나 교수형을 당했다. 매일 특별한 사건이 있었다." 지옥의 정치학에서 변한 것은 무엇인가? 우리는 시냐프스키 수준의 목격자에게서는 더 많은 것을 알아내고 싶다. 하지만 그의 메시지 역시 러시아인을 위한 것이다. 우리는 엿들을 뿐이다. 그리고 시냐프스키의 추방—그는 지금 파리에 산다—은 이 과정을 더욱 불편하게 만든다.

* * *

리디아 추코프스카야의 소설 『파멸*Going Under*』은 솔제니친의 논쟁적 책이나 시냐프스키의 회상록보다 서양 독자들이 접근하기 훨씬 수월하다. 역설적인 것은 추코프스카야는 아직 '내부에', 정권의 심기를 거슬러서 정상적 직업 생활을 금지당한 작가, 예술가, 사상가의 모호한 영역에 있다는 점이다. 소련에서 추코프스카야의 글은 비밀리에 등사 인쇄로 유통된다. 그래서 『파멸』—피터 웨스턴이 담백하게 번역한—은 외부 세계를 위한 책이다. 그 병에서 편지를 꺼내야 하는 사람은 우리다.

때는 1949년 2월, '즈다노프시나zhdanovshchina' —스탈린 치하에서 안드레이 즈다노프가 주도한 문화계 대숙청— 초기다. 공간적 배경은 러시아령 핀란드의 작가 요양원이다. 번역가 니나 세르게이예브나는 운 좋게 작가동맹에서 한 달 동안 모스크바를 떠나 시골에서 휴식할 수 있도록 허락을 받았다. 거기서 그녀는 휴식하거나 계속 번역을 할 것으로 여겨졌다. 하지만 그녀의 진짜 계획은 스탈린의 1938년 인간 사냥 때 남편이 실종된 사건을 정리해서 오랜 악몽에서 약간이라도 해방되는 것이었다. 리트비노프카에서 별일은 일어나지 않는다. 니나는 빌리빈—수용소에서 풀려난 뒤 스탈린 정부에 타협하려고 하는 작가—과 베크슬러—유대인 시인이자 전쟁 영웅—의 인생에 다소간 얽히게 된다. 거실에 문인들이 오가며 파스테르나크를 욕하고, 모스크바에서 들리는 억압의 소문에 몸을 떤다. 자작나무 숲에 눈이 빛나고, 휴양 주택의 단정한 경계 너머에는 전면전의 여파로 비인간적 궁핍과 퇴보에 빠져 있는 러시아 시골의 풍경이 펼쳐져 있다. 니나는 1930년대로 돌아가서 끔찍한 대열에 합류하는 악몽을 꾼다. 수만 명의 여자가 사라진 남편, 아들, 형제의 소식을 듣기 위해 사방의 경찰서에 헛되이 늘어선 장사진이다(여기에는 아흐마토바의 명시 「진혼곡」의 반향이 있다). 빌리빈은 부드럽고 쓸쓸하게 그녀와 섹스한다. N.K.V.D.(내부인민위원회)가 베크슬러를 찾아온다. 전쟁 영웅, 특히 유대인 전쟁 영웅은 이제 필요 없다. 곧 3월이 되고, 그녀는 모스크바로 돌아가야 한다.

이 우울한 분위기의 짧은 장편소설은 마음속에 계속 반향을 울린다. 모든 사건이 더없이 자연스럽고 많은 함축을 담고 있다. 니나는 흰 숲을 거닐다가 거기 독일군이 왔었다는 것, 눈 속에 시체 안치소가 숨겨져 있는 것을 발견한다. 나치와 싸워서 스탈린주의를 지킨 일의 아이러니는 해결 불가능하다. 별 볼일 없는 작가 클로코프가 파스테르나크의 불명료함을 비난할 때, 니나의 정신은 괴로워한다. 하지만 고독 속에서 그녀는 위대한 예술은 오직 소수에게만 속하고, 위대한 시는 때로 사람을 인류 공통의 속도와 필요에서 가혹하게 단절시킨다는 믿음을 떨치지 못한다. 서사는 간결하고도 깊이 울린다. 푸시킨, 아흐마토바, 만델스탐, 파스테르나크, 투르게네프가 비스듬히 비쳐든다. 특히 투르게네프의 희곡 『시골에서의 한 달』이 추코프스카야 작품 속 여러 장면과 대조를 이루는 것처럼 보인다.

이것은 고전이다.

동쪽의 눈으로 보면(솔제니친은 끊임없이 강조한다), 우리 자신의 걱정과 문학은 상당히 시시해진다. 굴라크에서 보면, 우리 도시의 혼란, 인종 갈등, 경제 침체는 에덴처럼 보인다. 러시아의 상상력 작동 공간의 잔혹함과 고난은 우리로서는 거의 상상하기 힘들다. 하지만 더 놀라운 것은 나데즈나 만델스탐의 회고록이나 추코프스카야의 소설 같은 작품을 만드는 희망, 도덕적 지각, 생생한 매혹의 메커니즘도 마찬가지라는 것이다. 우리는 그 일상적 공포의 호흡도 이해할 수 없고, 그 기쁨도 이해하지 못한다. 둘 사이의 불변의 유대가 우리에게는 잘해야 철학적 추상이기 때문이다. 시냐프스키는 쓴다. "울에 갇히면, 정신은 뒷문을 통해 넓은 우주 공간으로 탈출할 수밖에 없다. 하지만 이런 일이 있으려면 먼저 박해를 받아야 한다." '울'이란 또 죄수들을 수용소로 호송하는 러시아 열차의 방호 객실의 이름이기도 하다. 그 안에서 솔제니친들, 시냐프스키들, 추코프스카야들이 자유를 찾는 것 같다. 그에 앞서 푸시킨, 도스토예프스키, 만델스탐이 그렇게 했듯이. 그들은 아마 우리와 처지를 바꾸려 하지 않을 것이다. 우리 역시 그들의 일상의 감옥을 깨는 것은 고사하고 그 안을 들여다보는 것조차 상상하기 어렵다.

1976년 10월 11일

고양이 인간CAT MAN

루이-페르디낭 셀린에 대해

이 서평은 고양이에 대해 말해야 한다. 문학사에서 가장 유명하고 매혹적인 고양이 베베르는 몽파르나스의 얼룩고양이로, 1935년 무렵에 태어났다. 녀석은 1942년 말 점령된 파리에서 두 번째 주인을 만났다. 그 주인이 "마술 그 자체, 전파에 실린 센스"라고 칭송한 베베르는 무시무시했던 1944년 봄에 주인과 아내 뤼세트가 독일로 도망갔을 때 버려질 예정이었다. 베베르는 이별을 거절했다. 녀석은 가방에 들어가서 함께 여행했다. 여로는 포탄 구덩이와 포격당한 철로와 횃불처럼 타오르는 도시들을 뚫고 이어졌다. 폭격 속에서 굶주린 베베르는 주인 부부와 헤어졌다가 다시 만났다. 그 셋은 무너져가는 제3제국을 건너고 또 건넜다. 그리고 처절한 최후의 돌진으로 코펜하겐에 닿았다. 덴마크 경찰이 불청객들을 체포하려고 오자 베베르는 지붕으로 빠져나갔다. 하지만 이 전설적인 동물은 결국 잡혀서 동물 병원 우리에 들어갔다. 주인이 감옥에서 풀려나서 건강을 회복할 때 베베르는 암 수술을 받았다. "하지만 몽마르트르 고양이는 많은 경험이 있었다. 그는 트라우마를 견뎠고, 빠르게 회복했다. 늙은 고양이답게 느리고 현명한 평온, 충실함, 고요함, 수수께끼가 그에게 있었다." 베베르의 주인은 사면을 받고 1951년 6월에 집으로 돌아갔다. 네 마리의 평범한 고양이—토민, 푸핀, 무셰트, 플뤼테—도 함께 갔다. 스핑크스처럼 늙은 비밀 공유자 베베르는 1952년 말 파리 교외에서 죽었다. "수많은 모험, 투옥, 야영, 잿더미, 온 유럽을 겪은 뒤…… 그는 나무랄 데 없이 경쾌하고 우아하게 죽었다. 그날 아침 창밖으로 뛰어나갔다…… 노인으로 태어난 우리는 비교하면 우스꽝스럽기만 하다!" 슬픔에 잠긴 주인 루이-페르디낭 데투슈가 썼다. 그는 빈민들의 사회 위생을 강조한 의사이자, 아프리카와 미국의 방랑자, 열렬한 괴짜였다.

내가 쓰고 싶은 것은 베베르에 대한 글이다. 베베르는 일급 생존자이자 프랑스적 간계의 현신이다. 하지만 내 앞에 놓인 것은 그의 비참한 주인에 대한 두꺼운 전기다. 미친 의사, 셀린이라는 이름—할머니의 이름에서 딴 것이다—으로 20세기뿐아니라 서구 문학사 전체에 이름 높은 소설과 사실적인 '팩트픽션'을 생산한 사람. 베베르에 대해서 글을 쓴다면 기쁘겠지만, 셀린이라면 그렇지 않다.

프레데리크 비투가 쓰고 제시 브라우너가 서툴게 번역한 전기『셀린』은 데투슈 가족의 역사와 1차 대전 이전에 파리의 여러 불결한 지역에 산 루이-페르디낭의 양친의 역경을 자세히 보여준다. 책은 루이-페르디낭의 난마처럼 얽힌 성생활, 불륜, 결혼, 그리고 파리, 런던, 식민지 아프리카 유곽들의 우울한 편력을 기록한다. (데투슈 박사는 자신의 성행위보다 애인이 다른 사람과 하는 성행위를 보는 데 더 매혹된 강박적 관음증 환자였던 것으로 보인다.) 비투는 자신의 주인공이 출판사, 다른 작가, 파리 사회와 벌인 끝없는 싸움을 줄기차게 소개한다. 이전의 기록들에서 가져온 내용이 많지만, 독일 점령 시기와 셀린의 냉소적이고 히스테리컬한 반응의 기록은 예리하다. 쫓기는 도망자, 덴마크에서 벌인 송환 거부 투쟁, 쓸쓸한 귀향의 묘사도 그렇다. 오염, 사회 부조리, 빈민들의 무지와 맞서 싸운 병리학자, '빈민 의사'에게 붙는 고결함의 아우라가 탐구되고 약간 합리화되기도 한다. 프레데리크 비투는 조용한 열정으로 보고를 계속한다.

하지만 핵심적 수수께끼는 풀리지 않는다. (잡히지 않는 베베르의 그림자!) 1931년 10월에『밤의 끝으로의 여행』이 나왔을 때 셀린이 언어와 문학 세계에 터뜨린 환각적 문체, 그리고 그가 1937년에 처음 드러낸 유대인 혐오는 오랫동안 셀린이 1914년 10월 27일 기병대원으로 플랑드르에 나갔다가 부상을 당한 사건이 원인으로 여겨졌다. 셀린 자신과 그의 변명의 글들은 이때의 부상이 이후 그의 글의 목소리와 이념뿐 아니라 사적, 공적 활동에 깔린 편두통, 조울증, 분노 발작의 원천이 되었다고 말한다. 이 잘생긴 흉갑기병은 그때 거의 치명적인 부상을 입었고, 그 충격으로 사악한 천재성으로 빠져 들어갔다는 것이다. 하지만 비투의 꼼꼼한 조사로도 명확히 밝혀지지 않은 사실들이 있다. 데투슈 하사가 팔과 어깨에 부상을 입은 것은 맞지만, 그의 상관 대위는 루이의 아버지에게 "아드님의 부상은 심각하지 않아 보입니다"라고 편지를 보냈다. 하지만 그가 받은 무공 훈장에는 "중상"을 입었다는 설명이 딸려 있고, 셀린은 다시 전투에 투입되지 않았다. 그가 말에서 떨어지며 뇌진탕을 입은 걸까? 어떤 심리적 충격으로 회복 불가능한 공포에 빠진 걸까? 후방에서 회복하는 동안, 그리고 그 후에 런던과 카메룬에 체류하는 동안, 이 서훈 받은 퇴역병은 불면증과 이명耳鳴—"휘파람 소리…… 북소리…… 증기 분사 소리"—에 미칠 지경이라고 말했다. 파괴적 통증, 망상적 고통과 분노의 전략이 태어났다. 실제 원인은 여전히 불분명한 "밤의 끝"에 있다.

공들인 노력에도 불구하고, 비투의 책 역시 데투슈 박사의 흉포한 반유대주의의 원천과 발달 과정을 확실히 밝히지 못한다. 19세기 말과 20세기 초 프랑스 중간 계급 및 중하층 계급에는 유대인 혐오가 만연했다. 드레퓌스 사건은 잠재된 혐오를 공개적으로 드러냈다. 셀린은 무명 시절, 특히 클리시에서 의

사로 일하던 시절에 그가 생각하는 '유대인 의사와 학자의 프리메이슨' 집단이 직업적, 사회적 성공을 이루는 데 깊은 적의를 보였다. 그리고 무정부적 평화주의—프랑스는 또 한 번의 대량 학살을 버틸 수 없다는 신념—를 통해서, 그 가장 큰 위협은 유럽의 유대인이라고, 유대인은 (그리고 유대인만이) 국제주의와 히틀러 반대를 통해서 유럽 대륙을 제2의 아마겟돈에 빠뜨릴 거라는 결론을 내렸다. 그는 이렇게 썼다. "무엇보다 전쟁은 피해야 한다. 지금 우리에게 전쟁은 모든 일의 끝, 유대인의 납골당에 들어가 버리는 일이다." 그 세대의 많은 사람이 그랬듯이 보건 역학자 데투슈는 인종 오염과 우생학의 여러 유행 이론을 흡수했다. 유대인은 이미 악명 높듯이, (전쟁으로 약해진) 고귀한 종족의 피를 통혼으로 오염시키는 질기고 만연한 세균이었다. 그리고 동유럽에 붉은 유령 볼셰비즘이 탄생하고 퍼지는 데 유대인이 뚜렷한 역할을 하지 않았는가?

하지만 우리가 이 강력한 주장을 받아들인다 해도 『학살을 위한 바가텔Bagatelles pour un Massacre』, 『시체 학교L'École des Cadavres』에 담긴 학살에 대한 부르짖음은 아직도 많은 것이 수수께끼다. 서구 사회에서 모든 유대인—남녀노소 모두—을 제거하고 인류 역사에서 그들의 그림자를 근절하자고 외치는 이 두꺼운 팸플릿들에서 루이-페르디낭 셀린은 문학과 정치 언어에 다행히도 유사 사례가 드문 혐오와 선동의 기교를 발휘했다. 수백 페이지짜리 그 책들을 읽는 것은 육체적, 정신적으로 거의 고문에 가깝다. 하지만 꾹 참고 살펴보면, 문체의 천재성, 언어적 섬광이 구정물 위의 강렬한 빛처럼 퍼진다(콜리지는 자신의 그득한 요강에서 깜박이는 별빛을 보았다). 그 글들은 몸과 마음에 장애를 입고 두통과 이명에 시달리는 괴짜의 일시적 탈선이 아니다. 그것들의 고약하고 역겨운 힘은 (적어도 일시적으로는)『밤의 끝으로의 여행』같은 이후의 걸작들로 이어진다.

두 가지 추측이 가능하다. 조너선 스위프트의 경우처럼, 셀린의 상상력과 폭발적 웅변의 원천은 혐오다. 일반적으로도 미적 형식에서도 혐오는 숨이 짧다. 그것은 큰 공간을 채우지 못한다. 하지만 소수의 대가들—유베날리스, 스위프트, 셀린—에게서 인간 불신, 세상에 대한 구토는 전면적 규모의 구상을 낳는다. 혐오의 단음이 협화음이 된다. 셀린의 학생 사르트르는 도시의 유대인은 인간의 나약함을 하나의 점에 집중시키는 무언가가 있다고 말한다. 유대인은 그냥 인간이 아니라 다른 사람들보다 약간 더 인간이다. 이런 혼탁한 견해로 보면, 유대인 혐오는 인류 일반에 대한 경멸의 자연스러운 추출물이다. 인간의 추함, 부패, 탐욕, 허영, 근시안에 대한 혐오를 발산할 가시적인 표적을 데투슈는 유대인에게서 찾았다. 혐오의 문장 가운데서 le youpin(유대인)을 l'homme(인간)로 바꾸면, 성서 못지않게 위대한 표현들이 나온다. 그것은 우리가 세상을 소돔과 고모라로 만든 데 대한 저주다.

두 번째 지점은 초점을 맞추기가 더 어렵다. 셀린의 사적 태도와 문학 활동은 라블레적 블랙 유머에 잠겨 있다. 이런 고약한 즐거움으로는 의학생이 첫 시체 해부 때 느끼는 악명 높은 즐거움이 있다. 그것의 선례는 그리스 사튀로스 극에서 (관객이 방금 경험한) 비극적 플롯을 사정없이, 거의 히스테리컬하게 패러디하는 것이 있다. 단테는 지옥에 독설적 농담을 몇 개 떨군다. 프란츠 카프카는 「변신」을 읽어준 뒤, 경악해서 말을 잃은 친구들을 보며 허리를 접고 웃었다. 어떤 기이한 차원에서, 셀린의 반유대주의적 열변을 패러디로, 일종의 광기에 빠진 장난으로 이해할 수도 있다. 초현실주의적 익살, 해골 가면을 쓰는 멕시코 카니발이 이와 비슷하다. 『광대 패*Guignol's Band*』는 셀린의 특징을 잘 보여주는 작품이다. "학살"은 "바가텔"과 함께 간다(바가텔은 원래 '사소한 것'이라는 뜻을 가진 말이지만, 셀린은 광대나 약장수의 속임수라는 의미로 썼다). 나치 수뇌부와 협력자들이 모인 빛나는 한 집회에서 셀린은 흐트러진 모습으로 히틀러의 흉내를 냈다. 절정부에서 총통은 유대인에게 "내가 여러분을 수용소에 몰아넣는 것은 여러분과 좀 더 수월하게 비밀 협약을 맺고, 세계의 주도권을 공유하기 위해서"라고 말했다. 요컨대, 셀린이 추는 학살의 춤의 심장에는 미친 어리석음, 유아적 파괴의 장난기가 있다. 이것은 변명이 아니다. 그것은 사태를 더 악화시킬 수 있다.

셀린의 도피와 유배 생활은 두 편의 고전을 더 낳았다. 『성에서 성 *Castles to Castle*』은 비시 정권이 지크마링겐에서 맞는 기이한 황혼을 이야기한다. 그곳은 퇴각하는 독일이 불청객들을 위해 마련해둔 오페레타 같은 도시다. 『밤의 끝으로의 여행』이 현대 소설과 산문에서 중요한 의미를 띠게 된 전보식, 영화식 기법은 여기에 강하게 압축되어 있다. 『성에서 성』은 위대한 예술 작품만 가능한 방식으로, 확장되고 결말이 열린 구조 안에서 고도의 간결함을 실현한다. (문법을 파괴한 프랑스어 원제 D'un Château l'Autre의 절약, 모음 탈락, 호흡을 보라.) 1944년 11월에서 1945년 3월까지 지크마링겐 성에 있던 페탱의 소형 궁정의 묘사는 그 공허한 웃음에서 비길 것이 없다. 요란한 격식의 아침 산책 때 영국 전투기 한 대가 머리 위를 날면서 페탱의 수행원들을 떨게 하는 장면을 보면 ―페탱 자신은 물론 꼿꼿하고 당당하고, 바보처럼 웅장하게 산책을 계속한다― 셀린 안에 셰익스피어적 감각이 있다는 느낌을 떨치기가 힘들다.

셰익스피어의 역사극들처럼 이 작품도 화려한 장관과 고약한 오물, 당당한 태도와 볼품없는 일상적 필요, 기념비적인 것과 친밀한 것이 대조 속에 상호작용한다. 또 16세기 대가들(몽테뉴, 라블레, 셰익스피어) 못지않은 생각의 관능성도 작동한다. 셀린은 정치적, 사회적 붕괴의 복잡한 동역학을 냄새, 소리 및 피부와 피륙의 촉감으로 변모시킨다. 유죄 판결을 받은 악당의 절망, 심연의 가장자리에 선 도망자의 색정적 강박은 셀린과 독자의 입에 기묘한 맛을 남긴다. 그리고 셀린이 셰익스피어를 능가하는 부분은 동물의 감각을 이용해서 지각의 폭을 넓히는 것이고, 베베르는 거기서 최초 및 최고의 역할을 한다. (그래서 『리고돈*Rigodon*』에는 육군 원수 폰 룬트슈테트와 고양이 폰 베베르가 만나는 멋진 장면이 나온다. 『리고돈』은 셀린이 추방 시기에 쓴 세 편의 회고록 중 가장 허약한 작품이다.) 『북쪽*North*』은 탈출, 은신, 덴마크에서의 투옥을 어지럽게 기록한다. 그것은 셀린이 궐석으로 재판을 받은 일과 공식적 국치로 판정받은 일을 맹렬히 비난한다. "장관들, 총독들, 사방의 디엔비엔푸! 꽁무니 빼기, 분홍 속옷!" 비투는 『북쪽』이 셀린의 최고 걸작이라고 평가한다. 그 책에 담긴 지옥 같은 장면들—브란덴부르크 저지대, 불타는 베를린, 덴마크 국경, 헬싱외르의 거짓된 아우라 속의 인간 부패—은 의심할 여지 없이 단테에 근접한다. 귄터 그라스, 윌리엄 버로스, 노먼 메일러, 현실적인 베트남전 영화들, 쿠웨이트의 검은 하늘 보도에 담긴 종말론적 파노라마는 모두 셀린 이후에 온다.

그의 예술의 조상을 파악하기는 쉽지 않다. 라블레는 늘 언급된다. 셰익스피어의 작품에서 광대와 가학자 사이—폴스타프와 이아고, 말볼리오와 유쾌한 고문자들—에 선택적 친화력이 있다는 통찰을 생각해 보면, 『리어 왕』과 『아테네의 티몬』도 중요했을 수 있다. 도스토예프스키는 가능성으로 남아 있다. 그는 1920년대와 30년대에 파리에서 많이 읽히고 극화도 모방도 많이 되었다. 신탁 같은 장대함을 담은 빅토르 위고의 대작들과 역사-철학적 서사시가 『밤의 끝으로의 여행』에 영향을 주었을 수도 있다. 랭보의 서정적 저주가 배경에서 희미하게 울리기도 한다. 하지만 셀린에게 영향을 준 사람을 찾는 현학적 노력은 대체로 무의미하다. 『밤의 끝으로의 여행』은 세계 전쟁으로 갈라진 언어의 심층과 표층에서 용암처럼 분출한다. 단 하루의 전투로 2만 명 이상이 진흙에 처박힌 유럽에서, 베르됭의 전선들 사이에 30만 구가 훨씬 넘는 시신이 묻히지도 않고 나뒹구는 유럽에서 전통적 담론, 이성적 비유, 견실하고 교양 있는 상상력은 웃음거리가 되었다. 셀린의 귀에 울리는 비명은 히스테리, 대중 선전, 자기 귀막음의 새로운 문법을 가져온다. 록 비트, 헤비메탈의 망치질, 약물 같은 소리는 『밤의 끝으로의 여행』의 언어에서 처음으로 폭발한다. 그 질식의 메아리는 아직 그치지 않았다.

하지만 더 큰 질문은 남는다. 설령 미적 창조력이 일급 수준이라 해도, 비인간성에 대한 (체계적 선동은 차지한다 해도) 우호적 표현을 정당화할 수 있는가? 인종차별을 부추기고, 아동의 성적 학대를 매력적으로 표현하거나 권하는 문학이 출판, 연구, 비평의 가치가 있는가? (도스토예프스키는 이 어슴푸레한 지대의 경계에 서 있다.) 모든 검열에 반대하는 자유주의적 주장은 공허한 구호에 불과할 때가 많다. 진지한 문학과 예술이 감수성을 교육하고, 지각을 고양하고, 도덕적 판별력을 정련할 수 있다면, 똑같은 방식으로 우리의 상상력과 모방 충동을 타락시키고, 천박하고 야만스럽게 만들 수도 있다. 나는 40년 동안 책을 읽고 글을 쓰고 가르치면서 이 난제와 씨름했다. 셀린의 '사건'(헨리 제임스라면 불안한 매혹을 담아 그렇게 불렀을 것이다)은 어느 쪽으로 보아도 모범적이다. 그에 비하면 에즈라 파운드의 투박한 파시즘, T. S. 엘리엇의 질긴 반유대주의, W. H. 오든의 "필요한 살인"에 대한 요청—이 경우에는 좌파의 명령에 따라—은 빈약하다. 셀린의 인종차별적 악담, 학살의 구체적 요청, (변덕과 냉소를 담은 경우를 빼면) 후회의 거부가 지닌 압도적인 무게가 심리적 통찰과 극적 서술의 천재성과 얽혀서 이 문제를 압박한다. 비투가 이런 문제를 다루었더라면.

그나마 노골적으로 야만적인 발언은 『밤의 끝으로의 여행』이후에 펼쳐져서, 희극적인, 어쩌면 고의적인 광기를 가장한경우만 제외하면 『성에서 성』과 『북쪽』의 성과를 일그러뜨리지 않는다. 이런 창의성 때문에 셀린이 죽었을 때, 프랑스 최고의 문학 전집인 플레이아드 판은 그를 포함시켰고, 그 판단은 옳았다. 그럼에도 불구하고 중간 시절의 쓰레기가 막대하고, 셀린의 성취의 중심에는 여자와 유대인에 대한 한결같은 혐오가 있다는 사실을 피할 수 없다. 어쨌건 우리는 그의 경우에는 사람과 창작품 사이의 뚜렷한 인과 관계를 이해한다. 그의 팬이자 동시대인에 동료 협력자였던 뤼시앵 르바테가 제기한 딜레마는 더욱 곤란하다. 독일도 비시 정부도 셀린을 거북하게 여겼다. 그들은 그의 흉포한 재치를 이용할 수 없었다. 르바테는 유대인, 레지스탕스, 드골주의자들의 진정한 사냥꾼이었다. 그는 처형을 기다리며 (이후에 사면되었다)『두 개의 깃발*Les Deux Étendards*』(영어로 미번역)을 완성했다. 이 풍성한 소설은 우리 시대의 숨겨진 걸작 중 하나다. 더욱이 인간애와 음악(르바테는 한때 프랑스 최고의 음악 평론가였다), 사랑, 고통에 대한 통찰이 가득하다. 이야기의 핵심에 있는 여자는『전쟁과 평화』의 나타샤 못지않게 인생의 성숙이라는 빛나는 압력으로 형성된다. 영락하고 뒤틀린 르바테와 그의 뛰어난 소설 사이의 관계를 우리는 어떻게 이해할 수 있을까? 그 영혼의 미로에 놓인 다리들은 무엇인가?

　나는 답을 모른다. 어쨌거나 내 직감에 따르면,『할부 죽음*Death on the Installment Plan*』과『바가텔』은 도서관 서고에서 시들어야 한다. 최근에 그의 책이 재발행되는 것은 나에게는 정치적 또는 마케팅적 이유의 만행으로 보인다. 그의 뛰어난 '팩트-픽션'들은 시간을 버틴다. 그것의 거친 노래는 언어에 생명력과 새로움을 불어넣는다. 인간 데투슈는 변함없이 용서할 수 없다. 하지만 그 점에서도 베베르는 달라야 할 것이다.

1992년 8월 24일

친구의 친구THE FRIEND OF A FRIEND

발터 벤야민과 게르숌 숄렘에 대해

최상급의 학식은 위대한 예술이나 시 못지않게 희귀할 것이다. 그것이 요구하는 재능과 자질 가운데는 명백한 것들도 있다. 고도의 집중, 방대하고도 정밀한 기억력, 증거와 원천을 다루는 정교한 솜씨와 경건한 회의주의, 명확한 논점 제시 등이다. 하지만 그보다 더 희귀하고 정의하기 어려운 필요조건도 있다. 진실로 위대한 학자는 송로버섯 사냥개처럼, 숨겨져 있는 중대한 문서를 찾고, 공통점 없어 보이는 상황들의 연관성을 찾는 후각이 있다. 그들은 남들이 벽지만 보는 곳에서 숨겨진 편지를 본다. 그들은 수맥을 찾는 사람처럼 무수한 발길이 지나간 표면 아래 중요한 샘이 있다는 것을 감지한다. 그들은 수정 구슬의 흠, 기록의 오류, 왜곡되거나 지워진 것에서 숨겨진 압력을 감지한다. 그들은 블레이크가 말한 "세밀함의 신성함"에 매달리지만, 거기서 우리 역사, 문학, 사회 인식의 풍경을 바꾸는 일반적 추론을 이끌어낸다.

하지만 이런 재능, 그리고 그것들의 드문 결합도 탁월한 학식의 핵심 요소를 결정하지 않는다. 진실로 위대한 학자는 뛰어난 번역가나 배우, 또는 연주자처럼 자신의 재료가 아무리 난해하고 심오해도 그것과 하나가 된다. 그리고 자신의 인격의 힘과 전문적 솜씨를 자신이 분석해서 전하는 역사적 시대, 문학 및 철학 텍스트, 사회 구조에 융합시킨다. 그러면 그 구조, 일차적 원천의 집합은 해석자의 목소리와 문체를 띤다. 그것은 자체의 특징을 유지하면서 그의 것이 된다. 오늘날 조지프 니덤에게 속한 중국이 있고, 고 아르날도 모밀리아노의 말투를 띤 헬레니즘 문명, 오랫동안 로만 야콥슨의 흔적을 달고 있을 문법이 있다. 하지만 이 모든 경우에 이런 결합은 재료의 강도를 회복시켜 준다.

게르숌 숄렘의 학식은 이런 희귀하고도 생명력을 안겨주는 종류의 것이었다. 그의 카발라 연구가 (논란은 있을지언정) 유대교에 대한 이미지를 바꾸어서만이 아니라(유대인 불가지론자들도 이제 자신의 심리학적, 역사적 기원을 이해한다) 카발라 문헌에 대한 그의 탐구, 번역, 소개가 일반 문학 이론, 비유대인에 불가지론자인 많은 비평가와 학자의 시 독법에 엄청난 영향을 미쳐서다. 대개 명징하고 고전적인 독일어로 쓴 숄렘의 에세이들―문장력의 부족은 학문의 깊이가 없다는 증거다―은 카발라를 훌쩍 뛰어넘는 문제들까지 감싸 안는다. 독일 유대교의 드라마에 대해, 현대 이스라엘이 처한 모호성에 대해, 세속화되는 시대에 성서 연구와 번역의 역할에 대해 숄렘보다 더 예리하고 묵직한 주해자는 없었다. 숄렘은 자주 아이러니하고 전복적인 여러 분야에 중독되었다. 윌리엄 제임스처럼 (다른 사람들도 있지만) 그는 지성의 활동과 인간 감정의 다양성을 자기 분야로 삼았다. 종교적 의식, 신화적 상상, 창조적 환상의 모든 표현이 그를 매혹했다. 하지만 수학, 법 담론 구조, 인류학도 마찬가지였다. 숄렘의 풍성한 산출물의 많은 부분은 주제—중세 및 하시드의 신비주의, 영지주의 우주론, 르네상스 헤르메스교와 마술—뿐 아니라 그 진술 수단도 폐쇄적이었다. 학문적 성취와 문제 해결의 걸작들은 불가피하게 학술 저널과 히브리어 안에 남아 있다. 하지만 『카발라의 기원』, 또 신비주의적 유사-메시아, 사바타이 세비Sabbatai Sevi에 관한 매혹적 연구(둘 다 프린스턴에서 출간) 같은 중요 저술은 교양 대중을 목표로 한다. (상대적으로) 소품에 속하는 걸작들도 마찬가지인데, 거기에는 숄렘의 개인적 회고록, 신비주의적 창조론에 대한 논문, 그리고 발터 벤야민에 대한 회고록이 있다. 영어 번역본 중 어떤 것은 히브리어나 독일어 초판본에는 빠진 갱신된 자료나 편집진의 보조 자료를 실어서, 통찰력을 훌륭하게 뒷받침해 주었다.

숄렘과 벤야민은 1915년에 처음 만났다. 벤야민은 23세고, 숄렘은 17세였다. 그들의 우정은 전설과 학술적 탐구의 재료가 되었다. 그들의 기질이 잘 맞은 것은 분명하다. 벤야민과 숄렘 둘 다 자신들의 개인적, 사회적으로 주변적이면서도 창조적인 분위기에 기이할 만큼 예민한 독일계 유대인이었다. 그들은 정신과 학식의 사람들, 거의 랍비적 방식의 인용과 주해의 사람들이었다. 둘 다 각자의 영역에서 옛 책에 중독된 애서가이자 장서가였다. 그들은 각자 개성은 뚜렷하지만, 표현의 순수함을 공유한 독일 산문의 명장들이기도 했다. 그들의 글은 완전히 토착적인 것도 아니고, 무의식적으로 상속된 것도 아니다. 숄렘과 벤야민 모두 얼마간의 무정부주의, 기성 구조와 관습에 대한 근본적 불신이 있었다. (둘 다 1차 대전 때 스위스로 빠져나가는 데 성공했다. 숄렘은 신경계 질환을 가장해서 징집 명령을 피했다.) 가장 중요한 것은 벤야민과 숄렘 모두 특이한 주변에서 핵심적 철학, 역사, 심리학의 문제에 접근하는 방식을 선택했다는 것이다. 숄렘은 극단적 비전祕傳—광기의 이단들과 사색적 몽상의 병리학을 포함하는—에 대한 철학적-편집적 연구로 유대교 연구에 혁명을 일으켰다. 벤야민은 어린이책과 장난감, 19세기 사진, 독일 바로크 시대의 "사라진" 극작법과 우화집, 제2제정기 파리에서 생겨난 백화점의 분석을 통해서 오늘날 구조주의, 문화 사회학, 기호학의 중심을 이루는 아이디어—그 자신이 랭보에게서 빌린 표현에 따르면 "계시illumination"—를 도출하게 되었다.

하지만 두 사람의 차이는 컸다. 숄렘이 종교적 신비주의에 몰두한 것은 역설적으로 아주 아이러니하고 회의적인 세계관에서 비롯된 것이었다. 나는 만년의 숄렘을 알았고, 그를 예루살렘, 취리히, 뉴욕에서 보았다. 하지만 신적 통일성의 자기 분리, 신격이 발산하는 빛, 창조 순간의 "그릇 깨기"에 대한 카발라적 명상을 해설하는 이 사람이 신을 믿었는지 안 믿었는지 짐작도 할 수가 없다. 숄렘의 미소의 알쏭달쏭함과 볼테르적 기쁨의 암시는 많다. 반대로 벤야민은 희귀한 존재인 현대의 신비주의자, 예지의 오컬트, 폐쇄적 상징, 백마술white magic의 전수자다. 우리 의식의 사회 경제적 맥락을 정밀하게 이해시키고, 사진·영화·라디오의 미디어 혁명에 빠르게 반응하고, 사적이고 이단적인 마르크스주의를 핵심적 전망으로 삼았던 벤야민은 진정한 카발리스트였다. (그는 약물도 실험했다. 숄렘은 그런 비합리의 실험은 회피했다.)

시오니즘에 대한 흥미는 두 사람의 유대의 강력한 계기였지만, 그것을 실현하는 방식은 처음부터 화해 불가능했다. 숄렘은 독일인-유대인의 이중성이 파국에 이를 가능성을 예리하게 감지했다. 그가 볼 때는 유대인 정체성에 참여하려면 당연히 히브리어와 이스라엘의 삶을 알아야 했다. 숄렘이 유대인의 인식과 일반적 종교 역사에 카발라의 역사를 되찾아온 바탕에는 확고한 '시오니즘', 성지로의 귀환 사상이 있었다. 벤야민은 당시 팔레스타인 땅이었던 그곳으로 이주하는 일을 진지하게 생각해 보았다. 그는 숄렘에게 여러 차례 히브리어 공부를 하고 싶다는 뜻을 밝혔다. 벤야민은 1929년과 1930년대에 한 번씩 마음 급한 숄렘의 도움 아래, 파멸이 예정된 유럽을 떠나겠다고 선언했다. 이런 긴박하고 혼란스러운 충동에서 아무 결과도 나오지 않았다. 숄렘은 1923년에 예루살렘에 갔다. 그리고 1982년에 위대한 업적을 남기고 명예롭게 죽었다. 벤야민은 나치에 쫓기고 저술도 사방에 흩어진 절망적인 상황에서 1940년에 프랑스-스페인 국경에서 자살했다. (소문에 따르면 국경을 넘었던 피난민들도 프랑스 경찰에 송환되고, 이어 나치에 넘겨졌다고 한다.)

하지만 다른 방식은 불가능했을 것이다. 발터 벤야민은 최후이자 가장 열렬한 중부 유럽인 중 하나였다. 여기서 중부라는 것은 지리적 개념―해방된 유대인을 위해 프랑크푸르트-빈-프라하-파리가 마련한 공간―뿐 아니라 프랑스어와 독일어의 표현처럼 유럽 역사의 진수라는 개념도 담고 있다. 아도르노, 에른스트 블로흐 등 이른바 비판이론과 문화 철학의 프랑크푸르트학파 사람들처럼, 벤야민은 다언어 사용자라는 정체성, 지식 계급에서의 역할, 자신의 신체 자체―커피하우스 현자의 것―를 유럽의 운명과 갈라놓을 수 없었다. 그리고 미국 망명을 너무 늦게 시도했다. 반면에 그의 동료와 친구들―아도르노, 블로흐, 호르크하이머, 브레히트―은 다양한 수준의 기회주의를 발휘해서 그 일에 성공했다.

게리 스미스와 앙드레 르페브르가 번역한『발터 벤야민과 게르숌 숄렘의 서신: 1932~40』의 핵심 줄기 하나는 숄렘의 메시아와 벤야민의 메시아의 흥미로운 차이다. 숄렘에게 메시아—그것의 풍성하고 다채로운 형태를 그는 여러 논문과 명저『유대교 신비주의의 주요 경향』, 그리고 무엇보다 사바타이 세비 연구에서 진단했다—는 구체적이고 역사적 근거가 있는 이스라엘 귀환과 결합되어 있었다. 숄렘은 카발라의 레퍼토리에 자신이 만든 우화가 들어갈 때 아주 기뻐했다. 그것은 메시아가 와도 모든 것을 '아주 살짝' 바꿔서 눈에 띄지 않을 것이라는 내용이다. 그 예외는 이스라엘이다. 그 나라의 설립 자체가 메시아 사상의 최고 증거이기 때문이다. 파울 클레의 그림 〈새로운 천사Angelus Novus〉—폭풍이 항상 우리에게서 떼어내는, 역사의 천사—에 빗댄 벤야민의 견해는 전혀 달랐다. 메시아 사상은 시오니즘이 아니었다. 그것은 굴욕당하고, 패배당하고, 역사와 역사가들이 묻어버린 목소리를 재발견하는 것이었다. 그것은 모든 인간 언어의 바탕에 깔리고, 그 생성력으로 번역 행위를 가능하게도 불가능하게도 만드는 사라진 아담의 언어를 복원하는 일이다. 벤야민에게 메시아의 임재는 유대인과 이스라엘의 재탄생—그것이 기적이라는 것을 그도 알았지만—을 초월하는 진실, 사회 정의, 애정적인 합리성에 대한 투명한 태도를 통해서 드러나는 일이다.

이 서신의 번역은 명확하다는 미덕이 있다. (책에는 128편의 편지가 실렸다. 1932년 이전의 편지 일부는 사라진 것 같고, 숄렘이 자신이 받은 편지들을 1966년 10월 동독에서 발견한 일은 마술적인 면모가 있다.) 하지만 두 작가의 어조의 차이—그들의 기질의 차이를 드러내는—를 신빙성 있게 반영하지는 않는다(그럴 수가 없다). 숄렘은 가장 다정한 (때로는 장난스러운) 내용을 이야기할 때도 권위의 기미를 띠고, 환상이나 비논리를 잘 견디지 못한다. 벤야민의 어조는 깜박이는 예리함, 즉 무형의 것들, 다의성, 그가 '아우라'라고 말한 지각과 의향의 떨림을 표현하려는 알쏭달쏭하지만 정교한 내적 시도이다.

예를 들어 1934년 초봄, 숄렘이 유럽의 참화를 예견했는데 벤야민이 자신의 안전을 도모하지 못했을 때 그들의 관계는 거의 단절 위기까지 갔다. 벤야민은 3월 3일에 이렇게 썼다.

내 존재는 최고로 불안하고, 매일 새롭게 신께 의존하고 있습니다. 이건 같은 말을 좀 더 신중하게 한 것입니다. 그리고 그 말은 내가 이따금 받는 도움뿐 아니라 나 자신의 주도권도 의미합니다. 그건 다소간 기적을 목표하고 있습니다.

기적에 대한 벤야민의 기다림은 치유적—그것이 그를 살아 있게 했다—인 동시에 파괴적—합리적 행동의 효용과 도덕적, 형이상학적 지위를 더욱 축소한다는 점에서—이기도 했다. 숄렘은 신성한 도움의 가능성을 현실적으로 이해하고, 이스라엘에 벤야민의 자리를 마련해주려고 했다. 벤야민의 저작도 출판되거나 어쨌건 눈에 띄게 해주려고 했다. 하지만 그는 답답함에 이렇게 썼다. "당신의 상황이 어떻게 될지 나는 점점 더 모르겠습니다." 그리고 "우리가 주고받은 편지의 많은 부분이 당신의 기억에서 사라진 것 같습니다. 당신은 전에는 자신이 처한 상황을 이해했던 것 같은데 이제 그걸 잊었어요⋯⋯ 우리는 거짓된 자세로 논의를 하고 있고, 이걸 바라보는 내 마음은 기쁘지 않습니다."

게다가 숄렘이 화가 난 것은 벤야민이 팔레스타인 이주에 대해서 우유부단했다는 것뿐 아니라 1924년부터 마르크스주의와 극도로 복잡한 관계를 유지했다는 점도 있다. 숄렘은 벤야민이 공산주의 계열의 여성과 개인적이고 에로틱한 관계라는 것을 알았다. 그리고 친구가 1926년에 모스크바에 다녀온 것도 알았다. 숄렘의 형은 독일 공산당의 유력 인사로 비극을 겪었다. 숄렘은 브레히트 개인과 그의 작품이 벤야민에게 갈수록 큰 영향을 미치는 데 분개했다(벤야민은 브레히트의 덴마크 도피 시절 그와 여러 주 동안 긴밀하게 지냈다). 숄렘에게 정치적 견해가 있다면, 그것은 인간의 끈질긴 우행과 야만성을 환멸, 아이러니, 약간의 냉소로 대하는 것이었다.

하지만 숄렘은 벤야민이 마르크스주의 역사 이론과 변증법적 유물론의 수사학적 도구를 이단적, 독창적으로 사용하는 것을 잘못 읽었다. 공산주의 내의 몇몇 친구는 벤야민의 지독한 고독을 달래는 데 도움을 주었다. 1930년대의 정치적 혼란 속에서 공산주의는 심지어 스탈린주의조차 파시즘과 나치즘의 거대한 물결에 맞서는 효과적인 유일한 저항처럼 보였다. 숄렘은 벤야민 사후에 출간된 그의 모스크바 일기를 보지 못했다. 그것을 읽었다면 벤야민의 회의주의, 소련 사회 현실에 대한 그의 반감을 확실히 알았을 것이다. 하지만 그런 반감 속에서도 19세기 자본주의에 대한 마르크스의 분석과 마르크스주의 미학에 담긴 지적, 예술적 작품의 창조와 보급에 대한 경제적-유물론적 견해를 부정하지는 않았다. 사진과 컬러 복사를 통한 예술 작품의 대량 복제 가능성에 대한 벤야민의 선구적 연구, 고급 문화와 시장의 접점에 대한 깊은 통찰, 구상하던 주요 저술—"파리, 19세기의 수도"의 해부—을 위한 예비적 분석은 마르크스주의와의 개인적 투쟁에 토대한 것이었다. 그래서 그가 브레히트의 연극과 평론의 영리하게 개인화된 마르크스주의에 이끌린 것이다.

숄렘은 무엇보다 벤야민이 마르크스주의를 유대교 메시아적 종말론—천년 왕국을 희망하는 유대교의 핵심적 개념—의 자연스러운 한 변이로 보는 데 분노했다. 숄렘은 마르크스-레닌주의와 그 동행자들이 정치적 억압과 불행을 향해 가는 것을 보았다. 그는 메시아적 이상, (예언서들이 이미 웅변하는) 사회 정의에 대한 유토피아적 부르짖음의 타락이 일으키는 비극적 차원을 인지하지 않았다. 벤야민의 약간 신비주의적인 "역사의 회복"—역사에 도덕 기준을 부과하는 것—에 대한 예고는 정확히 모스크바-예루살렘의 꿈에서 나왔다. 이 파멸적 조합 없이는 그의 뛰어난 저작들, 특히 말년의 간결한 걸작 「역사 철학 테제」가 나오지 못했을 것이다. 숄렘은 오랜 후에 벤야민의 천재성과 "사라진" 텍스트들이 돌아온 일련의 기적에 대해 생각하면서, 벤야민과 마르크스주의의 복잡한 춤은 쓸모가 있었다고 인정했다(내가 직접 들었다). 하지만 당시에는 그가 귀한 재능을 천박하게 낭비하고 배신한다고 보았다.

그런 부침을 뚫고 두 사람이 계속 대화를 한 것, 그것을 영속시킨 것은 카프카에 대한 토론이었다. 벤야민과 숄렘은 아마도 잠재의식적으로 그들의 관계가 긴장될 때마다 카프카에게 돌아갔던 것 같다. 그 결과 예리하고 독창적인 일련의 해석—비평적 묘사—이 태어났다. 그에 비교하면, 현재의 해체 또는 후기 구조주의의 자위적 장난은 민망한 수준이다. 숄렘과 벤야민은 거듭해서 카프카의 소진되지 않는 심오함을 두고 거의 그 대상에 필적할 만큼 창조적인 이해력을 발휘했다. 그것을 여러 페이지에 걸쳐 소개하고 싶지만, 두 개의 예로 제한하겠다. 먼저 1934년 9월 20일에 숄렘이 벤야민에게 보낸 편지가 있다(『성』에 대해서 말한다).

하지만 카프카의 여자들은 우리가 관심을 잘 기울이지 않는 다른 표시가 있습니다. 성城 또는 그 여자들이 불분명하면서도 확실한 관계를 가진 관료 사회는 분명 우리의 일차적 세계만 가리키지 않습니다. 그것이 일차적 세계라면, 여자들과 그 관계를 수수께끼로 만들 이유가 어디에 있을까요? 그렇다면 모든 게 명확했을 테지만, 실제로는 아무것도 명확하지 않고, 관료 사회와 그들의 관계는 아주 흥미롭습니다. 특히 관료 사회 자체가 그들에게 (주재 목사의 입 등을 통해서) 경고를 하기 때문입니다. 성 또는 관료 사회는 '본원적 세계'가 먼저 관계를 가져야 할 무언가입니다.

내가 "계시의 공허함nothingness of revelation"을 어떻게 이해하느냐고요? 나는 그것을 계시에 의미가 없어 보이는 상태, 그래도 그것이 스스로를 주장하는 상태, '유효성'은 있지만 '의미'는 없는 상태라고 이해합니다. 그것은 많은 의미가 사라지고, 지금 나타나는 과정인 것—계시가 그런 과정이기 때문에—은 여전히 사라지지 않는 상태입니다. 그 내용이 영점zero point으로 줄어든 경우에도 그렇습니다.

'유효성'과 '의미'의 구분은 카프카의 모든 작품에 더없이 타당하다.

아니면 1938년 6일 12일자 벤야민의 훌륭한 편지—극도로 밀도 높은 에세이—를 보자. 이것은 길게 인용해도 그 깊이를 제대로 보여주지 못할 것이다.

카프카는 전통을 엿들었고, 그렇게 귀를 기울이는 자는 앞을
보지 못합니다.

이 엿들음에 그런 노력이 필요한 주된 이유는 청자에게 아주
불분명한 소리만이 닿기 때문입니다. 우리는 어떤 원리도 배울 수
없고, 어떤 지식도 간직할 수 없습니다. 우리는 지나가는 소리를
잡고 싶어 하지만 그것은 누가 들으라고 하는 말이 아닙니다. 이
런 것이 카프카의 작품에 정밀한 부정적 특징을 입힙니다…… 카
프카의 작품은 병에 걸리는 전통을 상징합니다……

카프카는 이것만큼은 알았습니다. 첫째, 도움을 주려는 사람은
바보라는 것, 둘째, 바보의 도움만이 진정한 도움이라는 것. 불확
실한 것은 단 하나, 그런 도움이 여전히 인간에게 이로운가 하는
것입니다…… 그래서 카프카의 말대로, 희망은 무한하지만 그것
은 우리의 것이 아닙니다. 이 말은 정말로 카프카의 희망을 담고
있습니다. 그것이 그의 빛나는 평온의 원천입니다.

이 분석 자체가 카프카 방식의 우화가 된다는 점에 주목하
라(그리고 이것이 벤야민의 알레고리적 독법의 특징이다).

이 편지들 중 좀 더 허물없고 일시적으로 낙관적인 것들에
도 큰 슬픔이 드리워져 있다. 이 편지들이 오간 시절 유럽은 악
몽 속으로 들어갔다. 더욱이 숄렘은 팔레스타인에서 아랍인과

유대인 이주민 사이의 초기 충돌을 직접 경험하고, 앞날의 힘 겨운 반목을 직감했다. 하지만 이것은 그 나름대로 기쁨의 책 이다. 지적 열정의 정수, 인간 정신과 신경계는 개인적 역경과 슬픔 속에서도 추상적·사색적인 것에 관심을 기울일 역량이 있다는 것을 보여주기 때문이다. 이 책은 허약한 외관 안에 감 추어진 힘―그것은 흔히 인류와 박해당하는 이들의 생존의 암 호다―에 대한 무한한 목격이다. 여기 마침내, 우울한 묘지의 명판 바깥에 발터 벤야민은 자신의 '추도문'을 얻었다. 그리고 그것은 우정이라는, 어쩌면 사랑보다 더 깊은 경이와 뗄 수 없 이 결합되어 있다.

1990년 1월 22일

성스럽지 않은 금요일BAD FRIDAY

시몬 베유에 대해

우리의 혼란한 세기는 시몬 드 보부아르의 활동, 성·사회·문학·정치를 비판한 그 여성의 열정적 삶이 없었다면 훨씬 더 얄팍했을 것이다. 그리고 한나 아렌트는 변함없이 정치 사회 이론의 중추적 인물이자 전체주의의 어둠을 뚫고 나온 강렬한 목소리다. 하지만 두 여성 모두 엄격한 의미의 철학자는 아니었다. 여기에는 극도의 엄정함이 필요하다. 철학적 사고는 대답보다는 질문을 하는 것이다. 대답이 생기면 그것은 새로운 질문이 된다. 이 직업의 명예는 비타산적 초연함, 현실적 이익의 절제다. 철학적 자세—특히 형이상학적 분야, 그리고 신학과 접촉하는 (인정하건 부인하건, 그래야 한다) 곳에서는 엄격한 의미로 탈속적이다. 철학적 감성은 인체에 대한 무관심, 심지어 경멸까지 품는 특징이 있다. 이런 엄혹한 의미로 볼 때 서양 전통에서 철학자의 반열에 오른 여자는 단 한 사람, 시몬 베유뿐이다.

시몬 베유가 그런 탁월함에 지불한 대가는 엄청났다. 그녀는 스스로 요절을 불렀다고 할 만큼 건강을 소모했고, 저주받은 오두막에 살 듯 육체에 기거했다. 그녀는 자신의 어설픈 여성성에 대한 혐오를 선언하고, 영속적 힘을 지닌 철학적·수학적 성취는 남자의 특권이라고, 여성성에 내재된 어떤 혼란 또는 나약함이 소크라테스, 데카르트, 칸트가 요구하는 성찰하는 삶을 가로막는다고 말했다. (시몬 베유의 오빠 앙드레는 20세기 대수기하학의 대가다.) 시몬 베유는 가능한 모든 지점과 그 너머에서까지 삶 대신 사고, 현실 대신 논리, 평범한 이들의 삶을 유지시켜 주는 불명료·타협·혼란 대신 레이저 같은 분석과 추론을 선택했다. 파스칼, 키르케고르, 니체와도 비슷하지만, 이런 순수주의자들에게도 달라붙는 웅변의 허영도 없던 베유의 짧은 인생(1909~43)은 패배로 의미―유일한 위엄―가 남은 재판이었다.

그녀의 인생의 기본 사실은 친구 시몬 페트르망 등이 쓴 전기(1973), 1981년에 나온 가브리엘라 피오리의 세밀한 연구서를 통해 잘 알려졌다. 현재 시몬 베유의 학술적 전집 출판이 진행중이고, 그녀의 활동의 거의 모든 면모―종교적, 철학적, 문학적, 정치적, 사회적―가 조명을 받고 있다. 해설과 아첨에 능한 뚱뚱한 남자들이 그녀가 (모호하게라도) 혐오했을 방식으로

이 가냘픈 희생의 삶을 포식하고 있다.

우리는 그녀가 자유롭고 유복한 프랑스 유대인 가정에서 태어나서, 오빠와 친밀하지만 경쟁하는 관계 속에 자랐다는 것을 안다. 프랑스 리세 교사들 중 가장 카리스마 넘친 전설적 '생각의 스승' 에밀 샤르티에―필명 알랭―에게서 많은 영향을 받았다는 연구들이 있다. 시몬 베유는 다양한 마르크스주의, 무정부적 마르크스주의, 트로츠키주의 노동자 운동뿐 아니라 그리스와 데카르트 철학에도 열정적으로 몰입했다. 그리고 여러 시골 중등학교에서 만성 두통이 허락하는 한도 내에서 교사로 일했다. 그녀는 히틀러의 사회 혁명을 직접 판단해 보고자 독일을 방문했다. 스페인 내전 참여는 섬뜩한 소극으로 끝났다. (실수로 끓는 기름 냄비를 밟아서 화상을 입고 떠나야 했다.) 비시정권 때는 포도밭을 갈고, 글을 쓰고, 마르세유 일대에서 비밀선전원과 모집책으로 일했다. 그런 뒤 부모를 따라 뉴욕으로 갔지만(그녀의 차가운 눈길이 너그러워진 곳은 오직 할렘뿐이었다), 온갖 노력을 기울여 런던의 자유 프랑스 운동에 합류했다. 그리고 거기서 영웅적 계획으로 드골과 참모들을 괴롭혔다. 그녀는 점령된 프랑스에 낙하산 부대를 투입하자고 했다. 또 엄격한 천사 같은 여자들을 전선에 보내서 부상자를 돌보게 해야한다고 주장했다. 드골은 베유가 제정신이 아니라고 여기고, 그녀에게 전후 프랑스의 사회적·정치적 계획이라는 비전투적인 과제를 맡겼다. 거기서 나온 방대한 청사진은 강력한 비현실성의 고전이 되었다. 시몬 베유는 심신이 지치고, 좌절된 열정으로 영혼이 병든 상태로 런던 근교 요양원에서 눈을 감았다. 그녀의 무덤은 평범한 묘지에 있지만 많은 이들의 순례지가 되었다.

토머스 네빈의 책 『시몬 베유: 자기 유배당한 유대인의 초상*Simone Weil:Portrait of a Self-Exiled Jew*』은 이 '고통스러운 길via dolorosa'의 간략한 스케치만을 전한다. 그는 시몬 베유에 대해 직접적인 방식의 지적 전기를 의도하지도 않았다. 그의 치밀한 연구의 목표는 베유의 강박과 활동을, 유대인의 자기 혐오―대표적 유대인들이 자기 유배에 활용한 재능―를 통해서 탐구하고, 그 유효성을 최대한 인정하는 것이다. 시몬 베유의 의식에, 그녀의 글과 사회적 반응에 지적, 정치적 반유대주의의 얼룩이 묻어 있다는 것은 오래 전부터 지적되었다. 그것은 당연히 그녀의 일들과 날들을 물들이는 자기 견책, 마조히즘이라는 일반적 주제와 연결되어 있다. 하지만 네빈 교수의 책은 지금까지 나온 책 가운데 이 거북하지만 피할 수 없는 주제를 가장 철저하고 설득력 있게 탐구한다. 이 책에는 학식과 균형 잡힌 의심뿐 아니라 용기와 건강한 슬픔도 있다.

시몬 베유의 정치학은 극단적으로 특이했다. 그녀는 유기체적 국가라는 다소 플라톤적인 이상에 산업 노동의 굴욕과 고통 감각을 결합하려고 했다. 이 프랑스 태생의 젊은 유대인 준-마르크스주의자는 논리를 뒤틀어서 히틀러를 인정하는 일련의 발언을 했다. 그녀는 그의 로마인 같은 위엄, 그리고 그가 집단의 희망과 요구를 영적·행정적으로 점유한 것을 칭송했다. "그는 최대한도로 확장된 나라를 지휘한다. 그에게는 강력하고 끈질기고 냉혹한 의지가 있고…… 역사를 (현재 너머 멀리까지) 바그너적 미학에 따른 웅장한 비율로 만드는 상상력이 있다. 그는 타고난 도박사다."(도스토예프스키 또는 특정 시기의 트로츠키가 쓴 것 같다.) 베유는 부르주아 자본주의적 민주주의의 기름 바른 위선, 부패, 물질주의보다는 어떤 것도 좋다고 보았다. 이런 맹렬한 태도의 기원은 선지자 아모스의 타오르는 급진주의와 예수의 부자들에 대한 저주다. 그것은 스파르타와 레닌에게서 비롯된 것이기도 하다. 하지만 그녀의 역설과 절망에는 희귀한 정직성에 대한 개인적 시험이 있다. 이 허약한 지식인은 1934년 11월에서 1935년 8월 말까지 세 번에 걸쳐 중공업 공장에서 일했고, 그때의 압박과 굴욕감은 그녀를 거의 미칠 지경으로 만들었다. 로베스피에르를 소환하거나 노동의 중앙화된 재평가와 영적 가치 부여를 꿈꿀 때도, 베유는 둘러 말하지 않았다. 좌파적 이상만 품는 일을 그녀는 용납할 수 없었다.

사고의 절대주의자들이 흔히 그러듯, 시몬 베유는 폭력에 이끌렸다. 잘못된 방식이지만 —그녀는 고대 영웅주의의 명랑한 광채를 놓친다— 『일리아스』에 대한 그녀의 에세이는 작품의 야수성과 잔혹함을 뚜렷하게 부감시킨다. 베유는 때로는 평화주의자였고, 때로는 전투를 열망했다. 여자들을 전장으로 보내자는 그녀의 희생적 계획도 그런 양가성을 보여준다. 스페인 내전 참여에 대해서는 이렇게 썼다. "기준: 살인의 두려움과 욕망. 둘 다 피하기—어떻게? 스페인에서 그 일은 고통스러웠고 오래 지속할 수 없어 보였다. 스스로 그것을 유지할 수 있게 되어야 한다." 고통의 결과 그녀의 사고는 어두워졌다. 그녀는 그것을 위해 연습하려고 했다. 때로는 고통의 질투가 그녀를 사로잡았다. 그녀의 "망원경적 예민함"(네빈의 적절한 표현)은 자신과 다른 이들의 고통과 공포를 분별해내고 증폭시켰다. 베유는 파스칼처럼, 고통—내인적, 외인적 고통 모두—을 다룬 위대한 화가와 작가들처럼 구체적으로 상상하고, 신경 말단으로 사색하고 분석했다.

그녀의 말기 에세이와 새로운 프랑스 계획에 담긴 정치관은 두렵고도 혼란스럽다('두렵다'는 것이 핵심이다). 네빈 교수는 간과하지만, 곳곳에 헤겔의 그림자가 있다. 그녀는 인간 조건의 —역사라는 조립 라인 파일 드라이버의— 다른 이름인 '필연성'이 사람을 포악한 목적에 굴복시킨다고 보았다. 사람은 견디기 위해, 운명적 과정 속의 신성한 것에 접근하기 위해 지각을 훈련하고, 금욕적 집중력으로 자기 처지의 사실과 의무에 대해 사색할 기회를 가져야 한다. 정치 사회적으로 필요한 것은 그런 행동, 그리고 (이상적으로) 그런 연속된 집중을 위한 공간을 마련해주는 것이다. (베유는 몇 차례나 투옥의 환상을 품었다.) 유명한 말이지만, 그녀는 이런 주의 깊은 사색의 자세를 "앙라신망l'enracinement", '뿌리내림'이라고 불렀다. 이런 뿌리내린 명상이라는 기준—이것은 T. S. 엘리엇을 매혹시켰다—이 (좌우 무관하게) 특정 방식의 전체주의 및 공동체주의 정치 권력과 쉽게 화해할 수 있다는 것을 그녀는 놓치지 않았다. 가장 명징할 때, 베유는 기이한 혼종—플라톤적 무정부주의자이면서, 영혼의 사적 공간을 얻는 데 필요한 모든 것을 국가 권력에 양도하고자 하는 사람처럼 보인다.

이런 혼성적 성격이 시몬 베유의 철학적 에세이와 짧은 글들의 특징이다. 그녀가 강박적으로 추구하는 것은 고대 그리스와 기독교—소크라테스와 예수의 가르침—의 혼성물이다. 이것은 전혀 새로운 기획이 아니다. 요한복음 이후 서구 신학과 이상주의 형이상학은 신플라톤주의를 통해서 그런 조화를 주장하고 추구했다. 르네상스기, 그리고 칸트 이후 독일 철학자들도 그것을 꿈꾸었다. 그것은 끝없는 바닷가에서 조개껍데기를 주워서(콜리지의 이미지) 그 웅웅거림 속에서 자신의 맥박 소리 이상을 듣는 모든 사람의 탐색과 경의의 (아마도 잠재의식적인) 동기이기도 할 것이다. 하지만 베유의 작업 방식은 도착적일 만큼 특이했다. 그녀는 소크라테스 전대의 철학적 단편, 플라톤의 대화편, 그리스 서정시와 희곡 작품을 뒤져서 그 안에 그리스도의 출현, 설교, 수난이 예고되어 있는지를 살폈다. 구약 성서—예를 들면 예언서나 이사야서, 심지어 아가雅歌까지―에 복음서의 전조가 있다는 것은 이미 교부 시대에 교회가 확정한 내용이다. 하지만 시몬 베유가 순례를 떠난 곳은 히브리 문서가 아니라 피타고라스, 핀다로스, 소포클레스, 플라톤이었다.

그녀의 탐색은 불합리하고 기이하다. 베유는 영민한 헬레니스트였지만, 고대 그리스 어휘의 명백한 의도와 맥락을 자주 뒤틀고, 때로는 거의 왜곡했다. 그녀는 알려진 것이 거의 없는 그리스 신비주의 종파 및 오르페우스 재생 신화를 고의적으로 기독교의 세례 및 부활 개념과 혼동한다. 플라톤 해석은 너무 선택적이라서 조롱 같을 지경이다. 그럼에도. 우리가 이성 너머에 있지만 합리적으로 추동되고, 어떻게 해서인지 전달 가능한, 그러니까 인간의 사고와 담론에 담을 수 있는 빛에 대해 공통된 허기가 있다는 그녀의 주장은 아주 자의적인 것은 아니다. 그녀는 초기 및 후기 그리스 철학과 이교 사상을 태동기 기독교와 연결하는 허약하고 불분명한 은유, 상징, 의식儀式적 제스처를 뼛속 깊이 절감했다. 게다가 그리스 비극의 특정 텍스트에 이르면, 그녀의 주해는 고통스러운 직접성을 띤다. 그녀는 오레스테스의 모친 살해 재판의 해결 불가능한 모순을 재생한다. 그녀는 헤겔과 키르케고르보다 더 강하게 육체적·영적으로 소포클레스의 안티고네의 인격과 운명에 일체감을 느낀다. 그녀도 남매의 무조건적 사랑을 알았다. 그녀도 정치적 공포 앞에서 윤리적 저항과 희생을 결심했다. 하지만 그녀의 안티고네에 잔다르크의 기미가 많은 것 역시 우연이 아니다.

　베유와 로마 가톨릭교의 관계liaison―이 말의 에로틱한 암시는 여기 아주 적절하다―는 최소한 1935~36년에 시작된다. 그때 그녀는 불규칙적이지만 미사에 참석하기 시작했다. 그레고리 성가와의 접촉이 신비주의적, 계시적 시기를 촉발시킨 것으로 보인다. 이 점에서 베유가 특이 케이스는 아니다. 떠돌며 탐구하는 성격을 지닌 동시대의 다른 유대인들도 가톨릭 예배의 미적 엄숙함과 유럽 예술과 문명에 담긴 강력한 가톨릭 메시지에 매혹을 느꼈다. 발터 벤야민은 바로크에 몰두했고, 카를 크라우스는 그리스도에게 돌아섰으며, (가장 복잡한 경우로) 프루스트는 성당 건축과 기독교 회화의 세계에 귀의했다. 또 말러의 교향곡에 신비주의 가톨릭 신앙이 중대한 영향을 끼친 일도 있다. 임박한 파멸 앞에 유럽의 유대인 엘리트들은 정신과 감성의 도피처를 찾아 헤매는 것 같았다. 시몬 베유는 그녀답게 더 깊고 거친 길을 갔다.

　그녀는 가톨릭 전례, 성 히에로니무스의 불가타 성서, 성례의 상징과 원리를 익혔다. 그리고 성 아우구스티누스에게 동질감을 느꼈다(차원은 다르지만 한나 아렌트 역시 그랬다). 그녀는 프랑스 토미스트들―당시 가톨릭계에 교회 철학과 논리의 주요 원천인 토마스 아퀴나스에 대한 새로운 인식을 심어주려고 노력한 사상가와 작가들―을 찾아나섰다. 이런 몇 가지 충동이 모여서 남프랑스 시절 베유에게 거의 저항할 수 없는 힘이 되었다. 그녀의 저작 중 가장 유명하고 사랑받은 것은 맹인에 가까운 도미니쿠스회 사제 조제프-마리 페랭에게 보낸 편지들이다. 베유는 그에게 열렬하고 논쟁적이면서도 고백적인 분위기로, 자신의 깊은 내면을 보여주었다. 그리고 페랭은 이 고통받은 영혼을 교회의 평화 안에 받아들이게 될 것 같았다. 하지만 베유는 문을 자주 두드렸지만 정작 문이 따뜻하게 열리면 뒷걸음질을 쳤다. 열정 속에 자신의 육체적 통증과 그리스도의 수난을 동일시하면서도, 가장 자연스러운 단계로 보이는 세례 행위를 쉽게 결심하지는 못했다.

그녀는 결국 마지막 걸음을 내딛지 않았다. 그리고 가톨릭의 세속성과 그들이 카타리파 같은 통찰적 이단들을 박해한 일을 비난했다. 그녀는 가톨릭 신앙이 로마적이라고, 그러니까 그녀가 혐오하는 제국주의, 노예제, 고대 문명의 권위주의적 허세에 오염되었다고 보았다. 하지만 결론적으로 보면, 베유의 자기 거부는 더 어두운 기원이 있었다. 그녀는 시나고그에 뿌리를 둔 교회에는 갈 수 없었다.

물론 토머스 네빈은 옳다. 여기서도 핵심 문제는 시몬 베유의 자기 부정, 유대교의 거부다. 그녀는 어이없게도 비시 정부 당국에 인종법으로 자신의 취업을 금지하는 것은 잘못이라고, 자신은 유대인이 아니라고 항의했다! 그녀는 유대인의 정체성을 받아들일 수 없었다. 소수의 유대인만이 그녀의 때로 히스테리컬한 비난을 피할 수 있었다. 그들은 이스라엘에 대한 복수를 말한 아모스, 욥, 공동체에서 추방당한 스피노자였다. 관련 자료는 혐오스러울 지경이다. 홀로코스트가 진행중이라는 명백한 증거에 맞닥뜨렸을 때, 그녀는 적대적 침묵, "냉담한 시선"으로 대응했다. 또 노트에 유대인의 특별한 박해에 대한 생각을 적었다. "이른바 유대 종교는 국가가 파괴되어 실체를 잃은 국가의 우상 숭배다. 그래서 유대인 무신론자는 가장 철저한 무신론자다. 그들은 공격성은 덜하지만 생각은 더 깊다." 시적 형식을 띤 소수의 예외를 빼면, "구약 성서는 잔혹 행위로 가득하다." 피에 굶주린 그 부족신의 원시적 속성은 요한 계시록의 악마 같은 짐승과 비슷하다. 베유는 유대인에게 희망을 준 것은 무엇이나 비난했다. "히브리 민족에게 정말 신이 있었다면, 그들은 이집트인들이 강요한 (그리고 자신들의 과거의 강탈이 촉발한) 노예 상태를 감내하는 쪽을 선호했을 것이다. 자신들이 점령해야 할 땅의 모든 주민을 학살해서 자유를 얻는 것보다." 이런 말을 가스실이 맹위를 떨치던 시절에 했다.

문학과 신학에 대한 취향도 그와 일치한다. 그녀는 아라비아의 T. E. 로런스에게서 현대의 진정한 영웅을 보았다. 그리고 유대인의 물질주의와 냉혹함을 강력하게 비난하는 가톨릭의 금욕적 탁발수도사 제도에 편안함을 느꼈다. 타르소스의 바울에서 오늘날까지, 유대인의 자기 혐오의 역사는 길고도 혼란스럽다. 기독교와 마르크스주의 모두 유대인의 파괴적 자기 거부라는 병리학에서 생겨난 위대한 이단으로도 볼 수 있다. 유대인의 열등함과 인종적 병리에 대해 (다소 광기는 있지만) 가장 정교한 주장을 펼친 오토 바이닝거는 유대인이었다. 시몬 베유가 이 쓰레기에 힘을 보탠 것이 훨씬 더 깊은 섹슈얼리티 부정과 젠더 부정의 증상이었는지, 아니면 망가진 인생에 직면해서 고의적 자기 모멸을 실행한 것인지, 아니면 느린 자살을 선택한 것인지 어떤 심리적 병리학도 제대로 설명할 수 없다. 더욱이 베유 자신의 철학적 진정성은 그런 설명을 하찮게 만들 것이다.

그렇다면 우리가 왜 거기 구애받는가? 그것은 그저 시몬 베유가 보기 드문 무게와 강도를 지닌 신학적, 철학적, 정치적 통찰을 파편적이지만 상당한 분량으로 남겼기 때문이다. 프랑스가 히틀러에게 굴복했을 때, 키르케고르를 빼고 누가 "오늘은 인도차이나에 좋은 날이다" 같은 문장, 정치와 인간에 대한 천재적 통찰이 끔찍한 무감각과 완벽하게 균형을 이룬 문장을 내놓을 수 있을까? 프랑스 본국의 몰락은 실제로 그들이 오래도록 통치하던 머나먼 식민지 민족들에게는 기쁜 소식이었다. 베유에게 식민주의라는 '범죄'는 종교적으로도 정치적으로도 모두 조국의 타락이었다. 베유의 아포리즘, 고전 텍스트나 성서 텍스트에 대한 개인적 주석은 거듭해서 상투어나 금기가 가리는 딜레마의 핵심을 파고든다. 그녀는 모순에도, 해결 불가능성에도 움츠러들지 않았다. 그리고 "인간 존재의 심부에서 경험하는 모순은 영적 열상裂傷, 즉 십자가를 의미한다"고 생각했다. 그런 '엄혹함'이 없는 신학 논쟁과 철학 원리는 강단의 가십이다. 타락하고 망가진 행성에서 인간의 삶과 죽음의 의미를 진지하고 실존적으로 묻는 일, 정치적 행동과 사회적 계획의 가치나 무가치를 묻는 일에는 개인의 건강이나 평범한 사랑의 위안만 걸려 있지 않다. 그것은 이성 자체를 거는 모험이다. 우리 시대에 일급의 관념적 철학을 가르치거나 쓰거나 만들어내는 데 그치지 않고, 그것을 고통 속에, 자기 징벌 속에, 유대주의에 대한 거부 속에 '살아낸' 두 개인은 루트비히 비트겐슈타인과 시몬 베유다. 그들은 많은 지점에서, 똑같은 빛이 만든 그림자들 속을 걸어갔다.

하지만 어떤 비교도 맞지 않다. 베유는 현대 물리학의 '특이점' 같은 존재다. 그녀의 뛰어난 저작들—데카르트에 대한 것들과 마르크스주의 이론과 실천에 대한 것들—은 정상적인 철학적, 학술적 저술에 속한다. 그녀는 또 중세와 바로크 시대의 성인과 교회 학자, 몽상가들처럼 신의 사랑의 신비를 놓고 씨름했다. 하지만 그녀의 엄정한 분석, 논리적 양심, 연민 어린 질문의 미세한 일부에는 프란츠 카프카—그 역시 영적 친척이다—가 일으킨 "땅속의 큰 바람"이 분다. 어떤 광기가 연결되었다.

네빈이 이 불편한 책에서 끈질기게 추적하는 증거들은 날카로우면서도 깊이 묻혀 있는 뒤틀린 감정을 가리킨다. 이 "선택된 외부자"는 어떤 면에서 신을, 그의 무한한 사랑—그녀가 정신적으로 인정했지만, 스스로 구성한 자기 정체성의 이미지와 연결하지는 못한—을 질투했다. 신이 희생당한 아들에게 가한 고통을 질투했다—어쩌면 아빌라의 성 테레사와 십자가의 성 요한Juan de la Cruz도 그랬을지 모른다. 캄캄한 바다. 그에 대해 가장 적합한 반응은 쓸쓸하고 냉소적인 언어—그녀가 무시하거나 경멸했을 이디시어—에서 올 수도 있을 것 같다. 시몬 베유는 의심할 바 없이 최초의 여성 철학자였다. 그리고 탁월한 '바보schlemiel'이기도 했다.

1992년 3월 2일

잃어버린 동산THE LOST GARDEN

클로드 레비-스트로스에 대해

책의 어떤 문장들은 처음부터 전설과 패러디의 대상이 되었다. 한 인류학 저술이자 아마존 탐험기는 놀라운 도입부로 시작한다. "Je haïs les voyages et les explorateurs(나는 여행과 탐험가를 싫어한다)." 그리고 거대한 문장으로 이루어진 종결부로 끝난다. 복잡한 절clause 위에 또 절이 쌓이고, 바로크식 '힘차게sforzando'는 "무의식적 이해를 통해 때로 고양이와 주고받을 수 있는 (인내심, 평정심, 상호 용서가 가득한) 짧은 시선"(괜찮은 번역이지만 "alourdi de patience"의 파토스와 "pardon réciproque qu'une entente involontaire permet parfois"의 신학에 가까운 우미함을 놓친다)—우스꽝스러운 동시에 마법적인—의 이미지로 차분해진다. 『슬픈 열대』는 이제 출간 20년이 다 되어간다. 그동안 클로드 레비-스트로스는 인류학과 어휘에, 『슬픈 열대』가 요구한 "인간 연구"에 걸맞은 논의 방향으로 혁신을 이루었다. 그는 일반 교양 수준에서 볼 때, 생존한 가장 유명한 인류학자 겸 민족지학자일 뿐 아니라 전문적 논문으로 일반 대중의 감성을 뚫고 들어간 작가이기도 하다. 레비-스트로스의 "구조주의"―정확성보다 패션성이 더 강한 용어―는 어떻게 해서인지 오늘날 언어학, 심리학, 사회과학, 미학에서 핵심적 역할을 하는 것 같다. 하지만 레비-스트로스의 명성, 그가 우리 문화의 분위기와 고급 가십―매스미디어가 지성계에 반사하는 매끄럽고 활기 없는 광택―에 행사하는 영향력은 역설적인 형태를 띠고 있다. 그것은 그의 학계의 위상에 반비례해서 자라났다. 동료 인류학자와 민족지학자들의 관점에서 보면, 그 곡선은 다음과 같다. 1930년대에 브라질 현장에서 수행한 조사는 기간도 짧고 방법론적으로 논쟁적 요소가 있지만, 레비-스트로스는 그걸 토대로 친족 관계에 대한 고전적 연구서―『친족의 기본 구조』(1949)―를 출간했다. 그가 아메리카 대륙에 있을 때와 그 직후에 쓴 여러 편의 논문과 이 저술은 마르셀 모스, 에밀 뒤르켐, 영국 인류학파가 시작한 친족 관계와 원시 사회에 대한 이해에 근본적인 기여를 했다. 레비-스트로스는 1950년대 초에 로만 야콥슨과 함께 언어학과 인류학의 중대한 유사성과 방법과 개념의 상호 관계에 대한 논의를 시작했다. 이것도 발전적인 움직임이었다. 언어의 형식적 구조와 그것이 조직하고 반영하는 사회 구조의 일치점을 통해서 우리는 많은 것을 배울 수 있다(사회는 이름 짓고 분류할 수 없는 것은 금지할 수 없고, 허락되거나 금지된 친족 관계 인식은 그에 상응하는 언어 지칭의 정확성에 의존한다는 레비-스트로스의 진술은 명백히 깊이와 가치가 있다). 하지만 그런 유사성, 그것이 드러나는 곳은 극도로 조심스럽게 다루어야 한다. 논문적 규모에서 인간 정신의 보편적 모델로 도약하는 일, 그토록 허약한 토대에 정신과 진화의 방대한 이론을 세우는 일은 과학의 이상을 저버리는 일이다. 그리고 그 일을 『슬픈 열대』 이후 레비-스트로스가 계속 해왔다고 인류학자들은 말한다. 그는 천재적 작가, 현대 신화의 형성자, 얼마간 철학자일지 모르지만, 더 이상 인류학자―불분명하고 지루한 디테일, '현실 사례'에 책임을 지는―는 아니라고. 유명한 선례가 가까이에 있었다. 시인, 극작가, 일반 대중에게 제임스 프레이저 경은 인류학의 왕자였다. 하지만 학계 동료와 후계자들에게 그는 스스로 만든 보라색 연무에 갇힌 단어 생성기였다. 그래서 4권짜리 『신화학*My-thologiques*』―레비-스트로스가 지난 15년 동안 몰두한 "신화 중의 신화"―은 (번역이 완료되면) 우리의 『황금 가지』가 될 것이다.

이런 일은 우리에게 익숙하다. 한 전문가가 자신의 특수 분야를 초월해서 큰 명성을 얻으면 뒤에 남은 동료들은 그를 폄하하면서 결속을 다진다. 마르크스와 강단 경제학자들, 프로이트와 동시대 심리학자들, 토인비와 역사학자들이 그랬다. 떠오른 '스타'가 과거 동료들의 치졸함과 편협함을 비난하면 사태는 더욱 나빠진다. (게다가 레비-스트로스는 경멸의 대가다.) 하지만 시간이 지나면 ―지성사와 위인의 전기는 그렇게 말한다― 위대한 외톨이는 자신이 추방된 분야 전체를 변화시켰다는 평가를 받고, 비난자들은 대가의 회고록에 한심한 각주로 살아남을 뿐이다.

이에 대한 답은 난처한 예, 그리고 아니오일 것이다. 마르크스의 사회 갈등 분석이 "과학적"인지 아닌지, 그의 예언에 진실한 힘이 있는지 없는지는 아직도 곤란한 질문이다. 프로이트가 이룬 성취의 위상, 그의 철학적-문학적 통찰력이 서구의 감수성에 끼친 영향력을 의심하는 사람은 없다. 하지만 그가 보편화하고자 한 치료 모델과 그것을 위해 확립하려고 애쓴 신경병리학의 토대들은 갈수록 의문을 일으킨다. 정신과 인간 행동에 대한 최근 연구의 "냉철한" 흐름은 프로이트적이지 않다. 그 그림은 한 사람의 천재, 열등한 동료들의 질투와 배척, 그에 이은 신격화의 시나리오가 아니다(어쨌건 그렇게 확정지을 수는 없다). 지금 벌어지는 것 같은 일은 전통적 분야의 한 예민한 영역 내부의 발전이다. 이런 발전은 처음에는 그 분야의 관습과 전문적 어법을 준수하지만, 곧 덩치가 너무 커지고 많은 문제를 일으켜서 기성 카테고리에 들어갈 수 없게 된다. 그러면 그것은 거기서 떨어져 나가면서 그 분야의 일부도 끌고 나가고, 새로운 체계가 대두된다. '인류학적 언어학', '기호학'(기호와 상징에 대한 체계적 연구)은 고전 인류학의 위기, 그리고 레비-스트로스가 언어와 생물-사회적 구조를 통합하기 위해 발휘한 '인력gravitational pull'에서 나왔다. 위대한 인물과 그의 현실적 동료들의 갈등은 변화와 재조정 시기의 흔한 증상이다. 레비-스트로스가 인류학과 맺은 관계는 처음부터 이를테면, 마르크스가 고전 경제학 및 화폐 이론과 맺은 관계만큼이나 양가적이고 내재적 전복성이 있었다. 이런 '이중성', 이런 도전이 『슬픈 열대』의 불투명함과 중요성에 기여한다.

책의 새 판본과 번역이 나오면서 1961년 판은 폐물이 되었다. 몇 가지 불분명한 이유로 애초의 영어판에는 여러 장이 생략되었는데, 이제 그것이 복원되었다. 그리고 레비-스트로스가 1968년의 프랑스어판에 가한 수정도 반영되었다. 레비-스트로스의 번역은 힘겨운 일일 뿐 아니라, 저자의 엄격하고도 까다로운 그림자 속에서 수행하는 일이기도 하다. 문장들이 자주 무거워지고 부풀기는 했지만(그것은 내용을 명확히 하고, 비비 꼬인 원문을 풀기 위해서다), 존과 도린 웨이트먼은 멋진 번역을 해냈다. 특정한 어려움이 끼어들면, 독자는 레비-스트로스의 언어를 떠나 자신의 언어로 돌아가게 된다. 그리고 『신화학』의 번역자이기도 한 웨이트먼 부부는 레비-스트로스의 어휘를 표현하고 그의 특징적 태도들의 기원을 파악하는 데 예리한 능력을 발휘한다.

어떤 면에서 『슬픈 열대』는 불가피하게 왜곡이 따르는, 그리고 그런 왜곡과 자기 극화—긍정적이건 부정적이건—를 아이러니하게 인식하는 지적 자서전이다. 하지만 눈부시지만 내적으로 공허한 레비-스트로스의 학문적 경력에 대한 회상은 그의 학문 인생의 열쇠가 되는 듯한 문단으로 이어진다. 그는 열여섯 살 무렵에 프로이트의 이론과 마르크스의 핵심 저작을 접했다. 그리고 양쪽 모두에서 일종의 '지질학', 즉 인간과 사회 역사의 표층 아래로 뚫고 들어가는 깊은 이해 방식을 보았다.

현실의 다른 차원에서, 마르크스주의는 나에게 지질학 및 정신분석학—프로이트가 말한 그 의미의—과 똑같은 방식으로 보였다. 이 세 가지는 모두 이해는 하나의 현실을 다른 것으로 환원해서 이루어진다는 것, 진정한 현실은 명백히 드러나는 일이 없다는 것, 진실의 본질은 그것의 회피성에서 이미 드러난다는 걸 알려준다. 모든 경우에 똑같은 문제, 감정과 이성의 관계 문제가 생긴다. 그리고 목표도 똑같다. 감정과 이성을 통합할 일종의 '초합리주의'를, 애초의 속성을 희생하지 않고 얻는 것이다.

어렵긴 하지만, 이 대목은 명백한 실마리를 준다. 우리는 마르크스와 프로이트를 결합하고(레비-스트로스는 양쪽에 다소 평등주의적 태도를 취한다), 표면과 심층, 형성층 같은 지질학의 패러다임—이미 현대 언어학을 시사하는—을 사용해서, "사물의 의미"에 대해 유기적이고 통일적인 이해를 키우는 것. 초기 시절에 레비-스트로스는 이런 구조적 이해를 "초합리주의"라고 불렀지만, 이것은 별로 유용한 용어가 아니다. 오늘날 그는 그것을 "신화학mythologique"이라고 부를 것이다. 그것은 사람이 자신의 생물학적, 정신적, 사회적 상황을 이해하고, 표현하고, 정복하는 방식("myths")에 대한 합리적 논리를 말한다. 오직 그런 터득comprehension만이(comprehension에는 '완전성 completeness'이라는 의미가 딸려 있다), 그런 이해understanding만이 (이 단어에는 '아래로 깊이 내려간다'는 뜻이 있다) '인간 연구'라는 인류학의 자랑스러운 이름에 합당하다. 이런 완전한 의미의 인류학자가 되려면 마르크스주의의 사회-경제 분석과 프로이트의 의식 이해를 실현하고 결합해야 한다. 그래서 젊은 레비-스트로스는 얼마든지 철학을 버리고 상파울루대학의 방문 교수라는 한직을 선택할 수 있었다.

이런 견해와 평범한 현장 연구자 및 민족지학자 사이의 갈등은 너무도 명백하다. 레비-스트로스는 브라질 내륙 오지로 고된 원정을 떠났다. 『슬픈 열대』는 그가 몇몇 인디오 집단과 함께 한 생활을 자세히 기록한다. 한 집단은 16세기의 우연한 만남 이후 백인을 처음 만난 것처럼 보인다. 토착인들의 식생활, 성윤리, 도구 사용에 대한 그의 기록은 방대하고도 체계적이다. 그는 불결한 음식을 먹고, 땡볕 쪼는 고원과 사람의 발길이 닿지 않은 숲을 지나갔다. 하지만 그의 초점과 진단의 틀은 전통적 인류학의 것이 아니었다. "과학적인" 현장 연구자라면,

카두베오 여자들 얼굴의 정교한 문양을 보고 이 여자들은 "화장으로 집단적 꿈을 그린다. 그 패턴은 갈 수 없는 황금시대를 설명하는 상형 문자고, 그들은 그 장식으로 그 시대를 찬양한다. 그들에게는 그것을 표현할 규약이 없기 때문이다. 그들은 그것의 신비를 자신들의 나신을 보이듯이 드러낸다"라는 결론을 내리지는 않을 것이다. 브라질 내륙 오지의 마을을 관찰하는 어떤 행동 심리학자도 이 집단은 비, 영양 부족, 자원 부족에 대처하기 위해서 "다양한 형태의 광기를 발전시켰다"고 장담하지 않을 것이다. 레비-스트로스가 내륙의 거친 황야에서 더욱 큰 관심을 품었던 것은 여행에 동행했던 남비크와라 집단의 민족지학이 아니라, 황무지를 가로지르는 버려진 전신선이 아메리카 인디오 세계와 맺은 관계였다. "완전한 처녀지의 풍경은 너무도 단조로워서 그 야생성에서 어떤 의미 있는 가치도 찾기 어렵다. 그런 풍경은 사람 앞에서 몸을 사린다. 그것은 사람에게 도전하지 않고 그 시선 아래 분해된다. 하지만 끝도 없이 멀리 뻗은 이 잡목지에서, '거칠게 낸 숲길picada', 전신주와 그것들을 연결하는 전깃줄의 뒤틀린 실루엣은 허공에 뜬 이질적 물체들 같다. 이브 탕기의 그림처럼."

상징은 중요하다. 조지프 콘래드의 유명한 소설에서 아프리카의 밀림을 향해 포탄을 날리는 포함砲艦의 이미지처럼, 레비-스트로스는 마투 그로수 지역의 전신줄을 통해 근본적 의문을 제기한다. 그것은 백인, 그리고 그들이 원시 세계에 가지고 간 기술의 탐욕스러운 환상에 대해 말한다. 하지만 탐욕과 환상은 인류학이라는 학문 자체와도 연결되고, 그 자체로 가장 아이러니하기도 하다. 레비-스트로스의 이런 강박적 통찰은 스스로 강조하듯 새로운 것이 아니다. 인류학적 접근, 서구가 발전시킨 합리적 인간 연구의 의심스러운 성격은 레비-스트로스의 진정한 스승인 루소가 이미 뚜렷이 보여주었다. 오직 서양인만이 (헤로도토스 시절부터) 다른 인종과 문화에 체계적인 호기심을 품었다. 오직 그들만이 분류를 위해, 비교와 대조 연구로 자신들의 뛰어남을 정의하기 위해, 최고의 오지들을 탐험했다. 이 탐색은 자체로는 비타산적이고 희생적인 경우가 많았지만, 그와 함께 정복과 파괴를 이끌고 갔다. 분석적 사고는 그 자체로 기이한 폭력을 띤다. 무언가를 분석한다는 것은 지식의 대상을, 그것이 아무리 복잡하고 중요한 것이라도 결국 대상으로 격하시키는 것이다. 그것은 해체하는 것이다. 인류학자들은 다른 분야의 "아는 자"들보다 더 파괴를 몰고 다닌다. 인류학자의 방문 이후 손상되지 않은 원시 문화는 없다. 그들이 가져오는 선물―의약품, 각종 물질과 지식―마저 그곳의 생활 방식에 치명적 역할을 한다. 서양의 지식 사냥은 비극적 의미로 최종적인 착취다.

이런 파국성이 『슬픈 열대』에 고별사 같은, 나아가 묵시록 같은 느낌까지 준다. "증식성 높고 과도하게 흥분한 문명이 많은 바다의 침묵을 영원히 깨버렸다." 백인 여행자는 어디를 가건 이전에 정복이 일으킨 황폐화, 약탈과 질병의 잔혹한 자취를 만난다. 젊은 레비-스트로스가 마주친 인디오 부족과 풍경들은 에덴적, 그러니까 순수하게 '원시적'이지 않았다. 그 사회들은 감염, 쓰레기, 강제 이주의 오랜 역사를 구현하고 있었다. 숲 사람들을 만나기 힘들었던 것은 지리적 고립 또는 험준한 지형 때문이 아니었다. 그것은 한때 넓은 영토에 기거한 복잡한 언어 및 인종 집단이 이제 극소수로 줄었다는 냉혹한 사실 때문이었다. "내가 아는 한, 나 이후로 문데족을 본 사람은 어느 여성 선교사 한 명뿐이다. 그녀는 1949년 연말에 과포레 강 상류에서 두어 명을 보았다고, 거기 세 가족이 피신해 있었다고 했다." 학살은 백인의 씻을 수 없는 죄다. 하지만 그렇게만 말할 수는 없다. 레비-스트로스처럼 예리하고 아이러니한 관찰자는 파괴된 원시 문화에는 더욱 비밀스러운 한계와 운명적 부적절성이 있다는 암시를 하지 않을 수가 없다. 브라질과 중앙아메리카에 처음 도착한 탐험가들은 "나름대로 완전한 발전을 이룬" 문명을 발견했다. 이런 표현은 모호하지만 칼뱅주의적 숙명론이 가득하다.

이 '칼뱅주의'(레비-스트로스는 '쇼펜하우어적 비관주의'라는 표현을 선호할 것이다)는 고유한 징벌적 알레고리를 낳는다. 민족지학자가 아마존 탐사에서 발견한 것은 잃어버린 낙원이 아니라 에덴 동산 마지막 수풀의 패러디이자 고의적 파괴였다. 에덴 동산에서 지식의 나무의 금지된 열매를 따서 ─유기체 세

계에서 인간의 탁월성과 고독을 정의하는 행동— 쫓겨난 인간
이 분노 속에 돌아와 에덴의 풍경에 남은 흔적을 모조리 뿌리
뽑기 시작한 것 같았다. 레비-스트로스는 이런 생태적 파국,
우리가 환경을 파괴적, 자해적으로 대하는 일에서 단순한 탐욕
이나 어리석음보다 훨씬 더 많은 것을 감지한다. 인간은 에덴
에 대한 기억에 어떤 알 수 없는 분노를 품고 있다. 그래서 자
신이 잃어버린 순수함의 이미지와 비슷한 풍경이나 공동체에
마주칠 때마다 그곳을 파괴한다는 것이다.

그래서 『슬픈 열대』가 오늘날의 생태적 불안을 담은 최초
의 고전 중 하나라면, 그것은 거기 그치지 않고 인간 실패의
도덕적-형이상학적 알레고리를 담은 훨씬 더 큰 책이기도 하
다. 그것은 고고한 우울감 속에 『신화학』 종결부의 지구의 이
미지―인간과 그 쓰레기를 비워내고 식어가는―를 기대한다.
이 기대에는 신파melodrama가 있고, 약간의 과시도 있다(몇 주
후에 레비-스트로스가 몽테를랑의 프랑스 아카데미 회원직을 승계한
것은 아름답고도 올바른 일이다). 하지만 심오하고 진정한 슬픔
도 있다. 레비-스트로스는 『슬픈 열대』를 마무리하면서 '인류
학anthropology'은 이제 '엔트로피학entropology'처럼 되었다
고 말한다. 인간에 대한 연구는 해체와 멸종의 학문이 되었다.
현대 문헌에 이보다 더 어두운 말장난은 없다.

1974년 6월 3일

짧은 눈길 SHORT SHRIFT

E. M. 시오랑에 대해

신랄한 간결함의 대가인 니콜라 드 샹포르는 한 줄 반짜리 경구를 보고 더 짧았으면 좋았을 거라고 말했다. 경구, 아포리즘, 금언은 사고의 하이쿠다. 그것들은 최대한 적은 어휘에 예리한 통찰을 압축해 담고자 한다. 아포리즘은 존재 자체가, 심지어 일상 회화의 말투와 결합된 경우에도 시와 아주 비슷하다. 그것의 간결성은 권위의 섬광으로 놀라게 하는 것, 시처럼 확실히 기억에 남는 것을 목표로 한다. 실제로 유명한 금언이나 격언은 훌륭한 시나 극과 속담의 익명성 사이를 오갈 때가 많다. 그래서 우리는 때로 정확한 개인적 원천을 얼른 떠올리지 못하기도 한다. "용기의 절반은 신중함이다"나 "바람도 털 깎은 양에게는 누그러든다" 같은 말을 누가 우리에게 가르쳤을까? 지각과 형식의 역사에 혁명을 일으킨 "자연은 예술을 모방한다"는 언명은 어느 텍스트에 있나? 셰익스피어, 로런스 스턴, 오스카 와일드의 간결한 일침들은 일상 회화의 영광 속으로 녹아 들어갔다.

프랑스 문학에서 아포리즘은 비범한 역할을 한다. 최대한 간략하게 표현한 '팡세pensée', 즉 '사고'나 '사색'의 구성은 프랑스의 두드러진 특징이다. 파스칼의 아포리즘—이것은 모든 언어와 문학을 통틀어 드물게 뛰어난 성취다—은 복잡하고 숭고한 신학과 형이상학의 영역까지 뻗는다. 폴 발레리의 아포리즘은 시와 예술의 본성에 대한 평생의 명상에 간명한 우아함을 안겨준다. 라 로슈푸코, 보브나르그, 샹포르의 격언은 서구 전통 최고의 웅변에 속한다. 현대 시인 르네 샤르는 '센텐티아sententia'(한 문장짜리 언명이나 명제를 가리키는 라틴어)와 짧은 서정시의 차이를 일부러 지웠다. 샤르의 최고 걸작은 발레리의 작품처럼 사고의 음악적인 순간을 표현한다.

프랑스인은 왜 아포리즘을 애호할까? (독일어를 사용한 리히텐베르크와 니체의 아포리즘적 태도는 프랑스에 공공연한 빚을 지고 있다.) 이에 대한 한 가지 대답은 라틴어와의 명백한 관계에 있다. 프랑스 문학과 사고는 로마의 원천과 가깝다는 데 자부심을 품고 있다. 로마는 정치 권력과 담론의 영역 양쪽에서 모두 간결함에 큰 가치를 부여했다. 간결함은 재치의 영혼이었을 뿐 아니라, 사적·공민적 위기에 빠졌을 때도 발휘하는 남성적 통제와 자기 통제의 관습이었다. 프랑스 격언과 '팡세'의 많은 관습이 로마 비문碑文의 권위 및 간결성과 연결된다. 앙드레 지드는 "Ci gît Gide(여기 지드가 누워 있다)"를 자신의 비문으로 추천했다. 프랑스어가 가진 '리토트litote'의 이상도 라틴어 유산에서 온다. '완곡어'라는 번역으로는 리토트를 잘 표현할 수 없다. 가장 위대한 프랑스 작가—라신—에게서도 끊임없이 보이는 '리토트'는 인간 인식과 감정의 어떤 핵심적 거대함과 광막함을 치밀하게 압축해서 표현한다. 그 특징이 가장 생생할 때, 그것은 파일럿들이 말하는 태풍의 눈 속의 격렬한 고요와 같다.

이미 말했듯이, 프랑스의 전통은 격언의 영역 안에 종교, 미학, 심리학, 정치학 등 다양한 영역을 포괄한다. 하지만 중심은 '모랄리스트moraliste'들이다. 이번에도 번역이 마땅치 않다. '모랄리스트'는 17세기와 18세기에 활발하게 활동하며, 사회적 행위의 문제에 보편적 가치와 원칙을 제기한 이들이다. 그들은 현세의 관습들을 절대적 영원의 관점에서 날카롭게 바라본다('찌른다'). 진정한 모랄리스트가 교화하는 방식은 간결한 분리, 그리고 일시적이지만 징후적인 제스처, 의식儀式 또는 그 시대 사회에서 용납하는 진리에 대한 강력한 공식화를 통해서다. 라 로슈푸코나 보브나르그의 천재성은 그들 발언의 허전함, 표면적 일반성을 인간 행동에 대한 풍성한 관찰로 뒷받침한다는 데 있다. 친구의 불행은 마냥 불쾌하지만은 않다는, 어떤 통찰의 기록 못지않게 과격한 라 로슈푸코의 발언 뒤에는 개별적 관찰의 섬광뿐 아니라 생시몽이나 프루스트 못지않게 폭넓은 궁정과 '사교계'에 대한 경험적 지식도 있다.

2차 대전 전야에 부쿠레슈티에서 파리로 이주한 E. M. 시오랑은 지난 40년 동안 역사-문화적 절망의 에세이스트이자 아포리스트로, 폐쇄적이지만 의심의 여지 없는 명성을 확립했다. 『능지처참*Drawn and Quartered*』은 1979년 프랑스에서 'Ecartèlement'이라는 제목으로 출판된 것을 번역한 책이다. 격언과 사색들로 이루어진 『능지처참』은 종말론적 서문을 달고 있다. 시오랑은 이주민, 혼혈인, 뿌리 잃은 자들이 익명의 도시로 밀려드는 것을 바라보면서, (시릴 코널리처럼) 지금은 "서구 정원들의 종료 시기"라고 결론을 내린다. 지금은 섬뜩한 열기에 감싸인 쇠퇴기의 로마다. "서구는 두 반구를 다스린 뒤 이제 스스로의 웃음거리가 되었다. 그들은 천민, 노예의 지위가 예약된 희미한 유령, 종착점이다. 어쩌면 러시아인은 '마지막' 백인이라 그 지위를 피할 수 있을 것이다." 하지만 전락을 피할 수 없는 것은 자본주의와 과학 기술에 사로잡힌 서구만이 아니다. 역사 자체의 수명이 거의 다했다.

어떤 경우에도 인간이 최선을 다한 것은 분명하고, 설령 다른 문명들이 출현한다고 해도, 거기도 고대 문명만한 가치는 말할 것도 없고 현대 문명만한 가치도 없을 것이다. 그것이 종국에 가서는 오염을 피할 수 없을 거라는, 그것은 우리에게 일종의 의무이자 프로그램이 되었다는 사실을 빼고 봐도 그렇다. 선사시대부터 지금까지, 그리고 지금부터 역사 이후까지 거대한 파국으로 가는 길은 매 시대가 (전성기까지 포함해서) 그렇게 준비하고 고지했다. 유토피아주의자들도 미래의 실패를 예견한다. 그들은 '그런 변화'를 모두 피할 정권을 구상하기 때문이다. 그들의 전망은 시간 속의 '다른' 시간을 말한다······ 그것은 끊임없는 실패처럼 현세성에 제한받지도 않고, 그보다 우월하다. 하지만 아흐리만Ahriman이 지배하는 역사는 그런 방황을 짓밟는다.

인간이라는 종은 스스로를 용도 폐기하기 시작했다고 시오랑은 말한다. '모랄리스트'이자 파국의 예언자가 인간에게 관심을 갖는 것은 오직 "그들이 구석에 몰려서 전에 없이 깊이 가라앉아 있기" 때문이다. 인간이 예정된 파멸의 길을 지속한다면, 그것은 그들에게 항복 또는 합리적 자살을 할 힘이 없기 때문이다. 인간에 관한 한 확실한 것은 단 하나, "그들은 깊이 병들었다······ 뿌리까지 썩었다"는 것이다. ("골수까지 썩었어, 모드Rotten to the core, Maude"의 서글프고 낭랑한 조롱이 떠오른다.)
그러면 앞으로 어떻게 되는가? 시오랑은 대답한다.

우리는 '집단적으로' 비할 데 없는 혼란을 향해 전진한다. 우리는 경련하는 환자처럼, 최면에 빠진 꼭두각시처럼, 서로 다른 사람을 딛고 올라갈 것이다. 왜냐면 모든 것이 불가능해지고 꽉 막혀서, 남을 죽이고 자신을 죽이기 위해서가 아니면 누구도 살 이유가 없기 때문이다. 우리에게 남은 열광은 종말의 열광뿐이다.

역사의 총합은 "무익한 오디세이"고, "모든 야망, 심지어 세상에서 사라지는 야망조차 잃어버릴 고통의 시대에, 인류는 공연한 기대 속에 시들다가 침몰하는 것보다 당장 자신을 없애는 게 낫지 않을까 하는 의문이 드는 게" 당연하다. 그런 사색 후 시오랑은 자기 아이러니의 작은 곡예를 펼치며 물러선다. "그러면 우리는 모든 예언, 모든 광적인 가설을 부정하자. 더이상 멀고 불가능한 미래의 이미지에 현혹되지 말자. 우리의 확실함, 의심할 수 없는 심연을 따르자."

이런 종류의 글쓰기나 유사-사고와의 싸움은 증거로 하는 것이 아니다. 아우슈비츠와 핵무기 경쟁의 세기, 대규모 기아와 광포한 전체주의의 세기는 실제로 자멸적 종말을 향해 달려가고 있을지도 모른다. 인간의 탐욕, 내적·외적 정치학에 상호 혐오가 필요한 수수께끼, 경제 정치적 문제의 복잡성은 파국적 국제 갈등과 내전, 그리고 사회—미성숙한 사회뿐 아니라 늙어가는 사회도—의 내적 붕괴를 일으킬지 모른다. 우리는 모두 이것을 안다. 이 사실은 1914~18년 이후, 그리고 슈펭글러가 서구의 몰락 모델을 제시한 이후 진지한 정치적 담론, 역사에 대한 철학적 토론의 바탕에 깔려 있었다. 서구 문화의 내적 자원이 일종의 신경 소진, 엔트로피에 이른다는 직감이나 주장도 반박 불가능하다. 우리는 거짓을 설파하는 약장수에게 지배당하는 것 같다. 우리의 위기 대응은 몽유병자처럼 자동적이다. 우리의 예술과 문학은 어떻게 보면 아류라고 할 수 있다. 시오랑의 음울한 설교가 (물론 이전에도 그런 말을 한 사람은 많았다) 옳았다고 밝혀질 수도 있다. 나 자신의 개인적 직감도 그보다 아주 약간 더 낙관적일 뿐이다.

그렇지 않다. 두 가지 반대를 제기할 수 있다. 내가 인용한 문장들은 폭력적이고 과도하게 단순화한 예다. 인간사의 패턴은 예나 지금이나 변함없이 희비극이었다. 그래서 셰익스피어는 중용을 지키며 절대적 암흑을 거절하는 것이다. 포틴브라스는 햄릿보다 작은 자이다. 하지만 나라를 다스리는 일은 더 잘할 것이다. 버넘 숲은 던시네인 언덕에 이른 뒤 다시 꽃필 것이다. 역사와 정치적·사회적 삶은 너무도 다양해서 어떤 거대 담론 하나로 포섭할 수 없다. 우리 시대의 야만성, 잠재적 자기 파괴 능력은 엄청나다. 하지만 역사상 어느 때보다 더 많은 사람이 적절한 의식주와 의료 혜택을 누리는 것도 사실이다. 우리 시대의 정치가 대량 살상의 정치인 것은 맞지만, 역사상 처음으로 인간이 장애인 및 동물과 환경을 책임져야 한다는 생각이 제기되고 또 실현되고 있다. 그동안 나는 현대 민족주의의 독성에 대해, (중동, 아프리카, 중앙아메리카, 인도에서) 이웃을 살해하고 공동체를 잿더미로 만드는 편협한 분노의 바이러스에 대해 상당히 많은 글을 썼다. 그러나 미비하지만 강력한 반대 물결도 나타나고 있다. 다국적 조직과 기업, 자연과학과 응용과학의 연대, 청년 문화, 정보 혁명, 대중 예술은 공존의 새로운 기회와 규칙을 만들고 있다. 그것들은 전선을 부식하고 있다. 물론 가능성은 여전히 작다. 하지만 아마겟돈의 시나리오를 늦기 전에 막을 수도 있다. 다른 판결은 어리석은 오만일 것이다. 개인적 일화로, C. S. 루이스가 주관한 한 세미나에서 겪은 일이 있다. 어느 대학원생이 루이스가 중세와 르네상스 초기 세계의 이른바 "손상 없는 이미지"를 그리워하고 20세기의 천박함과 도덕적 혼란을 못마땅해한다는 것을 알고, 과거 시대에 대한 찬사를 늘어놓았다. 루이스는 두 손에 얼굴을 묻고 잠시 듣다가 학생에게 벌컥 말했다. "손쉬운 헛소리는 그만두게. 눈을 감고, 클로로포름이 나오기 전에 우리 인생이 어땠을지 영혼을 집중해서 생각해보게."

여기서 핵심은 '손쉬운'이다. 시오랑의 통탄 전체에 그런 불길한 '용이함'이 있다. 인간의 '타락'과 '부패'를 고매하게 비난하는 데는 일관된 분석적 사고도, 명확한 논지도 필요 없다. 내가 인용한 문장들은 쓰기도 쉬웠고, 신탁과 같은 어두운 분노로 작가를 '우쭐하게' 만든다. 토크빌, 헨리 애덤스, 쇼펜하우어의 작품들만 보아도 확실한 차이를 알 수 있다. 이들은 시오랑 못지않게 폭넓은 예언적 슬픔의 대가들이다. 그들의 역사 독법도 장미빛이 아니다. 하지만 그들은 자신의 주장을 단정적으로 선언하지 않고 엄밀하게 논증한다. 그것들은 발언의 매

단계에서 역사적 증거의 복잡하고 모순적인 성격에 대한 온당한 이해를 동반한다. 이 사상가들이 표현한 의심, 자신의 주장에 가한 제한은 독자를 이롭게 한다. 그들은 생각 없는 동의나 편안한 동조가 아니라 재검토와 비판을 요구한다. 그러면 이런 질문이 남는다. 시오랑의 세계 종말에 대한 신념, 지독한 염세주의와 혐오는 독창적이고 획기적인 인식을 낳는가? 그에게 명성을 안겨준 그 '광세', 아포리즘, 격언은 정말로 파스칼, 라로슈푸코, 또는 가장 인접한 모범인 니체의 혈통을 잇는 것인가?

『능지처참』에는 죽음에 대한 많은 아포리즘이 담겨 있다. 죽음은 언제나 아포리스트들이 선호하는 주제다. 죽음에 대해서는 많은 말이 필요하지 않기 때문이다. "죽음은 완성의 상태, 인간이 행할 수 있는 유일한 완성이다." (여기에는 '완성'의 라틴어 의미에 토대한 약간의 말장난이 들어 있다.)* "내가 한때 죽기를 바라지 않은 사람은 아무도 없다."(라 로슈푸코 같은 느낌). "죽음은 너무도 큰 치욕이다! 갑자기 '사물'이 된다는 것은"—이 뒤에 전혀 설득력 없는 주장, "어떤 것도 우리를 겸손하게 만들지 않는다. 시신의 모습조차"가 따른다. 어조는 섬뜩한 매력까지 띤다. "장례가 면제되는 것은 무엇이건 저속하다." 불길

---

* 완벽을 뜻하는 라틴어 perfectio는 '끝나다'라는 뜻이 있다.

한 어리석음의 정점은 이것이다. "죽음은 지금껏 삶이 발명한 가장 견실한 것이다."

다른 주제—글쓰기와 생각의 주제—로 넘어가 보자. "책은 옛 상처를 건드리고, 나아가 새 상처를 입혀야 한다. 책은 '위험물'이 되어야 한다." 맞는 말이다. 오래 전에 프란츠 카프카도 거의 똑같이 말했다. "사람이 글을 쓰는 것은 할 말이 있어서가 아니라 무언가를 '말하고 싶어서'다." 그렇게 볼 수도 있다. "존재하는 것은 표절이다." 재치 있는 한 방. "단어의 가치를 알면 놀랍게도 우리는 아무 말이나 하려고 하고 실제로 그렇게 해낸다. 이 일에는 초자연적 배짱이 필요하다." 맞는 말이다. 하지만 그런 발언은 자주 있었고, 또 카프카, 카를 크라우스, 비트겐슈타인, 베케트 등 논박할 수 없는 권위자들이 했다. "우스꽝스러움의 감각에 시달리지 않는 자들만이 '심오한' 사상가가 될 수 있다." 똑같은 것을 발견했고, 훨씬 더 큰 영향력을 발휘한 루소와 니체를 참고하라. (이런 단서에 시오랑은 답할지 모른다. "나는 아무것도 만들어내지 않았다. 나는 그저 내 감각의 비서였을 뿐이다.") "후손을 위해 글을 쓴다고 하는 작가는 나쁜 작가가 틀림없다. 우리는 우리 독자가 누구인지 몰라야 한다." 빛나는 훈계일지 모르지만, 호라티우스, 오비디우스, 단테, 셰익스피어, 스탕달을 생각해보면, 그 얄팍함을 알 수 있다.

시오랑은 드 메스트르에 대해 흥미로운 에세이를 썼다. 드 메스트르는 뛰어난 반혁명 및 반민주주의적 염세주의 사상가다. 많은 아포리즘이 (그것들은 좀 더 실질적인 편에 속한다) 시오랑의 어두운 정치학에 깃든 이 계열의 사고와 이어진다. "평민들이 네로를 그리워했다는 사실을 잊지 말라." "거리의 사람들이 다 지친 고릴라 같다. 모두 사람 흉내를 내는 데 지쳤다!" "모든 사회의 토대는 '복종에 대한 자부심'이다. 이 자부심이 사라지면 사회는 붕괴한다." "유토피아의 언어를 사용하는 사람은 내게 다른 지질 시대의 파충류보다 더 거리가 멀다." "종교 재판소장 토르케마다는 '진실했고' 그래서 강직하고 비인간적이었다. 부패한 교황은 뇌물이 통하는 모든 사람처럼 자비롭다." 나는 시오랑의 금욕적 엘리트주의, '미국 방식'의 사회 개선론에 대한 반대는 오늘날 유행하는 전반적 관용보다 더 많은 진실을 품고 있다고 생각한다. 하지만 드 메스트르, 니체, 또는 도스토예프스키의 정치적 통찰에 담긴 어둠의 호소에 특별히 새롭거나 매력적인 것을 더하지는 않는다. 예를 들면 토르케마다에 대한 최신풍 '전율'을 담은 아포리즘은 교수형 집행인에 대해 드 메스트르가 쓴 강력한 소책자의 것과 바로 연결된다.

시오랑의 아포리즘 가운데 가장 많은 걸 전달하는 것은 그 자신의 황량하고 지친 상황에 대한 것들이다. "내 모든 발언은 일반성으로 격하되는 다양한 불만이 되고 만다." "나 자신이 효과적이고 유능하고 긍정적인 일을 할 것 같은 느낌이 들 때는 자리에 누워서 목적도 지향도 없는 질문에 몸을 맡길 때

뿐이다." 자신은 가족보다 제국을 만드는 게 더 쉬웠을 거라는 고백에는 투명한 파토스가 있고, 아이를 낳지 않은 사람들만이 원죄를 의심할 수 있다는 말에는 직관적 설득력이 있다. "나는 세계와 맞서 싸우지 않는다. 그보다 더 큰 힘, 세상에 대한 나 자신의 '피로'에 맞서 싸운다"는 명제는 우리가 본능적으로 신뢰하고 생각해보게 된다. 하지만 영국의 관용구가 말하듯이, 약간의 염세주의는 세상살이에 큰 도움이 된다. 180쪽에 실린 "인간은 '용납 불가능'하다"는 (바보 같은) 절정의 외침은 우리에게 저항감을 남긴다.

아포리즘은 시와 마찬가지로 단어 한 개가 지배한다는 시오랑의 말이 문제인지도 모른다. 이것은 특정한 시, 특히 서정시에는 맞는 말일 수 있다. 하지만 위대한 아포리스트들에는 맞지 않는다. 그들에게 '센텐티아'가 지고한 것은 그것이 독자의 정신에, 이미 알고 있지만 간과되었던 풍성한 역사적, 사회적, 철학적 배경을 강제하기 때문이다. 지난 몇십 년 동안 최고의 아포리즘 텍스트인 T. W. 아도르노의 『미니마 모랄리아』는 짧게 말하기의 진정한 권위가 가득하다. 그 간결함은 예리한 역사의식을 담은 폭넓은 심리학과 사회학으로 재번역되고, 그것을 강제한다. 그와 비교하면 『능지처참』은 초라해진다. 물론 시오랑의 작품 중 이보다 좋은 것도 있고, 특히 자기 반복에 빠지기 전의 책들이 그렇다. 하지만 이런 선집—리처드 하워드가 너무도 충실하게 번역한—은 왕이 벌거벗었는지가 아니라

왕이 있기는 한지의 문제를 제기한다.

1984년 4월 16일

오래된 반짝이는 눈ANCIENT GLITTERING EYES

버트런드 러셀에 대해

윈스턴 처칠의 80회 생일에 한 영국 신문은 이 "현존하는 두 번째로 위대한 영국인"에게 축하 메시지를 보냈다. 이 찬사가 대담하고 당돌한 것은 생략한 전제 때문이다. 하지만 논리학자와 급진주의자들에게 생략된 이름은 분명했다. 바로 버트런드 러셀이었다. 그 판단은 계속 유지될 것 같다. 그리고 영국 바깥으로까지 뻗어갈 것 같다. 러셀의 존재는 18세기와 19세기 유럽의 지성과 감수성의 역사를 누구도 불가능한 방식으로 채울 것 같다. 그만한 존재감은 아마 볼테르 이후 처음일 것이다.

볼테르와 러셀은 유사점이 분명하다. 그것은 이 멋진 책 『버트런드 러셀의 자서전 *The Autobiography of Bertrand Russell*』 표지에서도 알 수 있다. 거기에는 러셀의 1916년 초상화가 실려 있다. 머리는 18세기 가발처럼 짧은 곱슬머리고, 매부리코는 볼테르처럼 도드라지며, 날렵한 입술은 가벼운 비웃음을 띠고 있다. 볼테르처럼 러셀도 장수했고, 그 사실을 통해 즐거움과 금욕의 가치를 진술했다. 그가 출간한 방대한 저술은 현대적 희소함의 관행을 위반한다. 그것은 45권에 이른다. 그가 주고받은 서신은 훨씬 더 많다. 볼테르의 편지처럼 그것은 당대의 모든 관심사에 직접적 관심을 기울인다. 러셀은 비트겐슈타인과 철학을, 콘래드, D. H. 로런스와 소설을 토론하고, 케인스와 경제학을, 간디와 시민 불복종을 논했다. 그의 공개 편지는 스탈린의 응답과 린든 존슨의 분노를 이끌어내기도 했다. 그리고 볼테르처럼 러셀도 언어—그의 산문은 빼어난 고전 시대 산문처럼 유려하고도 명징하다—를 대중 문화의 야수성과 허위에 대항하는 안전 장치로 만들었다.

러셀의 범위는 볼테르보다 넓을지 모른다. 하지만 그의 저술 가운데 『캉디드』처럼 세상의 전체적 의미를 담아내는 것은 없다. 러셀의 『수학 철학 입문Introduction to Mathematical Philosophy』과 『수학의 원리Principles of Mathematics』(1903)의 공헌을 판단할 자격은 논리학자와 과학 철학자들에게만 있다. 이 책들은 1910년과 1913년 사이에 화이트헤드와 협력해서 출판한 『수학 원리Principia Mathematica』와 함께 현대 논리 연구의 역사에 중대한 의미가 있다. 그것들은 현대 기호 논리와 정보 이론의 중요 개념들의 선구다. 순수 논리학자는 희귀종이다.

러셀은 지속적인 분석적 계산 능력도, 또 평범한 발화보다 방해받는 것이 적은 (평범한 발화는 일상생활의 폐기물과 불투명함에 방해받는다) 의미 체계의 암호를 사용하는 능력도 데카르트 및 쿠르트 괴델과 어깨를 나란히 한다.

러셀의 1950년 노벨상 수상에 중요한 역할을 한 『서양 철학사』는 최상의 의미로 '고급 통속화haute vulgarisation'를 이룬 작품이다. 그것은 아낙사고라스에서 베르그송까지 거침없이 종횡한다. 거기에는 비합리의 죽음에 대한 확고한 자신감이 가득하다. 라이프니츠를 다룬 책은 새로움이 없지만, 그의 박학다식의 취향을 위대한 박식가이자 라이벌인 뉴턴의 취향과 비교한다는 점에서 여전히 흥미롭다. 러셀이 1914년 보스턴에서 행한 로얼Lowell 강좌를 토대로 태어난 『외부 세계에 대한 우리 지식 *Our Knowledge of the External World*』은 그의 철학적 방식과 복잡한 경험주의의 최고 입문서일 것이다. 거기서 제기하는 문제들은 플라톤만큼이나 오래되었고, 이것은 그 책이 시도한 해결책들이 다른 철학 분야들보다 유행에 덜 취약하다는 뜻이다. 우리는 어디서 와서 어디로 가는지를 묻는 인식론적인 동물이지만, 그에 대한 답도 없고, 우리가 꿈속을 사는 게 아니라고 증명할 능력도 없다. 러셀은 우리 상황의 이질성을 아름답게 기록한다. 그리고 『마음 분석 *Analysis of Mind*』은 그보다는 약간 덜 예리하지만 다시 그런 일을 한다. 그가 이런 철학적 논증과 사상사에 대한 책들만 썼다고 해도 뛰어난 평가를 받을 것이다.

하지만 세계 대전의 충격과 그의 개인적인 성격의 급격한 변화는 러셀의 폭을 훨씬 더 넓고 복잡하게 만들었다. 1914년 이후 사회 정책, 국제 관계, 사적 윤리학 중 그가 다루지 않은 영역은 거의 없다시피 하다. 우리의 도덕에 대한 그의 비판은 윌리엄 모리스와 톨스토이의 세계에서 시작한다. 그것은 버나드 쇼와 프로이트의 세계보다 생명력이 길다. 그것은 활동적이고, 스토클리 카마이클의 것보다 더 격렬하다. 그는 "행복의 정복The Conquest of Happiness"을 계획했다(그 특정 담론 또는 책자의 제목이 뭐였건). 그는 몽테뉴 못지않게 "게으름의 찬양"에 열렬했고, 수수께끼를 대하는 마음으로 거듭 "결혼과 도덕"으로 돌아갔다. 그는 "나는 왜 기독교인이 아닌가"를 세상에 알렸지만, 열락에 사로잡힌 인간 정신의 신비주의적 돌발 논리에 대해 볼테르와는 거리가 먼 시적 책자도 썼다. 러셀의 현실 정치 연구와 팸플릿도 상당한 분량이다. 그는 "볼셰비즘의 실제와 이론"을 일찌감치 살펴보았고, 오늘날의 위기가 닥치기 훨씬 이전에 "중국 문제"에 대한 불안한 공감을 전했다. (이것도 그가 볼테르와 공유하는 또 한 가지 관심이다.) "산업 문명의 전망"에 대한 연구는 그를 R. H. 토니의 사상과 연결시키고, 수동적 저항과 보편적 군비 축소에 대한 거듭된 청원은 그를 다닐로 돌치의 동맹으로 만든다. 러셀의 천재성에는 몽상가와 엔지니어도 있다. 그는 단기적 유토피아주의자, 아흔다섯의 나이에도 단순한 꿈에서 깨어나서 그 꿈이 아침을 개선시켜줄 수 있다고 믿는 사람이다. 러셀의 책자의 제목 "인간은 미래가 있는가?"는 그런 탐색을 요약한다. 물음표에는 회의주의와 체념의 슬픔이 담겼지만, 놀라운 다양성과 창조력을 지닌 늙은 여우는 인생 전체가 긍정적인 답을 찾는 고투였다.

러셀은 자기 인생을 처음부터 면밀히 기록했던 것 같다. 특히 1890년 10월 케임브리지 대학에 입학하고, 자신의 비범한 재능을 깨달은 순간부터는 확실히 그랬다. 러셀은 볼테르처럼 자신이 역사의 빛 속에 들어가는 것을 보았다. 시간과 사회적 지위가 그의 자기 객관화에 도움을 주었고, 그는 아이러니하게 정밀한 태도로 그 과정을 관찰했다. 『나의 철학적 발전*My Philosophical Development*』은 그가 칸트적 이상주의에서 일종의 피타고라스적 초월적 경험주의―"나는 수가 변화를 지배하는 피타고라스적 힘을 이해하려고 했다"―로 이동한 과정을 흥미롭게 기록한다. 케인스의 『인물 에세이*Essays in Biography*』와 비슷하고, 때로 그것의 빈 부분을 채워주는 『기억 속 초상들*The Portraits from Memory*』은 러셀이 살면서 만난 빛나는 인물들과의 이야기를 담았고, G. M. 트레블리안, 러더퍼드 경, G. E. 무어, E. M. 포스터 시절 케임브리지 지성 생활의 일상을 그 어떤 책 못지않게 잘 포착해서 보여준다. 공식 자서전은 그토록 끊임없이 성찰하는 인생에서 자연스럽게 나왔다. 이 책의 일부는 1949년에 조합 및 구술되었고, 또 일부는 1950년대 초반에 집필되었을 것이다. 책 내용은 1876년 2월, 4세에 고아가 된 앰벌리 경의 차남이 조부모의 집인 펨브로크 로지에 도착한 데서 시작해서 1914년 8월, 트리니티 칼리지와 왕립협회 펠로인 42세의 수리논리학자가 비타협적 평화주의를 선택하고 자신이 장식해온 세계와 결별하려는 시기까지 이어진다. 모두 7장으로 구성되었고, 각 장의 말미에는 관련 편지들이 딸려 있다. 이런 빅토리아적 장치는 멋진 효과를 발휘한다. 편지들은 자주 한참 뒤의 기억들과 미묘하게 부딪히고, 편지와 회상의 대화는 통렬한 각주를 낳는다. 러셀은 1906년 4월 22일에는 루시 마틴 도넬리에게 편지를 써서 자신의 수리논리학의 가장 난해한 작업에 대해 이야기했다. "연구는 거침없는 속도로 진행됩니다. 이 일은 제게 큰 기쁨을 안겨줍니다." 반면 45년 뒤 메리트 훈장 서훈자 러셀 백작은 "그것은 모두 허튼 짓이었다"고 말한다.

버트런드 러셀은 귀족 가문에서 나고 자랐다. 그는 총리의 손자였고, 군사, 외교, 교회 여러 고위 인사의 사촌 또는 조카였다. 엘바 섬의 나폴레옹을 방문하고 미국 독립 전쟁 때 지브롤터 해협을 지킨 조상들이 어린 시절의 배경에 있었다. 이때의 영국은 정원에 가지 시렁과 벨벳 같은 잔디밭이 있고, 귀족과 하인이 있는 영국이었다. 이 도입부에 어지러운 시간의 파노라마가 펼쳐진다. 이 글의 독자와 작가는 말하자면, 만찬회에서 브라우닝을 침묵시키고, 윌리엄 글래드스톤에게서 "이

포트와인은 훌륭하네요. 그런데 왜 적포도주claret 잔에 준 걸까요?"라는 무서운 선언을 들은 사람과 동시대를 산다고 할 수 있다. 지금 살아 있는 사람들은 아직도 어린 시절에 하인이나 지인에게서 워털루 전투 때의 이야기를 들은 사람을 찾을 수 있다. 이것 자체도 놀라운 일이다. 하지만 러셀의 경우, 그가 지금 우리는 전혀 알지 못하는 시대에 성인이 되었고, 현대사에 가장 당당한 엘리트 가문 출신―빅토리아 시대의 휘그 귀족―이라는 사실은 긴 인생의 멋진 트릭 이상이다. 러셀은 인생 후기의 급진주의에까지 그의 출신이 표시되어 있다.

이 회고록은 그의 타고난 고고함을 누그러뜨리지 않는다. "청소부가 위대한 이들의 정신, 무너진 제국의 기록, 예술과 이성의 강력한 통찰에 대해 무엇을 알 수 있을까?" 그는 1902년에 길버트 머리에게 물었고, 또 이렇게도 말했다. "모두가 최상의 것을 얻을 수 있다거나, 사고하지 않는 감수성도 최고 수준에 이를 수 있다는 거짓 희망을 품지 맙시다." 러셀은 1904년 2월에 엔지니어연합회 지부에 강연을 하러 "런던의 어느 오지"에 갔다. 그 일에 대한 언급은 그의 특징을 잘 보여준다. "그들은 훌륭한 사람들 같았다. 아주 품위 있었다. 그들이 노동자라는 것을 알기 어려울 정도였다." 러셀은 현대사의 진정한 반란자가 되어서 자본주의, 열강 정치, 기성 질서의 위선에 지속적으로 맹렬한 포격을 가했다. 인류의 상황에 대한 연민은 이성을 소진시킬 정도로 타올랐다. "기근을 겪는 아이들, 독재자에게 고문 받는 사람들, 자식에게 짐이 되어 미움 받는 노인들, 그리고 외로움, 빈곤, 고통의 세계는 인간 사회의 이상을 조롱한다." 그는 과도한 연민으로 감옥에 가고, 교수직을 잃고, 추방 위기도 겪었다. 하지만 러셀의 자코뱅주의는 상당히 토리적이다. 그것은 높은 계급 출신과 천재성은 권리와 도덕적 의무를 동시에 부과한다는 확신에서 나온다. "고통의 외침이 내 심장에서 메아리친다"고 러셀은 말한다. 그가 착각하는 게 아닐까 싶다. 반향실은 더 높은 곳에 위치한다. 그의 연민은 볼테르의 경우처럼 지성에서 발원한다. 러셀의 저항의 정치학은 기본적으로 인류가 사회적, 위생적 복지를 이루어야 미와 진실을 추구하는 선민들이 죄의식 없이 인생을 실현할 수 있다는 희망에 토대한 것으로, 그 논리는 그가 속했던 활기찬 케임브리지 소모임 사도회Apostles에서 큰 설득력을 발휘했다. 미국의 민주주의는 평등주의적이고 속물적이라서 강렬하거나 고상한 감정이 들어설 자리가 없다고 러셀은 말한다. "감정의 고상함은 본질적으로 과거와 그것의 엄청난 힘에 대한 의식적 숙고에서 나오는 것 같다." 진정한 정치학은 최상의 것이 들어올 공간을 확보하는 일이고, 그래서 지성 생활에 당혹감과 동요를 안겨주는 일반 세상의 비참함에 적대적이다. 러셀의 연민은 때로 날이 너무 날카로워서 그의 감성에 지나치게 다가오는 사람들에 대한 무기가 되기도 했다.

이 귀족적 허용, 그리고 개인적 혼란보다 추상적인 것을 선호하는 성향이 〈자서전〉의 전반적 어조를 이룬다. 그것은 가장 악명 높은 두 에피소드에서 뚜렷이 드러난다. "나는 사랑을 찾아다녔다. 우선 그것이 황홀감을 주기 때문이다. 황홀감은 기쁨의 몇 시간을 위해 인생 전체를 희생해도 좋다는 마음이 자주 들 만큼 컸다. 내가 그것을 찾아다닌 두 번째 이유는 그것이 외로움을 덜어주기 때문이다. 그 끔찍한 외로움에 빠지면, 하나의 의식은 덜덜 떨며 세상의 끝에 서서 차갑고 아득하고 생명 없는 심연을 들여다보게 된다." 하지만 그 탐색은 꽤 자주 다른 사람을 파괴시켰던 것 같다. 러셀의 첫 결혼—로건 피어설 스미스의 누이 앨리스와 한—은 환희로 시작했다. 그가 1894년 1월, 눈 덮인 런던이 "외딴 언덕 꼭대기처럼 조용할 때" 애인을 찾아간 대목은 『안나 카레니나』 초반부에서 레빈이 키티를 찾아간 장면에 대한 톨스토이의 자전적 묘사처럼 부드럽게 강하다. 하지만 그 결혼은 성의 억제라는 기이한 규약에 토대해 있었고, 곧 지독한 긴장을 낳았다. 러셀은 1911년 3월에 오털라인 모렐과 사랑에 빠졌다. 그녀는 한 세대의 영국 시인과 정치인들에게 많은 영향을 끼친 여자였다. 그녀와의 "하룻밤을 위해" 러셀은 스캔들도 심지어 자살도 감당할 수 있다고 느꼈다. 앨리스와의 결혼의 종언은 이렇게 기록되어 있다.

나는 앨리스에게, 원한다면 언제든 이혼할 수 있지만 오털라인의 이름을 거론해서는 안 된다고 말했다. 그녀는 그래도 오털라인의 이름을 거론할 거라고 했다. 그래서 나는 그녀에게 조용하지만 확고하게 그것은 불가능할 거라고, 만약 정말로 그런 일을 하려고 하면, 나는 그녀를 곤경에 빠뜨리기 위해 자살을 할 거라고 말했다. 그 말은 진심이었고, 그녀도 그것을 알았다. 그러자 그녀는 미친 듯이 분노를 터뜨렸다. 몇 시간 동안의 폭풍이 지나간 뒤, 나는 케임브리지 대학 졸업 시험을 앞둔 그녀의 조카 카린 코스텔로에게 로크의 철학을 가르쳤다. 그런 다음에 자전거를 타고 떠났고, 그걸로 내 첫 결혼은 끝났다. 내가 앨리스를 다시 본 것은 1950년이었고, 그때 우리는 우호적인 지인이 되어 있었다.

러셀은 하버드 생활을 마친 뒤에 이름난 부인과 의사인 친척을 만나러 시카고에 갔다. 그 집의 딸들 중 한 명은 옥스퍼드에서 만난 적이 있었다. "나는 그녀의 부모님 집에서 이틀 밤을 보냈는데, 두 번째 밤은 그녀와 함께 보냈다." 두 사람은 영국에서 다시 만나기로 비밀리에 약속했다. 그런데 그녀가 1914년 8월에 영국에 갔을 때는 세계 대전이 발발해 있었다. 이 대목도 러셀의 글을 통째로 옮기는 게 좋을 것 같다.

내 정신은 온통 전쟁에 쏠려 있었고, 공개적으로 전쟁에 반대하기로 결심한 상태였기에 그런 상황에서 개인적 스캔들에 휘말릴 수가 없었다. 그러면 아무도 내 말을 듣지 않을 것이기 때문이다. 그래서 나는 애초의 계획을 실행하기 어렵다고 보았다. 그녀는 영국에 계속 있었고, 나는 때때로 그녀와 만났지만 전쟁의 충격 때문에 열정도 식었고, 나는 그녀에게 상처를 안겨주었다. 결국 그녀는 희귀병에 걸렸다. 처음에는 마비를, 나중에는 정신 착란을 일으키는 병이었다. 그런 착란 상태에서 그녀는 아버지에게 우리 일을 다 털어놓았다. 내가 그녀를 마지막으로 본 것은 1924년이었다…… 전쟁이 끼어들지 않았다면 우리의 시카고 계획은 우리 둘 모두에게 행복을 가져다주었을지 모른다. 이 비극을 생각하면 나는 아직도 슬픔을 느낀다.

문체도 그렇고 감정 표현에서도 엄청난 냉혹함, 아우구스투스 같은 차가운 명징함이 있다. 그것은 일정 정도 노인의 기억이 갖는 초연함에서 비롯될지 모른다. 하지만 핵심은 더 깊은 데 있다. 볼테르처럼, 아니면 만년의 톨스토이처럼, 버트런드 러셀도 진실 또는 가능한 진실의 명료한 진술을 인간보다 더 사랑하는 사람이다. 그의 자아는 혼란스러울 만큼 풍부해서 그것만으로 하나의 세계를 이룬다. 거기에 다른 사람은 아무리 친밀해도 일시적으로밖에 접근하지 못한다. 러셀은 최소한 한 가지 확실한 신비적 경험을 기록했다. 1901년 길버트 머리가 스스로 번역한 에우리피데스의 『히폴뤼투스』의 한 대목을 읽어주었을 때였다. 그는 그때 느낀 엄청난 계시와 열중 감각이 몇 시간 뒤 자신에게 전쟁, 교육, 인간의 외로움에 대한 지속적인 견해를 안겨준 일을 회상한다. 그는 "우리는 인간 관계에서 각자의 외로움의 중심부에 들어가서 거기 말을 걸어야 한다"고 확신하게 되었다. 이 확신은 진정한 것이었지만, 〈자서전〉에 그것을 뒷받침하는 논리는 별로 없다. 그 일에는 G. E. 무어의 『윤리학 원리*Principia Ethica*』의 "이상The Ideal" 챕터가 더 적절할 것이다. 이 책은 러셀의 초기 발전에 큰 영향을 미쳤다. 무어는 "우리에게 가장 가치 있는 선"은 "사랑에 대한 사랑"이라고 말한다. 그 선명한 깨달음에 비하면, 현실의 애인에 대한 사랑은 창백한 기쁨이다.

하지만 이 책에서 고상하고 냉정한 것만 말하는 것은 부당할 것이다. "오래된 반짝이는 눈은 명랑하다." 러셀은 감옥에서 리턴 스트래치의 『빅토리아 시대의 저명인사들*Eminent Victorians*』을 읽은 것을 회고한다. "그것 때문에 어찌나 크게 웃었는지 간수가 와서 감옥은 벌 받는 곳이라는 걸 유념하라고 말했다." 사라진 옛 어법과 거기 담긴 다른 시대의 광기와 신랄함이 넘쳐난다. "자신의 어린 딸을 강간하고 매독으로 몸이 마비된 성직자가 칼리지의 부학장이었는데, 그 일로 그를 쫓아내야 하게 되자, 학장은 칼리지 회의에서 채플에 규칙적으로 참석하지 않은 사람들은 그분의 설교가 얼마나 훌륭했는지 모른다고 각별히 말했다." 러셀은 많은 영국 교수처럼 줄여 말하기의 대가다. 1914년 매사추세츠 주 케임브리지에서 철학적, 개인적 허세 때문에 벌어진 웃기는 사건은 "하버드 문화는 한

계가 있었다. 미술 교수 쇼필드는 앨프리드 노이스를 훌륭한 시인으로 여겼다"라고 부드럽게 마무리된다. 케인스는 "어디 서나 이교도 땅의 주교 같은 감정을" 보이는 모습으로 나온다.

게다가 아이러니는 대학에 한정되지 않는다. 그것들은 너무 도 독한 의심의 흐름을 만들어서 러셀 자신이 애초에 주장한 가치를 해치고 그의 과학적 성취와 그가 가장 편안하게 귀속 된 세계를 무너뜨린다. 이런 내부의 파괴가 첫 권의 큰 모험이 다(러셀은 지금 2권을 작업 중이다). 『수학 원리』에 들어간 난해 한 논증 작업은 러셀을 지치게 만들었다. 그는 솔직하게 자신 은 1913년 이후 수학적 추론의 힘이 쇠약해졌다고 말한다. 하 지만 약해진 것이 수학적 논리력만은 아니다. 1913년 2월에 러셀은 로스 디킨슨에게 그때까지 자신의 인생을 지배한 우아 한 감성과 학술적 교우의 기준을 파괴하는 한 문장을 써보냈 다. "지성은 백열 상태가 아니면 대체로 시시하다." 그 자신의 결혼 실패와 톨스토이의 사례가 그 진술의 배경이다. 하지만 구체적인 상황도 거들었다. 러셀은 같은 편지에서 철학과 의미 분석에서 자신보다 뛰어난 한 사람을 거론한다. 빈과 맨체스터 에서 온 루트비히 비트겐슈타인은 사도회에 가입했지만 "그게 시간 낭비라고 생각했다…… 내가 그 생각을 바꿔주려고 하기 는 했지만, 그가 옳은 것 같다." 이 인정은 중대하다. 유럽 문명 의 긴 여름이 끝나갈 때, 러셀은 자신에게 가장 소중했던 정신 의 사치를 떨쳤다. 전쟁이 끝난 뒤, 그는 스톡홀름에 '러셀 국제 재판소'를 만드는 일에 참여하게 된다.

러셀 경은 최근에 근시안과 경박한 악의를 보이는 정치적 발언을 많이 하고 있다. 그의 변심─그리 오래지 않은 옛날 그는 소련에 대항하는 예방적 핵 타격을 옹호했다─은 조롱받아 마땅하다. 하지만 오류와 소란한 단순화 속에도 삶의 열정이 있고, 이상의 요구와 인간 갈등의 요청에 대한 완전한 자기희생이 있었다. 자서전이 완성되면, 인생의 이미지─그것은 러셀이 64년 전에 쓴 글에 담겨 있다─를 높이는 데 러셀보다 더 큰 기여를 한 사람은 역사를 통틀어서도 소수고, 보잘것없는 오늘날에는 더욱 소수라는 것이 드러날 것이다.

나는 종교가 태양처럼 다른 별들의 빛을 가린다는 느낌을 자주 받는다. 그 별들은 밝기는 덜해도 뒤지지 않는 아름다움으로 신 없는 우주의 어둠 속에서 우리에게 빛을 전달한다. 인생의 찬란함은 신의 광휘에 눈멀지 않은 이들에게 더욱 환히 빛난다. 그리고 우리 모두 쓸쓸한 해변에 유배되어 있다고 생각하면, 인간의 동료애는 더욱 깊고 따뜻해지는 것 같다.

1967년 8월 19일

세 도시 이야기A TALE OF THREE CITIES

엘리아스 카네티에 대해

여러 번 그랬듯이, 지난해의 노벨 문학상도 혼란스러운 축복으로 판명되었다. 엘리아스 카네티의 글은 아주 사적이고 단편적이다. 그것은 핵심적 연원을 감추고 아주 조심스럽게 펼쳐진다. 1981년의 노벨문학상 때문에, 그의 무명 작품들이 재판을 찍고 번역에 들어갔고, 그의 작품 세계 전체—최고의 걸작이자 유일한 장편소설인 『화형Auto-da-Fé』에서 뻗어 나와서 또 그리로 귀향하는—는 초점에서 벗어났다. 더욱이 카네티 자신이 77세의 나이에 갑자기 얻은 명성에 특유의 무례와 오만으로 응대했다. 그는 노벨상을 타기 전, 오랫동안 (상대적인) 무명 상태일 때 자신의 책들이 절판되게 방치하고 제대로 비평도 해주지 않은 이들—특히 그가 망명한 영국의—을 맹렬하게 (때로는 다소 부당하게) 비난했다. 그래서 이 비타협의 대가의 자서전을 이제 본래의 날카롭고 매끈한 독일어 (카네티는 클라이스트의 후계자다) 밖에서도 읽을 수 있게 된 것이 중요하다. 『내 귓속의 횃불*The Torch in My Ear*』은 그 2권으로, 1921년에서 1931년까지의 10년—카네티가 작가 및 사상가로 발전하는 데 결정적인 시기인—을 다룬다. 책은 16세의 엘리아스 카네티가 프랑크푸르트의 김나지움에 입학한 데서 시작해서 카네티 박사가 빈 대학에서 공부한 화학을 포기하고 소설이라는 더 강력한 연금술로 방향을 바꾸는 데서 끝난다. 하지만 이것은 뛰어난 관찰력과 독창적인 목격을 담은 회상록에 그치지 않는다. 이것은 심연 앞에 선 중부 유럽 고급 문명의 생생한 이미지다. 그 황혼의 시기에 내적 성년에 이른 것은 카네티의 불행이자 행운이었다.

1권 『해방된 혀』에는 작가의 무시무시한 홀어머니와 모자간의 긴장된 친밀 관계에 대한 회상이 담겨 있다. 카네티 어머니의 무감각은 때로는 그녀의 예지력만큼이나 냉혹하게 계산적이었다. 1920년대의 프랑크푸르트에서 인플레이션은 미친 수준으로 날뛰었다. 엘리아스는 사방에서 인간의 비참함과 절망을 관찰했다. 길에서 허기로 쓰러지는 여자를 보았을 때, 엘리아스는 어머니에게 이런 일에 대해 약간의 설명과 연민 어린 반응을 요구했다. "거기 남아 있었니?" 어머니는 차갑게 묻고, 아들에게 의사가 되어서 그런 불행을 막아줄 부르주아적 부를 얻으려면 그런 광경에 흔들리면 안 된다고 말했다. D. H. 로런스의 단편 소설 「흔들 목마를 탄 우승자The Rocking-Horse Winner」에 나오는 아이처럼, 어린 카네티는 어머니의 기대가 온통 돈을 부르짖는 소리를 들었다. 몇 년 뒤 빈으로 간 엘리아스는 책략과 히스테리가 반반씩 섞인 몸짓으로 수많은 종이에 "돈"이라는 말을 썼다. 의사의 말을 잘 듣는 어머니는 이 행동에 놀라서 아들의 해방과 독립을 받아들이게 되었다.

하지만 학창 시절의 마지막 해에는 다른 해방도 있었다. 카네티가 좋아한 프랑크푸르트 극장의 고전 배우 카를 에베르트가 어느 일요일 낭독회에서 성서보다 시대가 앞선 바빌론의 서사시를 읽었다. "나는 『길가메시』를 발견했고, 그것은 내 인생과 가장 깊은 의미에서 내 신앙, 정신력, 기대에 세상 무엇보다 강한 영향을 미쳤다." 이 영향력에 대한 카네티의 설명은 그의 작품 세계의 제사epigraph로도 쓰일 만하다.

나는 신화의 효과를 경험했다. 그리고 그 후로 반세기 동안 다양한 방식으로 그것을 생각했다. 수도 없이 생각했지만, 진지하게 의심한 적은 한 번도 없다. 나는 개체로서, 내 안에 개체로 남아 있는 것을 흡수했다. 그 일은 아무 문제 없다고 생각한다. 그런 이야기를 '믿느냐'고 물어봐야 소용없다. 나의 내적 상태를 생각하면, 내가 그것을 믿는지 안 믿는지 어떻게 알 수 있을까. 목표는 지금까지 모든 인간은 죽었다는 상투어를 되뇌지 않는 것이다. 중요한 것은 죽음을 기꺼이 받아들일지 거기 맞설지 결정하는 것이다. 나는 죽음에 대한 분노로 영광, 부, 불행의 권리를 얻었다……
나는 이 끝없는 반역 속에 살았다. 그리고 내가 세월 속에 잃어버
린 가까운 이들에 대한 슬픔이 길가메시가 친구 엔키두에게 느낀
것만큼 된다면, 나는 그 사자 같은 남자보다 최소한 한 가지는 더
낫다. 나는 이웃뿐 아니라 '모든' 인간의 생명을 신경 쓴다는 것.

두 번째 발견은 조금 더 강렬하다. 카네티는 아리스토파네
스에게서 핵심적 단서를 발견했다. "그의 희극 작품 전부가 강
력하고도 일관되게, 근원에 있는 놀라운 기본 아이디어에 지배
된다는 것"이다. 그 아이디어는 항상 공적이고 깊은 의미로 정
치적이어야 한다고 카네티는 결론을 내렸다. 급진적 상상은 사
적 영역을 뛰어넘기를 추구해야 한다. 재정적, 사회적, 성적 와
해에 빠진 독일 현실의 스펙타클보다 더 아리스토파네스적인
것이 있을까?

이런 와해의 깊은 분석이 빈에서 이루어졌다. 간접적으로,
20세기 서구의 감성과 표현 방식의 핵심은 카를 크라우스에게
서 비롯되었다는 것이 점점 분명해진다. 이 종말론적 풍자가의
유산은 언어와 사회에 대한 카프카의 통찰로부터 1950년대와
60년대 미국의 도시풍 자학 유머까지 광대한 영역에서 확인된
다. 카네티는 크라우스가 한 세대의 관객에게 혐오와 자기 혐
오의 기술을 가르친 낭독회에 대해 인상적인 설명을 한다(크라
우스는 〈횃불Die Fackel〉지의 저자 겸 편집자였고, 카네티의 작품 제

목 하나에도 '횃불'이라는 말이 들어간다). 카네티가 1934년에 결혼하는 베네티아 투프너-칼데론—'베자'라는 애칭의 신비한 미녀—을 크라우스의 강연에서 만난 것도 아주 적절했다. 더욱 직접적인 것은 크라우스의 강력한 영향력이 카네티가 핵심적으로 탐구해 나갈 질문을 제시했다는 것이다. 그것은 개인의 힘과 군중의 힘의 관계였다. 카네티는 크라우스의 환상적 발성을 회상하면서 말한다. "그 떨림에 의자도 사람들도 다 쓰러질 것 같았다. 의자들이 휘어졌다 해도 나는 놀라지 않았을 것이다. 그 목소리에 그렇게 많은 사람이 반응하는 역학—충격은 목소리가 침묵에 잠겼을 때도 지속된다—은 '와일드 헌트'라고밖에 설명할 수 없다." (독자들, 특히 영미권의 독자 중 얼마나 많은 수가 켈트 문화에서 기원했다고 보이는 이 신화의 암시를 알아차릴까? 이것은 밤하늘에서 유령 사냥개와 사냥꾼이 추격을 하는 것을 가리키지만, 이 판본에는 주석이 없고, 번역은 교묘하게 애매할 때가 많다.)

엘리아스 카네티의 교육에 카를 크라우스 못지않게 중요했던 것은 그가 빈에서 본 위대한 회화들이다. 특히 두 점이 상반된 효과로 그를 사로잡았다. 브뤼헐의 〈죽음의 승리〉는 『길가메시』의 메시지를 확인해주는 것 같았다. 캔버스의 다양한 인물이 죽음에 저항하는 에너지는 카네티의 의식으로 흘러들어왔다. 죽음이 승리하지만, 그 투쟁은 가치 있게 그려져 있고, 또 그것이 사람들 전체를 하나로 묶는다. 또 하나는 렘브란트의 초대형 회화 〈실명을 당한 삼손〉이다. "나는 자주 그 그림 앞에 가 섰고, 거기서 혐오가 무엇인지 배웠다." 더욱이 그는 아직 몰랐지만, 실명은 이후 카네티의 소설, 여행기, 철학적 아포리즘의 라이트모티프가 된다. 『화형』의 독일어 제목은 'Die Blendung', 눈을 멀게 하는 일과 앞이 안 보일 만큼 눈부신 일을 모두 가리킨다. 렘브란트의 델릴라에 대한 카네티의 해석은 이후 그의 거의 모든 작품의 여성들에게 들어가는 것 같다.

그녀는 삼손의 힘을 빼앗아갔다. 그녀는 그의 힘을 차지하지만 그래도 그를 두려워하고, 이 실명 사건을 기억하는 한 그를 싫어할 것이다. 그리고 그를 싫어하기 위해 그것을 항상 기억할 것이다.

1925년 여름, 카네티는 무서운 어머니와 결별했다. 그는 계속 빈 대학에서 과학을 공부했지만, 이제 경험의 호출에 응할 준비가 되어 있었다. 그의 암시가 맞는다면, 그것은 어둠 속 횃불의 신호처럼 그의 잠자는 힘을 일깨우게 된다. 그리고 1927년 7월 15일에 그 신호가 왔다. 사회민주당 지도부에 반대하는 과격파 노동자 집단이 최근의 폭압적 사건에 분노해서 (부르겐란트에서 노동자들이 사살되고, 살인자들은 방면되었다) 대법원으로 행진했다. 그들은 대법원에 불을 질렀다. 그리고 그날 엘리아스 카네티, 서정적 형이상학자, 폭력의 알레고리 작가는 활짝 피어났다. "나는 군중의 일부가 되었다. 그 안에 완전히 녹아들었다." 이 몰입 경험—프랑스어 표현 'bain de foule(군중 세례)'은 카네티의 경험을 정확히 표현한다—을 통해 카네티는 1890년대의 귀스타브 르 봉처럼 군중의 내적 구조, 엄청난 에너지, 감염성 아우라를 분석하겠다는 결심을 굳혔다. 『군중과 권력 Crowds and Power』—단편적이지만 뛰어난 작품—은 1960년에야 나타났다. 하지만 그 격렬한 여름날 그가 함께 했던 군중과 군중 감정은 그 이후 계속 카네티를 사로잡았다. 더욱이 그 일에서는 사적 집착과 공적 사실이 융합되었다.

불이 상황을 결합시켰다. 너는 불을 느꼈다. 그 존재는 압도적이었다. 네가 그것을 보지 못했다 해도 그래도 그것은 머릿속에 있었다. 그것의 매혹과 군중의 매혹은 하나였다…… 너는 불의 영토로 다시 이끌려갔다—우회적으로, 다른 길은 가능하지 않기에.

카네티는 군중에 대한 명상에서도, 불의 은유에서도 프로이트가 무용하다고 생각했다. 프로이트의 『집단 심리학과 자아 분석』은 "첫 단어부터 반감을 일으켰고, 55년 후에도 여전히 반감을 일으킨다." 카네티는 프로이트의 이론이 간접적이라고, 즉 타인의 행동과 증언이라는 불확실한 토대에 근거해서 추상적 도그마를 만든다고 보았다. 이 비판에는 넓은 맥락이 있다. 카네티는 우리 시대에 프로이트와 정신분석학은 인위적이고 반역사적인 신화라고, 그 방법론은 잘 봐줘야 미적 가치가 있을 뿐이고, 실질적 증거—19세기 말 중부 유럽 중간 계급, 특히 여자들의 꿈, 언어 행위, 제스처 방식—는 어이없을 만큼 협소하다고 거부한 소규모의 일급 지성과 감성 집단에 속한다. 이 집단에는 카네티와 더불어 크라우스, 비트겐슈타인, 하이데거가 있다. 이들은 인생에 대한 비극적 감각, 인간 담론의 역사성과 일시성에 대한 예리한 인식, 치료의 이상이나 선언에 대한 회의주의가 특징이다. 오늘날 정신분석학의 추정들이 힘을 잃는 것을 보면 영속성이 있는 쪽은 이런 프로이트 '거부자'들일지도 모른다.

7월 봉기는 카네티의 직업을 결정했다. 그는 "역사, '모든' 문명의 역사에서" 군중을 찾다가 중국의 역사와 고대 철학에 매혹되었다(그 매혹이 이후 소설에 활기를 불어넣게 된다). 거리의 소리가 풍성하고 다양한 의미를 띠었다. 카네티는 나치에 동조하는 실험실 동료들을 보고, 군중 현상과 집단 조작 정치가 전쟁에 대한 집단 환각으로 이어질 가능성을 더욱 주시했다. 그는 "격렬하고 광적인" 시를 쓰기 시작했다. 그리고 그 시를 한 편 한 편 베자에게 전했다. 그녀는 차츰 카네티의 사랑을 깨달았다. 1928년 7월 15일, 대법원 방화 정확히 1년 후에 카네티는 남은 여름을 보내기 위해 빈을 떠나 베를린으로 갔다. 프랑크푸르트와 빈에 이어, 베를린은 그의 자기 발견에 중대한 역할을 한 세 번째 도시가 되었다.

그 시절 베를린은 현대성의 중심지였다. 도시 거리들에서 나치당원들의 지배력이 커져갔지만, 공산주의자, 사회주의자를 막론한 좌파도 아직 건재했다. 도시 전선의 파열적 분위기 속에 이제 전 지구에 걸쳐 팽창할 심리적, 물리적 공격의 예행연습이 이루어지고 있었다. 카네티가 그것을 적절하게 묘사했다.

동물적 특징과 지적 특징이 극단적으로 드러나고 강화된 채 서로 교호하는 흐름으로 얽혀 있다. 네가 여기 오기 전에 네 동물성을 깨우쳤다면, 다른 사람들의 동물성에 맞서기 위해 그것을 키워야 했다. 그리고 네가 아주 강하지 않다면 곧 소진되었다. 하지만 네가 동물성에 굴복하지 않고 지성의 인도를 받는다 해도, 네 정신에 쏟아지는 풍성함에는 굴복할 수밖에 없었다. 이런 일들이 네 앞에 밀어닥쳤다. 다양하고, 모순되고, 가차 없이. 너는 어떤 것도 이해할 시간이 없었다. 너는 오직 충격만을 받았고, 어제의 충격을 회복하지 못한 채 다시 새로운 충격에 휩싸였다. 너는 연한 고깃덩어리로 베를린을 돌아다녔고, 네가 아직 덜 연하고, 새로운 충격을 기다리는 듯한 느낌을 받았다.

폭력이 난무하는 베를린을 돌아다니는 "연한 고깃덩어리"

의 이미지는 매우 표현주의적이다. 카네티가 나중에 알고 좋아한 게오르게 그로스를 즐겁게 했을 이미지다. 그로스의 격렬한 그림은 카네티에게 성적 야수성과 착취의 세계를 보여주었다. 그는 그로스 작품의 진실성에 의문을 품지 않았고, 그것은 『화형』의 포악한 에로스에 깊은 영향을 미친다. 브레히트도 젊은 손님에게 깊은 인상을 주었고, 카네티는 그의 침착하지만 뛰어난 전문성을 잠시 관찰했다. 하지만 베를린에서 만난 중요한 사람은 이자크 바벨이었다. 카네티는 그에게서 이후 카프카의 불가사의한 진실에서 발견하는 것과 같은 순수함을 보았다. 바벨에게 문학은 신성불가침이었다. 그는 인간의 야만성을 깊이 탐구했지만, 그가 문학에 대해 가진 전망은 그에게는 낯선 냉소주의였다. "그는 무언가가 좋다고 생각해도 그걸 다른 사람들처럼 사용하지 않았다. 다른 사람들은 주변을 돌아다니며 자신이 역사의 절정이라고 암시하기에 바빴다. 하지만 그는 문학이 무엇인지 알았기에 남들에게 우월감을 느끼지 않았다." 이자크 바벨은 자신이 그 탐욕스러운 도시에 "잡아먹히는" 것을 막아주었다고 카네티는 말한다.

카네티의 수련은 이제 거의 끝났다. 그는 1929년 가을 빈으로 돌아오면서, 의사가 되어 경제적 안정을 이루라는 어머니의 꿈을 버렸다. 그는 "해방된" 자기 언어들의 번역가로 생계를 유지하고, '미친 자들의 인간 희극'이라는 가제의 소설을 쓸 계획이었다. 그때 또 한 명의 중요한 사람을 만났다. 불구의 몸이지만, 인간에 대한 인식이 때로 "동방 이콘 속 그리스도"와 비슷해 보이는 젊은 철학자였다. 카네티에게는 여전히 군중 속에서 개인이 와해되는 일이 "수수께끼 중의 수수께끼"였지만, 이 친구의 고통 속의 명석함을 접하자 죽음이 관심사의 전면으로 떠올랐다. 대법원을 삼킨 불꽃을 회고하고, 제한된 육신이지만 추상적 사고와 풍성한 지각으로 생명을 유지하는 이를 보면서, 카네티는 자신의 핵심 주제를 찾았다. 그것은 전형적인 "책 인간"이 통찰의 황홀경 속에 자신의 모든 책을 불태우는 것이다. 처음에 그 인물의 이름은 브란트Brand였다. 그것은 독일어로 '불'이라는 뜻이기도 하고, 같은 이름을 한 입센의 연극[『브랑Brand』]에 나오는 맹렬한 정신 절대주의자이기도 했다. 이름은 다음에는 형이상학자의 표준이자 학자적 삶의 원형인 칸트가 되었다. 『화형』의 주인공 이름은 결국 킨Kien이 되었다. 그것은 (송진이 있는) 소나무라는 뜻의 독일어와 중국어의 성조 느낌을 결합한 단음절어였다. 엘리아스 카네티는 24세에 우리 세기에 손꼽힐 만큼 성숙한 지성과 절제된 문체의 소설을 쓰고 있었다.

그는 그 뒤로 뛰어난 책을 많이 발표했다. 독창적 철학극 『종신형 Life-Terms』, 카프카가 펠리체 바우어에게 보낸 편지에 대한 사색적 주해(『카프카의 다른 심판』, 1969), 아포리즘과 서정적 주해를 담은 『마라케시의 목소리들』, 그리고 이미 말했듯이 『군중과 권력』의 몇몇 부분들—예를 들면 바이마르 독일에서 금융 인플레이션이 사회 정체성과 윤리적 분별력의 붕괴에 미친 영향을 다룬 대목—이 거기 속한다. 카네티의 자서전은 다음 권을 기다리게 만드는 책이다. 그럼에도 불구하고 카네티의 전체 작품에서 작품 번호 1번에 맞먹는 것은 찾기 어렵다.『내 귓속의 횃불』은 고전의 탄생에 대한 흥미로운 통찰을 제공한다.

시기상조지만 우리는 불가피하게 현대 감성에 막대한 영향을 미친 중부 유럽 유대계 천재들과 카네티의 관계를 생각해보게 된다. 카네티에게 카프카의 작품들을 20세기 상상력의 공간에 우뚝하게 만든 특징—긴밀한 신화적 창조, 구체성과 보편성을 동시에 갖춘 자연스러운 상징 형식—은 없다. (오든의 말대로, 카프카와 시대의 관계는 단테와 셰익스피어가 각자의 시대와 맺은 관계와 같다.) 또 카네티에게서는 헤르만 브로흐의 장편소설들—여기서는 복수형이 중요하다—에 권위를 안겨주는 물리적 자연과 인간 심리의 비밀에 대한 반응이 보이지 않는다. 하지만 카네티는 그런 기준에 따른 판단을 요청, 아니 강요한다. 그 엄격함은 문학을 빛낸다.

1982년 11월 22일

아서의 죽음 LA MORTE D'ARTHUR

아서 쾨슬러에 대해

아서 쾨슬러의 『한낮의 어둠』은 20세기 고전의 하나다. 이 책은 여러 세대에게 공포를 교육했다. 『스페인 증언*The Spanish Testament*』(〈죽음과의 대화〉로도 알려진)도 위상이 비슷하다. 『몽유병자들*The Sleepwalkers*』─특히 케플러 관련 챕터들─은 위대한 과학적 발견을 신빙성 있는 상상력과 시적 구성을 통해 재창조한 드문 역작이다. 나는 쾨슬러가 『교수형에 대한 고찰*Reflections on Hanging*』에서 보이는 확신에는 공감하지 않지만, 그 책은 우리 시대의 뛰어난 논쟁 팸플릿의 하나로 사형 제도에 대한 토론에서 중요한 역할을 한다. 『창공의 화살*Arrow in the Blue*』 같은 자전적 작품에는 고전적 챕터들이 있다. 하지만 어떻게 보면 아서 쾨슬러는 자신이 쓴 글들의 총합 이상이다. 세상에는 시대와 사회의 핵심적 증언이 되는 사람들, 자신의 사적 감성과 개별적 존재에 시대 전체의 의미를 집중적, 가시적으로 담는 사람들이 있다. 이 캄캄한 세기에 중부 유럽 유대인은 어떤 인종보다 더 혹독한 통찰력과 경험을 강요받았다. 1905년에 부다페스트에서 태어난 쾨슬러는 20세기 역사, 정치, 언어, 과학의 신경이 맞닿는 정확한 자리에 서 있었다. 그것들의 호되고 강력한 흐름이 그를 뚫고 흘러갔다. 현대사의 주요 흐름의 목록—마르크스주의와 파시즘 테러의 정치학, 정신분석과 정신 구조의 연구, 생물학의 도약, 이념과 예술의 갈등—을 훑어보면, 우리는 쾨슬러의 책뿐 아니라 쾨슬러 자신도 마주치게 된다. 그는 추방과 투옥을 알았고, 이혼과 알코올의 독한 위안, 미디어 세계에서 사적 영역을 확보하기 위한 모호한 투쟁을 알았다. 쾨슬러의 때로는 위조한 많은 신분증, 여권에 찍힌 스탬프와 비자, 주소록과 다이어리는 우리 시대에 쫓기며 산 자의 지도와 동선을 이룬다.

그래서 1983년 3월 3일 또는 그 직전에 일어난 아서와 신시아 쾨슬러의 동반 자살이 아직도 반향을 울린다. 그래서 그것이 그토록 강력한 암시의 힘을 갖는다. 여기서도 특정 메시지가 두드러졌다. 조지 마이크스가 짧은 회고록 『아서 쾨슬러: 우정의 이야기』에 엄격하고도 통렬하게 기록한 그 자살은 직접적인 동기가 있었다. 진행성 말기 질병에 시달리던 쾨슬러는 곧 비굴한 고통이 닥칠 것을 예견하고 있었다. 하지만 그가 늘 그랬듯이, 개인적 행위의 바탕에는 신중한 공적 판단이 있었다. 쾨슬러는 그동안 자발적 죽음과 관련된 법적, 도덕적 문제를 해결하고자 하는 집단에 강한 공감을 표명했다. 잔인하고 비자발적인 형태의 죽음을 너무도 많이 마주치고, 냉혹한 사법 살인에 맹렬히 맞서 싸웠던 쾨슬러는 인간이 자유롭고 위엄 있게 선택하는 죽음에 큰 가치를 부여했다. 분별력 있는 사람이라면 자신의 정신과 양심의 가치에 맞게 최후를 맞을 기회를 허락받아야 한다고 보았다. 많은 법전이 규정하는 자살 미수에 대한 처벌을 아서 쾨슬러는 야만 행위로 보았다.

실제 유서를 작성한 것은 더 이른 1982년 6월이었다. 거기에는 다음과 같은 대목이 있다.

> 친구 여러분은 내가 평온한 마음으로, 우주와 시간과 물질 너머, 우리 이해 너머에 있는 비인격적 내세에 대한 소심한 희망을 품고 떠나간다는 것을 알아주기 바랍니다. 이 '대양감oceanic feeling'은 어려운 순간들에 나를 많이 지탱해 주었고, 이 글을 쓰는 지금도 마찬가지입니다.

잘 알려져 있듯이, 쾨슬러의 희망—아니 소망을 담은 추정—은 '소심한' 것과 거리가 멀었다. 그의 '대양감'(프로이트의 표현)은 '어딘가에' 심령적 존재, 초월적 종류의 에너지—아직은 우리가 그 오컬트적 힘에 다가갈 수 없지만, 경험적 인식의 가장자리에 포착되는—가 있다는 깊은 확신에 토대했다.

그래서 쾨슬러는 초심리학, 초감각, 숟가락 구부리기에서 도깨비까지 다양한 현상에 강력하고 공개적인 관심을 보였다. 그리고 "설명할 수 없는" 우연의 사례들을 모았다. 이름이 케네디인 링컨의 비서가 링컨에게 극장에 가지 말라고 하지 않았는가, 이름이 링컨인 케네디의 비서가 케네디에게 댈러스에 가지 말라고 하지 않았는가, 부스가 극장에서 링컨을 쏘고 창고로 도망치지 않았는가, 오스왈드가 창고에 숨어 케네디를 쏘고 극장으로 도망치지 않았는가? (쾨슬러가 나에게 처음 이런 연결 고리들 이야기를 했을 때, 장난스럽고 아이러니하지만 강박적인 집착이 그의 안에 진동하는 것 같았다. 내가 얼른 대답하지 못하자, 그가 나직하고 의아할 만큼 고집스러운 목소리로 덧붙였다. "거기다 두 사람 다 후임 대통령이 존슨이라는 이름이었습니다." 쾨슬러는 유산의 상당 부분을 초심리학 교수직을 만들어 달라며 대학에 기증했다.)

이런 혼란스러운 견해에 동조하지 않는 친구와 지인들은 친밀 관계에서 부드럽게 배제되었다. 쾨슬러는 염력과 초감각에 대한 견해로 인해 자신이 정밀 과학과 자연 과학의 세계에서 이단아가 되고 있다는 것을 잘 알았다. 그는 왕립협회 펠로가 되기 어려웠다. 그가 실제로 후보에 올랐던 노벨상과 함께 왕립협회 펠로 선출은 그에게 가장 큰 소망이었다. 흥미롭게도 이 두 가지 명예는 어떤 면에서 쾨슬러의 유일한 선구라 할 수 있는 H. G. 웰스도 비껴갔다. 하지만 두 작가 모두 교양 사회에 과학의 엄정한 아름다움과 정치적 중요성을 알리는 데 전문 과학자 대다수보다 훨씬 많은 일을 했다.

쾨슬러가 친구를 선택한 한 가지 암호는 술이었다. 마이크스는 이 점에 대해 애정 어린 불만을 보인다. 우리 부부도 쾨슬러 모임에 으레 따라붙는 식전 위스키, 식사 중 와인, 식후의 각종 브랜디를 도저히 소화해낼 수 없었다. 이 때문에 몇 번 만난 사이, 의견을 주고받은 사이는 말할 것도 없고, 여러 해 동안 자주 방문한 사이도 편안하게 무르익기 어려웠다. 마이크스는 말하지 않았지만, 또 한 가지 장애물은 체스였다. 쾨슬러는 체스 실력이 뛰어났다. 하지만 자신보다 지성이나 재능, 인생 지식이 확연히 떨어지는 사람에게 패배를 당할 것 같으면, 그는 돌연 게임을 중단했다. 그것도 우리의 상호 신뢰와 편안한 교유에 말 없는 구름을 드리웠다. 나는 또 한 명의 중부 유럽 출신 체스 대가 제이콥 브로노프스키에게서도 똑같은 일을 겪었다. 그의 죽음과 쾨슬러의 죽음으로 인간 세계는 일반 지성과 박식한 지성 모두가 뚜렷이 줄어든 것 같다. 그리고 그 역시 체스 실력이 뛰어났다.

쾨슬러의 폭음, 가까운 사람들에게 냉기와 모욕감을 안겨주는 발작적 독설에는 합당한 근원이 있었다. 마이크스가 말한다. "그의 눈에 행복한 사람은 아주 이상한 존재, 거의 수수께끼였다." 지성과 감성을 가진 사람이 어떻게 현대사의 잔혹한 어리석음, 낭비, 파멸적 맹목의 한복판에서 행복할 수 있는가? 아서 쾨슬러에게 합리주의란 현실 안주이자 용납할 수 없는 포즈였다. 현실 세계가 이토록 비인간적이고 설명할 수 없는 충동에 사로잡혀 있을 때 이성이라는 허구 위에 자유주의 정치학을 세우고, 성찰 없는 실증주의의 토대 위에서 과학을 추구할 수 있을까? 1950년대 초 이후 쾨슬러가 정치 토론 참여를 중단한 것은(그는 소련의 헝가리 침공 때도 발언을 삼갔다) 깊은 좌절 때문이었다. 이성의 목소리는 발언하면 조롱만 당했다.

하지만 상황이 좋을 때면 쾨슬러는 삶에 대한 보기 드문 열정, 미지의 것 앞에서의 즐거움을 발산했다. 그는 사람에게는 사랑이나 혐오나 공포보다 더 강한 동기가 있다는 니체의 통찰을 체현하는 것 같았다. 그것은 '흥미'의 동기—지식, 문제, 취미, 내일 자 신문에 대한—다. 쾨슬러는 깊은 흥미가 있었다. 나는 그가 문학과 과학, 정치와 심리학, 이스라엘의 사라진 지파들과 프랑스 요리에 쏟은 것 같은 면밀하고 도전적인 주의력을 기울여서 죽음과 약속을 했다고 생각한다.

그 역시 헝가리 출신 망명자인 조지 마이크스는 자신의 성취에 대해 너무 겸손하다. 그는 고전적인『외부인이 되는 법 *How to Be an Alien*』을 비롯해서 현대 시대의 위험을 알리는 뛰어난 책을 여러 권 쓴 저자다. 그는 각별한 우정을 나눈 친구에 대해 현명하고 재치 있는 초상화를 남겼다. 하지만 마이크스가 전하는 이야기 하나를 살짝 수정하고 싶다. 쾨슬러는 오스트리아 산악 지역인 알프바흐에 독수리 둥지 같은 집이 있었다. 어느 해 여름 알프바흐에서 세미나가 열리자, 그가 나에게 토론에 참여한 헝가리 하위 관료 한 명을 만나게 해달라고 부탁했다. 우리 셋은 저물녘에 한 카페에서 만났다. 쾨슬러는 불현듯 자신이 부다페스트에 가서 조국 땅을 다시 한 번 밟아 볼 수 있겠느냐고 물었다. 헝가리인은 잠시 생각해 보더니 그런 귀향은 쾨슬러에게 명예로운 일이고, 정부는 그를 신중하게 환영할 거라고 말했다. 하지만 쾨슬러의 이름이 소련 당국이 극도로 싫어하는 인사들, 부다페스트에 오는 것도 봐주지 않을 인사들 명단—실로네Silone도 포함된—의 최상단에 있기 때문에, 안전을 보장해줄 수 없다고 말했다. K.G.B.는 국경을 쉽게 넘나들었다. 쏟아지는 별빛과 깨끗한 산 공기 속에 쾨슬러의 집으로 함께 걸어가면서 나는 그에게 그 명단에 든 것이 노벨상 수상이나 왕립협회 펠로 선출보다 더 큰 명예로 보인다고 말했다. 그는 걸음을 멈추더니 특유의 곁눈질로 나를 보았다. 그는 아무 말도 하지 않았지만 잠시나마 마음이 편안해 보였다.

1984년 7월 11일

인간의 언어들THE TONGUES OF MEN

노엄 촘스키에 대해

일반 대중에게 MIT의 노엄 촘스키는 베트남 전쟁에, 그리고 미국 사회의 군산 복합체에 가장 강력하고 치열한 비판을 가하는 인물 중 한 명이다. 그는 국방부를 향한 행진에 참여했고, 극단적인 평화주의 전술과 양심적 징병 거부를 지지했다. 그는 소속 대학과 미국의 학술 공동체를 이른바 '군사 기술 및 제국주의 팽창과의 파괴적인 연루'에서 빼내오려고 노력했다. 그는 자신의 신념과 파국의 메시지를 전하기 위해 직업의 위기도 감수했다. 그는 가장 먼저 베트남 전쟁의 부당함과 어리석음을 조롱한 목소리 중 하나로, 교육받은 미국인들의 분위기를 바꾸고, 현재의 반전 운동을 이끌어내는 데 주요한 역할을 했다.

두 번째 노엄 촘스키가 있다. 인식론자들, 행동 심리학자들, 아동 발달과 교육 이론가들, 언어학자들에게 촘스키는 자기 분야의 가장 흥미로운 연구자의 한 명이자 열렬한 논쟁의 근원이다. 그가 언어와 정신 과정 연구에 바친 공헌은 극도로 전문적이고 지적 난이도가 높다. 하지만 촘스키의 변형 생성 문법은 그와 유사점이 있는 클로드 레비-스트로스의 인류학처럼, 지적 매혹과 폭넓은 암시 때문에 문외한들에게도 영향을 미치는 전문적 담론의 하나가 되었다. 더욱이 촘스키 자신이 달변의 해설자로, 자신의 연구를 기꺼이 홍보한다. 어떤 면에서 그는 밀과 T. H. 헉슬리의 전통을 잇는 "해설자"다. 그래서 그의 전문적 이론은 많은 부분이 외부인에게 열려 있다. 그것을 이해하려는 노력은 해볼 만하다. 만약 촘스키가 옳다면, 인간의 현실 경험, 정신과 세계의 상호 작용에 대한 일반적 이해가 수정되거나, 정확히 말하면 17세기와 18세기 초 이후 영향력도 잃고 과학적 인정도 받지 못했던 감수성과 연결되기 때문이다.

'촘스키 혁명'은 촘스키에 앞선다. 최근의 제자들이 인정하는 것보다 더 많은 기반 작업이 촘스키의 스승인 펜실베이니아 대학의 젤리그 해리스 교수에 의해 이루어졌다. 해리스 역시 뛰어난 언어학자이며, 문법의 깊이와 변형에 대한 몇몇 핵심 개념을 세상에 처음 내놓은 것은 그가 1951년에 출간한 『구조 언어학의 방법Methods in Structural Linguistics』이다. 촘스키의 『구문 구조Syntactic Structures』―많은 사람이 고전으로 여기고, 그의 이론의 가장 설득력 있는 진술을 담은 책인―는 그 6년 뒤에 나왔다. 이어 1958년에는 영어의 언어 분석 문제에 대한 텍사스 3차 컨퍼런스에서 중요한 논문 "구문에 대한 변형적 방법론"이 발표되고, 1961년 〈워드Word〉 지에는 "생성 문법에 대한 몇 가지 방법적 소견"이 실렸다. 1963년에 촘스키는 『수리심리학 지침서Handbook of Mathematical Psychology』 2권의 "문법의 형식적 속성"이라는 챕터에 전문적이고도 광범위한 내용의 글을 썼다. 그리고 1년 후에 출간된 『언어 이론의 현재 논점들Current Issues in Linguistic Theory』은 촘스키적 방법론의 위엄과 폭넓은 영향력을 보여주었다. 『데카르트적 언어학』(1966)은 흥미롭지만, 어떤 면에서 보면 촘스키가 자신의 진정한 선구자로 여기는 프랑스 문법학자 및 철학자들에게 경례를 바치는 책이다. 그의 『언어와 사고』는 1967년 1월 버클리 대학에서 한 베컴 강좌를 1년 뒤에 출간한 것이다. 이책은 생성 언어학의 요약이자 장래 연구를 위한 프로그램이다. 이와 같은 전문적 저술의 가장자리에 설명적, 논쟁적 인터뷰들—특히 영국 철학자 스튜어트 햄프셔와 한 것이 유명하고, 이것은 1968년 5월 30일 BBC의 〈리스너Listener〉 지에 재게재되었다—과 최근에 옥스퍼드, 런던, 케임브리지에서 만석 청중을 대상으로 한 수많은 강연이 있다.

　이야기의 시작점으로 가장 좋은 것은 촘스키가 하버드 대학의 B. F. 스키너 교수를 공격한 내용이다. 촘스키는 스키너의 강연을 듣고 자신의 사고가 촉발되었고, 스키너가 대표하는 행동 과학이 자신의 변함없는 표적이라고 말한다. 스키너의 『언어 행동 *Verbal Behavior*』은 1957년에 나왔다. 촘스키가 그를 공격한 글은 〈언어Language〉지에 실린 장문의 서평으로, 발표는 2년 후에 이루어졌지만, 그 전에 이미 원고의 형태로 돌고 있었다. 스키너는 동물의 자극-반응 행동에 대한 유명한 연구로 인간 언어 행동을 설명하려고 했다. 그는 인간이 언어를 습득하고 사용하는 과정은 방식이 훨씬 정교할 뿐 기본적으로는 쥐가 미로의 길을 터득하는 것과 다르지 않다고 주장하는 것 같았다. 그에 따르면 인간 언어의 정확한 이해와 예견적 이론이란 쥐에게 특정 스프링을 밟아서 먹이를 얻어먹게 교육하는 '자극-강화된 자극-조건 반응'의 기술을 정교화하는 것에 불과하다. 더불어 아이가 언어 기술—촘스키가 "언어 능력"이라고 부르는—을 익히는 것도 하등 유기체를 "가르치는" 데서 (어쨌건 부분적으로는) 효과가 증명된 자극과 반응 과정을 통해 이루어진다. 하지만 최근에 스키너의 쥐들이 정말로 "배웠는지"에 대한 의문이 있기 때문에 조심스럽게 받아들일 필요가 있다.

촘스키는 스키너의 이론이 말도 안 된다고, 그것은 복잡하고 자유로운 인간 의식에 제약을 가하고, 방법론도 나이브하다고 보았다. 스키너가 주장하는 과학적 접근은 신뢰를 잃은 심리주의로의 퇴행일 뿐이라고 했다. 그것은 '이 핵심적 측면에서 다른 모든 생명체와 구별되는' 인간이 어떻게 복잡성과 혁신성이 무한하고 창조적인 언어라는 수단을 습득하고 사용하는지 제대로 설명하지 못한다. 촘스키는 언어 행동의 유효한 모델은 사람이 전에 들어본 적 없고, 특별히 배우지도 않고, 환경의 어떤 특정한 조건 반응에서 생겨나지 않는 다양한 조합의 말을 끊임없이, 그리고 아무 어려움 없이 사용한다는 매우 특별한 사실을 설명해야 한다고 보았고, 나는 이것이 그의 가장 뛰어난 통찰이라고 생각한다. 언어를 배우기 시작하는 거의 첫 단계부터 어린이는 새로우면서도 어떻게 해서인지 그 언어에서 용납된다는 걸 아는 많은 수의 문장을 만들고 이해한다. 또 반대로 역시 초기 단계부터 특별히 배우지 않고도 그 언어에서 용납되지 않는 어순과 구문 구조를 본능적으로 거부한다. 인간의 언어 사용은 성장 과정 내내 '배우는 것', 공식적인 모범, 개별적으로 습득하고 저장하는 경험의 총합을 훌쩍 뛰어넘는다. 촘스키는 말한다. "그 능력을 보면, 환경의 '피드백'과 무관한 근본적 과정이 있다는 것을 알 수 있다." 인간 커뮤니케이션의 역학은 내부에서 시작한다고 그는 판단한다.

이 과정은 엄청나게 복잡할 것이라고 촘스키는 말한다. 그것은 '정신'과 '육체' 사이, '심리'와 '신경 화학' 사이의 중간 지대에 있어서, 뿌리 깊은 정신-육체 구별에 토대한 구시대의 어휘로는 제대로 다루기가 어렵다. 어린이는 우리가 아직 설명은 고사하고 기초적 이해도 하지 못하는, 생득적이거나 학습 또는 신경계의 성숙을 통해 발전하는 특별하고도 복잡한 방식으로 정보를 처리한다. 두뇌는 "환상적일 만큼 복잡하고 갑작스러운 '추론'을 통해서" 적절한 문법 규칙을 만든다. 그래서 우리가 어떤 새로운 말의 덩어리를 우리 언어의 문장으로 인식하는 것은 그것이 이미 배운 익숙한 문장과 단순한 방식으로 일치해서가 아니라 "개인이 일정하게 내면화한 문법에 의해 생성되기 때문"이다. 인간 언어는 "동물 세계에는 의미 있는 상사相似물이 없는" 독특한 현상이라고 촘스키는 1967년에 다시 확인한다. 많은 생물언어학자와 민족학자들의 생각과 달리, 언어가 새 울음의 신호처럼 원시적이고 조건화된 커뮤니케이션 방식에서 진화해 나왔을 가능성은 미약하다. 이런 자발적, 혁신적인 언어 사용은 인간에 대한 정의와 연결된다. 인간은 즉각적 언어 이해와 구성의 규칙을 생성하도록 "특별히 설계"되고, "미지의 특성과 복잡성에 대해 데이터를 처리하거나 '가설을 세우는' 능력"을 가진 것 같다.

촘스키의 초기 어휘는 자세히 살펴볼 필요가 있다. 그 바탕의 힘이 이후 확장되기 때문이다. "특별한 설계," "데이터 처리," 그리고 나중에 말한 두뇌의 "사전 설정presetting"이 모두 컴퓨터의 이미지를 띤다. 촘스키는 부정하겠지만, 인간 의식 깊은 곳에 강력한 컴퓨터가 있다는 (약간은 무의식적일) 상정은 그의 주장과 꽤 잘 들어맞는다. 철학과 자연과학의 역사에서 그런 내재된 그림이나 메타포는 큰 역할을 한다. 빠른 커뮤니케이션의 지배적 이미지가 모스 기호였다면, 분자 생물학의 최근의 획기적 발전이 일어났을지 의심스럽다. 현재 유전학에서 사용하는 '암호', '피드백', '저장,' '정보' 같은 어휘는 컴퓨터 기술과 데이터 전자 처리와 연결된다. 촘스키의 언어학도 마찬가지다. 이것은 우리가 그것의 유효성을 따져볼 때 중요한 요소일 수 있다.

이런 "미지의 특성과 복잡성"의 능력에 대한 촘스키의 해석은 두 차원으로 나아간다. 하나는 아주 전문적인 차원으로, 영어를 비롯한 모든 언어에서 합문법적 문장을 '생성'하고 비문법적 문장은 만들지 않는 규칙을 설명하려는 시도다. 다른 차원은 철학적 또는 인식론적 시도라고 부르는 게 좋을 것이다. 변형 문법에 대한 촘스키의 견해는 인간 사고의 본성, 또 존재와 인식의 관계에 대한 추론으로 이어진다. 연구 목적이 아니라면, 사실 이 두 가지 차원은 분리할 수 없다. 분리해야 하는 것도 아니다. 문제는 촘스키가 때로 그럴 수 있는 것처럼 주장하고, 그런 뒤 다른 (결정적인) 지점에서 자신의 공식 가설을 옛날의 느슨한 의미의 철학적, 성찰적 추론으로 뒷받침한다는 것이다. 그래서 형식 논리학과 불분명한 직감이 서로 겹치는 경향이 있다.

20세기 초에 수학과 논리학은 엄격한 자기 검증 단계를 거쳤다. 둘 다 추론과 계산 과정에 일관되고 자족적인 형식적 토대를 확립하고자 했다. 그것은 이전 시대에도 엄청나게 발전했지만, 그 토대는 약간 임시방편 식이었다. 그래서 논리적, 수학적 증명과 분석의 토대에 이상한 구멍과 땜질 자국이 남았다. 이런 노력의 결과—러셀, 카르나프, 타르스키, 괴델 같은 사상가들이 이룬—로는 조합 논리, 집합 이론, 정제된 기호 표기 등이 있다. 이 도구들이 수학 명제에, 그리고 논리적 주장의 형식 구조에 적용되었다. 노엄 촘스키는 그것을 인간 언어라는 훨씬 더 까다롭고 다채로운 재료에 적용하려고 시도했다. (그가 실제로 그 일에 성공했느냐는 하는 것은 촘스키의 전체 성취와 관련해서 가장 어려운 문제 중 하나다.) 그는 평범한 발화의 분석만이 언어 조합 방식에 대한 진정한 이해를 가져다줄 수 있다고 주장했다.

촘스키는 영어—뿐 아니라 모든 언어—의 모든 합문법적 문장은 소수의 기본적, 또는 "핵심적" 문장들에 일련의 작동 및 변형 규칙이 결합해서 파생 또는 "생성"될 수 있다고 주장했다. 이것은 어떻게 보면 더하기, 빼기, 교체, 등치 등 놀라울 만큼 소수의 규칙으로 산수와 대수의 엄청나게 다양하고 복잡한 구조를 만드는 것과 비슷하다. 적절한 작동 규칙만 있으면, 구성 재료는 많이 필요하지 않다. 촘스키의 문법 규칙은 '명사 기호+동사 기호' 같은 특정한 일차적 형태를 관련 있는 다른 형태로 "변형"시킨다. 그것도 대수 방정식이 적절한 규칙에 따라 다른 방정식으로 바뀌는 것과 같다. 그래서 "존은 메리를 사랑한다John loves Mary"는 특정하지만 그러면서도 포괄적이고 일반적인 변형 규칙에 따라 "메리는 존에게 사랑받는다Mary is loved by John"로 변한다. 능동태를 수동태로 바꾸는 이런 변형은 인간 화자가 평생 동안 마주칠 헤아릴 수 없이 많은 비슷한 구조의 명제를 올바르게 인식하고 조작할 수 있게 해준다. 변형 규칙이 "올바로" 작동하면 비문법적이거나 어순이 뒤엉킨 문장이 생성되지 않는다. 하지만 그런 메커니즘이 작동하지 않으면, 새로운 발화 상황—예를 들면 "내가 이 빵을 자른다I cut this loaf", "이 빵이 나에게 잘린다This loaf is cut by me"—마다 곤란한 문제가 제기되고, 새로운 학습이 필요할 것이다. 하지만 그렇지 않은 게 분명하다고 촘스키는 말한다.

이렇게 생성되는 문장은 두 개의 특징적인 차원을 갖는데, 촘스키가 자신을 1660년대와 그 후의 프랑스의 문법학자 및 논리학자들과 연결짓는 것이 이런 이중성 때문이다. "존은 메리를 사랑한다"는 문장의 '표면 구조'다. 이것은 "물리적 신호", 음성적 발화가 되고, 우리는 여기에 학교에서 배운 명사, 동사, 목적어 등의 전통적 구문을 잘 적용할 수 있다. 하지만 이 표면 구조는 우리에게 거의 아무것도 알려주지 않고, 또 언어마다 확연히 다르다. 하지만 "훨씬 깊은 곳"에 우리의 음성학적 표현이 생성되는 '심층 구조'가 있다. 우리가 입으로 말하고 귀로 듣는 실제 문장은 어떻게 보면 그것의 사출 또는 발현이다.

이 심층 구조란 어떤 것인가? 이것은 촘스키의 전체 언어 이론에 핵심적이지만, 그는 이 점에서 분명하지 않고 때로는 일관성도 없다. 그가 우리는 언어 이전에 또는 언어의 기저에 작동하는 정신 과정을 제대로 설명할 수 없다고 말했다면, 만족스럽지는 않아도 최선이었을지 모른다. 칸트적 의미로 의식과 자아의 "최종 외피", 우리가 그 밖으로 나갈 수 없어서 설명할 길도 없는 어떤 것이 있을지 모른다. 하지만 촘스키는 약간 막연하고 논점 이탈적인 제안을 한다. 심층 구조는 "고도로 추상적일 수 있다"는 것이다. 그것은 "음성학적 실현과 (밀접한) 일대일 대응"일 수도 있고 아닐 수도 있다. 그러니까 가시적 표면 지형은 그것을 형성한 땅 속의 지질학적 구조와 비슷할 수도 있고 그렇지 않을 수도 있다. 더 나아가 가시적 지형이 내부 구조를 오해시키는 형태일 수도 있다. 표층 구조—우리가 실제로 말하고 듣는 문장들—는 변형 문법을 매개로 그것을 만들어내는 핵심과 "같지" 않다. 촘스키에 따르면, 우리가 모든 언어를 이해하고 사용하게 해주는 원천인 심층 구조는 지금까지는 이해할 수 없는 일반성, 추상, 형식적 힘을 그 속성으로 갖는다. 이 "핵심" 또는 일차적 언어 단위는 평범한 의미의 언어적, 구문적인 것으로 볼 수 없다. 내가 촘스키의 암시를 제대로 이해했다면, 그것은 연관된 '관계', 즉 주어와 목적어, 사람과 동사를 연결하는 엄청나게 단순하면서도 기능적인 "사전 설정"이다. 나는 다시 한 번 컴퓨터의 이미지, 그리고 컴퓨터가 컴퓨터 음성을 영어나 다른 언어의 인쇄 출력물로 옮기는 능력이 촘스키 주장의 (아마 스스로는 인식하지 못한) 핵심적 단계에서 작동했다고 생각한다.

어쨌건 우리가 들은 설명은 이것이다. 인간이 생활의 모든 면에서 이해하고 사용하는 무한하게 다양한 문장들은 한정된 형식적 요소들과 이 요소를 조작하고 재배치하는, 역시 한정되어 보이는 규칙들에서 파생될 수 있다는 것이다. 이것을 보여준 것은 (나는 촘스키가 보여주었다고 생각한다) 그 자체로 대단한 논리적 힘과 아름다움을 담은 위업이다. 역사적으로뿐 아니라 실질적으로도 그에 선행하는 예시는 수학과 수학적 논리학에서 왔다. 예를 들어 이진二進 표기법에서 두 개의 기호 0과 1은 그것들을 조합하고 "읽는" 방식에 대한 일군의 규칙과 결합하면, 우주의 어떤 수 또는 수 집단도 다룰 수 있다. 논리도 기본적으로 그와 비슷한 간결함과 엄격함을 추구한다. 인간 언어도 똑같은 도식에 넣을 수 있다는 촘스키의 희망은 이해 가능하고 지적으로도 흥미롭다. 하지만 그것 말고도 더 필요하다. 촘스키는 수학적 모델, 즉 '가설hypothesis'을 논증하지 않는다. (가설은 르네상스기 과학자들이 진실일 수도 있고 아닐 수도 있는 모든 형식적 제안을 부른 이름이다.) 촘스키는 인간적 사실에 주목한다. 그는 심층 구조에서 나오는 그런 생성과 변형 도식만이 호모 사피엔스가 언어를 습득하고 사용하는 방식을 설명할 수 있다고 주장한다. 그가 지난 4월 옥스퍼드 대학에서 한 로크 강연의 첫 강연은 그것의 요약이었다.

사람이 어떤 언어를 안다는 것은 고정된 형식과 고정된 의미 또는 의미 가능성을 가진 문장들의 무한한 이산 집합에 대한 규칙과 원칙의 집합을 완전히 습득했다는 뜻이다. 지적 수준이 가장 낮은 영역에서도 이 지식은 자유롭고 창조적으로 사용된다⋯⋯ 무한하게 넓은 범위의 발화를 낯선 느낌이나 이질적인 느낌 없이 곧바로 해석할 수 있다는 점에서 그렇다.

언어가 인간에게만 있다는 가정과(나는 여기 전적으로 동의한다) '심층 구조'의 상관 개념도 폭넓은 철학적 의미가 있다. 최근에 촘스키는 전보다 더 적극적으로 이런 것을 검토하고, 형식적 언어 분석 바깥으로 나갔다. 핵심적 질문은 이런 심층 구조의 성격과 위치, 그리고 인간이 의미를 전달하고 상상의 개념을 표현하는 독보적 역량을 얻는 과정에 대한 것이다. 촘스키는 스키너를 공격할 때 이 분야는 "철저한 미지의 영역"이라는 점을 강조하고, 그것이 어떤 학습 또는 신경계 성장의 결과일 수 있다고 인정했다. 하지만 자신의 가설이 확신과 위신을 얻자, 촘스키는 데카르트적 입장이라고 말했지만 정확하게는 칸트적 지각 이론의 발달이라고 해야 할 견해를 채택했다.

촘스키는 가능한 모든 경험을 담을 관념 또는 프로그램이 인간에게 내재되어 있다고 추정한다. 그에게 "내재된 정신 구조"의 존재는 언어 생성에 불가결해 보였다. 모든 사람이 모국어를 자연스럽게 사용하고 외국어를 일정 정도 습득 가능하게 해주는 "보편 문법 도식"이 "내재된 특성으로 인간 두뇌에" 있어야 한다. 언어는 오직 "'사전 설정'된 유기체"만이 습득할 수 있고, 오직 인간만이 이 극도로 특정하면서도 창조적인 장치 또는 프로그램을 내재적으로 갖추고 있다. 모든 인간이 그렇기 때문에 그들 사이에는 보편 문법이라는 유대와 언어 간 번역이라는 부차적 가능성이 존재한다. 그에 따라 인간보다 하등한 어떤 생물 종도 기초적인 언어 형식조차 습득할 수 없다는 결론이 나온다(이것은 어떤 동물도 인간 언어의 소리를 흉내 낼 수 없다는 것과는 다르다). 촘스키가 주목하듯, 동물의 시각에 대한 최근 연구들에 따르면 많은 동물 종이 각도, 움직임 같은 물리적 속성을 저마다 고유한 신경계의 패턴 또는 "연결 방식"에 따라 파악하는 것으로 보인다. 이 패턴은 내재되어 있고, 인위적 병변을 통하지 않고는 변경 불가능하다. 인간은 이와 똑같은 방식으로 언어 형식을 통해 자신과 타인에게 현실을 커뮤니케이션한다. 인간은 이런 고유한 능력을 타고났고 그렇게 해야 하기 때문이다.

이제 우리는 다시 칸트와 그가 말하는 선험적 정신 구조, 즉 공간, 시간, 동일성―사람이 '외부'와 상호 작용하는 토대가 되고, 그 상호 작용의 자유와 개념적 한계를 지배하는―의 카테고리로 돌아간다. 또 17세기 후반 포르루아얄Port Royal 문법학파의, 인간의 모든 언어는 보편 문법에서 파생된 지역적 형태라고 하는 원칙으로도 돌아간다.

우리가 이 심층 구조와 의식의 "설정"을 얼마나 깊이 탐색할 수 있을까? 우리가 찾는 것은 어떤 종류의 증거인가? 촘스키는 이 질문에 대해서도 명확한 답을 피하고 조심스레 물러선다. "사실 인간 정신이 현재 상태의 복잡성과 특정한 내재된 조직을 이룬 과정은 완전히 수수께끼다. 그것은 다른 복잡한 유기체들의 신체적 정신적 조직화 과정 역시 마찬가지다." 동물 지각과 관련된 연구들의 긍정적 결과를 많이 활용해온 촘스키가 말끝에 굳이 토를 단 것은 특이하다. 또한 그는 다른 곳에서는 좀 더 과감하다. 언어의 보편성은 "인간 정신의 생물학적 속성"이라고, 촘스키는 스튜어트 햄프셔에게 말했다. 그는 프로이트가 자신의 잠재의식 모델에 신경생리학적 근거가 있기를 희망했던 것과 아주 비슷하게, "언젠가 지금 우리가 밝혀나가는 정신 과정을 생리학적으로 설명할 수 있을 것"이라고 덧붙였다.

이런 자신 있는 주장은 생성 언어학이 유물론, 그러니까 의식을 완전한 신경화학 과정으로 보는 견해에 따른다는 뜻일까? 지지자들의 일부는 그렇다고 보는 것 같다. 촘스키 자신은 좀 더 미묘하게 말한다. 그는 "정신적인 것"과 "물질적인 것"의 경계는 계속 변화한다고 올바르게 지적한다. 한때 완전히 정신적이라서, 경험적 연구 바깥에 있다고 여겼던 많은 현상이 이제 생리학적, 실험적으로 이해되고 있다. 예전에 소화와 생식의 생리학이 생겨났듯이, 이제 조현병과 꿈의 생화학도 생겨나고 있다. 지식을 넓히려면, 기술記述의 카테고리를 개방적이고 유연하게 유지해야 한다. 촘스키는 말한다. "문제는 우리가 지금 알고 있는 생리학과 물리적 과정이 원리적으로, 그리고 실제로도 이제 막 대두되는 정신적 현상을 다룰 수 있을 만큼 풍부한가 하는 것뿐이다."(역시 프로이트에게서 온 듯한 문장이다.) 지난 15년 동안 유전 암호와 신경 충동의 화학 분야에서 이루어진 연구들은 유기 분자 활동의 에너지가 환상적으로 복잡하고 창조적이라는 것을 보여주었다. 그런 연구의 발전을 통해서 내재된 심층 구조와 언어 생성의 "해부학"을 얼마간 파악할 수 있게 될지도 모른다. 촘스키는 그렇게 될 거라고 말한다.

많은 단순화와 생략이 있지만, 이것이 촘스키 교수가 지난 12년 동안 제출한 이론이다. 20세기 초의 위대한 스위스 언어학자 소쉬르와 1930년의 I. A. 리차즈 이후 언어 연구에 그보다 더 큰 영향력을 미친 사람도, 또 언어학이 정신과 행동을 이해하는 데 핵심적인 학문이라는 것을 그보다 더 강력하게 설득한 사람도 없다. 그렇다고 촘스키의 견해가 보편적으로 인정을 받는다는 뜻은 아니다. 여러 언어학자가 그의 이론을 날카롭게 추궁했고, 지금은 촘스키적 물결이 물러나는 듯한 징후도 있다. 그런 후퇴가 하필 촘스키의 사상이 공적 및 '저널리즘적'으로 가장 큰 반향을 얻을 때 일어나는 것처럼 보이는 일도 과학과 사상의 역사에서 흔한 우연이다.

이 분야의 논쟁은 상당 부분이 극도로 전문적인 성격을 갖고 있다. 거기에는 문외한은 거의 접근할 수 없는 조합 논리, 수리 심리학, 의미론 영역의 다양한 접근법이 개재된다. 하지만 여러 가지 두드러진 의문을 제기해볼 수 있다. 코넬 대학의 찰스 F. 호킷 교수가 『첨단 기술 *The State of the Art*』에서 그 일을 예리하게 했다. 호킷은 감추어진 유한한 집합과 규칙에서 합문법적 문장이 생성된다는 촘스키 모델 전체를 거부한다. 촘스키의 언어관은 과도하게 추상적이라고 호킷은 말한다. 그것은 현실의 인간 언어가 아니라 인위적 명제와 동어 반복적 형식 논리학에 토대한 허구다. 호킷이 이 결정적 비판을 제기하는 방법은 험난하지만 논지는 뚜렷하다. 촘스키 계열의 수리 언어학은 잘못되었다. 인간 언어는 "잘 정의된 알파벳을 조종하는 유한한 끈의 집합의 잘 정의된 부분 집합"이 아니기 때문이다. 좀 더 단순하게 말하면, 우리가 다루는 인간 언어는 엄격하게 정의 가능하고 폐쇄된 체계, 그러니까 모든 변이 형태가 불변하는 요소로 이루어진 하나의 집합에서 파생될 수 있는 체계가 아니다. 그것은 화학 원소의 주기율표처럼 구조와 원자량을 단순하고 엄격하게 정의된 단위들의 조합으로 환원할 수 있는 것이 아니다. 촘스키의 변형 문법은 인간 화자들의 핵심적이고 환상적인 능력을 설명하지 못한다. 그 능력은 단어를 꿰어서 문장을 구성하는 방법뿐 아니라 언제 어떻게 말을 멈추어야 할지까지 아는 능력이다. 이것은 언어 이론의 설득력이 토대하는 명백하지만 심오한 지점 가운데 하나다. 최대한 단순화시켜서 설명해 보겠다. "1 더하기 1은 2다"는 아무 문제 없는 정상적인 문장이다. "1 더하기 1 더하기 1은 3이다"는 이미 약간 어색하고 무언가 교육하려 한다거나 특별한 맥락이 있다는 암시를 준다. "1 더하기 1 더하기 1 더하기 1은 4다"는 기괴하고, 같은 패턴으로 계속되는 이후의 문장들도 다 그럴 것이다. 하지만 형식적으로 보면 이 문장들은 전부 심층 구조에서 표층 구조로 오는 길목에 자리 잡은 "추가 규칙"이 첫 번째 문장을 변형한 것이다. 촘스키 이론에 따르면, "1 더하기"가 줄줄이 이어지는 것이나 시카고 대학의 빅터 잉브 교수가 지적한 대로 이해가 불가능한 복잡한 문장들이나 모두 "문법적으로" 틀리지 않았다. 하지만 우리는 금세 그것이 받아들일 수 있는 문장이 아니라는 것을 안다. 무엇이 이런 분명하면서도 엄청나게 미묘한, 어쩌면 '음악적'이기까지 한 판단을 만드는 것일까?

호킷은 촘스키가 말하는 심층 구조 같은 것은 증거가 없다고 주장한다. 반대로 각기 다른 언어는 세상을 매우 다른 방식으로 다루고, 모든 언어는 그 안에 촘스키가 무시하는 "개방성의 원천"이 있다는 증거는 아주 많다. 촘스키의 근본적 오류는 의미론 연구를 관련 언어 또는 언어군의 실제 문법 및 어휘 연구와 분리할 수 있다는 믿음이라고 호킷은 말한다. 구어로 실제 사용되는 언어들의 끈질긴 비교와 귀납을 통해서 우리는 "교차 언어적 일반성"을 발견할 수 있을지도 모른다. 1962년에 나온 조지프 H. 그린버그의 『언어의 보편*Universals of Language*』과 현재 진행중인 남서부 아메리카 원주민 언어들의 비교 분석은 그 방향으로 가는 단계들이다. 하지만 경험적으로 찾은 공통된 특징 또는 이런 민족 언어 연구에서 나오는 언어 습관은 보편적 심층 구조와 무관할지도 모른다. 호킷은 촘스키적 의미의 보편 문법이 백일몽이라고 본다. 보편적인 핵심 문장과 변형 규칙이 아니라 구체적인 정치적 역사와 사회적 감성의 풍부한 맥락이 '출마하다'를 영국 영어에서는 'stand for office'로, 미국 영어에서는 'run for office'로 쓰게 만든다.

촘스키가 실제 언어의 자발성과 변화하는 성격을 외면한다는 호킷의 공격은 더 큰 철학적 맥락이 있다. 이것은 요릭 윌크스 박사가 『언어와 사고』에 대한 최근의 서평에서 잘 설명했다. 윌크스 박사가 한때 케임브리지 언어 연구실의 연구원이었다는 사실은 주목할 필요가 있다. 케임브리지 연구실은 언어학에 대해 촘스키보다 더 치밀한 철학적 방법론을 사용하고, 그들의 '유의어 사전 방식'은 생성 문법이 흔히 예로 드는 것보다 더 복잡하고 현실적인 언어 단위를 다루려고 한다. 윌크스는 촘스키가 아무리 신랄하고 확신에 차 있었다 해도, 그와 스키너와의 싸움은 상당히 거짓된 것이었다고 본다. 그 논쟁은 인간 언어 생산의 기계적 모델과 자유롭고 이상적인 관점의 논쟁이 아니라 "두 개의 서로 다른 기계적 이론, 즉 스키너의 단순한 것과 촘스키의 복잡한 것" 사이의 논쟁이다. 내가 여기서 사용한 용어를 빌리자면, 구식 계산기에 토대한 모델과 슈퍼 컴퓨터에 토대한 모델의 싸움이라고 할 수 있다. 그런 뒤 윌크스는 날카로운 또 한 편의 비평에서 행동주의자들이 고안한 기계적 도식이 충분히 정제되면 촘스키식 문법이 가정하는 기본 문장과 변형의 유형을 만들어낼 수 있을 것이라고 주장한다. 즉 (이 점이 예리한 대목이다) 촘스키가 주장하는 언어의 모습이 반드시 심층 구조의 생성 이론을 통해서만 나오는 것은 아니다. "유한 상태finite-state"와 문법의 "구 구조phrase structure" 규칙이라는 것도 그런 일을 할 수 있다. "누가 들어와서 두 기계가 작동하는 모습을 본다면, 그것들을 움직이는 규칙이 서로 다르다는 것을 모를 것이다."

우리는 어떻게 해야 "기계의 안쪽"(촘스키적인 만큼 데카르트적이기도 한 이미지)을 들여다볼 수 있을까? 촘스키의 "내재적 구조innate structure"란 "사실의 회피," 즉 자신의 형식적 설계에 대한 실험적 조사를 거부하는 것일 수 있다고 윌크스 박사는 말한다. 사고에 내재된 것이 무엇인지를 찾아낼 수 있을까? "그것은 볼 수 없다. 외부 행동은 아무런 도움이 되지 않고, 물론 사람들 생각을 묻는 것도 마찬가지다." 이 "내적 사전 설정"을 볼 수 없는데도, 서구 언어들의 "자연스럽고" "심층적인" 문법 기술의 카테고리를 토대로 "모든" 언어의 바탕에 보편적인 정신적 패턴이 있다고 주장하는 것은 이상한 논리라고 윌크스는 본다. 고전 중국어—다른 어떤 증거가 있는가?—를 보면 우리 같은 명사+동사 구조가 필요 없는 것 같다. 그러면 우리는 어떻게 거기에 우리의 구문 습관에서 패턴화한 내재적 문법의 속성을 부여할 수 있을까? 촘스키는 부지불식간에, 형식적으로뿐 아니라 문화적으로도 결정론적인, 그래서 더욱 혼란스러운 기계적 원리를 향해 가고 있는지도 모른다. 윌크스가 말하지는 않지만, 촘스키의 급진적인 정치적 휴머니즘은 그런 견해와 아주 아이러니하게 부딪힐 것이다.

　중국어에 대한 윌크스 박사의 주장은 내가 촘스키의 언어 이론에 느끼는 불편함과 연결된다. 우리의 비좁은 행성에서는 현재 4천 개 가량의 언어가 사용되고 있다. (스위스의 구석진 지방들을 거론하지 않더라도) 아프리카, 아시아, 라틴아메리카에는 기후, 생활 방식, 경제적 필요가 똑같은데도 상호 소통되지 않는 별개의 언어로 갈라진 지역이 아주 많다. 게다가 이 4천 개의 언어는 훨씬 더 많은 수의 언어들 가운데 현재 살아남은 것들이다. 이른바 희귀어는 해마다 실제 사용 환경에서 또는 노인 및 고립지 거주자의 기억에서 사라지고 있다. 인간 통용어의 이런 분화는 흥미롭고도 이상한 일이다. 19세기 초의 빌헬름 폰 훔볼트 이후 이 사실의 수수께끼 같은 함의를 깊이 고민한 언어학자는 별로 없다. 오늘날에는 전문적 영역이 형식적, 수리적 언어학—그런 게 정말로 있다면—이라는 한편과 실제 언어들의 비교 및 인류학적 연구라는 다른 한편으로 분리되면서 문제가 더 어려워졌다. 나는 개인적으로 이런 환상적인 다양성을 어떻게든 설명하지 못하는 언어 행위의 모델이나 공식은 지적으로 납득 가능하다거나 진실에 부합한다고 보지 않는다. 왜 세상에는 4천 개도 넘는 언어가 있는가? 언어의 개수는 왜, 예를 들면 인종 수나 혈액형 종류의 천 배나 되는가? 자연선택과 적응이라는 다윈주의의 변형은 여기 적용되지 않는다. 동물군과 식물군의 엄청난 다양성은 지역적 상황과 경쟁적 생존의 필요 조건에 세밀하게 적응하는 경이를 보여준다. 하지만 이웃하는 언어의 분화는 그 반대다. 언어의 다양화는 인간 협력과 경제 발전의 가장 명백하고 힘겨운 장벽 중 하나였다. 그것은 많은 인간 거주지를 내부에서 분열시키고 역사적으로 고립시켰다. 정체되거나 파괴된 문화들 중 많은 수가 언어적 낙오자였을 것이다(이것은 개인적, 사회적 성취에 한 언어가 다른 언어보다 더 적절하다는 뜻은 아니다). 우리는 바벨 탑 이야기와 유사한 이야기가 없는 신화를 알지 못한다. 이것은 언어의 분화가 세우는 소통 단절의 벽 앞에서 사람들이 좌절을 느꼈다는 강력한 증거다. 번역은 그것을 이기는 승리가 아니라 영원한, 하지만 많은 문제를 수반하는 필수 행위다.

내가 볼 때 지금 언어학은 인류학 및 민족지학과 협력해서 우리의 실제 언어 상황을 명확히 파악하는 일을 주요 과제로 삼아야 한다. (우리는 심지어 총망라된 언어 지도도 아직 없다. 우리는 언어의 다양성이라는 수수께끼 현상을 제대로 탐구할 방법을 찾아야 한다. 단서들은 있다. 하지만 그것은 촘스키의 방향을 가리키지 않는다고 나는 생각한다.)

이 언어 분화라는 근본적 문제는 생성 변형 문법 이론에서는 거의 제기되지 않는다. 『언어와 사고』 말미에 수수께끼 같은 언급은 있다. "언어의 보편성에 대한 경험적 연구는 인간 언어의 다양성과 관련해서 상당히 한정적이면서 내가 볼 때 개연성 높은 가설을 공식화시켰다." 먼저, 이 말이 맞는지 의문이다. 특정 언어학자들이 잠정적으로 구문적 보편 요소라고 전제하는 것들에 대한 예비적 조사는 지금까지 몇몇 언어에 국한되어 실행되었고, 거기서 얻어진 결과는 거의 막연한 수준의 일반성이었다(예를 들면, "알려진 모든 언어에는 동사, 즉 행동을 가리키는 품사가 있다" 같은). 하지만 그린버그, 호킷 계열의 경험적 연구는 실제로 증명 가능한 "교차 언어 일반성"을 찾아내고 있다고 보인다. 그리고 그것들은 딱히 촘스키의 보편 문법 및 내재된 심층 구조 이론을 지지하지 않는다. 그 점이 중요하고, 그래서 조심스럽게 다루어야 한다.

촘스키는 인간 정신에 "내재적 사전 설정"이 깊이 새겨져 있다고 전제한다. 그것은 "생물학적 속성"이어야 한다. 그런 설정은 변형 규칙을 통해서 수천 개의 인간 언어를 만들 수 있다. 그럴 수는 있지만, 그렇게 할 명확한 이유는 없다. 오히려 반대다. 핵심 문장과 복잡하지만 한정된 기능적 규칙이라는 도식에 따르면, 인간 언어 생성은 아주 한정적이고 서로 명백한 연관을 가질 것이다. 촘스키가 말하는 내재된 생물학적 보편성이 사실이라면, 우리는 언어에서 인간 피부색과 뼈 구조 정도의 다양성을 보아야 한다. 그것들의 다채로움의 정도는 언어와는 질과 양 모두 전혀 다르다. 더 밀고 나가보자. 이 세상 사람들이 모두 '하나의' 언어에서 파생된 적당한 수준의 방언만을 사용한다면, 촘스키의 언어학은 그런 세상을 간결하고도 깊이 설명할 수 있을 것이다. 생성 변형 문법이 그런 상태와 멋지게 일치할 거라는 사실, 또 그런 상태가 촘스키의 전제들에 자연스럽다는 사실은 나에게는 그의 모델 전체에 대한 심각한 의문을 던져준다. 니콜라우스 쿠자누스에서 야코프 뵈메에 이르는 많은 언어 신비주의자들처럼, 촘스키는 아담과 그의 아들들이 쓰던 하나의 언어가 바벨탑에서 산산이 갈라졌다는 눈부신 픽션을 떠올리는 것 같다. 요컨대 촘스키 언어 혁명의 핵심적 특징들은 인류 언어의 현재 상황뿐 아니라 역사 및 선사 시대의 어떤 상황과도 맞지 않는 것 같다.

촘스키 자신이 행동주의를 공격하면서 촉발한 논쟁들은 초기의 논쟁일 뿐이다. 보편 문법에 반대하는 주장들이 나올 수도 있고, 심층 구조 개념을 지지하는 철학적 또는 생리학적 연구가 이루어질 수도 있다. 최근에 18개월에서 2세까지의 아동들이 심층 구조를 시사하지만 특정 언어가 덧씌워지지는 않은 문장들을 만든다는 주장들이 제기되었다. 특히 러시아와 일본의 아이들이 각자의 모국어를 배우는 방식에 촘스키적 유사성이 있다는 주장이 있다. 나는 잘 모르겠다. 하지만 물론 시간과 연구가 밝혀줄 것이다.

한 가지는 분명하다. 촘스키가 지난날의 스피노자처럼 통일성과 완전한 논리에 대한 열정에 사로잡힌 유쾌한 사상가라는 것. 정치적 문제건 언어학의 문제건 사태의 근원에 이르려는 촘스키의 열망은 단자론monism과 상당히 유사해 보인다. 하지만 조심스럽게 말해보자면, 정치학도 언어도 그와는 전혀 다를 수 있다. 특정 사실들의 비합리와 무질서는 정치적 정의나 형식 논리에 완강하게 저항할 것이다. 촘스키 연구가 제기하는 불일치의 문제가 중요한 것은 그 위상이 그만큼 높기 때문이다. 내가 볼 때 인간은 촘스키가 생각하는 것보다 더 이상하고 다양한 짐승이다. 그리고 니므롯의 탑[바벨탑]은 아직도 부서져 있다.

1969년 11월 15일

왕들의 죽음A DEATH OF KINGS

체스에 대해

    지적인 작업 가운데 인간이 청소년기 이전에 뛰어난 성과를 보이는 분야는 내가 아는 한 세 가지뿐이다. 바로 음악, 수학, 체스다. 모차르트는 여덟 살이 되기 전에 의심할 수 없는 실력과 매력을 보이는 음악을 작곡했다. 카를 프리드리히 가우스는 세 살 때 아주 복잡한 계산을 했다고 한다. 그는 열 살이 되기 전에 신동의 속도뿐 아니라 산술가의 깊이까지 보였다. 폴 모피는 열두 살 때 뉴올리언스의 체스 대회에서 우승했다. 백 년 전에 최고 수준의 체스 기사가 여러 명 있었던 도시에서 그것은 작은 성과가 아니었다. 이 어린 인간들은 정교한 모방, 자동장치가 달성할 수 있는 성취를 한 것인가? 아니면 정말로 창조를 해낸 것인가? 로시니가 열두 살 때인 1804년 여름에 작곡한 두 대의 바이올린, 첼로, 더블베이스를 위한 여섯 편의 소나타는 하이든과 비발디의 영향이 뚜렷하지만, 주요 멜로디는 로시니의 것이고 그것은 아름답고 창의적이다. 파스칼은 실제로 열두 살 때 유클리드 기하학의 핵심적 공리와 도입 명제들을 스스로 재창조한 것으로 보인다. 기록에 남은 카파블랑카와 알레힌의 최초의 경기들에는 중대한 아이디어들이 펼쳐지고, 개인적 스타일이 드러나 있다. 파블로프 조건 반사 또는 원숭이 같은 모방은 이런 사실을 설명하지 못할 것이다. 이 세 영역에서 우리는 환상적일 만큼 어린 나이에 개성적이고 기억에 남는 창조를 해내는 경우를 그렇게 드물지 않게 본다.

이런 현상을 설명하는 것은 무엇일까? 사람들은 세 활동 사이의 진정한 유사점을 찾는다. 음악, 수학, 체스는 서로 어떤 방식으로 닮았는가? 이것은 명쾌한 (사실 고전적인) 답이 있을 것 같은 질문이다. (그것들 사이에 깊은 유사성이 있다는 생각은 전혀 새롭지 않다.) 하지만 실제로는 어렴풋한 암시와 은유 정도를 빼면 이렇다 할 게 없다. 음악적 창조—연주의 기교와는 별개인—에 대한 심리학은 거의 없다시피 하다. 수학자 쥘 푸앵카레와 자크 아다마르의 환상적인 암시에도 불구하고, 수학적 발견의 바탕에 깔린 직관적, 추리적 과정에 대해서는 알려진 것이 거의 없다. 프레드 라인펠드 박사와 제럴드 에이브러햄스는 "체스 두뇌"에 대해 흥미로운 글을 썼지만, 정말 그런 게 있는지, 있다면 무엇이 그 기이한 능력을 구성하는지 밝히지 못했다. 이 세 가지 영역에서 '심리학'은 대체로 일화들의 모음일 뿐이고, 그 가운데 눈부신 활약을 한 신동의 사례들이 있다.

생각해보면 두 가지가 눈에 띈다. 음악, 수학, 체스의 신동이 각자의 영역에서 활동하는 데 필요한 엄청난 정신적 에너지와 역량의 결합은 마치 고립된 것처럼, 그러니까 정상적으로 성장하는 두뇌와 신체의 다른 기능과는 관계없이 동떨어져서 외따로 폭발적 성장을 이루는 것처럼 보인다. 음악의 신동, 어린이 작곡가나 지휘자는 다른 면에서는 모두 그 나이 때 평범한 아이들과 똑같이 철없고 무지할 수 있다. 가우스가 어렸을 때 행동, 언어 능력, 정서적 안정의 면에서 어떤 식으로건 다른 소년들보다 뛰어났다는 증거는 없다. 그가 어른 같은 것은, 아니 평범한 어른을 뛰어넘는 것은, 오직 숫자와 기하학적 통찰 분야에 국한되어 있었다. 뛰어난 재능을 지닌 어린 아이와 체스를 두어본 사람은 아이가 체스판에서 펼치는 예리한 작전들과 경기가 끝난 뒤 보이는 유아적 행동의 괴리에 당혹감을 느꼈을 것이다. 나는 '프렌치 디펜스'를 끈질기게 펼치던 여섯 살짜리가 게임이 끝나자마자 시끄러운 말썽꾸러기로 변하는 모습을 본 적이 있다. 요컨대, 어린 멘델스존, 갈루아, 괴짜였던 보비 피셔 같은 소년의 두뇌와 신경 시냅스에 무슨 일이 일어나는지는 몰라도, 그 일은 기본적으로 분리된 일 같다. 오늘날의 최신 신경학 이론들은 다시 두뇌의 특화된 위치의 가능성을 말하고 있지만(18세기 골상학과 비슷하게, 우리 두뇌의 각기 다른 부위가 각기 능력과 가능성을 관장한다는 이론), 아직은 명확한 사실을 알지 못한다. 분명한 감각 중추들은 존재하지만, 대뇌 피질이 정말로 여러 과제를 나누어서 하는지, 한다면 어떻게 하는지는 모른다. 하지만 위치의 이미지는 시사하는 바가 있다.

음악, 수학, 체스는 핵심적인 면에서 위치 파악의 동적 행위다. 모두 상징 요소가 의미의 행을 이룬다. 불협화음이건, 대수방정식이건, 외통수 포지션이건, 해법을 찾으려면 모두 개별단위와 단위군―음정, 정수, 체스 말―의 재편성, 순차적 재배치가 필요하다. 어린 대가는 어른 대가와 마찬가지로, 순간적이지만 초자연적인 확신으로 그것이 몇 수 앞에서 어떻게 될지를 시각적으로 떠올린다. 논리적인 것, 필수적 화성과 선율요소가 애초의 조調 관계나 주제의 예비적 단편에서 솟아나는 것을 본다. 그들은 개입을 실행하기 전에 총계나 기하학적 형상의 순서와 적절한 규모를 안다. 그래서 여섯 수 앞서 '외통장군mate'을 부른다. 승리로 이어지는 최종 포지션, 체스판 위말들의 가장 효율적인 배치가 머릿속 시야에 그림처럼 선명하게 '보이기' 때문이다. 두뇌와 신경의 메커니즘은 순간순간 '다음 공간'으로 진정한 도약을 한다. 이런 능력은 다른 정신적, 생리학적 능력과는 분리된, 극도로 특화되었으며 환상적으로 빠른 성장을 허락하는 신경적 ('신경 화학적'이라고 말하고 싶은 유혹이 든다) 능력으로 보인다. 어떤 우연한 자극―옆방에서 치는 피아노 음악이나 어떤 화성적 진행, 상점 안내판에 덧셈을 위해 적어놓은 숫자들, 지나가다 본 카페 체스 게임의 첫 몇 수—이 인간 정신의 제한된 한 구역에 연쇄 반응을 일으킨다. 그 결과는 아름다운 외골수다.

음악과 수학은 특히 인류의 대단한 경이 중 하나다. 레비-스트로스는 선율의 발명이 인간의 "지고한 수수께끼의 핵심"이라고, 밝혀낼 수만 있다면 그것이 우리 종의 독보적 구조와 천재성의 실마리가 될 수 있다고 본다. 감각 경험이 제시하는 것 못지않게 미묘하고 재치 있고 다채로운 이유로 행동을 고안하고 끝없이 자기를 창조하는 수학의 힘은 인간이 세상에 남기는 기이하고 깊은 표시의 하나다. 반면 체스는 32개의 상아, 뿔, 나무, 금속 또는 (수용소에서는) 구두약과 톱밥으로 만든 말이 64개의 흑백 사각칸 위에서 움직인다. 체스의 기원은 논란이 많지만, 이 역사 깊고도 사소한 여가 행위는 모든 인종과 시대에 걸쳐서 비범한 지력을 지닌 사람들에게 때로 현실 자체만큼 또는 그보다 더 실제적인 현실이자 감정의 집중점이 되는 것 같다. 카드에도 똑같은 절대성이 있을 수 있지만, 그것의 매력은 불순하다. 휘스트나 포커의 열정은 명백하고 보편적인 돈의 매력과 연결된다. 체스에서 경제적 유인은 실제로 그것이 있는 곳에서도 언제나 사소하고 부수적이다.

진지한 체스인에게 8×8개의 네모칸 위로 32개의 말을 움직이는 일은 목적 그 자체, 그에 비교하면 생물학적, 정치적, 사회적 삶은 어수선하고 탁하고 비본질적인 것으로 보이는 온 세계다. 상대의 비숍이 R4로 물러갈 때 나이트폰으로 돌진하는 한심한 아마추어도 이 악마적인 마력을 느낀다. 레닌이나 나처럼 할 일이 많은 꽤 정상적인 사람도 때때로 모든 것—결혼 생활, 주택 대출, 직업 경력—을 팽개치고 몇날 며칠을 사각 보드 위에 말들을 움직이며 보내고픈 충동에 사로잡힌다. 체스 세트만 보면, 싸구려 플라스틱 제품이라도 손가락이 꼼지락거리고 잠결 같은 냉기가 등골을 지나간다. 그것은 이득을 바라서도 아니고, 지식이나 명성을 바라서도 아니고, 바흐의 거울 카논이나 오일러의 다면체 공식이 보이는 것 같은 순수한 자폐적 매력 때문이다. 그 사이에는 진정한 유사점이 있다. 그 내용의 풍부함, 유서 깊은 역사와 사회 제도에도 불구하고 음악, 수학, 체스는 눈부시게 무용하다(응용 수학은 배관 이론의 고등 버전, 일종의 경찰 악대용 음악일 뿐이다). 형이상학적으로 보면, 그것은 사소하고 무책임하다. 그것은 외부 세계와의 관계도, 현실의 중재도 거부한다. 이것이 마법의 원천이다. 그것은 비슷하지만 훨씬 뒤에 온 추상 미술처럼, 인간에게 독특한 "세상에 반하는 구상," 얼토당토않고, 아무 쓸모없고, 완전히 하잘 것없는 형식을 고안하는 능력을 보여준다. 그런 형식은 현실에 무책임하고, 그래서 여타의 것들과 달리 죽음의 상투적 권위에 손상되지 않는다.

죽음과 체스의 알레고리적 연관은 고금을 막론한다. 그것은 중세 목판화, 르네상스 프레스코화뿐 아니라 콕토와 베리만의 영화에도 나온다. 죽음은 게임을 이기지만, 게임 중에는 잠시라도 자기 영토 바깥의 규칙에 순종한다. 애인들은 시간의 괴로운 속도를 늦추고 세상을 몰아내려고 체스를 둔다. 예이츠는 「데어드라Deirdre」에서 이렇게 썼다.

> 그들은 알았다. 아무것도 자신들을 구할 수 없다는 것을.
> 그래서 밤이 올 때마다 체스를 두며
> 여러 해 동안 칼을 기다렸다.
> 그토록 평범한 심장들에서 먼 죽음,
> 그토록 높고 아름다운 끝의 이야기는 들어본 적 없다.

체스를 주제로 글을 쓰는 시인이나 소설가는 이런 평범한 죽음의 추방, 인간이 이렇게 폐쇄된 투명한 세계로 침잠하는 것을 포착해야 한다. '극도로 중요한 사소함'이라는 추문과 역설을 심리적으로 신빙성 있게 제시해야 한다. 이 장르의 성공 사례는 희귀하다. 제임스 횟필드 엘리슨의 『고수 프림Master Prim』은 좋은 소설은 아니지만 짚어볼 만한 지점들은 있다. 화자 프랜시스 래피얼은 편집국장의 명령에 따라 미국 체스계의 떠오르는 스타 줄리언 프림을 취재하러 간다. 안정된 골수 중산층인 중년 기자와 열아홉 살짜리 체스 마스터는 출발이 별로 좋지 않다. 프림은 오만하고 무례하다. 맹견의 강아지 같은 태도다. 하지만 래피얼은 지난날 체스 선수를 꿈꾼 시절이 있었다. 소설의 가장 긴장된 순간인 줄리언과 여러 "하수"들이 고섬 체스 클럽에서 "다면기多面棋"를 벌이는 장면에서, 기자와 젊은 고수는 체스판을 사이에 두고 만난다. 래피얼은 거의 무승부를 이끌어내고, 두 적수 사이에 "프리메이슨 같은 상호 존경"이 생겨난다. 소설 마지막에 이르면, 프림은 미국의 체스 챔피언이 되고 래피얼의 딸과 약혼한다. 엘리슨의 이야기에는 '실화 소설'의 모든 요소가 있다. 줄리언의 괴팍한 성격과 경력은 보비 피셔에 토대했을 가능성이 있다. 그와 새뮤얼 레셰프스키의 개인적, 직업적인 적대 관계—그 갈등은 전투적인 체스계에서도 보기 드물 만큼 강력했다—가 플롯의 중심을 이루는 것 같다. 엘리슨의 소설에서 레셰프스키 역할을 맡는 인물은 현 챔피언 유진 벌린이다. 클라이맥스를 이루는 게임에서 줄리언은 혐오하는 챔피언에게서 왕관을 빼앗으려고 한다. 실제 대국에 토대했을 가능성이 높은 '퀸스 폰 오프닝' 방식의 그 게임 자체는 그다지 흥미롭지도 아름답지도 않다. 벌린의 방어는 그다지 창의적이지 않고, 22수 때 줄리언의 돌파도 우승은 고사하고 소설가가 보이는 흥분을 이끌어낼 정도가 되지 못한다. 사소한 사건과 인물도 현실의 모델들에 토대했다. 체스 애호가라면 스터디번트 형제를 떠올리지 않을 수도, 또 고섬 클럽의 위치를 헷갈릴 수도 없을 것이다. 엘리슨의 작품은 체스가 일으키는 기이하고 고요한 폭력을 전달한다. 체스로 다른 사람을 이기는 것은 그를 지성의 뿌리에서 굴복시키는 것이다. 손쉬운 승리는 사람을 기이하게 발가벗긴다. 술이

곁들여진 맨해튼의 저녁 모임에서 줄리언은 영국의 영화배우 브라이언 플레즌트와 나이트 하나를 접어주고 1달러짜리 게임을 한다. 그는 계속 이긴다. 그의 "퀸이 적을 부수는 모습은 성난 짐승" 같았다. 줄리언은 잔인한 기교를 펼치며 점점 속도를 올린다. 그러다 자신의 재능의 야만성에 두려움을 느낀다. "이건 병 같아…… 열병처럼 닥쳐서 세상에 대한 감각을 모두 앗아가…… 우리가 15초 만에 때려눕힐 수 있는 사람이 누가 있어? 신이라도 안 돼. 그리고 난 신이 아니야. 이건 웃기는 말이지만 나는 때로 그 말을 해야 돼."

체스와 광기의 관련성은 1941년에 출간되고 영어로는 「로열 게임」으로 번역된 슈테판 츠바이크의 유명 소설 「체스 이야기Schachnovelle」의 주제다. 세계 챔피언 미르코 첸토비치는 호화 여객선을 타고 부에노스아이레스로 가고 있다. 선상에서 그는 게임당 250달러를 걸고 승객들과 체스를 두게 된다. 그는 모든 이들의 노력을 비웃듯 가볍게 물리친다. 그때 좌절한 아마추어들의 집단에 수수께끼의 인물이 들어온다. 첸토비치는 그와 간신히 무승부를 이룬다. 그는 게슈타포에게 잡혀 독방에 수감되었던 빈의 의사라는 것이 밝혀진다. 낡은 체스 책 한 권이 그가 바깥세상과 가진 유일한 연결 고리였다(체스가 가진 일반적인 역할이 상징적으로 반전된다). 닥터 B.는 그 책의 150경기를 다 외우고, 머릿속으로 천 번씩 복기했다. 그러는 동안 그의 자아는 흑과 백으로 갈라졌다. 모든 게임을 그토록 잘 알게 되자, 그의 두뇌 속 경기는 광적인 속도를 띠었다. 그는 백이 다음 번 수를 쓰기도 전에 흑의 반격법을 알았다. 세계 챔피언은 재대결을 허락하지 않을 수 없었다. 그리고 1국에서 이 낯선 이에게 패배한다. 첸토비치는 경기의 속도를 늦춘다. 닥터 B.는 그 참을 수 없이 느린 속도와 데자뷔의 느낌에 조현병이 다가오는 것을 느끼고, 눈부신 경기 중간에 포기한다. 이 섬뜩한 우화는 (츠바이크는 한 수 한 수를 설명하기보다 매 경기의 형세를 제시하는 방법으로 고수 대국의 인상을 준다) 체스의 정신분열적 요소를 보여준다. 체스 기사는 경기의 개시와 마무리를 연구하고, 고수 대국을 재연하면서 흑인 동시에 백이 된다. 실제 대국에서 체스판 반대편의 손은 일정 정도 자신의 손이기도 하다. 그는 말하자면 대국 상대의 뇌 속에 들어가서 한순간 자신을 적으로 보며 자신의 수에 반격하고, 그런 뒤에 바로 자신으로 돌아와서 반격에 대한 반격을 찾는다. 카드 게임에서 상대의 카드는 감추어져 있다. 체스에서 상대의 말은 우리 앞에 펼쳐져 있어서, 우리는 상대의 관점으로도 상황을 볼 수 있다. 그래서 말 그대로 모든 메이트에는 셀프메이트─자신이 메이트당하는 상황을 부르는 일─의 요소가 있다. 비슷한 수준의 상대와 진지한 체스 게임을 할 때, 우리는 지면서 동시에 자신에게 이긴다. 그래서 입에 쓴맛이 남는다.

나보코프 초기 소설의 제목 『킹, 퀸, 네이브*King, Queen, Knave*』는 카드에서 온 것이지만, 책의 주요 장치는 체스에 토대하고 있다. 블랙 씨와 화이트 씨가 체스를 두는 가운데 에로 틱한 거짓 멜로드라마가 허무하게 파국으로 다가간다. 그들의 게임은 인물들의 상황을 정확히 반영한다. "블랙의 나이트는 화이트의 킹과 퀸을 다중 체크 공격하려 하고 있었다." 체스는 나보코프의 작품 세계 곳곳에 깔린 은유이자 상징적 대상이다. 프닌은 체스를 둔다.『재능 *The Gift*』의 주인공은 우연히 소련 의 체스 잡지 〈8×8〉을 보고, 체르니셰프스키에 대한 신화적 전기를 쓰기 시작한다.『세바스천 나이트의 실제 인생 *The Real Life of Sebastian Knight*』의 제목은 체스에 대한 암유를 담고 있 고, 고수 대국이 두 가지 방식의 진실 사이에서 펼쳐진다는 암 시가 이야기 전체에 흐른다.『롤리타』에서 험버트 험버트와 퀼 티의 결투는 죽음을 판돈 삼는 체스 경기 용어로 구성되어 있 다. 이런 점을 비롯해서 나보코프 작품 세계 전체에서 체스가 한 역할은 앤드루 필드의 철저하고 예리한 전기『나보코프, 예 술 속의 삶』(1967)이 다루고 있다. 하지만 필드는 이 장르의 걸 작을 약간 가볍게 여겼다. 1929년에 러시아어로 쓴『루진 방 어 *The Luzhin Defense*』는 1964년에 영어로 처음 나왔다. 소설 전체가 게임의 공허한 경이를 다룬다. 루진의 체스 재능은 설 득력 있다. 나보코프가 그 재능의 극도로 특화되고 기이한 특 징을 멋지게 전달하기 때문이다. 루진은 인생의 다른 모든 면 에서는 어설프고 미성숙한 인물로, 정상적 인간 접촉을 애처롭 게 갈망한다. 그는 인간관계는 다소간 정형화된 공간 움직임이고, 사회 속의 생존은 자의적이고 '프리즈 앙 파상prise en pas-sant' 규칙보다 정합성이 떨어지는 규칙들을 숙지하는 데 달려 있다고 본다. 개인적 고통은, 미워하는 발렌티노프가 만든 체스 문제처럼 냉랭하고 함정 가득한, 미해결 문제다. 그 자신 체스의 마법에 사로잡힌 시인만이 루진과 투라티의 만남을 기록할 수 있었을 것이다. 여기서 나보코프는 다른 어떤 작가도 못한 방식으로 체스, 음악, 수학의 비밀스러운 유사점을 표현한다. 그에 따르면 훌륭한 게임은 선율의 형식이자 움직이는 기하학이다.

이어 그의 손이 매혹적이고 연약하고 투명한 조합을 조심스럽게 찾았다. 그것은 달그락 소리 속에 투라티의 첫 응수에 해체된 것이다…… 투라티는 마침내 이 조합을 결정했다. 그러자 체스판에 어떤 음악적인 폭풍이 몰아쳤고, 루진은 그것을 천둥치는 화성으로 키워내는 데 필요한 작고 투명한 음정을 악착같이 찾았다.

루진은 게임에 몰두해서 성냥불을 담배에 가져다대는 일도 잊는다. 성냥불에 손이 덴다. "고통은 지나갔지만, 짧은 불길속에 그는 엄청난 것을 보았다. 체스의 아득한 깊이에 대한 거대한 공포였다. 그는 체스판을 바라보았고, 그의 두뇌는 전에 없던 피로를 느꼈다. 하지만 체스 기사들은 자비가 없었다. 그들은 버티며 그를 흡수했다. 그것은 공포였지만, 거기에도 유일한 조화가 있었다. 이 세상에는 체스 말고 아무것도 존재하지 않기 때문이다. 안개, 미지, 무존재……"

이 세상에 체스 말고 무엇이 존재한다는 말인가? 바보 같은 질문이지만, 진지한 체스인이라면 한 번은 해보는 질문이다. 그리고 그에 대한 대답은 (현실이 64개의 네모칸으로 축소되고, 두뇌가 선과 오컬트적 힘이 합해진 하나의 덩어리를 겨누는 칼이 되면) 최소한 불분명하다. 체스 게임에는 광대한 우주의 원자 수보다 더 많은 경우의 수가 있다고 추정된다. 양쪽에서 첫 네 수를 두는 정통적 방법의 가짓수만 318,979,584,000개다. 지구 전체 인구가 1분에 한 게임씩 하고 모든 게임을 다른 방식으로 한다고 해도, 2160억 년이 걸려야 나보코프의 화이트 씨와 블랙 씨가 처음 열 수를 두는 가능한 모든 수를 소화할 수 있다. 루진이 죽음을 향해 낙하할 때(그것은 신중하게 분석한 셀프메이트다), 어둠과 바닥의 차가운 포석의 틈새가 "흑백의 네모칸처럼 보였다."

우리가 거듭 꾸는 영광스러운 꿈속의 세상도 그렇다. 나는 아직도 우스울 만큼 선명하게 기억한다. 그리니치빌리지에 있던 로솔리모*의 체스 카페, 또는 X 시─신시내티, 인스브루크, 리마─의 호텔 라운지의 지저분한 천장 아래 펼쳐진 테이블

---

* 1950년대의 체스 마스터.

들. 그랜드 마스터가 흔한 시범 경기를 한다. 35명과 동시에 대국을 하는 것이다. 그런 행사에서는 상대가 전부 흑을 쥐고, 마스터가 체스판 앞에 오는 순간 말을 움직이는 게 규칙이다. 경기가 일방적일수록 마스터의 순회 속도가 빨라진다. 늑대의 걸음이 빨라질수록 우리는 당황해서 어설픈 수를 연발한다. 나는 시실리안 디펜스로 버티면서, 그의 재빠른 손길과 굴욕적인 속도의 발걸음에 대응하려고 한다. 그랜드 마스터는 15번째 수에서 '캐슬링'을 하고, 나는 Q-QKt5로 대응한다. 그가 다시 한 번 빠른 속도로 내 테이블로 다가온다. 그러더니 오 기적이여, 이번에는 그가 멈추어서 체스판을 살펴보고, 오 천상의 경이여, 의자를 가져다달라고 한다! 사방이 쥐죽은 듯 조용해지고 모두가 나를 바라본다. 마스터가 퀸의 자리를 바꿀 때 내 머릿속에는 1924년 3월 뉴욕 세계 선수권 대회의 예이츠 대 라스커 경기가 어이없을 만큼 정확하게 떠오른다. 그 경기에서는 흑이 이겼다. 나는 감히 그런 소망은 품지 않는다. 나는 미치지 않았으니까. 하지만 어쩌면 한 번, 인생에 한 번은 마스터가 1947년 레닌그라드의 시범 경기에서 보트비니크가 열 살짜리 보리스 스파스키에게 그런 것처럼, 고개를 들어 나를 (무명의 하수가 아닌 동료 인간으로) 바라보고, 작은 목소리로 "무승부Remis"하고 말하는 날이 올 것이다.

1968년 9월 7일

말을 주시오 GIVE THE WORD

제임스 머리와 옥스퍼드 영어사전에 대해

빅토리아 시대의 전문가들은 우리보다 잠을 덜 잔 것일까? 한 번 살펴보자. 그들은 아침 식사 전이나 오후 다과 후에 덤불 숲을 몇 킬로미터씩 산책했다. 식사 때마다 베이컨, 구운 콩팥, 스코틀랜드 소고기 허벅지살, 양갈비를 여러 덩어리 먹고, 훈제 연어와 청어도 여러 마리 먹고, 인도 차도 큰 잔으로 대여섯 잔 마셨다. 그들은 이스라엘 열두 지파의 조상 야곱보다 더 많은 자손을 낳았다. 그들은 호메로스와 카툴루스, 플라톤과 베르길리우스, 성서와 브래드쇼의 철도 안내서를 숨쉬듯 끼고 살았다. 그리고 여행을 할 때면 지팡이와 벼룩약을 가지고 투르키스탄을 지나거나 트렁크, 간이 책상, 사각 가죽 가방, 초대형 바구니를 다 챙겨들고 유럽의 온천지로 갔다. 일요일에 그들이 하거나 들은 설교는 두 시간까지 이어졌다. 오후에는 평균적으로 11곡의 찬송가와 4번의 설교에 다양한 축복이 곁들여지는 두 번째 예배가 있었다. 저녁에는 피아노로 멘델스존의 〈가사 없는 노래Songs without Words〉를 연주하고, 클러프나 테니슨 의 단편 서사시 두세 편을 낭독하고, 고든 장군이 죽음이 기다리는 하르툼의 계단을 내려가는 장면을 묘사하는 제스처 게임을 했다.

그런 위업 사이사이에 우리의 현자, 학자, 연구자, 개혁가들은 언어, 과학, 문학, 기술을 후손들이 기죽을 만한 속도로 척척 배웠다. 빅토리아인의 기억력은 서사시, 성서의 가계도, 라플란드의 식물군, 마케도니아어 불규칙 동사, 의회 보고서, 향토 지리, 팔촌 친척들의 이름까지 탐욕스럽게 집어삼켰다. 빅토리아인의 손은 타자기도 녹음기도 없이, 출판 가능한 수준의 글을 매일 수천 단어씩 썼다. 종교적 견해의 역사 6권, 같은 분량의 디즈레일리의 생애,『황금 가지』12권, 다윈의 18권, 러스킨의 35권을 보라. 트롤롭은 매일 수천 단어 분량의 유려한 글을 쓰고서 본 일과를 시작했다. 디킨스는 인쇄소 사환이 문앞에서 보채는 동안 종이 24장 분량의 글을 쓸 수 있었다. 하지만 아직 절반밖에 오지 않았다. 공적 거대함 뒤에는 사적 막대함이 있기 때문이다. 그들은 대리석 무늬 표지를 한 폴리오 크기*의 노트에 깨알 같은 글씨로 수천 쪽의 일기, 개인 회상록, 격언 모음, 경건한 명상글을 적었고, 무엇보다 엄청난 편지를 썼다. 그 길고도 공들인 편지들은 지금은 상상도 할 수 없다.

수천, 수만 단어로 이루어진 편지들이 잠베지 강의 사촌 할람에게, 노얼 톨퍼들 목사에게 ('영아의 지옥행'에 대한 그의 글 아홉 편에서 제기된 곤란한 문제들에 대해) 보내졌고, 신용과 불신용의 편지, 가족 구성원 모두에게, 길 건너편의 애인에게 보내는 서한들이 있었다. 전부 손으로 썼고, 먼저 초고를 쓴 다음에 깨끗이 옮겨 적는 경우도 많았다(카본지도 복사기도 없었다). 펜은 심하게 긁혔다. 조명은 누르스름하고 희미한 가스등이었고, 난방은 부실했다.

1866년 말에 대영 도서관에 자리 하나가 나자, 29세의 은행원이 지원한다. 그는 물론 손으로, 깨끗한 코퍼플레이트 체로 지원서를 썼고, 열 시간 노동 중의 휴식 시간에 썼다. 그의 이야기를 직접 들어보자.

제가 인생에서 가장 좋아한 것은 문헌학―비교 문헌학과 특정 문헌학 모두―이라고 말해야 할 것 같습니다. 저는 아리안과 시리아-아랍 계열의 언어 및 문학에 대해 일반적인 지식이 있습니다. 그것 모두 또는 거의 모두를 잘 아는 것은 아니지만, 일반적 어휘와 구조를 알기 때문에 약간의 노력만 더하면 꽤 잘 알 수 있습니다. 그중 몇몇은 로망스어―이탈리아어, 프랑스어, 카탈루

---

* 세로 길이 약 38cm.

나어, 스페인어, 라틴어, 그리고 그만큼은 아니지만, 포르투갈어, 보Vaud어, 프로방스어와 다양한 방언들─만큼 친숙합니다. 게르만어 계열로는 네덜란드어(제 직장에서는 네덜란드어, 독일어, 프랑스어뿐 아니라 이따금 다른 언어의 편지들이 오기 때문에), 플랑드르어, 독일어, 덴마크어에 어느 정도 익숙합니다. 앵글로색슨어들와 트라키아어에 대해서는 그 언어들에 대한 책을 준비한 적이 있기 때문에 훨씬 깊이 공부했습니다. 켈트어도 약간 알고, 러시아어도 쓸 만하게 익힌 현재는 슬라브어들을 공부하고 있습니다. 페르시아어, 아케메네스 쐐기문자와 산스크리트 계열의 언어는 비교 문헌학 때문에 알고 있습니다. 저는 히브리어와 시리아어도 구약성서와 시리아역 성서를 읽을 수 있을 만큼 압니다. 아람어 계열의 아랍어, 콥트어에 대한 지식은 그보다는 부족하고, 페니키아어는 게세니우스가 연구한 정도까지는 압니다.

테비엇데일 지역 호익 근처 소도시 덴홈에서 재단사의 아들로 태어난 제임스 A. H. 머리는 그 자리에 뽑히지 않았다. 하지만 그 사실도 사람은 어떤 관심사에도 "약간의 노력만 더하면" 상세한 지식을 얻을 수 있다는 그의 신념을 흔들지는 않았다. 이 신념으로부터 빅토리아 시대 최고의 지적 기념비이자 흠정역 성서나 셰익스피어보다 더 영어의 정수를 구현한 업적인 제임스 머리 편집의 옥스퍼드 영어 사전이 나왔다. 그와 관련된 이야기는 지성에 바친 삶의 지고한 모험담이다. 그 이야기를 머리의 손녀 K. M. 엘리자베스 머리의 『말의 거미줄에 사로 잡혀 *Caught in the Web of Words*』가 아름답게 전한다.

제임스 머리는 국경 지역의 떠들썩한 교실 한 개짜리 학교에 다니던 어린 시절부터 정확한 지식의 습득과 전달에 특출한 능력을 보였다. 호익에서 스무 살의 나이로 일인 학교를 인수한 머리는 당당하게 이렇게 광고했다. "머리 씨는 남녀 학생에게 기본 교육 과목인 영어 읽기, 쓰기, 문법, 작문, 산수, 수학, 지리, 드로잉, 고대와 현대 언어뿐 아니라 윤리학, 정치 경제, 역사, 자연 과학, 인간 생리학을 비롯해서 계몽된 교육 제도의 중요 부분을 이루는 여러 분야의 지식을 전달하기 위해 노력할 것입니다." 호익의 교육자는 곧 "25개 이상의 언어를 읽을 수 있게" 되었다. 이런 박학의 열정 뒤에는 개인의 재능과 근면 이상의 것이 있다. 머리는 모든 경험을 끝까지 이용하고, 모든 감각을 조직된 지식 산출에 동원하는 빅토리아 시대 역량을 극적으로 증언한다. 머리가 고원 산책길에서 본 들꽃은 식물지가 되었다. 그의 눈은 히스 황야와 수로의 지형을 생생하게 담았다. 그가 부싯돌이나 중세 질그릇 조각을 주우면, 그것이 들어갈 향토사나 민족사가 탄탄하게 자리를 잡고 있었다. 심장도 두뇌도 낭비 행동이 없었다. 이런 감각과 추상을 넘나드는 지식의 탐욕은 브라우닝의 시, 칼라일의 산문, 길버트 스콧의 수많은 건축에서 볼 수 있다. 그 밑바탕에는 강한 자신감, 그리고 집중력과 기억력의 단련이 자리 잡고 있다. 그와 비교하면 우리의 교육 제도란 거의 기억 상실의 체계화고, 우리의 업무란 전화 통화 사이의 쉬는 시간이다.

머리는 그가 개인적으로 문헌학, 음성학, 언어 형식의 유기적 발달, 영어의 방언과 영광에 열정을 품은 시기가 현대 영어학 연구의 태동 시기와 일치했다는 점에서 행운이었다. 런던에서, 영국 고대문헌 협회의 창립자 겸 편집자인 F. J. 퍼니벌, 앵글로-색슨어의 대학자 월터 스키트, 알렉산더 그레이엄의 아버지이자 음성학 연구와 표기법의 선구자였던 알렉산더 멜빌 벨은 머리의 비범한 재능을 알아보았다. 그리고 영어 협회가 기본적으로 상류층 집단이기는 했지만, 1850년대와 1860년대는 학문과 과학 분야에 강력한 개방이 이루어졌다. 지적 연구라는 새로운 프리메이슨에서는 머리의 미천한 출신과 지위─학교 교사 겸 인도, 오스트레일리아 & 중국 특허 은행의 통신 담당자─는 중요하지 않았다. 그는 『스코틀랜드 남부 카운티들의 방언』의 저자로서 주목을 받았다. 파리에서는 〈켈트 학회보〉가 그에게 존경을 표했다.

엘리자베스 머리가 보여주듯, 옥스퍼드 사전의 기획으로 이어진 길은 우여곡절과 불확실성이 많았다. 노아 웹스터가 거기 도전해서 여러 면에서 존슨 박사를 능가했다.* 독일에서는

---

* 새뮤얼 존슨(영)은 1755년에, 노아 웹스터(미)는 1828년에 각각 영어 사전을 편찬했다.

야코프와 빌헬름 그림이 많은 조력자를 거느리고 대형 〈독일어 사전〉을 작업하고 있었다. 문헌학자, 교육자이며, 단테를 중세 프랑스어로 번역한 에밀 리트레는 프랑스어의 역사적 사전을 만드는 13년간의 작업을 앞두고 있었다(이것도 19세기 일 중 독의 뛰어난 사례 중 하나다). 영국만이 뒤처져 있었다. 그런데 그때는 대영제국이 정점에서 빛나고, 정복과 무역을 통해서 영어가 교회 라틴어도 귀족 프랑스어도 꿈꾼 적 없는 규모로 전 세계에 퍼져 있을 때였다. 맥밀란 출판사가 그 일을 떠맡을까? 문헌학회가 퍼니벌 박사의 분주하고 강력한 지도력을 앞세워 그 일을 꾸리고 지원해야 할까? 공개 후원을 받아야 할까? 사업의 비용과 복잡성이 드러나면서 협상은 늘어졌다. 버나드 쇼의 『피그말리온』에 나오는 히긴스 교수의 모델인 헨리 스위트는 '영어 사전'을 만드는 일은 옥스퍼드 대학 출판부가 맡는 것이 가장 좋고, 이 막중한 과제를 떠맡을 능력이 있는 사람은 밀힐 학교의 교감 제임스 머리라는 것을 정확히 알았다.

머리는 망설였다. 그는 그 일에 관련된 누구보다도 거기에 들어갈 노동과 어려움을 잘 알았다. 그는 1878년 4월에 옥스퍼드 대학 출판부 관계자들과 만났다. 합의가 이루어진 것은 1879년 3월이었다. 그때에도 머리에게 제시된 조건은 빡빡했다. 전체 분량 7천 페이지 중 매년 800페이지 이상을 완성해야 했다. 이 일정을 지키지 못하면 최대 5년의 추가 기간이 주어지지만, 편집자의 총 급여 9천 파운드는 그대로였다. 머리는 이 금액으로 수백만 개의 단어 슬립*을 조립하는 물리적 인력과 열한 명의 자녀를 포함한 가족의 생계 대부분을 충당했다. 빅토리아 여왕 재위 42년째 해의 이른 봄에는 누구도 옥스퍼드 사전의 분량이 무려 16,000페이지를 넘고, 그 비용이 30만 파운드가 넘을 거라고, 그리고 제임스 머리도 그 후손들도 거기서 아무 이득을 보지 못할 거라고 생각하지 못했다.

편집자의 웅대한 전망과 완벽주의가 문제였다. 머리가 염두에 둔 사전은 앵글로-색슨어, 라틴어, 앵글로-노르만어 뿌리에서부터 최신 이데올로기, 문학, 저널리즘, 과학의 조어까지 말 그대로 영어의 형식적, 실질적 역사 전체를 포괄하는 것이었다. 용례는 존슨 박사의 경우와 달리 저명하고 인정받는 저자들뿐 아니라 문명의 유기적 성격과 다양성을 담은 극도로 상이한 스펙트럼―문학-전문적, 일시적, 구어적―의 인쇄물들에서 왔다. 더욱이 모든 단어의 어원과, 가능한 경우는 방언학적 유래까지 추적해서 현대 학문의 가장 엄격한 기준―19세기 초부터 인도유럽어 연구에서 발전했고, 이제 제임스 머리 자신이 큰 역할을 한 음운론 분석의 확립으로 더욱 엄격해진―에 따라서 기록하기로 했다. 풍부한 재정과 방대한 전문 인력으로 뒷받침을 받았다 해도 머리의 업무는 엄청났을

---

* 특정 단어를 사용한 인용문.

것이다. 하지만 예산은 빠듯했다.

엘리자베스 머리는 간결한 문체를 사용하지만, 제임스 머리를 끊임없이 괴롭히고 옥스퍼드 사전을 거의 중단시킬 뻔했던 "삼중 악몽"에 대해서 이야기할 때는 내용이 아주 자세해진다. 자발적 독자들이 제출한 약 5백만 개의 단어 슬립을 분류·저장해서, 그 단어가 영어에 등장한 최초의 형태와 그것이 변화한 용례를 모두 담은 표제어 편찬에 사용해야 했다. 밀힐에서도 또 1885년 이후 옥스퍼드에서도 스크립토리움Scriptorium이라는 이름—이것은 곧 교양 세계 전체에 유명해지는데—은 허술하고 습기 차고 과밀한 헛간을 가리켰다. 머리의 팀은 한순간도 오늘날의 관점으로 볼 때 최소한이라 여길 물리적 시설을 갖추지 못했다. 그리고 곧 시간이 고통스러운 요소가 되었다. 머리가 계획한 전에 없던 규모와 높은 수준이 조금씩 드러나자, 대학 출판부 관계자들이 초조해했다. 그 괴물이 10년 안에, 그것을 애초에 계획했던 사람들의 살아생전에 빛을 볼 수 있는가? 머리는 그에 대해 아주 낙관적이었다. 1부, 'A-ANT'는 1884년 1월에야 나왔고, 'B' 섹션은 1888년에 완성되었다. 'C'는 애초에 사전 전체의 출간 예정일보다 3년 뒤인 1895년에야 세상에 나왔다. 머리가 자료를 늘리고, 그에 따라 출간이 지체되면서 자연스럽게 재정적 희생이 뒤따랐다. 후원자들은 아우성이었고, 비용이 커지면서 판매도 시들해졌다. 1897년까지 손실이 5만 파운드를 넘었고, 해마다 5천 파운드씩 늘었다. 옥스퍼드 사전이 완성에 50년이나 걸릴 줄 알았다면, 사업이 중단되었을지도 모른다.

그래서 제임스 머리는 계속 두 가지 전선에서 싸웠다. 영국과 미국에서 수천 명의 자원 봉사자가 단어 슬립을 보내왔지만, 너무도 많은 수가 조잡하고 엉터리였다. 사전을 만드는 반세기 동안 65명가량의 실무자가 사전 작업을 했다. 이들 중 적절한 문헌학적 기술과 비판적 판단력을 가진 사람은 소수였다. 머리는 여러 번, 때로는 교정쇄 단계에서 그들의 작업을 교정해야 했다. 출판부 관계자들은 그들에게 괴로운 작업반장이었다. 편집자와 출판부의 관계는 1896년이 되어서야 누그러들었다. 그제야 머리는 완벽을 향한 전투에서 승리하고, 옥스퍼드 대학 출판부는 자신들 앞에 놓인 영광을 깨닫기 시작했다. 엘리자베스 머리는 다시 한 번 거의 빅토리아적인 절제력으로 말을 아끼지만, 우리는 그 침착한 글의 행간에서 옥스퍼드와 케임브리지가 그들을 존경하는 사람들에게 흔히 보이는 오만을 읽을 수 있다. 양 대학의 어떤 칼리지도 머리에게 펠로 자격을 주지 않았다. 영국은 그에게 어떤 연구직이나 강의직도 제안하지 않았다. 세계 곳곳의 권력자, 학자, 작가가 스크립토리움으로 순례를 와도, 옥스퍼드의 높은 분들에게 머리는 까다롭고 어쩌면 과도하게 대우받는 고용인이었다. 그가 1908년에 기사 작위를 받자, 대학은 오만하게 만족했다.

머리가 자주 낙심과 체념에 다가간 것도 당연했다. 1887년,

그리고 1889년과 1890년에는 그의 튼튼한 몸과 불굴의 지성이 거의 망가질 뻔했다. 출판부는 1892년 11월에 머리에게 "자신들이 사전에 지원을 늘릴수록 속도가 느려진다"는 서글픈 통찰을 전달했다. 인용문의 수를 줄이고 전문 어휘의 범위를 축소하는 일이 가능하지 않겠냐고. ('맹장염' 같은 해괴한 용어를 무슨 구실로 사전에 넣는다는 말인가?) 머리는 물러날 각오가 되어 있었다. 출간 연기 소문이 신문에 나타났다. 'F' 이후는 조건이 좋아지는 어느 미래 시기에 재개될 거라고. 공개 호소가 나오고, 편지들이 바쁘게 오가고, 소위원회들이 열렸다. 머리가 이겼다. 하지만 자기 파괴적 대가가 있었다. 그는 1883년에 이미 일주일에 77시간씩 (20시간은 교사로, 57시간은 사전 편찬자로) 일하고, 매일 편지를 15통 가까이 썼다. 1895년 여름에는 매주 80~90시간을 일했다. 그는 나중에 자신의 시시포스적 노동을 돌아보며, "세상이 전혀 모르고, 알 필요도 없는 고충과 고통"이라고 말했다.

그 열매는 물론 『역사적 원칙에 토대한 새 영어 사전*A New English Dictionary on Historical Principles*』의 세부에 충실히 담겨 있다. 하지만 통계를 보면 그 드라마와 전체상을 더 강력하게 느낄 수 있다. 웹스터 사전에서 'black'의 어원은 5행이다. 머리의 사전은 23행이다(그 자체로 간결함의 고전이다). 옥스퍼드 사전에서 'do'가 차지하는 공간은 웹스터 사전의 16배에 이른다. 이 단어에 대한 작업은 1896년 크리스마스에 시작해서 1897년 6월까지 이어졌다. 가장 긴 항목은 'set'이었고, 머리의 후임 편집자 헨리 브래들리가 이어받아 작업한 그 결과는 서구 상상력의 사회적, 철학적, 과학적 중요 측면들에 대한 소논문이라 해도 부족함이 없다. 새뮤얼 존슨이 깊이 생각했던 'point'는 세로단 18개를 차지했고 'put'은 30개였다. 개인적 색채도 들어간다. 1882년 5월 1일 딸 엘지 메이플라워가 태어난 직후, 아내의 침대 옆에서 사전의 첫 부분을 교정보던 머리는 2페이지 첫 번째 단에 'as + 형용사 + a + 명사'의 예로 "as fine a child as you will see"[당신이 만날 만큼 훌륭한 아이]라는 표현을 넣었다. 시인과 소설가들은 보람찬 고통의 원천이었다. 앨프리드 테니슨은 'balm-cricket'으로 무얼 의미한 걸까? 토머스 하디는 어디서 'terminatory'라는 단어를 건져 올렸을까? 브라우닝은 "사전의 어려움을 크게 더해"주었지만, 그의 아내*의 'apparitional' 사용과 관련해서 도움이 되었다. 제임스 러셀 로얼은 수수께끼의 'alliterates'에 도움을 주었다. 그것은 'illiterates'의 오자임이 밝혀졌다. 수석 랍비는 'Jubilee'에 도움을 주었다. 인도 사무소는 'punch'라는 말이 처음 쓰인 1620년의 편지를 갖고 있었다. 뉴욕의 〈네이션〉지는 정치 용어에 도움을 주었다. 이제 많은 정치 용어가 미국에서 대서양

---

* 시인 엘리자베스 배럿 브라우닝.

을 건너오고 있었다. 'jute'의 이른 도입은 안다만 제도 행정관에게 확인해 봐야 했다.

쓰고 답장할 편지가 수천 통이었다. 독자들에게 요청하고 정리하고 교차 확인할 단어 슬립이 수백만 개였다. 제임스 머리는 죽을 때까지 계속 차분하게 일했다. 1915년 4월에는 'T'의 마무리 작업을 하고 'un-'으로 시작하는 수많은 어휘를 어떻게 다룰지 계획했다. 그는 7월 10일에 마지막으로 스크립토리엄에서 일했고 같은 달 26일에 죽었다. 옥스퍼드 사전은 1928년에 완성되었다. 물론 그런 일은 완성이라는 게 없다. 계획된 부록 4권 중 2권—크고 두꺼운—이 1970년대에 출간되었다. 그리고 이제 전체 작업을 새로 한다는 이야기가 있다.

하지만 미래가 어떻게 되건, 제임스 머리의 기념물과 그 파생물—옥스퍼드 중사전, 옥스퍼드 소사전, 그리고 1971년에 소형화된 2권짜리 판—은 여전히 필적할 것이 없다. 그것은 영어의 살아 있는 역사고, 그것이 세계로 전파된 과정의 역동적인 체현이다. 현대 문학의 대가들—조이스, 나보코프, 앤서니 버지스, 존 업다이크—은 머리에게 빚을 지고 있다. 생생하고 정확한 언어는 옥스퍼드 사전에서 솟아나고 또 그것이 옥스퍼드 사전을 살찌운다. 영어를 알고 사랑하는 모든 사람에게는 흔한 질문 "무인도에서 읽을 단 하나의 책"은 굳이 생각할 시간도 필요 없다. 옥스퍼드 사전의 감청색 표지를 넘기면 사실과 감수성의 막대한 보고를 만날 수 있다. 어느 곳을 열어보아도 삶 자체가 우리에게 밀려든다.

1977년 11월 21일

성찰하는 삶 AN EXAMINED LIFE

로버트 허친스와 시카고 대학에 대해

나는 개인적으로 로버트 메이나드 허친스에게 큰 빚을 지고 있다. 1947년에 뉴욕의 프랑스식 리세를 졸업한 나는 신입생 오리엔테이션을 하러 뉴헤이븐에 갔다가 예일 대학과 그곳의 사회적 분위기가 늦여름만큼이나 숨 막히고 끈적거리는 느낌을 받았다. 어떻게 할까? (이미 9월이었다.) 나는 전에 〈타임〉지에서 시카고 대학의 자유분방한 지적 분위기에 대한 기사를 읽은 적이 있었다. 그래서 대학 총장에서 편지를 보내서 내가 예일 대학에서 겪은 혼란에 대해 이야기했다. 통상적인 입학 절차는 완화되었다. 나는 시카고로 불려가서 어떤 과목과 필수 과정을 면제받을지 결정하는 시험을 보았다. 내 고등학교 교육은 고전과 문학에 치중해 있었기 때문에, 나는 물리학, 화학, 생물학 분야의 뛰어난 수업들과 자비롭게 추가된 일종의 보충 수학을 힘겹게 헤쳐 나갔다. 그렇게 일 년이 지난 뒤 나는 열아홉 나이에 학사 학위를 받고 대학원이라는 진지한 세계에 들어갈 수 있었다. 앨런 테이트에게 문학을 배우고 리처드 매키언에게서 아리스토텔레스와 아퀴나스를 배운 경험은 강력했다.

나는 그다지 현명하지 않은 이유로 하버드로 떠났다. 그리고 몇 주 만에 내 실수를 깨달았다. 당시 하버드 인문학 대학원은 활기 잃은 동업 조합으로, '강단'이라는 말이 지닌 최악의 의미를 구현하고 있었다. 나는 좌절에 빠져서 시카고 대학에 나를 로즈 장학생으로 추천해 달라는 편지를 썼다. (나는 몇 년 전에 미국 시민이 되었지만, 더 이상 시카고에 살지 않았다.) 소중한 장학금 담당자는 당연히 그 요구를 거절하고, 나에게 깊은 생각 없이 경직된 하버드로 떠난 것이 잘못이라고 신랄하게 말했다. 무례는 발명의 어머니라서 나는 허친스에게 직접 편지를 썼다. 그리고 시카고 대학이 한동안 로즈 장학생을 배출하지 못했다는 점을 지적했다. 시카고 대학이 대학 스포츠를 무시하고, 로즈 장학생 선정단이 중시하는 학내 리더십도 무시하는 것이 그 장애물이 되었다. 내 자격은 분명 부족하지만, 가능성이 없지는 않다고 말했다. 허친스는 이런 뻔뻔함이 흥미로웠는지 나를 후보에 올려주었다. 몇 달 뒤 지친 로즈 장학생 선정단은 그해 육군 사관학교 대대의 대위와 내가 최종 후보가 되자, 내가 체육을 전혀 모르는 것을 알고, 나에게 미국 대학 풋볼의 다양한 후위 대형들의 차이점을 도표로 설명할 것을 요구했다.

그런데 우연히도 나는 시카고 시절에 대학 풋볼, 특히 미시건 대학과 노트르담 대학 경기의 열성적 관전자였다. 나는 그 장학금으로 옥스퍼드로 갔다.

하지만 허친스에게 진 이런 빚은 사소한 것이다. 내 인생과 일을 결정한 것은 허친스 휘하 시카고 대학을 최고의 대학으로 만든 지적 열정, 활기찬 정신이었다고 말해도 무방하다. 그 짜릿한 전율을 경험하지 않은 사람, 허친스의 전설적 페르소나, 그의 지시, 탁월성에 대한 열정이 학부생의 일과의 모든 면에 얼마나 강한 영향을 미치는지 직접 목격하지 않은 사람은 허친스의 위대함을 파악할 수 없다. 해리 S. 애시모어의 『시의 부적절한 진실 *Unseasonable Truth*』은 많은 사실을 나열하지만, 정신은 포착하지 못한다.

그 숨가빴던 시절, 추운 날씨와 학업량의 압박, 시스템 전체가 추동한 깨끗한 경쟁과 지적 야심을 돌아보면, 나는 아직도 다른 어떤 대학에서도 받은 적 없는 강력한 흥분을 느낀다. 우리는 많은 밤을 새우며 마르크스와 듀이에 대해 토론하고, 조이스의 『더블린 사람들』이나 타르스키 논리학의 한 문단을 가져다가 단어 하나씩 뜯어가며 분석했다. 원자 폭탄을 가능하게 만든 통제된 연쇄 반응에 성공한 엔리코 페르미—그는 그 일을 버려진 대학 풋볼 경기장 아래의 실험실에서 했다—는 물리학의 가르침을 새로 쓰고 있었다. 내가 양자 도약에 대해 미미한 지식이나마 갖게 된 것은 영하의 강풍이 몰아치는 어느 날의 장시간 세미나에서였다. 어떤 젊은 수학 강사가 (그가 기억 속에서라도 내 우둔함을 용서하기를) 칠판에 정수 여러 개를 죽 적고 그 밑에 짝수를 죽 적었다. 그리고 윗줄에 적은 수의 개수와 아랫줄에 적은 수의 개수가 똑같다고 했다. 그러자 내 안에서 샴페인이 터지듯 '무한'이라는 것의 의미가 이해되었다. 오랜 시간이 지난 오늘도 나는 OII를 떠올리면 전율이 온다. 그것은 대학의 최고 과정인 관찰, 정보, 통합Observation, Information, Integration을 말한다. 그 과정의 열정적 교수진은 플라톤에서 카르나프까지 종횡하며, 우리가 인간 이해의 일반 원칙을 발견하고, 세상과 그에 대한 우리의 사고에서 논리와 의미를 찾도록 이끌었다. 허친스의 관점은 근본적으로 역사적이었다. 수학 공리, 문학 형식, 철학적 개념, 역사 자체도 역사가 있다. 탄생 맥락을 떠나서는 아무것도 제대로 파악할 수 없다고 보았다. 학업량은 엄청났고, 우리는 제대로 따라가지 못했다. 하지만 OII에 들어온 것—풋내기 학부생이지만 지식과 사회의 재평가에 참여한다는 것—이 최고의 특권이라는 허친스의 판결은 진실이라 여겨졌다. 우리는 플라톤의 아카데미, 갈릴레오의 대화, 헤겔의 베를린 강의가 되살아났다고 느꼈다. 그리고 학교 앞 63번가에는 최고의 재즈와 시저 샐러드가 있었다. 게리와 화이트시티 지역의 철강 공장들이 불을 번쩍이며 용광로를 유난히 빨갛게 달굴 때, 뉴어크에서 복싱 선수 토니 제일이 손이 부러진 채 로키 그라지아노를 이겼다는 소식이 왔다. (센세이셔널한 사건이었고, 내가 당시에 쓰던 밀의 사회 이론에 대한 논문의 기억에서 떼어낼 수 없는 소식이다.)

애시모어는 허친스의 전기에서 유명한 '서양 문명의 명저Great Books of Western World' 시리즈를 크게 강조한다. 그것은 허친스가 모티머 애들러와 함께 학생 및 성인 교육의 핵심 커리큘럼으로 고안한 고전 텍스트 선집이다. 이 목록 및 그와 연관된 독서 그룹은 당연히 허친스에게 소중했다. 그는 말했다.

이것은 명저들의 선집을 뛰어넘고, 교양 교육도 뛰어넘는다. '서양 문명의 명저'는 경건한 기획이다. 여기에 우리 존재의 연원이 있다. 이것이 서양이다. 이것이 서양이 인류에 갖는 의미다. 여기에 서양의 믿음이 있다. 여기 모두의 눈앞에 펼쳐져 있는 이것이 서양 사람들이 진리에 접근하는 방법이라고 믿어온 대화들이기 때문이다.

실제 대학 생활에서 이런 신조는 명시적이라기보다는 암시적이었다. 강의에서는 경전적 작품들이 중요했다. 과학자들은 자기 연구 분야의 역사 속 고전들을 읽어야 했다. 하지만 허친스가 전달한 것은 과거와 현재의 뛰어난 정신들과의 개인적 대화라는 필수적 기적이었다. 그는 대학을 책 속의 목소리를 듣는 생생한 독서의 집으로 만들었다. 허친스는 토머스 제퍼슨에 대한 비판에서 그 점을 간접적으로 밝혔다. 제퍼슨에게는 "예전에는 '신에 대한 지적 사랑'이라고 했고, 지금은 '진리 자체를 위한 진리의 추구'라고 하는 것"이 없다고 허친스는 말했다. 제퍼슨의 목표는 사회적이고 실용적이었다. 하지만 인문적 학습의 진정한 목표이자 인간의 (흔히 비난받는) 독보적인 위엄은 진리에 대한 비타산적, 강박적이지만 즐거운 추구다. 책을 읽는 일, 열정적으로 읽는 일, '대화하며' 읽는 일은 그 목표를 진척시키기 위해서다. 훌륭한 대학은 필수적인 독서 기술을 중심으로 삼는 곳이다. 허친스의 시카고 대학이 정확히 그랬다. 이후로 나는 그런 곳을 많이 보지 못했다.

애시모어는 로버트 메이너드 허친스가 전국적 명성을 얻은 숨가쁜 과정을 철저히 조사해서 따뜻한 시선으로 전달한다. 장로교 집안, 웅변술을 익힌 학창 시절, 변함없는 성실성, 그리고 자연스럽게 권위를 얻는 과정이 설명된다. (허친스가 뛰어난 미남에 190센티미터 가까운 장신이었던 것도 인생에 도움이 되었다.) 허친스는 1차 대전 때 유럽에서 짧지만 고통스러운 시기를 보냈고, 그 경험으로 전투적 평화주의자라고 할 만한 것이 되었다. 1919년에 예일 대학에 입학한 그는 그다운 속도로 3년 만에 학부를 마쳤고, 3학년이 되기 전부터 법학을 공부했다. 그리고 26세 때부터 강사로 법을 가르치면서, 법학을 사회 심리학, 정치학, 철학적 논쟁에서 고립시켜서는 안 된다는 신념을 전달했다. 동료와 선배들은 못마땅했지만, 예일대 총장 제임스 롤랜드 에인절은 허친스를 좋아했고, 허친스는 1927년에 28세의 나이로 예일대 로스쿨의 학장이 되었다. 그는 이미 자신의 지적, 행정적 경력에 핵심적 역할을 할 사람들을 만나고 있었다. 그들은 애들러, 윌리엄 O. 더글러스, 헨리 루스—그가 쓴 기사가 허친스를 전국적 유명인으로 만들었다—였다. 그리고 이미 자신의 신조를 당당하게 설파하고 있었다.

무엇보다 대학이 훌륭한 점은 실험을 할 수 있다는 점입니다. 이때 '할 수 있다'는 것은 재정적 의미가 아니라 대학이 사상의 독립, 전통과의 결별, 그리고 모험 정신을 자유롭게 배양하고 제시할 수 있다는 의미입니다. 이런 모험 정신은 불멸에 가까운 생명을 소유한 데서 나올 수 있습니다.

플라톤 또는 프란시스 베이컨이라면 이렇게 말했을 수 있다. 하지만 아직 서른 살도 되지 않은 학장이 냉랭한 법학 교수들에게 하리라고 예상한 연설은 아니었다.

하지만 다른 사람들은 그 말에 귀를 기울였고, 미국 고등 교육의 '신동boy wonder'인 로버트 메이나드 허친스는 1929년에 시카고 대학 총장이 (나중에는 명예 총장이) 되었다. 그가 거기서 보낸 22년은 아주 의미 깊었다. 허친스는 이미 유명했던 대학을 서양 세계 최고의 연구, 학문, 교육의 중심지 중 하나로 만들었다. 의학, 인류학, 사회학과 정치학, 동양학 및 성서학,

핵물리학, 천체물리학, 수학이 허친스의 열정적 독려 속에 활발한 성과를 냈다. 하지만 그의 다양한 사업의 절대적 중심에 있는 것은 학부 커리큘럼의 개혁, 그리고 미국의 실용주의, 프로페셔널리즘, 들쭉날쭉한 교양을 변화시켜서 근본적인 인식의 모델을 만드는 것이었다. 그 뒤로 미드웨이 공원변, 바람에 시달리는 고딕풍의 시카고 대학 캠퍼스에서는 (고딕풍이 아주 현실감 있었다) 성찰하지 않는 인생은 살 가치가 없다는 소크라테스의 격언이 강력한 힘을 발휘했다.

보수적인 쪽은 그를 강하게 의심했고, 저항의 시도들도 있었다. 애시모어는 허친스가 선임 교원들, 그리고 그가 목적을 달성하는 데 필요한 대중 여론과 계속 벌인 대결을 생생하게 보고한다. 애들러는 허친스를 괴롭혔지만 어떻게 해서인지 그 관계는 유기적이었다. 두 사람 사이에는 기이한 유대가 생겨났다. 끊임없는 정의, 재정의, 담론이 뒷받침하는 인간 지식의 총체적, 체계적 집대성에 대한 아리스토텔레스적, 아퀴나스적 약속이 두 사람 모두를 타오르게 했다. 모티머 애들러는 도발하고 자극하는 법을 알았다. 허친스는 도발과 자극을 행정과 교육으로 옮기는 법을 알았다. 더욱이 두 사람은 완전한 의미의 법학에 대한 열정을 공유했다. 플라톤이 가르쳤듯, 법은 인간의 도시를 지탱하는 기둥이다. 도시가 계몽되려면, 그것이 살아 있는 전통을 보호하고 새로운 것을 창조하는 공간이 되려면, 정의가 자리를 잡아야 한다. 그래서 시카고 로스쿨이 중심적 역할을 하고 대학 풍토의 정신적·철학적 지표가 된 것이다. 그래서 적절한 수업이나 연구 과정에 참여할 만한 관심이 있는 모든 학부생에게 (내용을 극히 일부만 이해한다고 해도) 레오 스트라우스의 정치 철학, 에드워드 리바이의 판례의 본질, 브루노 베텔하임의 폭력의 닫힌 세계의 흥미로운 상호 작용이 열려 있었다. 그리고 허친스는 미국 교육에는 흔하지만 "다른 데서는 별로 없는" 특징인 "학생들을 나약하고 버릇없게 키우는" 일에 반대했다.

허친스는 분주히 전국을 누비며 강연했다. 그의 발언이 미디어에 넘쳐났다. 일급 학자와 사상가들이 그의 팀에 결합했다. 학부생들은 눈부신 혼성 군단이었다. 내 기숙사에는 미국 공산당의 스타인 청년 활동가의 목소리가 높았다. 미국 랭킹 10위 안의 포커 선수, (나처럼) 유럽에서 이주했고, 이후 수학적 논리에 중대한 기여를 하는 사람, 약간 정신 나간 소설가, 절도범·살인범과 어울리는 감성을 가진 장래의 범죄 전문 변호사, 노벨상을 향해 서로를 밀어주고 끌어주던 중국 물리학자들, 바닥에 쪼그렸다가 2층 침대 위로 뛰어올라서 나에게 순수한 육체적 아름다움과 단련에 대한 깨끗한 이미지를 남겨준 전직 낙하산병.

하지만 이 모든 것에는 대가가 있었다. 애시모어는 미디어를 달구었던 허친스의 첫 결혼의 비극을 절묘하게 다룬다. 시카고와 워싱턴 양쪽에서 빨갱이 사냥꾼들이 사상과 표현의 자유를 절대시한 허친스의 명성을 더럽히고 그를 내쫓으려고 많은 시도를 했다. 그리고 허친스의 중대한 정치적 실수가 있었다. 미국의 2차 대전 참전 반대 운동에 참여한 것이다. 하지만 이 곤란한 지점에서도 허친스의 동기는 들어볼 가치가 있었다. 그는 이 두 번째 세계 대전은 미국 정부와 관료 사회의 권위와 탐욕을 크게 확장시키고, 동시에 민주주의를 위협하는 사회 불평등과 인종 갈등을 덮을 거라고 느꼈다. 하지만 진주만 사태가 터지자 허친스는 망설임 없이 대학의 많은 자원을 국가 비상 상황의 연구로 돌렸다. 한때 허친스를 부통령 후보로 생각했던 프랭클린 루스벨트와의 관계는 해리 애시모어의 전기의 흥미로운 한 줄기다.

이제 허친스는 지쳤다. 1950년 12월, 허친스는 폴 호프먼과 함께 포드 재단 공동 이사장 자리를 수락했다. 그 대목이 541쪽 전기의 303쪽이다. 허친스의 그 후의 경력은 (그는 1977년 5월에 죽었다) 지루한 실패의 연속이다. 거기 충실하게 책도 그렇다. 그의 만년에 애시모어 박사가 등장한다. 그는 허친스의 싱크탱크 벤처들에 합류했다. 그것은 그가 그 사업들을 자세히 설명하는 이유가 되지만 그게 타당해 보이지는 않는다. 유명 인사들의 이름이 쏟아진다. 세계 정부의 "기본 문제," 미국의 운명, 지식의 통일, 육상과 해상의 평화에 대한 선언들이 꺼져가는 별들처럼 이 노작의 곳곳에 뿌려져 있다. 우리는 돌이킬 수 없이, 에즈라 파운드가 한때 미국의 "floundation"*

이라고 부른 세계의 허세와 기만 속으로 들어간다. 허친스의 포드 재단 시절은 대실패로 돌아갔다. 그런 뒤 '공화국 기금'이 있었고, 플라톤적 아카데미—자유주의 계열의 현자들이 미국 정부, 세계 의회 문제, 민주주의에서 과학의 역할, 해양법과 우주법을 논의하고 설명할 목적의—에 대한 수많은 청사진이 있었다. 1959년 가을에 허친스는 추종자들과 함께 산타바바라의 한 언덕에 자리 잡았다.

나는 1970년대에 논문을 발표하러 그곳을 방문한 적이 있다. 두 가지 인상이 남아 있다. 하나는 녹색 천이 깔린 세미나 테이블에 물병이 빙 둘러 놓였는데 괴팍하고 연로한 영국 전문가 한 명이 나에게 그중 하나에 진이 들어 있다고 속삭인 일이고, 또 하나는 거의 손에 잡힐 듯이 생생하던 비현실적 분위기였다. 산을 움직이던 남자 허친스는 이제 사업 계획서를 쓰고, 위원회를 만들고, 컨퍼런스를 열고, 재정 지원 신청서를 쓰고, 연말에 고급 브로셔를 만드는 것이 큰 성취가 되는 영역에 기거했다. 캘리포니아 햇살 속의 공허한 나날을 채우는 이 비현실성과 악의, 뒷담화, 궁중 암투가 애시모어의 침침한 기록에 무기력한 슬픔을 안겨준다. 짧은 도약기들이 있었다. 허친스는 새로운 브리타니카 백과의 구상과 준비에 중대한 기여를

---

* flounder(버둥거리다)와 foundation(토대)의 합성어로 보인다.

했다. 그와 동료들은 닉슨 정부 하의 우파 속물주의와 미친 국수주의에 맹렬히 반대했다. 하지만 1964년 로메로 캐니언을 휩쓴 화재가 허친스의 집을 삼켰을 때, 그 참화는 알레고리 이상이었다.

　로버트 메이나드 허친스의 유산은 무엇인가? 이것은 대답하기 쉬운 질문이 아니다. 1953년이 되면 시카고 대학은 "정상화"되었고, 분노에 찬 범용함의 시기가 이어졌다. 오늘날 허친스의 방식은 보스턴 대학의 진취적 독재에서 그나마 작동하고 있다. 하지만 시카고 대학은 회복했다. 그곳은 다시 뛰어난 대학이 되었고, 현 총장 한나 그레이는 강력한 권위와 탁월함에 대한 지향을 갖추고 있다. 허친스가 대학에 품었던 고고한 자부심은 (현실적 계획과 별개로) 승리했다. 더 시야를 넓혀서, 미국 지성의 상태와 미국 중등 교육의 한심한 상황에 대해, 그리고 민주주의와 탁월성, 사회적·민족적 정의正義와 지적 수준 사이의 까다롭지만 본질적인 딜레마에 대해 현재 이루어지는 토론은 (허친스는 양쪽 모두에 심혈을 기울였다) 허친스가 예일대 로스쿨을 운영하던 숨가빴던 시절의 토론에서 기원하는 것이 많다. 나는 허친스 덕분에 대학이 무엇이 될 수 있고 또 되어야 하는지 머리로도 뼛속으로도 알게 되었다. 그것은 엄청난 현상금이다. 그에 대한 반응의 역사는 아직 쓰이지 않았다.

1989년 10월 23일

부록

조지 스타이너의 〈뉴요커〉 에세이 전체 목록

"아버지가 있는 인생Life with Father" 윈스턴 처칠에 대해, 1966년 11월 5일

"권력 원칙을 넘어Beyond the Power Principle" 아롱의 『평화와 전쟁』에 대해, 1967년 1월 14일

"프로이트의 세계Mondo Freudo" 프로이트와 우드로 윌슨에 대해, 1967년 1월 21일

"오래된 반짝이는 눈Ancient Glittering Eyes" 버트런드 러셀에 대해, 1967년 8월 19일

"사람들이 하는 게임Games People Play" 레몽 루셀에 대해, 1967년 10월 28일

"지난번 불길The Fire Last Time" 스타이런의 『냇 터너의 고백』에 대해, 1967년 11월 25일

"위험의 경고Cry Havoc" 셀린에 대해, 1968년 1월 20일

"뉘앙스와 양심에 대해Of Nuance and Scruple" 베케트에 대해, 1968년 4월 27일

"왕들의 죽음A Death of Kings" 체스에 대해, 1968년 9월 7일

"동쪽으로!Eastward Ho!" 헤세에 대해, 1969년 1월 18일

"집을 잃은 사람Displaced Person" 헤르첸에 대해, 1969년 2월 8일

"사실에 부합하는True to Life" 오웰에 대해, 1969년 3월 29일

"브라운 부인의 종착지Last Stop for Mrs. Brown" C. P. 스노에 대해, 1969년 7월 12일

"강을 건너서 숲으로Across the River and Into the Trees" 헤밍웨이에 대해, 1969년 9월 13일

"인간의 언어들The Tongues of Men" 촘스키에 대해, 1969년 11월 15일

"생각의 바다에서, 혼자Through the Seas of Thought, Alone" 비코에 대해, 1970년 5월 9일

"거울 속의 호랑이들Tigers in the Mirror" 보르헤스에 대해, 1970년 6월 20일

"생명선Life-Lines" 아서 쾨슬러에 대해, 1971년 3월 6일

"침대맡 일기A Pillow-Book" 아서 웨일리와 일본 및 중국 문학에 대해, 1971년 6월 12일

"옥수수는 파랗다The Corn Is Blue" 에로 문학에 대해, 1971년 8월 28일

"푸른 그늘 아래서Under the Greenwood Tree" E. M. 포스터의 『모리스』에 대해, 1971년 10월 9일

"기억술The Arts of Memory" 루이스 네이미어에 '네이미어주의'에 대해, 1972년 1월 1일

"신사Gent" 포드 매덕스 포드의 티전스 소설들에 대해, 1972년 2월 12일

"힘의 장들Fields of Force" 체스에 대해, 1972년 10월 28일

"불안한 라이더Uneasy Rider" 퍼시그의 『선禪과 모터사이클 정비에 대해, 1974년 4월 15일

"잃어버린 동산The Lost Garden" 레비-스트로스에 대해, 1974년 6월 3일

"밤의 숲들The Forests of the Night" 솔제니친에 대해, 1974년 8월 5일

"탈진 환자Burnt-Out Case" 그레이엄 그린과 로체스터에 대해, 1974년 10월 28일

"외로운 바다에서Through Seas Forlorn" 폴 즈와이그의 『모험가: 서구 세계 모험의 운명』에 대해, 1975년 1월 20일

"마지막 빅토리아인The Last Victorian" 올더스 헉슬리에 대해, 1975년 2월 17일

"주홍 글씨들Scarlet Letters" 업다이크의 『일요일들의 한 달』에 대해, 1975년 3월 10일

"책 인간들Bookmen" 새뮤얼 존슨에 대해, 1975년 4월 28일

"보는 이의 눈The Beholder's Eye" 케네스 클라크에 대해, 1975년 7월 28일

"마녀들의 음모Witches' Brews" 콘의 『유럽의 내적 악마들』에 대해, 1975년 9월 8일

"지하 생활자의 새로운 수기More Notes from Underground"도스토예프스키에 대해, 1975년 10월 13일

"여자의 시간Woman's Hour"레딩거의 『여성성과 조지 엘리엇: 새로이 나타난 자기』에 대해, 1976년 1월 5일

"교차선들Crossed Lines"개디스의 『JR』에 대해, 1976년 1월 26일

"말로 박사라는 사람A Certain Dr. Malraux"앙드레 말로에 대해, 1976년 3월 22일

"죽은 자들의 집에서From the House of the Dead"알베르트 슈페어에 대해, 1976년 4월 19일

"당 강령Party Lines"맬컴 브래드버리에 대해, 1976년 5월 3일

"좋은 군인The Good Soldier"가리발디에 대해, 1976년 6월 28일

"석화림Petrified Forest"케닐리의 『숲의 가십』과 역사 소설에 대해, 1976년 8월 23일

"동쪽의 눈으로Under Eastern Eyes"러시아 작가들에 대해, 1976년 10월 11일

"거친 웃음Wild Laughter"칼린스키의 『니콜라이 고골의 성적 미로』에 대해, 1977년 2월 28일

"외관의 왕국The Kingdom of Appearances"E. H. 곰브리치와 미술사에 대해, 1977년 4월 4일

"탐정들Sleuths"탐정 소설들에 대해, 1977년 4월 25일

"다운 언더Down Under"오스트레일리아 작가 패트릭 화이트와 토머스 케닐리에 대해, 1977년 5월 23일

"감정에 흔들리지 않는 교육Unsentimental Education"프레드 울먼의 『재회』에 대해, 1977년 8월 15일

"의붓어머니 러시아Stepmother Russia" 바쿠닌에 대해, 1977년 9월 12일

"주피터시여By Jove" 홀랜드 스미스의 『고전적 이교 신앙의 죽음』에 대해, 1977년 11월 14일

"말을 주시오Give the Word" 제임스 머리와 옥스퍼드 영어 사전에 대해, 1977년 11월 21일

"신의 스파이God's Spies" 그린의 『인간 요인』에 대해, 1978년 5월 8일

"수렁으로부터De Profundis" 솔제니친의 『수용소 군도 3』에 대해, 1978년 9월 4일

"신의 땅God's Acres" 존 헨리 뉴먼의 편지와 일기에 대해, 1978년 10월 30일

"지하 생활자의 수기Notes From Underground" 히틀러에 대해, 1979년 3월 5일

"노인과 바다An Old Man and the Sea" 조지프 콘래드에 대해, 1979년 4월 23일

"빈, 빈, 오직 너뿐Wien, Wien, Nur Du Allein" 안톤 폰 베베른에 대해, 1979년 6월 25일

"결투A Duel" 토마스 만과 하인리히 만에 대해, 1979년 7월 9일

"전망과 수정Visions and Revisions" 생존 페르스에 대해, 1979년 9월 10일

"죽은 편지들Dead Letters" 존 바스에 대해, 1979년 12월 31일

"마감 시간Closing Time 『세기말 빈의 정치와 문화』에 대해, 1980년 2월 11일

"장송 행진곡Marche Funèbre"『드미트리 쇼스타코비치의 회고록』에 대해, 1980년 3월 24일

"언어의 재능The Gift of Tongues" 카네티의 『화형』에 대해, 1980년 5월 19일

"파문Excommunications" 솔제니친의 『참나무와 송아지』에 대해, 1980년 8월 25일

"반역의 학자The Cleric of Treason" 앤서니 블런트에 대해, 1980년 12월 8일

"불타는 사포가 사랑하고 노래했을 때When Burning Sappho Loved and Sung 빅토리아인들과 고대 그리스에 대해, 1981년 2월 9일

"두루마리와 열쇠Scroll and Keys" 앤서니 버지스에 대해, 1981년 4월 13일

"죽은 자들에 대하여De Mortuis" 필리프 아리에스와 『죽음 앞의 인간』에 대해, 1981년 6월 22일

"여자들의 날Ladies' Day" 마르그리트 유르스나르에 대해, 1981년 8월 17일

"희귀조Rare Bird" 가이 대번포트에 대해, 1981년 11월 30일

"이상한 막간극Strange Interlude" 프라이스 존스의 『제3제국의 파리』에 대해, 1982년 1월 25일

"마에스트로Maestro" 킴볼의 『이탈리아 낭만주의 시대의 베르디』에 대해, 1982년 4월 19일

"스승과 인간Master and Man" 쿳시의 『야만인을 기다리며』에 대해, 1982년 7월 12일

"세 도시 이야기A Tale of Three Cities" 카네티의 회고록에 대해,

1982년 11월 22일

"낙심의 힘The Strengths of Discouragement" 몬탈레에 대해, 1983년 5월 23일

"슈퍼스타 리스트Liszt Superstar" 리스트에 대해, 1983년 6월 13일

"시간 죽이기Killing Time" 오웰의 『1984』에 대해, 1983년 12월 12일

"짧은 눈길Short Shrift" 『능지처참』과 아포리즘에 대해, 1984년 4월 16일

"다시 태어난Born Again" 도스토예프스키에 대해, 1984년 5월 28일

"아서의 죽음La Morte D'Arthur" 아서 쾨슬러에 대해, 1984년 6월 11일

"일출 전의 수면자Sleeper Before Sunrise" 릴케에 대해, 1984년 10월 8일

"꿈의 도시Dream City" 브로흐에 대해, 1985년 1월 28일

"횡단Crossings" 파인스타인의 『국경』에 대해, 1985년 4월 29일

"악마 스승The Demon Master" 스트린베리에 대해, 1985년 5월 27일

"슬픔의 샘Springs of Sadness" 무슈크의 『청색인과 몇 개의 단편들』에 대해, 1985년 7월 8일

"국가의 탄생Birth of a Nation" 맥 스미스의 『카부르』에 대해 1985년 8월 19일

"밤의 호출Night Call" 불가코프와 스탈린에 대해, 1985년 12월 16일

"권력 게임Power Play" 푸코와 프랑스 철학에 대해, 1986년 3월 17일

"인간 예술가의 초상Portrait of the Artist as a Man" 벤베누토 첼리니에 대해, 1986년 4월 7일

"고대의 기사Knight of Old" 윌리엄 마샬에 대해, 1986년 5월 26일

"검은 도나우 강Black Danube" 카를 크라우스와 토마스 베른하르트
에 대해, 1986년 7월 21일

"사태의 중심The Heart of Matter" 샤르댕에 대해, 1986년 11월 17일

"새겨진 이미지Graven Images" 곰브리치의 『애비 워버그』에 대해,
1987년 2월 2일

"붉은 10월들Red Octobers" 레너드 샤피로와 러시아에 대해, 1987년
5월 4일

"작은 읽기 학교Little-Read Schoolhouse" E. D. 허시와 문해력에 대해,
1987년 6월 1일

"풍요의 뿔Cornucopia" 샤마의 『풍요의 곤란함: 네덜란드 문화의 황
금시대의 한 해석』에 대해, 1987년 9월 14일

"천 년의 고독One Thousand Years of Solitude" 살바토레 사타에 대
해, 1987년 10월 19일

"좋은 책들The Good Books" 로버트 앨터와 종교 텍스트에 대해,
1988년 1월 11일

"실물 크기Life Size" 존 쿠퍼 포위스에 대해, 1988년 5월 2일

"마스터 클라스Master Class" 앨퍼스의 『렘브란트』에 대해, 1988년
5월 30일

"스승의 목소리The Master's Voice" 바그너에 대해, 1988년 10월 3일

"가련한 어린 양들Poor Little Lambs" 존 보스웰의 『낯선 이들의 친절』
과 고아들에 대해, 1989년 2월 6일

"겨우 200년Two Hundred Years Young" 샤마의 『시민과 프랑스 혁
명』에 대해, 1989년 4월 17일

"우리 세계를 말로 표현하는 일Wording Our World" 카벨의 『평범함
　　을 찾아서』에 대해, 1989년 6월 19일

"파울 첼란에 대해On Paul Celan" 첼란에 대해, 1989년 8월 28일

"성찰하는 삶An Examined Life" 로버트 허친스와 시카고 대학에 대
　　해, 1989년 10월 23일

"친구의 친구The Friend of a Friend" 발터 벤야민과 게르숌 숄렘에
　　대해, 1990년 1월 22일

"문학인Man of Letter" 카프카에 대해, 1990년 5월 28일

"B. B." 브레히트에 대해, 1990년 9월 10일

"그랜드마스트Grandmaster" 나보코프에 대해, 1990년 12월 10일

"마르스Mars" 케이건의 『펠로폰네소스 전쟁의 새로운 역사』에 대해,
　　1991년 3월 11일

"빛으로의 긴 여로Long Day's Journey Into Light" 괴테에 대해,
　　1991년 9월 23일

"골든 보이Golden Boy" 알렉산드로스 대왕에 대해, 1991년 12월 9일

"성스럽지 않은 금요일Bad Friday" 시몬 베유에 대해, 1992년 3월 2일

"고양이 인간Cat Man" 셀린에 대해, 1992년 8월 24일

"하얀 여신White Goddess" 프리드리히와 엘리자베트 니체에 대해,
　　1992년 10월 19일

"글렌 굴드의 음정들Glenn Gould's Notes" 글렌 굴드에 대해, 1992년
　　11월 23일

"참혹한 아름다움A Terrible Beauty" 윌리엄 버틀러 예이츠와 모드 곤
　　에 대해, 1993년 2월 8일

"브리튼이여 영원하라Rule Britten" 벤저민 브리튼에 대해, 1993년
    7월 5일

"압력솥들Pressure Cookers" 게이의 『혐오의 배양』에 대해, 1993년
    10월 25일

"적위대Red Guard" 트로츠키와 진 밴 하이어노르트에 대해, 1993년
    12월 20일

"목조르기Stranglehold" 알튀세의 『미래는 영원히 지속된다』에 대해,
    1994년 2월 21일

"현자Magus" 아인슈타인에 대해, 1994년 6월 20일

"프랑코의 게임Franco's Games" 프랑코에 대해, 1994년 10월 17일

"미완성The Unfinished" 무질의 『특성 없는 남자』에 대해, 1995년
    4월 17일

"사랑의 양식Food of Love" 찰스 로젠과 낭만주의에 대해, 1995년
    7월 24일

"4인조Foursome" 페소아에 대해, 1996년 1월 8일

"지고의 소설Supreme Fiction" 존 업다이크에 대해, 1996년 3월 11일

"붉은 죽음A Red Death" 알도 모로의 납치에 대해, 1996년 3월 18일

"최소의 것Leastness" 베케트에 대해, 1996년 9월 16일

"빛의 돌멩이들Stones of Light" 레비의 『피렌체의 초상』에 대해,
    1997년 1월 13일

"책으로부터Ex Libris" 망구엘의 『독서의 역사』에 대해, 1997년 3월
    17일

옮긴이의 말

　조지 스타이너가 〈뉴요커〉에 서평을 쓰기 시작한 것은 1966년이고(보이어스가 서문에서 1967년이라고 말한 것은 약간의 착오로 보인다) 마지막 서평을 쓴 것은 1997년이다. 그 사이에 그는 37세의 연구원에서 68세의 은퇴 교수가 되었다. 세상도 크게 변했다. 일촉즉발 상태로 이어지던 팽팽한 냉전은 소련과 동유럽의 해체를 통해 미국 중심의 일강 체제로 급속히 재편되었다. 그는 그 모든 변화를 면밀히 관찰하고, 그 가운데 축적되는 문학적 성과들을 방대하게 흡수하면서도 그 독특하고 엄정한 시각을 거의 흔들림 없이 유지한 것 같다. 그 굳건한 회의주의, 지치지 않는 질문, 인류의 모든 지적, 창조적 작업에 촉수를 내리고 있는 듯한 박식한 연상과 연결 작업은 이 책에 실린 모든 글에 공통되는 특징이다.

스타이너가 글을 쓴 시절은 냉전 시절과 그 해체 공간이고, 이 책에서도 〈반역의 학자〉 같은 몇 편의 글은 당대의 문제를 파헤치고 있다. 하지만 그가 이 책에서 가장 주력해서 살펴보는 것은 2차 대전을 전후한 시기다. 그리고 공간적으로는 오스트리아를 중심으로 한 중부 유럽이다. 나치즘이라는 유독한 사상이 싹을 틔운 땅에 대한 작가의 천착은 그가 오스트리아에서 탈출한 유대인 부모에게서 태어났다는 사실을 생각하면 당연해 보인다. 그런데 그 공간을 바라보는 그의 시선은 아주 복합적이다.

중부 유럽은 나치즘이라는 독극물을 배태한 땅이지만, 그 독기운 속에서 놀라운 창조성도 함께 폭발했다는 것, 그 두 가지는 사실 분리하기 어려운 에너지라는 것이다. 그래서 그는 거기 빠졌던, 심지어 그 중심부에 있던 사람도 쉽게 비난하지 않고 그들의 인간적/예술적 면모를 면밀히 살펴본다. 이런 아슬아슬한 균형은 2차 대전의 여운이 여전히 남아 있고 또 흑백 논리가 맹위를 떨치던 냉전 시절에는 (그가 유대인이라는 점을 감안하지 않아도) 보기 드물었을 것이다. 또 현실의 정치적 세계에서 아무런 힘도 발휘하지 못하는 창백한 양비론 또는 양시론으로 보일 수도 있다. 하지만 어쩌면 그런 태도야말로 확고한 믿음과 정신적 강직함이 없으면 견지할 수 없는 고된 입장이기도 하다.

이런 완강한 중립성은 그의 글의 큰 매력이 된다. 너무 많은 주장과 독선이 (예나 지금이나) 넘쳐나는 세상에서 모든 일의 양가성을 촘촘히 환기하는 그의 글은 우리가 글을 읽는 목적의 하나인 성찰을 깊고 풍성하게 안겨주기 때문이다. 그리고 지난날의 많은 주장이 설득력을 잃은 지금, 시대를 초월하는 지혜를 깨우쳐주기도 한다.

그리고 그의 글은 어떤 강력한 주장을 펼치지 않으면서도 뜨거움이 느껴진다. 보이어스의 말대로 그는 '황홀감을 얻기 위해' 독서하는 사람이기 때문이다. 인류가 언어라는 매체를 통해 쌓아올린, 그리고 계속 쌓아가는 성취에 대해 그는 늘 열렬하다. 비평가로서 새로운 책의 가치를 정확히 판단하려는 태도 또한 냉정하다기보다 그 치열함으로 오히려 글의 온도를 높여준다.

스타이너의 글이 주는 또 다른 매력은 누구나 인정하듯, 환상적인 박식이 펼쳐 보이는 인류 문화사의 종횡무진이다. 그것은 저널에 실리는 서평이라는 공간에서도 보폭이 별로 줄지 않는다. 아니 저널이기에 더 폭넓고 다채로워진 면도 있다. 학자의 반역, 인류학, 언어학, 체스는 문학 분야의 학술서에서는 다루기 힘든 주제였을 것이다.

스타이너가 〈뉴요커〉에 마지막 서평을 쓴 뒤 다시 20여 년이 흘렀다. 하지만 우리는 언제나 보르헤스를 읽고, 베케트를 읽고, 오웰을 읽을 것이기에, 문학이 고전이 되는 만큼 그의 글은 현재성을 간직한다. 이 책에 실린 스타이너의 서평들은 일과적 서평과 달리 해당 작가와 작품의 역사성을 두텁게 환기하고 있기 때문에 언제라도 소환할 가치가 있다. 또 앤서니 블런트 이야기나 체스 이야기처럼 독립적인 에세이로도 큰 매력을 발휘하는 글들도 있다. 다소 아쉬운 점이라면, 책 뒤의 전체 목록을 보면 관심이 가는 작가와 작품이 많이 보이는데, 우리에게 꽤 낯선 작품들에 대한 서평이 여러 편 선정되었다는 것이다.

개인적으로 이 책을 통해 조지 스타이너의 책을 두 권째 번역하게 되었다. 첫 책을 번역할 때만큼 곤혹스럽지는 않았지만, 이번에도 역시 저자의 막대한 지성과 밀도 높은 필치를 따라잡는 일은 내내 버겁지 않을 수 없었다. 스타이너는 최선을 다했다는 것만으로 부족한 것을 눈감아주는 분은 아니겠지만, 그래도 나로서는 최선을 다했다는 것을 변명 삼을 수밖에 없을 것 같다. 그는 세상에는 어쩔 수 없이 범용함이 있다는 것을 이해하는 분이기도 하니, 그리 심하게 화내지는 않을 거라고 나를 위로하고 싶다.

고정아

옮긴이 | 고정아

연세대학교에서 영문학을 공부하고 현재 번역가로 활동 중이다. 『전망 좋은 방』
『하워즈 엔드』『순수의 시대』『오만과 편견』『토버모리』『플래너리 오코너 단편
선』『오 헨리 단편선』『몰타의 매』등의 문학 작품을 비롯해 『히든 피겨스』『로켓
걸스』등의 인문 교양서와 아동서 등 250여 권의 책을 우리말로 옮겼다. 『천국의
작은 새』로 2012년 제6회 유영번역상을 받았다.

뉴요커의 조지 스타이너

초판 1쇄 발행 2020년 10월 5일

지은이 조지 스타이너
옮긴이 고정아

펴낸곳 서커스출판상회
주소 경기도 파주시 광인사길 68 202-1호(문발동)
전화번호 031-946-1666
전자우편 rigolo@hanmail.net
출판등록 2015년 1월 2일(제2015-000002호)

ISBN 979-11-87295-51-8 03800

이 도서의 국립중앙도서관 출판예정도서목록(CIP)은 서지정보유통지원시스템 홈페이지(http://seoji.nl.go.kr)와
국가자료공동목록시스템(http://www.nl.go.kr/kolisnet)에서 이용하실 수 있습니다.
(CIP제어번호: CIP2020037134)